Hervé Guibert

À l'ami
qui ne m'a pas
sauvé la vie

Gallimard

Hervé Guibert est né en 1955 à Paris. Critique au *Monde* et coscénariste avec Patrice Chéreau de *L'homme blessé* en 1983, photographe de talent, il est surtout l'auteur de plusieurs livres sulfureux publiés aux Éditions de Minuit *(Les Chiens...)*. *À l'ami qui ne m'a pas sauvé la vie*, le révèle en 1990 au grand public. Ce texte fait scandale et vaut à Guibert une célébrité équivoque. Il sera suivi l'année suivante par un autre livre consacré à l'évolution de sa maladie, *Le protocole compassionnel*. *L'homme au chapeau rouge* et *Cytomégalovirus* paraissent quelques semaines après sa mort, le 27 décembre 1991. Suivent d'autres publications posthumes, appartenant à son testament littéraire, dont *La piqûre d'amour* en 1994.

1

J'ai eu le sida pendant trois mois. Plus exactement, j'ai cru pendant trois mois que j'étais condamné par cette maladie mortelle qu'on appelle le sida. Or je ne me faisais pas d'idées, j'étais réellement atteint, le test qui s'était avéré positif en témoignait, ainsi que des analyses qui avaient démontré que mon sang amorçait un processus de faillite. Mais, au bout de trois mois, un hasard extraordinaire me fit croire, et me donna quasiment l'assurance que je pourrais échapper à cette maladie que tout le monde donnait encore pour incurable. De même que je n'avais avoué à personne, sauf aux amis qui se comptent sur les doigts d'une main, que j'étais condamné, je n'avouai à personne, sauf à ces quelques amis, que j'allais m'en tirer, que je serais, par ce hasard extraordinaire, un des premiers survivants au monde de cette maladie inexorable.

2

Ce jour où j'entreprends ce livre, le 26 décembre 1988, à Rome, où je suis venu seul, envers et contre tous, fuyant cette poignée d'amis qui ont tenté de me retenir, s'inquiétant de ma santé morale, en ce jour férié où tout est fermé et où chaque passant est un étranger, à Rome où je m'aperçois définitivement que je n'aime pas les hommes, où, prêt à tout pour les fuir comme la peste, je ne sais donc pas avec qui ni où aller manger, plusieurs mois après ces trois mois au cours desquels en toute conscience j'ai été assuré de ma condamnation, puis de ces autres mois qui ont suivi où j'ai pu, par ce hasard extraordinaire, m'en croire délivré, entre le doute et la lucidité, au bout du découragement tout autant que de l'espoir, je ne sais pas non plus à quoi m'en tenir sur rien de ces questions cruciales, sur cette alternative de la condamnation et de sa rémission, je ne sais si ce salut est un leurre qu'on a tendu devant moi comme une embuscade pour m'apaiser, ou s'il est pour de bon une science-fiction dont je serais un des héros, je ne sais s'il est ridiculement humain de croire à cette grâce et à ce miracle. J'entrevois l'architecture de ce nouveau livre que j'ai retenu en moi toutes ces dernières semaines mais j'en ignore le déroulement de bout en bout, je peux en imaginer plusieurs fins, qui sont toutes pour l'instant du ressort de la prémonition ou du vœu, mais l'ensemble de sa vérité m'est encore caché ; je me dis que ce livre n'a sa raison d'être que dans cette frange d'incertitude, qui est commune à tous les malades du monde.

3

Je suis seul ici et l'on me plaint, on s'inquiète pour
moi, on trouve que je me maltraite, ces amis qui se
comptent sur les doigts d'une main selon Eugénie
m'appellent régulièrement avec compassion, moi qui
viens de découvrir que je n'aime pas les hommes, non,
décidément, je ne les aime pas, je les haïrais plutôt, et
ceci expliquerait tout, cette haine tenace depuis
toujours, j'entreprends un nouveau livre pour avoir
un compagnon, un interlocuteur, quelqu'un avec qui
manger et dormir, auprès duquel rêver et cauchemar-
der, le seul ami présentement tenable. Mon livre, mon
compagnon, à l'origine, dans sa préméditation si
rigoureux, a déjà commencé à me mener par le bout
du nez, bien qu'apparemment je sois le maître absolu
dans cette navigation à vue. Un diable s'est glissé dans
mes soutes : T.B. Je me suis arrêté de le lire pour
stopper l'empoisonnement. On dit que chaque réin-
jection du virus du sida par fluides, le sang, le sperme
ou les larmes, réattaque le malade déjà contaminé, on
prétend peut-être ça pour limiter les dégâts.

4

Le processus de détérioration amorcé dans mon sang se poursuit de jour en jour, assimilant mon cas pour le moment à une leucopénie. Les dernières analyses, datées du 18 novembre, me donnent 368 T4, un homme en bonne santé en possède entre 500 et 2 000. Les T4 sont cette partie des leucocytes que le virus du sida attaque en premier, affaiblissant progressivement les défenses immunitaires. Les offensives fatales, la pneumocystose qui touche les poumons et la toxoplasmose le cerveau, s'enclenchent dans la zone qui descend en dessous de 200 T4; maintenant on les retarde avec la prescription d'AZT. Dans les débuts de l'histoire du sida, on appelait les T4 « the keepers », les gardiens, et l'autre fraction des leucocytes, les T8, « the killers », les tueurs. Avant l'apparition du sida, un inventeur de jeux électroniques avait dessiné la progression du sida dans le sang. Sur l'écran du jeu pour adolescents, le sang était un labyrinthe dans lequel circulait le Pacman, un shadok jaune actionné par une manette, qui bouffait tout sur son passage, vidant de leur plancton les différents couloirs, menacé en même temps par l'apparition proliférante de shadoks rouges encore plus gloutons. Si l'on applique le jeu du Pacman, qui a mis du temps à se démoder, au sida, les T4 formeraient la population initiale du labyrinthe, les T8 seraient les shadoks jaunes, talonnés par le virus HIV, symbolisé par les shadoks rouges, avides de boulotter de plus en plus de plancton immunitaire. Bien avant la certitude de ma maladie sanctionnée par les analyses, j'ai senti mon sang, tout à coup, découvert, mis à nu, comme si un vêtement ou un capuchon l'avaient toujours protégé, sans que j'en aie conscience puisque cela était naturel, et que quelque chose, je ne comprenais pas quoi, les ait retirés. Il me fallait vivre, désormais, avec ce sang dénudé et exposé, comme le corps dévêtu qui doit traverser le cauchemar. Mon sang démasqué, partout et en tout lieu, et à jamais, à moins d'un miracle sur d'improbables transfusions, mon sang nu à toute heure, dans les transports publics, dans la rue quand je marche, toujours guetté par une flèche qui me vise à chaque instant. Est-ce que ça se voit dans les yeux ? Le souci n'est plus tant de conserver un regard humain que d'acquérir un regard trop humain, comme celui des prisonniers de *Nuit et brouillard*, le documentaire sur les camps de concentration.

5

J'ai senti venir la mort dans le miroir, dans mon regard dans le miroir, bien avant qu'elle y ait vraiment pris position. Est-ce que je jetais déjà cette mort par mon regard dans les yeux des autres ? Je ne l'ai pas avoué à tous. Jusque-là, jusqu'au livre, je ne l'avais pas avoué à tous. Comme Muzil, j'aurais aimé avoir la force, l'orgueil insensé, la générosité aussi, de ne l'avouer à personne, pour laisser vivre les amitiés libres comme l'air et insouciantes et éternelles. Mais comment faire quand on est épuisé, et que la maladie arrive même à menacer l'amitié ? Il y a ceux à qui je l'ai dit : Jules, puis David, puis Gustave, puis Berthe, j'avais voulu ne pas le dire à Edwige mais j'ai senti dès le premier déjeuner de silence et de mensonge que ça l'éloignait horriblement de moi et que si l'on ne prenait pas tout de suite le pli de la vérité ça deviendrait ensuite irrémédiablement trop tard, alors je le lui ai dit pour rester fidèle, j'ai dû le dire à Bill par la force des choses et il m'a semblé que je perdais à cet instant toute liberté et tout contrôle sur ma maladie, et puis je l'ai dit à Suzanne, parce qu'elle est si vieille qu'elle n'a plus peur de rien, parce qu'elle n'a jamais aimé personne sauf un chien pour lequel elle a pleuré le jour où elle l'a envoyé à la fourrière, Suzanne qui a quatre-vingt-treize ans et dont j'égalisais notre potentiel de vie par cet aveu, que sa mémoire pouvait aussi rendre irréel ou effacer d'un instant à l'autre, Suzanne qui était tout à fait prête à oublier sur-le-champ une chose aussi énorme. Je ne l'ai pas dit à Eugénie, je déjeune avec elle à *La Closerie*, est-ce qu'elle le voit dans mes yeux ? Je m'ennuie de plus en plus avec elle. J'ai l'impression de n'avoir plus de rapports intéressants qu'avec les gens qui savent, tout est devenu nul et s'est effondré, sans valeur et sans saveur, tout autour de cette nouvelle, là où elle n'est plus traitée au jour le jour par l'amitié, là où mon refus m'abandonne. L'avouer à mes parents, ce serait m'exposer à ce que le monde entier me chie au même moment sur la gueule, ce serait me faire chier sur la gueule par tous les minables de la terre, laisser ma gueule concasser par leur merde infecte. Mon souci principal, dans cette histoire, est de mourir à l'abri du regard de mes parents.

6

Je l'ai compris comme ça, et je l'ai dit au docteur Chandi dès qu'il a suivi l'évolution du virus dans mon corps, le sida n'est pas vraiment une maladie, ça simplifie les choses de dire que c'en est une, c'est un état de faiblesse et d'abandon qui ouvre la cage de la bête qu'on avait en soi, à qui je suis contraint de donner pleins pouvoirs pour qu'elle me dévore, à qui je laisse faire sur mon corps vivant ce qu'elle s'apprêtait à faire sur mon cadavre pour le désintégrer. Les champignons de la pneumocystose qui sont pour les poumons et pour le souffle des boas constricteurs et ceux de la toxoplasmose qui ruinent le cerveau sont présents à l'intérieur de chaque homme, simplement l'équilibre de son système immunitaire les empêche d'avoir droit de cité, alors que le sida leur donne le feu vert, ouvre les vannes de la destruction. Muzil, ignorant la teneur de ce qui le rongeait, l'avait dit sur son lit d'hôpital, avant que les savants le découvrent : « C'est un machin qui doit nous venir d'Afrique. » Le sida, qui a transité par le sang des singes verts, est une maladie de sorciers, d'envoûteurs.

7

Le docteur Chandi, que je consultais depuis au moins un an, ayant quitté sans l'avertir le docteur Nacier que j'accusais d'indiscrétion, cancanant sur les couilles plus ou moins pendantes de certains patients célèbres, mais auquel je reprochais plus encore, en vérité, d'avoir ajouté, au moment où il diagnostiquait mon zona, qu'on constatait une recrudescence de cette résurgence de la varicelle chez des sujets séropositifs, m'étant refusé à faire le test jusqu'alors, accumulant dans des tiroirs depuis des années ses différentes ordonnances prescrites à mon nom ou à des noms d'emprunt pour me soumettre au test du dépistage du sida, dénommé LAV puis HIV, prétextant que c'était acculer au suicide un bonhomme inquiet comme moi, persuadé de connaître le résultat du test sans avoir besoin de le faire, ou bien lucide ou bien leurré, affirmant en même temps que la moindre des moralités consistait à se comporter dans les relations amoureuses, qui avaient tendance à décroître avec l'âge, comme un homme atteint, pensant souterrainement quand on traversait une phase d'espoir que c'était aussi le moyen de se protéger, mais décrétant que ce test ne servait à rien qu'à pousser les malheureux au pire désespoir tant qu'on ne trouverait pas un traitement, c'était précisément cela que j'avais répondu à ma mère qui m'avait prié dans une lettre, l'atroce égoïste, de la rassurer quant à cette inquiétude, le docteur Chandi, ce nouveau généraliste que m'avait indiqué Bill en vantant sa discrétion, stipulant même qu'il soignait un ami commun atteint par le sida, que j'identifiais par là immédiatement, et que l'absolue discrétion du médecin, malgré la célébrité de son patient, avait jusque-là protégé de la rumeur, chaque fois qu'il m'examinait, procédait dans le même ordre aux mêmes opérations : après les coutumières prise de tension et auscultation, il inspectait les voûtes plantaires et les échancrures de peau entre les doigts de pied, puis il écartait délicatement l'accès au canal si facilement irritable de l'urètre, alors je lui rappelai, après qu'il m'eut palpé l'aine, le ventre, les aisselles et la gorge sous les maxillaires, qu'il était inutile de me tendre le bâtonnet de bois clair dont ma langue refuse obstinément tout contact depuis que je suis petit, préférant ouvrir très grand ma bouche à l'approche du faisceau lumineux, pressurant par une contraction des muscles gutturaux la luette au plus profond du palais, mais le docteur Chandi oubliait chaque fois à quel point cet entraînement lui laissait le champ libre davantage que le bâtonnet lisse truffé d'échardes mentales, il avait ajouté dans le cours de l'examen, à l'inspection du voile du palais, et cela de façon un peu appuyée, comme si c'était à moi ensuite, par d'incessants contrôles personnels, de vérifier que ne s'était niché dans cet espace un signe décisif quant a l'évolution de la fatale maladie, une observation de l'état des tissus qui bordent les nerfs, souvent bleutés ou rouge vif, qui accrochent la langue à son frein. Puis, en retenant le crâne par-derrière dans une main et en appuyant le pouce et l'index de l'autre, par une forte pression, au milieu du front, il me demandait si ça faisait mal en fixant les réactions de mon iris. Il clôturait l'examen en s'enquérant si je n'avais pas eu ces derniers temps de nombreuses et incessantes diarrhées. Non, tout allait bien, grâce à l'absorption d'ampoules de Trophisan à base de glucides j'avais récupéré mon poids d'avant l'amaigrissement par le zona, c'est-à-dire soixante-dix kilos.

8

C'est Bill qui le premier me parla de la fameuse maladie, je dirais en 1981. Il revenait des Etats-Unis où il avait lu, dans une gazette professionnelle, les premiers comptes rendus cliniques de cette mort particulièrement engendrée. Lui-même l'évoquait comme un mystère, avec réalité et scepticisme. Bill est le manager d'un grand laboratoire pharmaceutique producteur de vaccins. Dînant seul à seul avec Muzil, je lui rapportai dès le lendemain l'alarme colportée par Bill. Il se laissa tomber par terre de son canapé, tordu par une quinte de fou rire : « Un cancer qui toucherait exclusivement les homosexuels, non, ce serait trop beau pour être vrai, c'est à mourir de rire ! » Il se trouve qu'à cet instant Muzil était déjà contaminé par le rétrovirus, puisque son laps d'incubation, Stéphane me l'a appris l'autre jour, on le sait maintenant mais on ne l'ébruite pas pour éviter la panique parmi les milliers d'êtres séropositifs, serait de six ans assez exactement. Quelques mois après que j'eus suscité ce fou rire chez Muzil, il s'abîma dans une sévère dépression, c'était l'été, je percevais sa voix altérée au téléphone, depuis mon studio je fixais avec désolation le balcon de mon voisin, c'est ainsi que discrètement j'avais dédié un livre à Muzil, « A mon voisin », avant de devoir dédier le prochain « A l'ami mort », je craignais qu'il ne se jette de ce balcon, je tendais d'invisibles filets de ma fenêtre jusqu'à la sienne pour le secourir, j'ignorais quel était son mal mais je comprenais à sa voix qu'il était grand, je sus par la suite qu'il ne l'avoua à personne sauf à moi, il me dit ce jour-là : « Stéphane est malade de moi, j'ai enfin compris que je suis la maladie de Stéphane et que je le resterai toute sa vie quoi que je fasse, sauf si je disparais ; l'unique moyen de le délivrer de sa maladie, j'en suis sûr, serait de me supprimer. » Mais les jeux étaient déjà faits.

9

A cette époque le docteur Nacier, qui était encore un ami, et qui, après un long séjour à l'hôpital de Biskra où en tant qu'interne il avait honoré ses obligations militaires, s'orienta vers la gériatrie, travaillait dans un hospice de vieillards à la périphérie parisienne, où il m'invita à lui rendre visite, muni d'un appareil photo que je pourrais aisément camoufler dans la poche de la blouse blanche qu'il me ferait revêtir afin de me faire passer pour un de ses collègues lors de la consultation générale. A cause du roman-photo que j'avais consacré à mes grand-tantes, alors respectivement âgées de quatre-vingt-cinq ans et soixante-quinze ans, le docteur Nacier croyait que je cachais une certaine attirance pour les chairs moribondes. Il s'était trompé du tout au tout sur mon compte, car je ne pris pas une seule photo dans cet hospice de vieillards, je ne fus d'ailleurs tenté d'en prendre aucune, cette visite en déguisé me fit honte et horreur. Le docteur Nacier, ce beau garçon qui plaisait aux vieilles femmes, cet ancien mannequin qui avait tenté sans succès une carrière d'acteur avant d'entrer à la faculté de médecine la mort dans l'âme, ce bellâtre qui se vantait d'avoir été violé à l'âge de quinze ans, au *Grand Hôtel* de Vevey où il était descendu avec ses parents peu avant l'accident d'automobile qui allait être fatal à son père, par un des acteurs qui avait tenu le rôle de James Bond, cet ambitieux ne pouvait se résoudre à une carrière de généraliste qui prend quatre-vingt-cinq francs par consultation aux clients bedonnants, puants et tatillons, tous hypocondriaques, d'un cabinet de quartier qui se mue facilement en fosse d'aisance. C'est la raison pour laquelle il tenta d'abord de s'illustrer dans la création d'un mouroir design, de marque déposée, qui, sous la forme d'une clinique high-tech, ou kit, substituerait aux longues agonies nauséabondes les transits expéditifs et féeriques d'un voyage pour la lune en première classe, non remboursé par la sécu. Pour obtenir l'aval des banques, le docteur Nacier devait dénicher l'autorité morale qui empêcherait qu'on trouve ambigu un tel dessein. Muzil était ce parrain idéal. Par mon entremise, le docteur Nacier eut facilement un rendez-vous avec lui. Je devais dîner avec Muzil après leur entrevue. Je le surpris l'œil brillant, dans un état de gaieté insensée. Ce projet, auquel il n'accordait en même temps, raisonnablement, aucun crédit, l'excitait comme une puce. Muzil n'a jamais eu autant de fous rires que lorsqu'il était mourant. Une fois que le docteur Nacier fut parti, il me dit : « C'est ce que je lui ai conseillé, à ton petit copain, son truc ça ne devrait pas être une institution où l'on vient mourir, mais où l'on vient faire semblant de mourir. Tout y serait splendide, en effet, avec des peintures somptueuses et des musiques suaves, mais seulement pour mieux dissimuler le pot aux roses, car il y aurait une petite porte dérobée tout au fond de cette clinique, peut-être derrière un de ces tableaux propres à faire rêver, dans la mélodie engourdissante du nirvana d'une piqûre, on se glisserait en douce derrière le tableau, et hop, on disparaîtrait, on serait mort aux yeux de tous, et on réapparaîtrait sans témoin de l'autre côté du mur, dans l'arrière-cour, sans bagage, sans rien dans les mains, sans nom, devant inventer sa nouvelle identité. »

10

Son nom était devenu une hantise pour Muzil. Il
voulait l'effacer. Je lui avais commandé un texte sur la
critique pour ce journal auquel je collaborais, il
rechignait, en même temps ne voulait pas me faire de
la peine, prétextait d'atroces maux de crâne qui
paralysaient son travail, je lui suggérai enfin de
publier cet article sous un nom d'emprunt, le surlendemain je recevais par courrier un texte de lui,
limpide et incisif, avec ce mot : « Par quelle merveille
d'intelligence as-tu compris que ce n'est pas la tête
qui fait problème, mais le nom ? » Il proposa comme
surnom Julien de l'Hôpital, et, chaque fois que je lui
rendis visite, deux ou trois ans plus tard, à l'hôpital où
il agonisait, je repensai à ce pseudonyme funeste qui
ne vit jamais le jour, car évidemment ce grand
quotidien qui m'employait n'avait que faire d'un texte
sur la critique signé Julien de l'Hôpital, un double
resta longtemps dans le classeur d'une secrétaire, il en
avait disparu quand Muzil me le réclama, j'en retrouvai l'original chez moi et le lui rendis, Stéphane
s'aperçut à sa mort qu'il l'avait détruit, comme tant
d'écrits, précipitamment, les quelques mois qui

avaient précédé son écroulement. Je fus sans doute responsable de la destruction d'un manuscrit entier sur Manet, dont il avait un jour évoqué l'existence, et que je lui réclamai une autre fois, le priant de me faire la confiance de ce prêt, qui aurait peut-être pu nourrir un travail que j'avais entamé, intitulé « La peinture des morts », qui resta inachevé. C'est à la faveur de ma demande que Muzil, qui m'avait promis d'y donner suite positivement, prit la peine de rechercher ce manuscrit dans son fouillis, mit la main dessus, le relut, et l'anéantit le jour même. Sa destruction représenta la perte de dizaines de millions pour Stéphane, bien que Muzil ait laissé pour seul testament quelques phrases laconiques, sans doute mûrement réfléchies, qui détachaient son travail de toute emprise, à la fois matériellement de la famille en léguant ses manuscrits à son conjoint, et moralement de son conjoint en l'empêchant, par l'interdiction de toute publication posthume, de calquer son propre travail sur les vestiges du sien, l'obligeant à suivre une voie distincte, et limitant par là les dommages qu'on aurait pu intenter à son œuvre. Stéphane réussit pourtant à faire de la mort de Muzil son travail, c'est peut-être ainsi que Muzil avait pensé lui faire cadeau de sa mort, en inventant le poste de défenseur de cette mort nouvelle, originale et terrible.

11

De même qu'il veillait, hors des limites dont il circonscrivait son œuvre, à effacer ce nom que la célébrité avait enflé démesurément par le monde entier, il visait à faire disparaître son visage, pourtant si particulièrement reconnaissable par diverses caractéristiques et par les nombreux portraits que la presse diffusait de lui depuis une dizaine d'années. Quand il lui arrivait d'inviter au restaurant l'un de ses quelques amis, dont il avait vertigineusement réduit le nombre les années qui précédèrent sa mort, repoussant les connaissances dans une zone lointaine de l'amitié qui le dispensait soudain de les fréquenter, limitant leurs rapports à un mot de temps en temps ou à un coup de téléphone, à peine entré dans le restaurant, au risque de bousculer l'un de ces rares amis avec lesquels il avait encore plaisir à dîner, il fonçait droit sur la chaise qui lui permettrait de faire dos à l'assistance tout autant que d'échapper à un miroir, puis il se ravisait, et proposait avec civilité la chaise ou la banquette qu'il ne voulait pas. Il présentait à l'assistance la luisance énigmatique, close sur elle-même, de ce crâne qu'il prenait soin de raser chaque matin, sur

lequel je remarquais parfois des coulures de sang
séché qui avaient échappé à son inspection, lorsqu'il
m'ouvrait sa porte, en même temps que la fraîcheur
de son haleine au moment où il m'embrassait, de deux
tout petits baisers sonores de chaque côté des lèvres,
me faisant penser qu'il avait la délicatesse de se
relaver les dents peu avant l'heure du rendez-vous.
Paris l'empêchait de sortir, il s'y sentait trop connu.
Quand il allait au cinéma, tous les regards conver-
geaient sur lui. Certaines nuits, depuis mon balcon au
203 rue du Bac, je le voyais ressortir de chez lui, en
blouson de cuir noir, avec des chaînes et des anneaux
de métal sur les épaulettes, empruntant le passage
découvert qui relie les différents escaliers du 205 rue
du Bac pour atteindre le parking souterrain d'où, avec
sa voiture, qu'il conduisait maladroitement, comme
un myope affolé qui embrasse le pare-brise, il traversait Paris pour se rendre dans un bar du XIIe
arrondissement, *Le Keller*, où il levait des victimes.
Stéphane a retrouvé dans un placard de l'appartement, que le testament olographe avait mis à l'abri
d'une intrusion de la famille, un grand sac rempli de
fouets, de cagoules de cuir, de laisses, de mors et de
menottes. Ces ustensiles, dont il prétendit ignorer
l'existence, lui auraient procuré un dégoût inattendu,
comme si eux aussi étaient morts désormais, et glacés.
Sur les conseils du frère de Muzil, il fit désinfecter
l'appartement avant d'en prendre possession, grâce
au testament, ignorant encore que la plupart des
manuscrits avaient été détruits. Muzil adorait les
orgies violentes dans les saunas. La crainte d'y être
reconnu l'empêchait de fréquenter les saunas pari-

siens. Mais, quand il partait pour son séminaire
annuel près de San Francisco, il s'en donnait à cœur
joie dans les nombreux saunas de cette ville, aujour-
d'hui désaffectés à cause de l'épidémie, et transformés
en supermarchés ou en parkings. Les homosexuels de
San Francisco réalisaient dans ces espaces les fantasmes les plus insensés, mettant à la place d'urinoirs
de vieilles baignoires où les victimes restaient cou-
chées des nuits entières dans l'attente des souillures,
remontant dans des étages exigus des camions de
routards démantibulés qu'ils utilisaient comme cham-
bres de tortures. Muzil rentra de son séminaire de
l'automne 1983 en s'arrachant les poumons, une toux
sèche l'épuisait progressivement. Mais, entre deux
quintes, il se délectait en évoquant ses dernières
frasques dans les saunas de San Francisco. Je lui dis
ce jour-là : « A cause du sida, il ne doit plus y avoir
un chat dans ces endroits. — Détrompe-toi, répondit-
il, il n'y a au contraire jamais eu autant de monde
dans les saunas, et c'est devenu extraordinaire. Cette
menace qui flotte a créé de nouvelles complicités, de
nouvelles tendresses, de nouvelles solidarités. Avant
on n'échangeait jamais une parole, maintenant on se
parle. Chacun sait très précisément pourquoi il est
là. »

12

Son assistant, dont je fis la connaissance le jour de son enterrement, où j'accompagnai Stéphane, et que je rencontrai quelques jours plus tard dans un autobus, me fit certaines révélations. On ignorait encore si Muzil avait été conscient ou inconscient de la nature de la maladie qui l'avait tué. Son assistant m'assura qu'il avait été en tout cas conscient du caractère irréversible de cette maladie. Courant 83, Muzil se rendait régulièrement aux réunions d'une association humanitaire, dans une clinique dermatologique dont le patron appartenait à cette ligue qui déléguait des médecins par le monde entier au fur et à mesure des catastrophes naturelles ou politiques. Cette clinique accueillait les premiers cas de sida à cause de ses symptômes dermatologiques, spécialement le syndrome de Kaposi qui laisse des taches rouges plutôt violacées, d'abord sous les pieds et sur les jambes, puis sur tout le corps, jusqu'à la peau du visage. Muzil toussait comme un dératé à ces réunions où il était question de la situation de la Pologne après le coup d'Etat. Malgré nos injonctions répétées, à Stéphane ou à moi, il refusait de consulter un médecin. Il finit par s'incliner devant celles du patron de la clinique dermatologique, qui s'étonnait de cette toux sèche, violente et persistante. Muzil passa une matinée à l'hôpital pour faire des examens, il me raconta à quel point le corps, il l'avait oublié, lancé dans les circuits médicaux, perd toute identité, ne reste plus qu'un paquet de chair involontaire, brinquebalé par-ci par-là, à peine un matricule, un nom passé dans la moulinette administrative, exsangue de son histoire et de sa dignité. On lui glissa par la bouche un tube qui alla explorer ses poumons. Le patron de la clinique dermatologique eut rapidement les moyens, à partir de ces examens, de déduire la nature de la maladie, mais, pour préserver le nom de son patient et partenaire, il prit les mesures nécessaires, en surveillant la circulation des fiches et des analyses qui reliaient ce nom célèbre au nom de cette nouvelle maladie, en les truquant et en les censurant, pour que le secret soit colmaté jusqu'au bout, lui laissant jusqu'à sa mort les coudées franches dans son travail, sans l'encombrement d'une rumeur à gérer. Il prit la décision, contrairement à l'usage, de ne même pas en avertir son ami, Stéphane, qu'il connaissait un peu, pour ne pas entacher leur amitié de ce spectre terrible. Mais il avisa l'assistant de Muzil, afin qu'il se dédie plus que jamais aux volontés de son maître, et le soutienne dans les ultimes projets de sa pensée. L'assistant m'apprit dans l'autobus que son entrevue avec le patron de la clinique dermatologique avait suivi de peu les résultats des examens transmis à Muzil et commentés devant lui par le patron et collègue. L'œil de Muzil, en cet instant, avait raconté le patron de la clinique dermatologique à l'assistant qui me le rapportait des mois plus tard, était devenu plus fixe et acéré que jamais ; d'un geste de la main il avait coupé court à toute discussion : « Combien de temps ? » avait-il demandé. C'était la seule question qui lui importait, pour son travail, pour finir son livre. Le patron de médecine lui avoua-t-il alors la nature de sa maladie ? J'en doute aujourd'hui. Peut-être Muzil ne le laissa-t-il pas parler ? Un an plus tôt, lors d'un de nos dîners dans sa cuisine, je l'avais aiguillé sur cette question de la vérité à propos de la maladie mortelle, dans le rapport entre le médecin et le patient. Je craignais d'être atteint d'un cancer du foie consécutif à mon hépatite mal soignée. Muzil m'avait dit : « Le médecin ne dit pas abruptement la vérité au patient, mais il lui offre les moyens et la liberté, dans un discours diffus, de l'appréhender par lui-même, lui permettant aussi de n'en rien savoir si au fond de lui il préfère cette seconde solution. » Le patron de la clinique dermatologique prescrivit à Muzil de massives doses d'antibiotiques qui, en enrayant sa toux, fixèrent un sursis incertain à l'issue fatale. Muzil reprit son travail, et son livre de plus belle, il décida même de donner sa série de conférences qu'il avait pensé ajourner. Ni à Stéphane ni à moi il n'évoqua cette entrevue avec le patron de la clinique dermatologique. Un jour il m'annonça, me sondant étrangement, qu'il avait pris la décision, mais je voyais bien dans son œil qu'il me demandait conseil, que sa décision n'était pas vraiment prise, de s'engager au bout du monde avec une équipe de cette association humanitaire qu'il soutenait, pour une mission dange-

reuse d'où il risquait, il me le fit comprendre, de ne
jamais revenir. Il allait chercher au bout du monde
cette petite porte de disparition rêvée derrière le
tableau du mouroir idéal. Effrayé par ce projet et
tâchant de ne pas lui montrer à quel point, je lui
répliquai légèrement qu'il ferait mieux de finir son
livre. Son livre infini.

Il avait entrepris son histoire des comportements avant que je fasse sa connaissance, début 77, puisque mon premier livre, *La mort propagande*, a dû paraître en janvier 1977, et que j'eus la chance de pénétrer dans son petit cercle d'amis à la suite de cette publication. De son histoire monumentale des comportements était déjà sorti le premier volume, au départ introduction au premier tome, mais qu'il avait tellement développée qu'elle était devenue un livre à part entière, qui avait repoussé la publication du véritable premier volume, qui devenait du coup le second, prêt à être mis sous presse au moment où le bolide de l'introduction lui avait fait cette queue de poisson, au printemps 76, à cette époque où je ne le connaissais pas, où il n'était pour moi qu'un voisin illustre et fascinant dont je n'avais lu aucun livre. A l'occasion de la sortie de l'introduction, qui avait été tant décriée parce qu'il y avançait une thèse fondamentalement opposée à celle qui régnait alors sur la censure, il avait accepté, pour la première et la dernière fois car il refusa ensuite toutes les invitations, de participer à l'émission de variétés intellectuelles

« Apostrophes », que je n'avais pas vue à l'époque, mais dont Christine Ockrent, présentatrice que Muzil chérissait entre toutes, m'obligeant à faire des tours de pâtés de maisons autour de son immeuble quand j'étais invité à dîner chez lui et que j'avais un peu d'avance pour le laisser seul avec elle jusqu'à 20 h 30, diffusa un court extrait lors de son journal télévisé qu'il n'aurait manqué pour rien au monde, le soir de sa mort, en juin 1984. Christine Ockrent, qu'il appelait souvent en jubilant sa petite ou sa grande chérie, ne repiqua en fait qu'un immense et interminable éclat de rire, saisi au cours de cette émission de variétés, où l'on voyait Muzil en complet-veston et en cravate se tordre littéralement de rire à l'instant où l'on attendait de lui qu'il soit sérieux comme un pape pour statufier un des règlements de cette histoire des comportements dont il minait les bases, et cet éclat de rire me réchauffa le cœur à un moment où je le sentais glacé, quand j'allumais la télévision chez Jules et Berthe, où je m'étais réfugié le soir de sa mort, pour voir un peu comment on traiterait sa nécrologie au journal télévisé. Ce fut pour moi la dernière apparition visuelle animée de Muzil que je consentis à recevoir de lui, refusant depuis par peur d'en souffrir de me colleter avec aucun simulacre de sa présence, sinon à ceux des rêves, et cet éclat de rire que j'ai décrété arrêt sur image absolu m'enchante encore, bien que je sois un peu jaloux qu'un éclat de rire si formidable, si impétueux, si lumineux, ait pu sortir de Muzil à une époque juste antérieure à notre amitié. De même qu'il ruinait par ce nouveau travail les fondements du consensus sexuel, il avait commencé à miner les galeries de son propre labyrinthe. Il avait annoncé, au dos du premier volume de son histoire monumentale des comportements, puisque le prochain était déjà entièrement rédigé et qu'il tenait en main la documentation nécessaire pour les suivants, les titres des quatre volumes à venir. Engagé au premier tiers d'un chantier dont il avait dessiné le plan, les pylônes et les arêtes, les zones d'ombre aussi, et les passerelles de circulation, selon les règles du système qui avaient fait leurs preuves dans ses livres précédents, qui lui avaient valu sa réputation internationale, le voilà saisi d'un ennui, ou d'un doute terrible. Il arrête le chantier, raye tous ses plans, stoppe cette histoire monumentale des comportements ordonnée par avance sur le papier à musique de ses dialectiques. Il pense d'abord reporter à la fin le deuxième volume, le laisser en tout cas en attente, pour prendre un autre angle d'attaque, décaler les origines de son histoire, et inventer de nouvelles méthodes d'exploration. De déviation en déviation, axé sur des voies périphériques, des excroissances annexes de son projet initial qui deviennent à elles seules des livres en soi plus que des paragraphes, il se perd, se décourage, détruit, abandonne, rebâtit, regreffe et se laisse peu à peu gagner par la torpeur excitée d'un repli, d'un manquement persistant de publication, en butte à toutes les rumeurs, les plus jalouses, d'impuissance et de gâtisme, ou d'un aveu d'erreur ou de vacuité, engourdi de plus en plus par le rêve d'un livre infini, qui ouvrirait toutes les questions possibles, et que rien ne saurait clore, rien ne saurait arrêter sauf la mort ou l'épuisement, le livre le plus puissant et le plus fragile du monde, un trésor en progrès tenu par la main qui l'approche et le recule de l'abîme, à chaque rebond de pensée, et du feu au moindre abattement, une bible vouée à l'enfer. L'assurance de sa mort prochaine mit un terme à ce rêve. Une fois le temps compté, il entreprit de réordonner son livre, avec limpidité. Au printemps 83, il était parti pour l'Andalousie en compagnie de Stéphane. Je m'étonnai de ce qu'il ait réservé dans des hôtels de seconde ou troisième catégorie, il avait ce sens de l'économie alors qu'on retrouva chez lui à sa mort de nombreux chèques de plusieurs millions qu'il avait eu la négligence de ne pas porter à sa banque. En fait il avait surtout horreur du luxe. Mais il reprochait l'avarice de sa mère qui ne lui avait cédé que des bols ébréchés quand il lui avait demandé un geste pour la maison de campagne qu'il venait d'acheter, où il rêvait à de beaux étés laborieux en notre compagnie. La veille de son départ pour l'Andalousie, Muzil me convoqua chez lui et me dit avec solennité en désignant deux grosses chemises bourrées de papier posées côte à côte sur son bureau : « Ce sont mes manuscrits, s'il m'arrivait quoi que ce soit durant ce voyage, je te prie de venir ici et de les détruire tous les deux, il n'y a que toi à qui je peux demander ça, et je compte sur ta parole. » Je lui répondis que je serais incapable de commettre ce geste et donc que je déclinais sa demande. Muzil se montra scandalisé, et atrocement déçu par ma réaction. Il ne devait réellement achever son travail que des mois plus tard, après l'avoir une dernière fois entièrement chamboulé. Quand il s'écroula dans sa cuisine et que Stéphane le retrouva inanimé dans une mare de sang, il avait déjà remis ses deux manuscrits à son éditeur, mais retournait chaque matin à la bibliothèque du Chaussoir pour contrôler l'exactitude de ses notes en bas de page.

Quand je suis rentré en catastrophe du Mexique, en octobre 1983, après avoir supplié le gérant de l'agence Air France de Mexico, qui me reçut les pieds sur son bureau, regardant tomber du plafond dans une gamelle le goutte-à-goutte d'un déluge qui faisait rage à l'extérieur, dégoulinant moi-même et invoquant la pitié humaine, de me rapatrier d'urgence en France en écourtant ce maudit billet tarif vacances à date fixe et minimum de treize jours, alors que j'avais eu de violentes fièvres jusque dans l'avion qui me rapprochait secourablement de mon pays natal, parmi des touristes déchaînés affublés de sombreros qui engloutissaient en piaillant leurs dernières rasades de tequila, j'appelai Jules de l'aéroport, et lui m'apprit qu'il avait passé tout ce temps où j'étais resté au Mexique hospitalisé, accablé lui-même par de fortes fièvres, le corps couvert de ganglions, et l'on n'avait cessé de faire sur lui, à l'hôpital de la Cité universitaire, des examens qui n'avaient rien donné, jusqu'à ce qu'on le renvoie chez lui. En regardant le paysage grisâtre de la banlieue parisienne défiler derrière la vitre du taxi, que je considérais comme une ambulance, et parce que Jules venait de me décrire des symptômes qu'on commençait d'associer à la fameuse maladie, je me dis que nous avions tous les deux le sida. Cela modifiait tout en un instant, tout basculait et le paysage avec autour de cette certitude, et cela à la fois me paralysait et me donnait des ailes, réduisait mes forces tout en les décuplant, j'avais peur et j'étais grisé, calme en même temps qu'affolé, j'avais peut-être enfin atteint mon but. Bien sûr, les autres s'employèrent à me dissuader de ma conviction. D'abord Gustave, à qui je me confiai le soir même au téléphone, et qui de Munich me dit avec scepticisme de ne pas spéculer sur une simple panique. Puis Muzil, chez qui j'allai dîner le lendemain soir, et qui, lui, était dans un stade de la maladie assez avancé puisqu'il lui restait moins d'un an à vivre, me dit : « Mon pauvre lapin, qu'est-ce que tu vas encore imaginer ? Si les virus qui circulent par le monde entier depuis la mode des charters étaient tous mortels, tu crois bien qu'il n'y aurait plus grand monde sur cette planète. » C'était l'époque où les bruits les plus fantaisistes, mais qui alors semblaient crédibles tellement on en savait peu sur la nature et le fonctionnement de ce qui n'avait pas encore été cerné comme virus, un lento ou rétrovirus voisin de celui qui se tapit chez les chevaux, se propageaient sur le sida : qu'on l'attrapait en sniffant du nitrite d'amyle, soudain retiré de la consommation, ou qu'il s'agissait de l'instrument d'une guerre biologique lancée tantôt par Brejnev tantôt par Reagan. A la toute fin 83, parce que Muzil retoussait de plus belle, ayant cessé de prendre ces antibiotiques dont les doses, lui avait

41

assuré un pharmacien de quartier, étaient capables justement de faire crever un cheval, je lui dis : « En fait tu espères avoir le sida. » Il me lança un regard noir et sans appel.

15

Peu après mon retour du Mexique, un abcès monstrueux s'ouvrit au fond de ma gorge, m'empêchant de déglutir et bientôt d'avaler aucune nourriture. J'avais quitté le docteur Lévy, à qui je reprochai de ne pas avoir soigné mon hépatite et de prendre à la légère chacun de mes maux, spécialement ce point tenace à droite qui me faisait redouter un cancer du foie. Le docteur Lévy mourut bientôt d'un cancer des poumons. Je l'avais remplacé, au Centre d'exploration fonctionnelle que m'avait recommandé Eugénie, par un autre généraliste, le docteur Nocourt, frère d'un collègue au journal. Ne lui laissant aucun répit, le consultant au moins chaque mois à propos de ce point à droite, je l'avais harcelé jusqu'à ce qu'il me délivre les ordonnances pour tous les examens possibles et imaginables, bien entendu le bilan sanguin par lequel on vérifiait le taux de mes transaminases, mais aussi une échographie au cours de laquelle, guettant sur l'écran en même temps que lui, tandis qu'il palpait mon abdomen graissé du bout de son stylet, les nuées de mes viscères, j'invectivai le praticien dont l'œil me semblait trop froid, trop égal durant son inspection pour ne pas cacher quelque dissimulation, j'accusai son œil de mentir, jusqu'à ce que mes soupçons le fassent éclater de rire, me disant qu'il était rare de mourir d'un cancer du foie à l'âge de vingt-cinq ans, enfin une urographie qui fut une épreuve terrible, humilié, couché nu plus d'une heure, alors qu'on ne m'avait pas prévenu de la durée de cet examen, sur une table de métal glacée, sous une verrière où pouvaient me voir des ouvriers qui travaillaient sur un toit, impuissant à appeler quiconque car on m'avait oublié, une aiguille épaisse plantée dans la veine du bras diffusant dans mon sang un liquide violacé qui le chauffait à mort, jusqu'à ce que j'entendisse derrière le paravent la praticienne revenir et dire à un collègue qu'elle en avait profité pour descendre s'acheter un bifteck et le questionner sur ses récentes vacances dans l'île de la Réunion, il se trouve que cette investigation avait enfin donné quelque chose, ce qui m'avait soulagé en même temps que déçu, car le docteur Nocourt m'annonça qu'il s'agissait d'un phénomène extrêmement rare, mais tout à fait bénin, qu'il n'avait jamais rencontré en trente ans de carrière, une malformation rénale, sans doute congénitale, une sorte de cuvette dans laquelle des cristaux pouvaient s'accumuler en provoquant ce point à droite, dont l'urologue pensa me débarrasser par de massives absorptions d'eau gazeuse et de citron. Mais, avant même que je m'adonne à une frénétique consommation de citrons, le point à droite, puisque j'en connaissais désormais l'origine, cessa de se faire sentir, et je me retrouvai, pour un très court laps de temps, comme un idiot, sans aucune douleur.

16

Entre-temps Eugénie m'avait conseillé de consulter le docteur Lérisson, un homéopathe. Marine et Eugénie étaient folles du docteur Lérisson. Eugénie passait des nuits entières dans sa salle d'attente, avec son mari et ses fils, à attendre le rendez-vous providentiel, parmi des femmes du monde et des va-nu-pieds car le docteur Lérisson mettait un point d'honneur à faire payer mille francs la consultation aux comtesses et à accorder un temps égal à des vagabonds pour pas un kopeck, Eugénie fixant jusqu'à l'hallucination la porte du cabinet où parfois, vers trois heures du matin, d'un geste las le docteur Lérisson engouffrait *engulfed* toute sa petite famille en parfaite santé, qui ressortait de là avec des ordonnances pour dix gélules jaunes de la taille d'un Nuts à déglutir chacune avant les repas, plus cinq gélules rouges de taille intermédiaire, sept comprimés bleus et une foule de granulés à laisser fondre sous la langue. Toute cette médicamentation faillit faire crever le fils d'Eugénie quand celui-ci eut une banale appendicite, le docteur Lérisson est contre les interventions dures, les ablations ou les traitements chimiques, il fait confiance à l'équilibre de la nature et aux plantes compressées, du coup le fils d'Eugénie se retrouva avec une péritonite compliquée de diverses surinfections, balisées par trois réouvertures qui dessinèrent une jolie cicatrice du pubis jusqu'au cou. Marine me disait avec extase que le docteur Lérisson était un saint, sacrifiant toute vie personnelle, et même sa pauvre épouse qu'elle était bien contente de voir passer à l'as, pour l'exercice de son art. Quand Marine allait le consulter entre trois et quatre fois par semaine, elle ne passait pas par la salle d'attente : une assistante, dès qu'elle reconnaissait ses lunettes noires, la faisait pénétrer par une porte dérobée, dans un boudoir attenant au cabinet du docteur Lérisson, où celui-ci réservait ses expérimentations les plus capiteuses à ses clientes les plus célèbres, les enfermant nues dans des caissons de métal après avoir planté sur tout leur corps des aiguilles gorgées de concentrés d'herbes, de tomate, de bauxite, d'ananas, de cannelle, de patchouli, de navet, d'argile et de carotte, d'où elles ressortaient flageolantes, écarlates et quasiment ivres. Le docteur Lérisson, au complet, n'acceptait plus aucun gogo. Grâce aux recommandations exceptionnelles d'Eugénie et Marine, j'obtins enfin un rendez-vous, après des pourparlers avec une secrétaire occulte, pour le trimestre suivant. Je poireautai pendant quatre heures dans la salle d'attente, encerclé par des physionomies accablantes, quand l'assistant en blouse blanche le plus banal du monde prononça mon nom en ouvrant la porte, je lui dis : « Non, moi j'ai rendez-vous avec le docteur Lérisson : — Entrez, me dit-il. — Mais non, lui dis-je en flairant une supercherie, c'est le

docteur Lérisson en personne que je veux voir. —
Mais c'est moi le docteur Lérisson, entrez ! » me dit-il
en claquant sa porte derrière moi avec agacement. A
cause des faiblesses conjointes d'Eugénie et Marine,
j'avais imaginé un Don Juan. Au premier coup d'œil le
docteur Lérisson trouva mon truc, il me pinça la lèvre
en fixant mes paupières et me dit : « Vous êtes sujet
aux vertiges, n'est-ce pas ? » Après ma réponse qui
allait de soi, il ajouta : « Vous êtes un des êtres les
plus incroyablement spasmophile que j'aie jamais
rencontré, peut-être même davantage que votre amie
Marine qui est pourtant une nature en la question. »
Le docteur Lérisson m'expliqua que la spasmophilie
n'était pas vraiment une maladie, ni organique ni
mentale d'ailleurs, mais une ressource formidable,
dynamisée par une carence de calcium, propre à
torturer le corps. La spasmophilie n'était donc pas un
mal psychosomatique, mais la détermination de l'objet et du lieu de la souffrance qu'elle était capable de
produire relevait quant à elle d'une décision semi-
volontaire ou plus souvent inconsciente.

Puisque le corps se retrouvait frustré, par cette annonce de la malformation rénale bénigne puis cette théorie de la spasmophilie, dépossédé momentanément de ses capacités de souffrance, sans doute avide il se remit à forer en lui, au plus profond, aveuglément, à tâtons. Je ne faisais pas de crises d'épilepsie, mais j'étais capable à chaque instant de me tordre littéralement de douleur. Je n'ai jamais si peu souffert que depuis que je sais que j'ai le sida, je suis très attentif aux manifestations de la progression du virus, il me semble connaître la cartographie de ses colonisations, de ses assauts et de ses replis, je crois savoir là où il couve et là où il attaque, sentir les zones encore intouchées, mais cette lutte à l'intérieur de moi, qui est celle-ci organiquement bien réelle, des analyses scientifiques en témoignent, n'est pour l'instant rien, sois patient mon bonhomme, en regard des maux certainement fictifs qui me torpillaient. Emu par leurs déclarations, Muzil m'envoya consulter le vieux docteur Aron, qui avait pratiquement renoncé à sa charge mais continuait, deux ou trois heures par jour, à hanter ce cabinet qu'il tenait de son père, et où rien ne semblait avoir été déplacé depuis près d'un siècle, minuscule trotte-menu transparent entre ses énormes machines radiologiques antédiluviennes. Le docteur Aron recueillit le récit de mes souffrances, puis il m'engagea à passer dans l'autre partie de son cabinet, où s'élevaient ces énormes blocs articulés avec leurs bras, leurs manettes et leurs hublots qui le faisaient ressembler à la cabine d'un sous-marin, et à m'y déshabiller. Le tout petit homme blanchâtre et translucide s'accroupit à mes pieds et se mit à faire ricocher sur mes orteils, mes chevilles et mes genoux, comme le marteau léger d'un cymbalum, le maillet qui les parcourut de frissonnements. Puis il décocha au fond de mon iris le faisceau lumineux d'une lunette sphérique qu'il avait sanglée sur son front, et il me dit, avec un très long soupir : « En fait vous êtes un personnage comique. » Je me rassis à son bureau, et je lui dis cette phrase, oui, je m'en souviens très bien, je lui dis très exactement cette phrase, en 1981, peu avant que Bill évoque pour la première fois l'existence de ce phénomène qui nous liait déjà tous, Muzil, Marine et tant d'autres sans que nous puissions le savoir : « Je baiserai les mains de celui qui m'apprendra ma condamnation. » Le docteur Aron consulta une encyclopédie, en lut silencieusement un des articles, et il me dit : « J'ai trouvé la maladie dont vous êtes atteint, c'est une maladie assez rare, mais que cela ne vous inquiète pas trop, c'est une maladie qui fait certes beaucoup souffrir, mais qui passe généralement avec l'âge, c'est une maladie de la jeunesse qui devrait disparaître chez vous vers la trentaine, son nom le plus compréhensible est la dysmorphophobie, c'est-à-dire que vous avez en haine toute forme de difformité. » Il rédigea une ordonnance, je lui demandai à la voir, il me prescrivait des antidépresseurs : ne craignait-il pas que cela me fasse plus de mal que de bien ? Téo, en me racontant le cas d'un metteur en scène qui venait de se brûler la cervelle dans la pièce voisine où dormait son décorateur, tenait les antidépresseurs pour responsables disant que c'étaient eux et eux seuls généralement qui donnaient la force euphorique, en résistant à l'hébétude, de passer aux actes. En sortant du cabinet du docteur Aron, je déchirai l'ordonnance, et allai raconter la séance à Muzil. Mon récit le mit en colère : « C'est quand même incroyable ces généralistes de quartier, dit-il, ils en ont tellement assez des crachats et des diarrhées de leurs patients qu'ils se tournent vers la psychanalyse, et donnent les diagnostics les plus farfelus ! » Peu avant de s'écrouler, inconscient, dans sa cuisine, le mois qui a précédé sa mort, pressé par Stéphane et par moi à consulter un médecin au sujet de cette toux qui recommençait à arracher son souffle, Muzil se résigna à rendre visite à un vieux généraliste de son quartier qui, après l'avoir examiné, lui assura gaiement qu'il était en parfaite santé.

18

Aujourd'hui, 4 janvier 89, je me dis qu'il ne me
reste exactement que sept jours pour retracer l'histoire de ma maladie, et bien sûr c'est certainement un
délai impossible à tenir, et intenable pour ma quié-
tude morale, car je dois appeler le 11 janvier dans
l'après-midi le docteur Chandi pour qu'il mette au
fait par téléphone des analyses auxquelles j'ai dû me
soumettre le 22 décembre, pour la première fois à
l'hôpital Claude-Bernard, entrant par là dans une
nouvelle phase de la maladie, examens qui ont été
atroces car j'ai dû m'y rendre à jeun et de bonne
heure, ne dormant pratiquement pas de la nuit par
peur de manquer ce rendez-vous pris un mois plus tôt
pour moi par le docteur Chandi qui avait épelé au
téléphone mon nom, mon adresse et ma date de
naissance, me propulsant par là publiquement dans
une nouvelle phase avouée de la maladie, sinon pour
rêver cette nuit qui précéda ces atroces analyses où
l'on me ponctionna une quantité abominable de sang,
que j'avais été empêché pour diverses raisons de me
rendre à ce rendez-vous décisif pour ma survie,
devant de surcroît traverser de bout en bout Paris
paralysé par la grève semi-générale, et écrivant tout

cela en réalité le 3 janvier au soir par peur de
m'écrouler dans la nuit, fonçant férocement jusqu'à
mon but et jusqu'à son inachèvement, me ressouve-
nant avec terreur de cette matinée où j'ai dû sortir à
jeun dans les rues glacées, où régnait à cause de la
grève un affolement anormal, pour me faire soutirer
une quantité astronomique de sang, voler mon sang
dans cet institut de santé publique aux fins de je ne
sais quelles expériences, et lui ôter en même temps de
ses dernières forces valides, sous le prétexte de
contrôler le nombre de T4 que le virus avait massacré
en un mois dans mon sang, de capturer une dose
supplémentaire de mes réserves vitales pour les
envoyer aux chercheurs, les transformer en matière
désactivée d'un vaccin qui sauvera les autres après ma
mort, d'une gammaglobuline, ou pour en infecter un
singe de laboratoire, mais auparavant j'avais dû
m'écrabouiller dans la masse puante et résignée qui
bondait un compartiment de métro déréglé par la
grève, en ressortir suffoqué et remonter dans la rue
pour attendre devant la cabine téléphonique que la
jeune fille étrangère avec ses nombreux bagages ait
compris, d'après mes gestes derrière la vitre, dans
quel sens on devait glisser la carte, et qu'il fallait
ensuite rabattre le volet sur elle, elle me laissa
gentiment la place et attendit à son tour dans le froid
que j'en aie fini avec la boucle désespérante du disque
des Taxis bleus, en même temps qu'un ouvrier de la
Ville de Paris, ayant arrêté sa fourgonnette devant la
cabine, l'avait prise d'assaut avec un système d'asper-
sion qui avait tout obscurci et bleuté à l'intérieur,
tandis que je réécoutais pour la centième fois le disque

52

des Taxis bleus, écœuré par le café noir non sucré que le docteur Chandi m'avait autorisé à ingérer à l'exclusion de toute autre chose, alors que l'infirmière, quand j'atteignis le seul îlot encore vivant à l'intérieur de l'hôpital Claude-Bernard qu'on venait d'évacuer et que je traversais désaffecté dans la brume comme un hôpital fantôme du bout du monde, me souvenant de ma visite de Dachau, le dernier îlot animé qui était celui du sida avec ses silhouettes blanches derrière les vitres dépolies, me demanda en entassant les tubes vides dans la cuvette, un, puis deux, puis trois, puis un grand, puis deux petits, et enfin ça en faisait une bonne dizaine qui allaient tous se remplir dans un instant de mon sang chaud et noir, et qui se chevauchaient dans la cuvette en roulant sur eux-mêmes et en cherchant leur place comme ces voyageurs affolés dans les rames du métro désynchronisé par la grève, si j'avais pris un bon petit déjeuner, que j'aurais pu en tout cas, que j'aurais dû, contrairement à ce que m'avait assuré le docteur Chandi puisque j'avais pris la peine de le lui demander, et que je devrais la prochaine fois, me dit l'infirmière en me demandant quel bras je désirais qu'on saigne, comme si pour l'heure j'étais en mesure d'assumer une prochaine fois, horrifié, dans un état d'horreur proche du fou rire, mais pour l'instant l'ouvrier de la Ville de Paris avait raclé à l'extérieur toute la buée de la cabine téléphonique et attendait en croisant les bras que j'en aie fini avec le disque des Taxis bleus pour attaquer l'intérieur, prêt à repousser la jeune fille étrangère dont c'était le tour, mais de lassitude il disparut avec sa fourgonnette au moment même où la voix des Taxis bleus me dit en raccrochant aussitôt qu'il n'y avait pas de voiture disponible, au bout de dix minutes d'attente, pour ce numéro de la rue Raymond-Losserand que j'avais relevé à la hâte au moment où j'avais enfin eu la ligne derrière la vitre de la cabine téléphonique, où je laissai pénétrer la jeune fille étrangère, me réengouffrant dans le métro, cette fois prêt à tout, avec un écœurement et une faiblesse proches de la puissance, prêt au pire avec même une certaine gaieté, à me faire casser la gueule gratuitement, comme par hasard ce matin-là, ou jeter par un fou sous la rame où j'allai pour la seconde fois m'écraser, en retenant mon souffle et en levant la tête, respirant uniquement par le nez, terrorisé à l'idée qu'en plus de tout je risquais d'attraper cette grippe chinoise qui avait déjà cloué au lit, écrivaient les journaux, deux millions et demi de Français. Le compartiment sur la ligne Mairie d'Issy-Porte de la Chapelle, où le docteur Chandi m'avait conseillé de descendre, au choix avec Porte de la Villette, avant de marcher dix bonnes minutes le long d'une bretelle du périphérique, était presque vide celui-là. Un homme avec une casquette à oreillettes de fourrure, au sortir de la station Porte de la Chapelle, m'indiqua mon chemin avec des gestes larges qui désignaient des kilomètres, et, quand je lui dis le nom Claude Bernard, car il me questionnait plus précisément sur le numéro de l'avenue de la Porte d'Aubervilliers où je devais me rendre, il me sembla qu'il comprenait tout de ma situation et du désastre où je me trouvais, car il fut tout à coup avec moi d'une gentillesse incomparable qui, tout en restant discrète et légère, presque humoristique, n'en sucra pas moins ce café noir qui continuait de m'écœurer, il avait lu dans les journaux de l'avant-veille que l'hôpital Claude-Bernard, datant des années 20 et devenu insalubre, avait été déménagé dans des locaux neufs à l'exception du pavillon Chantemesse, où m'avait dit de me rendre le docteur Chandi en omettant de me prévenir de la conjoncture, bâtiment exclusivement affecté aux malades du sida et en fonctionnement à l'intérieur de l'hôpital mort, jusqu'à nouvel ordre. Au téléphone le docteur Chandi, à qui je réclamai des indications sur le chemin à suivre, spécialement en ces jours de grève, pour arriver à Claude-Bernard, car, comme par un fait exprès, j'avais égaré le papier sur lequel je les avais notées en détail un mois plus tôt, me dit seulement : « Ah oui, votre bilan sanguin, c'est déjà pour demain ? Mon Dieu, comme le temps passe vite ! » Je me demandai par la suite s'il avait dit cette phrase intentionnellement pour me rappeler que mon temps était désormais compté, et que je ne devais pas le gaspiller à écrire sous ou sur une autre plume que la mienne, me renvoyant à cette autre phrase presque rituelle qu'il avait prononcée un mois plus tôt, quand, constatant dans mes dernières analyses l'avancée précipitée du virus dans mon sang, et me priant de procéder par une nouvelle prise de sang à la recherche de l'antigène P24, qui est le signe de la présence offensive et non plus latente du virus dans le corps, cela afin de mettre en branle la démarche administrative permettant d'obtenir de l'AZT, qui est à ce jour le seul traitement du sida en phase définitive : « Maintenant, si l'on ne fait rien, ce n'est plus une question d'années, mais de mois. » J'avais redemandé mon chemin à un pompiste, car il n'y avait personne sur cette avenue sans boutiques rasée par le flot des voitures pour me renseigner, et je vis dans le regard du pompiste qu'il trouvait un point commun, il n'arrivait pas à savoir lequel, aux visages et aux regards, au comportement fébrile, faussement assuré et détendu, de ces hommes de vingt à quarante ans qui lui demandaient le chemin de l'hôpital désaffecté, à une heure où l'on ne fait pas de visites. Je traversai une seconde bretelle du périphérique pour parvenir au portail de l'hôpital Claude-Bernard, où il n'y avait plus ni gardien ni service d'admission mais une pancarte indiquant que les malades convoqués au pavillon Chantemesse, celui que m'avait épelé le docteur Chandi, devaient directement s'adresser aux infirmières de ce bâtiment qu'ils trouveraient dans l'enceinte en suivant le parcours fléché. Tout était désert, pillé, froid et humide, comme saccagé, avec des stores bleus effilochés qui battaient au vent, je marchais le long des pavillons barricadés couleur de brique, qui annonçaient sur leurs frontons : Maladies infectieuses, Epidémiologie africaine, jusqu'au pavillon des maladies mortelles, l'unique cellule éclairée qui continuait de bourdonner derrière ses verres dépolis, et où l'on extrayait sans relâche le sang contaminé. Je ne rencontrai personne sur mon chemin ni ce n'est un Noir qui ne retrouvait plus la sortie, et me supplia de lui signaler une cabine téléphonique. Le docteur Chandi m'avait prévenu que les infirmières de ce service étaient très gentilles. Elles le sont sans doute avec lui lorsqu'il passe faire sa consultation, le mercredi matin. Je m'avançai dans un couloir en carrelage, transformé en salle d'attente pour de pauvres types comme moi qui se dévisageaient en pensant que la maladie se tapissait tout comme chez eux derrière ces visages qui avaient l'air sains, et qui étaient parfois pleins de jeunesse et de beauté, alors qu'eux-mêmes voyaient une tête de mort lorsqu'ils se regardaient dans la glace, ou inversement avaient l'impression de détecter immédiatement la maladie dans ces regards décharnés alors qu'eux-mêmes s'assuraient à chaque instant dans un miroir qu'ils étaient encore en bonne santé malgré leurs mauvaises analyses, et, en m'avançant dans ce couloir, derrière un de ces verres dépolis qui s'arrêtaient aux épaules, je reconnus de trois quarts la face d'un homme qui m'était familière, à qui j'avais eu affaire, et je m'en détournai aussitôt, horrifié à l'idée de devoir échanger ce regard de reconnaissance et d'égalité forcée, moi qui n'ai que du mépris pour cet homme. Trois infirmières se tassaient, comme empilées pour un jeu de cirque les unes au-dessus des autres, dans un placard à balais en compulsant frénétiquement les pages d'un classeur et en criant des noms, c'est alors qu'elles ont crié le mien, mais il est un stade de la maladie où l'on n'a que faire du secret, où il devient même odieux et encombrant, et l'une d'elles parla de son arbre de Noël, il ne faut pas se laisser gagner par l'horreur de cette maladie sinon elle envahit tout, elle n'est jamais qu'une sorte de cancer, un cancer devenu désormais presque totalement transparent par l'avancement des recherches. Je m'étais réfugié dans un des boxes de ponction du sang, j'avais refermé avec précipitation la porte sur moi et je m'étais tassé au fond du siège le plus bas de crainte que l'homme que j'avais reconnu puisse me reconnaître à son tour, mais à chaque instant une infirmière rouvrait la porte pour me demander mon nom ou m'avertir que j'avais pris place dans le mauvais box. L'infirmière qui devait procéder à ma prise de sang me dévisagea avec un regard plein de douceur, qui voulait dire : « tu mourras avant moi ». Cette pensée l'aidait à rester clémente, et à enfoncer droit et sans gant l'aiguille dans la veine après avoir recompté le nombre de ses tubes en les faisant rouler du bout des doigts dans la cuvette. Elle dit : « C'est pour le bilan pré-AZT ! Depuis quand vous êtes en observation ? » Je réfléchis avant de répondre : « Un an .» Au neuvième tube qu'elle encastra dans le système à piston qui me trayait le sang sous vide, elle me dit : « Si vous voulez, je vais vous apporter un petit déjeuner, du Nescafé et des tartines beurrées avec de la confiture, ça ira ? » Je me relevai aussitôt du siège, et elle m'y rassit avec frayeur : « Non, restez encore un peu assis, vous êtes trop pâle, vous êtes sûr que vous ne voulez pas un bon petit déjeuner ? » J'avais hâte de sortir de là, je ne tenais sans doute pas sur mes jambes mais j'avais envie de courir, de courir comme jamais, à l'abattoir chevalin la bête qu'on vient de saigner au cou, sanglée sous les flancs, continue de galoper, dans le vide. Les artistes de l'empilement dans leur placard à balais me donnèrent d'office un rendez-vous pour le 11 au matin, avec le docteur Chandi. En ressortant dans le froid, je pensai qu'il ne manquerait plus que je me perde comme le Noir dans cet hôpital fantôme, l'idée me faisait rire, m'égarer ou tomber dans les pommes, dans cet unique hôpital au monde, sans doute, où il se pourrait que j'attende des heures que quelqu'un passe par là pour me relever. Malgré tous mes efforts pour ne pas me perdre en suivant le parcours fléché, je m'aperçus bientôt que j'arrivais devant une sortie condamnée, il me fallait refaire tout le trajet en sens inverse, et me mettre en quête d'une autre sortie. Un motard fonça avec un casque qui rendait son visage inidentifiable comme celui d'un escrimeur. Je repassai devant le pavillon des maladies mortelles, puis devant le pavillon d'épidémiologie africaine, puis devant celui des maladies infectieuses, et il n'y avait plus personne pour me demander son chemin. J'avais toujours cette terrible envie de rire, et de parler, d'appeler au plus vite ceux que j'aime pour leur raconter tout ça, et l'évacuer. Je devais déjeuner avec mon éditeur, et discuter l'à-valoir de mon nouveau contrat qui me permettrait de faire le tour du monde dans un poumon d'acier ou de me brûler la cervelle avec une balle en or. Dans l'après-midi je rappelai le docteur Chandi à son cabinet pour lui dire que l'expérience du matin m'avait très sérieusement éprouvé. Il dit : « J'aurais dû vous prévenir, tout ce que vous dites est vrai, mais moi je ne vois plus rien, je passe là une matinée par semaine, et il faut bien que j'aie la pêche pour que ça continue de rouler. » Je lui dis que je me doutais que s'il m'avait envoyé là, c'était parce que c'était inévitable, mais je lui demandai si dorénavant, dans la mesure du possible, nous pour- rions faire l'économie de ces visites dans cet hôpital, et continuer de traiter la chose entre nous. Inquiété par la menace que j'avais laissé sourdre lors de notre dernière entrevue, à savoir que je choisirais entre le suicide et l'écriture d'un nouveau livre, le docteur Chandi me dit qu'il ferait tout son possible pour ça, mais que la délivrance de l'AZT ne pouvait passer que par un comité de surveillance. Je rapportai cette conversation le soir même à Bill, après avoir déjeuné avec mon éditeur et passé l'après-midi à l'hôpital avec ma grand-tante, et Bill me dit : « Ils doivent avoir peur que tu revendes ton AZT, à des Africains par exemple. » En Afrique, à cause de la cherté du médicament, on préfère laisser crever les malades et consacrer l'argent à la recherche. C'est dans l'après-midi du 22 décembre que je décidai, avec le docteur Chandi, de ne pas me rendre à ce rendez-vous du 11 janvier, qu'il honorerait à ma place, en tenant un rôle au même moment dans les deux camps, pour obtenir s'il le fallait, ou me faire croire que ce n'était qu'ainsi qu'il l'obtiendrait, par ce simulacre de ma présence, en bloquant le temps imparti à notre rendez-vous pour abuser le comité de surveillance, le médicament escompté. Je dois lui téléphoner dans l'après-midi du 11 janvier pour connaître mes résultats et c'est pour cela que je dis qu'aujourd'hui, le 4 janvier, il ne me reste plus que sept jours pour retracer l'histoire de ma maladie, car ce que m'apprendra le docteur Chandi dans l'après-midi du 11 janvier, dans un sens comme dans l'autre, bien que ce sens ne puisse qu'être néfaste comme il m'y a préparé, risque de menacer ce livre, de le pulvériser à la racine, et de remettre mon compteur à zéro, d'effacer les cinquante-sept feuillets déjà écrits avant de faire rouler mon barillet.

19

80 aura été l'année de l'hépatite que Jules m'a refilée d'un Anglais qui s'appelait Bobo, et que Berthe a évitée de justesse par une injection de gammaglobuline. 81 l'année du voyage de Jules en Amérique, à Baltimore où il devint l'amant de Ben et à San Francisco de Josef, peu après que Bill m'eut parlé pour la première fois de l'existence de la maladie, à moins donc qu'il m'en ait parlé fin 80. En décembre 81 à Vienne, Jules baise sous mes yeux le soir de mon anniversaire un petit masseur blond et frisé qu'il a chopé dans un sauna, Arthur, qui a des taches et des croûtes sur tout le corps, à propos duquel j'écris le lendemain dans mon journal, dans une semi-inconscience car à cette époque on n'accorde qu'une foi relative au fléau : « En même temps nous prenions la maladie sur le corps de l'autre. Nous eussions pris la lèpre si nous l'avions pu. » 82 a été l'année de l'annonce par Jules à Amsterdam de la procréation d'un premier enfant qui devait s'appeler Arthur et qui a fini dans la cuvette des chiottes, annonce qui m'a traumatisé au point que je priai Jules d'élever dans mon corps en échange une force négative, « un germe noir » lui ai-je dit ce soir-là à travers mes larmes dans

ce restaurant d'Amsterdam éclairé aux bougies, ce à quoi il n'a donné aucune suite apparente, car moi je rêvais de coups, d'asservissement et de dressage, je voulais devenir son esclave et c'est lui qui est devenu le mien de façon intermittente. En décembre 82, à Budapest où il est venu se recueillir sur la tombe de Bartók, je me fais juter dans le cul par un veau d'amerloque originaire de Kalamazoo, Tom, qui m'appelle son bébé. 83 a été l'année du Mexique, de l'abcès dans la gorge et des ganglions de Jules. 84 l'année des trahisons de Marine et de mon éditeur, de la mort de Muzil et des vœux déposés au Japon dans le Temple de la Mousse. Je ne situe rien en 85 de relatif à notre histoire. 86 a été l'année de la mort du curé. 87 l'année de mon zona. 88 l'année de la révélation sans recours de ma maladie, suivie trois mois plus tard de ce hasard qui a su me faire croire à un salut. Dans cette chronologie qui cerne et balise les augures de la maladie en couvrant huit années, alors qu'on sait maintenant que son temps d'incubation se situe entre quatre ans et demi et huit ans selon Stéphane, les accidents physiologiques ne sont pas moins décisifs que les rencontres sexuelles, ni les prémonitions que les vœux qui tentent de les effacer. C'est cette chronologie-là qui devient mon schéma, sauf quand je découvre que la progression naît du désordre.

20

Quand, en octobre 83, à mon retour du Mexique, cet abcès s'ouvre au fond de ma gorge, je ne sais plus à quel médecin m'adresser, le docteur Nocourt prétend qu'il ne fait pas de visite à domicile, le docteur Lévy est mort, et il n'est plus question de faire appel ni au vieux docteur Aron depuis l'affaire de la dysmorphophobie ni au docteur Lérisson pour qu'il m'étouffe sous une montagne de gélules. Je me suis résolu à faire venir un jeune remplaçant du docteur Nocourt, lequel m'a prescrit des antibiotiques qui, depuis trois ou quatre jours que je les prends, n'ont eu aucun effet, l'abcès continue de gagner du terrain, je ne peux déglutir sans avoir atrocement mal, je ne mange pratiquement plus rien, sauf les aliments mous que m'apporte chaque jour Gustave de passage à Paris. Jules n'est pas disponible : remis de ses fièvres, il a accepté un travail très accaparant sur une production théâtrale. Avec cette plaie blanche à vif qui me ronge la gorge, je suis hanté par le baiser, sur la piste de danse du *Bombay*, à Mexico, de la vieille pute, sosie parfait de cette actrice italienne qui s'était amourachée de moi et était née la même année que ma mère,

qui m'avait soudain fourré *stuck his* sa langue au fond de la
gorge comme une couleuvre folle, se collant à moi sur
ce plancher lumineux du *Bombay* où le producteur
américain m'avait entraîné pour collecter un cheptel
de putes qui figureraient dans le film adapté d'*Au-
dessous du volcan*, un des romans préférés de Muzil,
qui m'avait prêté son exemplaire, jaune et racorni,
avant mon départ. Les putes, des plus jeunes aux plus
âgées, défilaient à la table de leur patron, Mala Facia,
pour me voir de près et me toucher et m'attirer l'une
après l'autre sur la piste de danse, parce que j'étais
blond. Elles se serraient contre moi en riant, ou bien
langoureusement à la façon de cette pute qui sentait
fort le fard, qui me semblait, comme une hallucination, la réincarnation de l'actrice italienne qui m'avait
aimé et tendu ses lèvres, me chuchotant que pour moi
elles le feraient à l'œil dans un des boxes à l'étage,
parce que j'étais blond. Le gouvernement venait de
fermer les bordels à l'ancienne, avec leur patio où
défilaient les chairs, et leur couloir sombre bordé de
cellules, éclairé, dans la niche du fond, par la Vierge
lumineuse de la miséricorde. Ces établissements barricadés, surveillés par la police, avaient été remplacés
en catastrophe par de grands dancings halls à l'américaine. J'avais eu le malheur de me rendre quelques
jours plus tôt dans une boîte homosexuelle indiquée
par l'ami mexicain de Jules, et de même les garçons
avaient fait la queue devant moi pour me dévisager et,
les plus audacieux, me palper comme un porte-
bonheur. La vieille pute avait franchi le pas que
j'avais refusé à l'actrice italienne, elle avait sans
prévenir fourré sa langue au fond de ma gorge, et, des

64

milliers de kilomètres plus loin, son baiser revenait à chaque sensation de douleur que produisait mon abcès pour le creuser plus profondément, comme la pointe d'un fer chauffé à blanc. La vieille pute avait réalisé la terreur que son baiser avait suscitée, elle s'était excusée, elle était triste. De retour dans la chambre de mon hôtel rue Edgar-Allan-Poe, je m'étais savonné la langue en me regardant dans le miroir, et j'avais pris une photo de cette drôle de tête dévastée par l'ivresse et le dégoût. Un dimanche après-midi où la douleur me semblait intenable, me faisant pleurer de découragement devant Gustave impuissant, ne pouvant joindre aucun de mes médecins, je me résignai à appeler à son domicile le docteur Nacier qui était alors un camarade et que jusque-là il n'avait jamais été question de prendre au sérieux en tant que médecin. Il me dit de passer immédiatement le voir, examina ma gorge, souleva l'éventualité d'un chancre syphilitique, et dépêcha chez moi le lendemain matin une infirmière qui me fit une prise de sang pour le dépistage, et un badigeon au fond de la gorge pour déceler précisément le microbe ou la bactérie et lui administrer un antibiotique spécifique. L'efficacité et la gentillesse du docteur Nacier, qui vint rapidement à bout de ma douleur, ayant pris soin contrairement à l'autre médecin de me prescrire des analgésiques, firent que je décidai de le prendre dorénavant pour médecin, et, comme son cabinet n'était pas loin de chez moi, je m'y retrouvai deux ou trois fois par semaine, à l'article de la mort, jusqu'à ce que l'état de pâleur et d'épuisement du docteur Nacier harcelé par mes incessantes visites me fasse reprendre sur-le-champ du poil de la bête. C'est moi, alors, qui remontais le moral du docteur Nacier, et je sortais ragaillardi de ces consultations en allant m'empiffrer d'éclairs au chocolat et de chaussons aux pommes dans la pâtisserie voisine de son cabinet. Le docteur Nacier me fit rapidement l'aveu qu'il avait fait le test du sida, qui s'était révélé positif, et qu'il avait immédiatement contracté une assurance profession- nelle qui pourrait un jour mettre sa maladie, l'état d'ignorance dans lequel on était alors vis-à-vis du virus permettait de telles spéculations, sur le compte d'une contamination par un patient, afin de toucher d'importants dédommagements qui lui permettraient de couler de paisibles derniers jours à Palma de Majorque.

21

J'avais été ébloui, au Teatro colonial, place Gari-
baldi à Mexico, de voir les hommes se battre pour
s'abreuver au sexe des femmes, se hisser de leurs
sièges en traction sur leurs bras, après avoir assommé
un pote à soi ou un vieux cochon pour qu'ils y
renoncent, vers la passerelle où elles défilaient dans
leur pinceau de lumière, choisissant une tête dans la
foulée pour la plaquer entre leurs cuisses écartées, moi
assis à l'écart sur un de ces bancs de bois, terrorisé et
étourdi, rétrécissant et m'incrustant dans ce banc au
fur et à mesure du déroulement du spectacle le plus
primaire et le plus beau du monde, cette communion
des hommes dans la toison des femmes, cet élan
juvénile même des plus âgés pour l'atteindre, je les
buvais des yeux le cœur battant, disparaissant quasiment sous mon siège de crainte d'être élu par une des
strip-teaseuses, car pour moi fourrer mon museau
dans leur triangle c'était m'évanouir définitivement
du monde, et y perdre ma tête à jamais, l'effeuilleuse
avançait dans ma direction en me narguant, s'appro-
chait toujours plus près, désignant mon effroi comme
un élément comique à la risée des autres jeunes

hommes, prête à s'accroupir devant ma face et saisir ma tête bouclée, la seule blonde encore de toute l'assistance, et la malmener jusqu'à ce que mes lèvres s'entrouvrent pour honorer la fente, et boire la soif des jeunes hommes qui s'y étaient assouvis, mais d'un seul coup les lumières se rallumèrent, la strip-teaseuse surprise frissonna, ramassa un peignoir sur une chaise et détala, et les ouvreurs firent sortir comme des bêtes, à coups de sifflet sinon de fouet, les jeunes hommes assoiffés ou rassasiés, qui avaient perdu leur fougue en un éclair comme une illusion d'optique, une illusion de l'ombre, dans la lumière où ils redevenaient des travailleurs épuisés, aux costumes ternes et étriqués, qui avaient caché leur femme dans le fauteuil à côté d'eux.

Ce n'est pour l'instant qu'une fatigue inhumaine, une fatigue de cheval ou de singe greffée dans le corps d'un homme, qui lui donne envie à tout instant de fermer les paupières et de se retirer, de tout et même de l'amitié, sauf de son sommeil. Cette fatigue monstrueuse a localisé sa source dans les minuscules réservoirs lymphatiques qui se distribuent tout autour du cerveau pour le protéger, comme une petite ceinture de la lymphe, dans le cou sous les maxillaires, derrière les tympans, assiégée par la présence du virus, et qui se crève pour lui faire barrage, diffusant par les globes oculaires l'épuisement de ses systèmes de défense. Le livre lutte avec la fatigue qui se crée de la lutte du corps contre les assauts du virus. Je n'ai que quatre heures de validité par jour, une fois que j'ai remonté les stores immenses de la verrière, qui sont le potentiomètre de mon souffle déclinant, pour retrouver la lumière du jour et me remettre au travail. Hier, dès deux heures de l'après-midi, je n'en pouvais plus, j'étais à bout de forces, terrassé par les puissances de ce virus dont les effets s'apparentent, dans un premier temps, à ceux de la maladie du sommeil, où à ceux de cette <u>mononucléose</u> dite maladie du baiser, mais je ne voulais pas lâcher prise et j'ai réattaqué mon travail. Ce livre qui raconte ma fatigue me la fait oublier, et en même temps chaque phrase arrachée à mon cerveau, menacé par l'intrusion du virus dès que la petite ceinture lymphatique aura cédé, ne me donne que davantage envie de fermer les paupières.

23

Il est de fait que tous ces derniers jours je n'ai absolument pas travaillé sur ce livre, à l'instant crucial du délai que je m'étais fixé pour raconter l'histoire de ma maladie, passant douloureusement le temps, en attendant ce nouveau verdict ou ce simulacre de verdict puisque j'en connais la teneur dans ses moindres détails tout en feignant de l'ignorer, et d'avoir encore, avec la complicité du docteur Chandi à qui j'ai laissé comprendre que je souhaiterais me leurrer, un brin d'espoir, mais aujourd'hui, 11 janvier, qui devait être le jour du verdict, je m'en mords les doigts car je me retrouve entièrement ignorant de ce que je sais déjà, à savoir que j'ai tenté sans succès de joindre à son cabinet le docteur Chandi, qui devait passer prendre mes résultats ce matin à l'hôpital Claude-Bernard, comme il m'avait promis au téléphone qu'il le notait l'année passée sur son prochain agenda, à sa propre place et à la mienne en même temps, jouant à la fois nos deux rôles de médecin et de patient, ou me faisant croire qu'il les jouerait, à la barbe des infirmières qui m'avaient imposé ce rendez-vous, tout simplement parce que le mercredi n'est pas le jour de consultation du docteur Chandi à son cabinet, et je me retrouve ce soir sans ces résultats, miné de ne pas les connaître le soir du 11 janvier comme depuis le 22 décembre je m'y attendais, ayant d'ailleurs passé ma nuit à rêver que je ne les obtenais pas, à rêver la même situation autrement : je joignais bien aujourd'hui, comme je croyais qu'il avait été convenu, le docteur Chandi au téléphone, mais il me disait désagréablement, après que je lui eus souhaité la bonne année et qu'il eut répondu pour la forme à mes vœux, tout plein d'arrière-pensées sinistres, qu'il avait autre chose à faire qu'à me renseigner, et que je devrais essayer de le rappeler à un moment où je ne le dérangerais pas dans sa consultation ; en même temps je pouvais interpréter favorablement sa négligence, car elle pouvait être le signe qu'il n'y avait aucune urgence à me faire rentrer à Paris, alors que c'est moi qui ai dramatisé ou inventé cette parodie de rapatriement, à un moment où il eût été naturel que je me trouve à Paris parmi mes amis et que, comme n'importe quel malade, je me rende à ce rendez-vous qu'on m'avait fixé afin de pouvoir me délivrer un médicament, le seul médicament existant qui pourrait vaincre mon épuisement ; mais il s'avérait dans le rêve que s'il n'y avait pas d'urgence à me rapatrier à Paris, c'était que le docteur Chandi, au vu des nouvelles analyses, avait compris qu'il n'y avait plus rien à faire qu'à tout laisser courir, en espérant seulement que le coma soit le plus rapide possible. Il y a deux jours, le 9 janvier, mes parents m'ont téléphoné hier pour m'en prévenir, est né le fils de ma sœur, qu'elle a décidé d'appeler Hervé, ignorant tout de ma maladie et de ma fin voisine probable, mais les pressentant peut-être, voulant me faire la surprise au dernier moment, me l'annonçant au déjeuner de Noël auprès de notre grand-tante Louise, alors que je venais de faire manger à l'hôpital notre autre grand-tante Suzanne, ajoutant qu'elle avait même eu la bonne idée supplémentaire d'appeler son fils Hervé Guibert puisqu'elle avait récupéré son nom de jeune fille et que le nouveau père ne tenait pas spécialement à donner son nom à cet enfant, et ma sœur me disait tout cela à moi, qui avais toujours pensé qu'elle était une personne parfaitement équilibrée. Ces derniers jours où, contre toute attente, malgré l'ultimatum que je m'étais fixé, j'ai laissé en friche l'histoire de ma maladie, je les ai passés péniblement à corriger mon précédent manuscrit, après l'intervention de David qui ne l'a pas du tout apprécié, alors que je m'étais avancé sur son propre terrain, celui du jeu de massacre, et que je n'aurais certainement jamais écrit ce livre si je ne l'avais pas connu et si je n'avais pas lu ses livres à lui, il me reprochait d'être un disciple indigne et de surcroît ne voyait dans mon livre, que j'ai écrit entre le 15 septembre et le 27 octobre tanné par la peur de ne pouvoir l'achever, qu'un brouillon de livre, bordant les trois cent douze pages de la dactylographie de traits rageurs, exaspérés, qui, pour la première fois, au moment où je devais les gommer dans la marge, me firent vraiment mal. David n'avait peut-être pas compris que soudain, à cause de l'annonce de ma mort, m'avait saisi l'envie d'écrire tous les livres possibles, tous ceux que je n'avais pas encore écrits, au risque de mal les écrire, un livre drôle et méchant, puis un livre philosophique, et de dévorer ces livres presque simultanément dans la marge rétrécie du temps, et de dévorer le temps avec eux, voracement, et d'écrire non seulement les livres de ma maturité anticipée mais aussi, comme des flèches, les livres très lentement mûris de ma vieillesse. Au lieu de cela, les deux derniers jours, en attendant le coup de fil du docteur Chandi, après avoir revu de bout en bout les trois cent douze pages de mon manuscrit, je n'avais fait que dessiner.

Jules, qui s'inquiétait ces derniers temps, à l'instar du docteur Chandi, de ma santé morale, plus que de ma santé physique, relativement à la solitude que je m'imposais ici à Rome, m'avait donné ce conseil : « Tu devrais peindre. » J'y songeais, depuis que dans la librairie d'art de la via di Ripetta, en face de ce collège où parfois je passe, sans rôder, laissant plutôt traîner mes yeux sur ses allées et venues pleines de vivacité, attiré davantage par les effluves de jeunesse que par la jeunesse elle-même, aimant à nager ou me laisser porter passagèrement, pour une dérive courte incluse dans la promenade qui avait un autre but, dans un bain de jeunesse plutôt qu'à chercher à entrer en contact avec telle ou telle de ses créatures, ressentant désormais pour elles une attirance désincarnée, l'élan impuissant d'un fantôme, et ne parlant plus jamais de désir, en feuilletant debout quelques albums d'art, j'étais tombé en arrêt sur une page d'un catalogue d'exposition qui s'était tenue à Milan au Palazzo Reale, consacrée au XIXe siècle italien, et qui venait de fermer ses portes. Le tableau, dû à un certain Antonio Mancini, représentait un jeune garçon

en costume de deuil, aux cheveux crépus noirs
ébouriffés qui juraient légèrement sur l'ordonnance
du pourpoint noir avec sa dentelle aux poignets, des
bas noirs, des souliers noirs à boucles et des gants
noirs, dont l'un était défait, celui du poing qui se
pressait sur le cœur d'un geste désespéré, tandis que
la tête partait en arrière pour se cogner contre un mur
jaune veinulé, qui limitait le tableau et inscrivait dans
la frise de faux marbre une lèpre d'incendie noyé,
tandis que la main revêtue par le gant s'appuyait au
mur, comme pour le repousser à la force du poignet, à
la force de la douleur, et repousser la douleur à
l'intérieur du mur. Le tableau s'intitulait : *Après le
duel*, on y discernait en second, dans le bas à droite,
une chemise d'homme souillée de sang en train de
sécher, avec la marque de la main qui l'avait arrachée
du corps, pendant comme un suaire, comme une
enveloppe d'homme pelé, sur la pointe d'une épée qui
dépassait à peine. Le tableau n'avouait pas l'anecdote
de son sujet pour le murer, comme j'aime toujours,
sur une énigme : le jeune modèle était-il l'assassin de
la victime emportée hors du tableau ? ou le témoin ?
était-il son frère ? son amant ? son fils ? Ce tableau
extraordinaire fut à l'origine d'une suite de recherches
frénétiques dans des bibliothèques et des librairies,
chez des bouquinistes. J'appris qu'il avait été peint
par Mancini à l'âge de vingt ans. Que son modèle était
un certain Luigiello, le fils d'une concierge napoli-
taine qu'il avait peint de nombreuses fois, déguisé en
saltimbanque, en collants d'argent sur une gondole
vénitienne chargée de plumes de paon, avec son
Pulcinella, rêveur rusé, chapardeur, musicien funam-

bule, et que Mancini l'avait adoré au point de l'emmener avec lui à Paris pour sa première grande exposition, bientôt pressé par ses parents de renvoyer Luigiello à Naples, bientôt interné aussi par cette famille bien intentionnée dans un hôpital psychiatrique d'où il devait ressortir laminé, ne peignant plus par la suite que des portraits conventionnels de la haute bourgeoisie. J'avais pensé, à partir de cette admiration inopinée, me mettre à la peinture ou à mon impuissance de la peinture à même cette admiration, c'est-à-dire, n'en plus finir d'essayer de repeindre, de mémoire, d'après reproduction et d'après l'original, ce tableau de Mancini intitulé *Dopo il duello* qui se trouvait à la Galerie d'Art moderne de Turin, toujours fermée pour travaux, de chercher par la peinture et mon incapacité à peindre les points de rapprochement et d'éloignement avec le tableau, jusqu'à ce que, par ce massacre, je l'aie entièrement assimilé. Mais, bien entendu, je fis tout autre chose que ce que j'avais prévu, et abordai finalement mon rêve de la peinture très en dessous de la peinture, comme me l'avait conseillé le seul peintre que j'aie un peu approché, par le biais du dessin, commençant par les objets les plus simples de mon environnement, les bouteilles d'encre, et, avant de m'attaquer aux visages vivants et peut-être bientôt au mien agonisant, à ceux, modelés dans la cire, d'ex-voto d'enfants que j'avais rapportés de mon voyage à Lisbonne.

25

Mancini s'était fait enterrer avec son pinceau et le *Manuel* d'Epictète, qui se trouve à la suite des *Pensées* de Marc Aurèle, dans l'exemplaire jaune Garnier-Flammarion que Muzil avait délogé de sa bibliothè-que, couvert d'un papier cristal, quelques mois avant sa mort, pour me le donner comme étant l'un de ses livres préférés, et m'en recommander la lecture, afin de m'apaiser, à une époque où j'étais particulièrement agité et insomniaque, ayant même dû me résoudre, sur les conseils de mon amie Coco, à des séances d'acupuncture à l'hôpital Falguière, où un médecin au nom chinois m'abandonnait en slip sous une tente mal chauffée, après m'avoir planté au sommet du crâne, aux coudes, aux genoux, à l'aine et sur les orteils de longues aiguilles qui, oscillant au rythme de mon pouls, ne tardaient pas à laisser sur ma peau des rigoles de sang que le docteur au nom chinois ne prenait pas la peine d'éponger, ce docteur obèse aux ongles sales auquel je continuais de confier mon corps, m'étant toutefois soustrait aux intraveineuses de calcium qu'il m'avait prescrites en complément, deux ou trois fois par semaine, jusqu'au jour où, saisi de dégoût, je le vis remettre les aiguilles maculées dans un bocal d'alcool saumâtre. Marc Aurèle, comme me l'apprit Muzil en me donnant l'exemplaire de ses *Pensées*, avait entrepris leur rédaction par une suite d'hommages dédiés à ses aînés, aux différents membres de sa famille, à ses maîtres, remerciant spécifiquement chacun, les morts en premier, pour ce qu'ils lui avaient appris et apporté de favorable pour la suite de son existence. Muzil, qui allait mourir quelques mois plus tard, me dit alors qu'il comptait prochainement rédiger, dans ce sens, un éloge qui me serait consacré, à moi qui sans doute n'avais rien pu lui apprendre.

26

Marine avait débuté les représentations de sa pièce lorsque j'étais au Mexique, dès mon retour la rumeur m'avertit que c'était un désastre. Elle avait accumulé les erreurs, bâtissant tout un spectacle à partir du choix d'un rôle comme un caprice, recherchant vainement à travers l'Europe un metteur en scène un peu réputé car les plus fiables s'étaient désistés devant l'absurdité du projet, de même que les vedettes masculines, seules habilitées à lui donner la réplique dans ce duo convenu de monstres sacrés. Du coup les catastrophes s'étaient télescopées : Marine avait dû faire virer pour cause d'ivrognerie, en étouffant l'affaire dans les journaux, le metteur en scène ersatz, et le partenaire ersatz, un comédien de second plan, prenait chaque jour un peu plus d'ascendant sur elle et sur son jeu affaibli par les déconvenues, excité érotiquement à l'idée de terrasser la star usurpatrice d'un talent dont l'inexistence allait enfin pouvoir éclater un grand jour, en comparaison de son génie d'acteur fourbi sur de vraies planches de théâtre, et non comme elle sur des pages de magazines féminins. La première fut un massacre. Marine était perdue dans son jeu, égarée de surcroît par les tactiques de son partenaire, qui à dessein ne répétait jamais les mêmes déplacements et, sous prétexte de rendre véridique la violence du rapport de forces entre le personnage masculin et le personnage féminin, la maltraitait physiquement au point, quand il l'avait soulevée dans ses bras, de la jeter par terre de tout son haut. Marine ne savait plus à quel gourou se vouer pour redonner un semblant de cohérence à son jeu, déconstruit par le remplacement du metteur en scène, dérouté par la fourberie de son partenaire, et pulvérisé par ses propres angoisses et ses inclinations à la folie. Par l'intermédiaire d'un romancier qui attendait alors le Prix Goncourt qu'on lui avait promis, et, comme cela arrive toujours, qu'il attend encore depuis six ans, n'écrivant semble-t-il que des livres destinés à obtenir ce prix, et n'étant même plus capable, depuis lors, que de promulguer ironiquement, trois mois avant l'attribution des prix, des titres de livres qui sont sans rapport avec aucun livre puisque l'éditeur s'aperçoit trop tard, après avoir lancé la publicité et la campagne de presse pour le livre, qu'il n'y avait même aucun manuscrit derrière ce titre, Marine avait fait appel à ce roublard désespéré pour entreprendre des recherches sur l'hystérie féminine, qui, croyait-elle, pourraient valider sa prestation. Marine était seule au monde, pauvre petite star démasquée, exposée, à la suite d'un immense succès public au cinéma, à toute la méchanceté du monde qui se venge de ce succès qu'il a inventé. Le père du fils de Marine, Richard, tournait un film dans le désert, il lui envoyait chaque jour une longue lettre dans laquelle il lui parlait de la contemplation des étoiles dans le ciel dégagé du désert, et de ses lectures insomniaques de Gaston Bachelard. Le sac de Marine était plein de ces lettres chiffonnées qu'elle relisait sans cesse. La directrice du théâtre qui produisait le spectacle lui avait offert, avant la première, un diamant. Cette femme d'affaires ne se souciait pas que Marine soit mal à l'aise dans son rôle, et au bord d'un effondrement moral peut-être irréparable, seule lui importait la composition de son parterre de première, avec une princesse de Monaco, tel danseur étoile et tel grand couturier, tous conviés à la corrida. Leurs applaudissements furent fracassants mais leurs arrière-pensées ricanantes et les rumeurs qu'ils s'empressèrent de colporter coïncidèrent avec le verdict injustifié de la critique : que Marine ressemblait à une guenon déchaînée qui se cognait en piaillant aux barreaux de sa cage. Les lauriers revenaient à son partenaire, ce gros porc qui effectivement, j'ai vu le spectacle à mon retour du Mexique, tirait une ignoble épingle du jeu incohérent de Marine, à qui il n'adressait même plus une parole dans les coulisses. La directrice, qui se gaussait avec sadisme des critiques qu'elle affichait dans les couloirs, confortée d'avoir loué la totalité de ses fauteuils pour la durée entière des représentations, faisait le planton devant la porte de la loge de Marine, empêchant d'y entrer ses amis mais laissant s'y engouffrer les admirateurs les plus abracadabrants, afin de renforcer sa solitude et de hâter le processus de décomposition morale qui ne manquerait pas de créer un rebondissement publicitaire. A l'issue de la représentation, après une prise de bec avec la directrice, j'emmenai dîner Marine. Sans lui parler ni du spectacle ni de sa prestation, qui affectueusement se passait de tout commentaire, je lui conseillai d'interrompre par n'importe quel moyen ces représentations qui la brisaient. Elle en avait eu l'idée par elle-même, mais il fallait trouver un truc pour échapper aux polices d'assurances qui avaient engagé des centaines de millions dans la production. Marine me dit qu'elle était capable de se faire opérer de l'appendicite pour échapper au désastre. Le lendemain elle consultait le docteur Lérisson qui lui dit qu'une opération de l'appendicite n'était pas nécessaire, il pouvait facilement inventer et détecter une infection dans des analyses. Le surlendemain Marine était transportée d'urgence dans un hôpital de Neuilly, les représentations étaient suspendues, la presse s'alarma sur l'état de santé de Marine ou, aiguillonnée par la directrice du théâtre, sur les raisons de sa défection, les photographes charognards d'un magazine à scandale forcèrent la porte de sa chambre pour la torpiller de flashes, Marine se tapit en hurlant sous ses couvertures, un vigile fut embauché pour garder sa porte. J'allais lui rendre visite, je lui apportais les notes prises autour du scénario que j'avais écrit et qu'elle voulait tourner, elle les dévorait au fur et à mesure et les pliait sur sa table de nuit, nous riions ensemble, elle avait ce jour-là les poignets bandés, je m'en souviens, je lui dis que je souhaiterais faire avec elle un remake du portrait de la sainte Teresa Maria Emerich peinte par Gabriel von Max : toute transparente et bleutée dans son capuchon de gaze qui encercle sa tête comme une couronne pour cacher ses stigmates, ses poignets bandés exactement comme les siens. Je demandai à Marine s'il s'agissait d'un simulacre pour les journalistes. Non, me répondit-elle, on venait de lui faire une transfusion de sang.

27

J'avais écrit ce scénario en pensant à Marine, bien sûr, puisque j'en avais fait le modèle de mon personnage principal, pillant chez elle certains éléments biographiques comme la névrose de son image poussée à bout dans le cinéma, cette obsession tantôt positive, tantôt négative de démultiplier son visage à l'infini, fourmi bâtisseuse de son mausolée de star, ou de la bloquer, de l'anéantir à coups de ciseaux et d'aiguilles portés aux négatifs photographiques, jusqu'à l'angoisse symbolique, c'était là l'invention du scénario, que la lumière des projecteurs l'ait brûlée vive, irradiée dans sa moelle par ses rayons mortels. Mais la ressemblance pointilleuse entre Marine et mon personnage m'avait fait dire que ce ne devrait pas être elle, justement, qui jouerait son rôle. Pourtant, j'avais quelques scrupules à utiliser ainsi sa vie sans la prévenir, et j'avais décidé de lui faire lire quand même mon scénario, par honnêteté amicale, et pour récolter ses remarques. Elle m'avait appelé le soir même du jour où j'avais fait déposer mon script dans sa boîte aux lettres pour me dire qu'elle le trouvait splendide, à quelques détails près, et qu'elle tenait absolument à en jouer le rôle. J'étais drôlement perplexe : à la fois ému et fou de joie par l'assentiment de Marine qui devait me permettre de monter sans mal la production de mon film, et inquiété par son caractère ambigu qui risquait en même temps de la compliquer. J'avais découvert à cette époque, à la suite d'un article et de recherches dans des publications scientifiques, un objet céleste identifié récemment par les astronomes, un trou noir comme ils les appelaient, une masse spatiale qui absorbait au lieu de diffuser, se grignotait elle-même par un système autarcique de dévoration, et dévorait ses bords pour accroître son périmètre négatif, les astronomes avaient donné à ce nouveau trou noir le nom de Geminga, dont je baptisai à mon tour mon héroïne. Le père du fils de Marine, Richard, était rentré du désert, lui aussi était un de mes modèles, évidemment, en tant qu'opérateur de cinéma et amant de Marine il était devenu le person-nage masculin de mon scénario, que je lui fis lire, là encore par honnêteté, et il me le rendit en me disant que c'était atroce cette impression d'avoir été espionné à son insu pendant des années, comme s'il découvrait tout à coup le micro que j'aurais glissé cinq ans plus tôt dans ses chaussures. J'eus plusieurs rendez-vous de travail avec Marine sur mon scénario, elle m'en fit modifier certains noms, récrire des scènes, en supprimer ou en rajouter d'autres, et mit en branle par son acceptation, et sa promesse devant des témoins de la profession qu'elle mettrait son cachet en participation, le processus de production de film, qui ne tarda pas à trouver sur son nom une productrice et des coproducteurs, un distributeur et une avance-télé.

Mais Marine m'empêcha de vendre à ces gens mon scénario, à un moment où j'avais besoin d'argent pour me libérer du journalisme qui était mon gagne-pain, arguant que nous devions garder toute liberté sur ce projet auquel elle tenait tant. J'avais confié à Marine, alors que je l'accompagnais un soir en autobus jusqu'au théâtre après avoir cherché en vain des taxis et que l'heure du lever de rideau se rapprochait affreusement, que financièrement je n'aurais pas les reins assez solides pour préserver longtemps cette indépendance qu'elle m'imposait. Elle me regarda étrangement. Marine, qui touchait des cachets de trois cents briques, n'arrêtait pas, me raconta un jour Richard, de le taper, comme il lui arrivait de m'emprunter de petites sommes d'argent, à moi qui n'avais pas le sou. J'avais dit à Eugénie, qui était alors mon chef de service, dans l'avion qui nous ramenait de New York où elle venait enfin d'obtenir l'aval d'un homme d'affaires pour le financement d'un magazine culturel, qu'il me serait impossible de m'enrôler dans son équipe et d'en être un des tout premiers pions comme elle me le demandait, requis par la préparation de mon film. Je ne faisais quasiment plus d'articles au journal et, comme j'étais payé à la pige, je me retranchai derrière une situation périlleuse. Nous brassions avec mes producteurs et mon distributeur, au cours de nos séances de travail, des centaines de millions sur papier, et plus nous dénichions d'argent pour le financement de mon film, plus mon découvert en banque se creusait. Marine était sortie de l'hôpital, l'affaire s'était étouffée, Marine intentait un procès à son partenaire et la directrice de théâtre à

Marine. Je la revis début mars, pour la cérémonie des Oscars où elle apparut dans une atroce robe blanche enguirlandée de perles, avec un chignon de mémé, claudiquant sur de trop hauts talons dans son fourreau mal ajusté, comme une Mae West saoule alors qu'elle n'avait pas trente ans, un costume de malheur me dis-je, dans lequel, après son échec au théâtre, elle ne pouvait qu'essuyer une seconde claque, supplantée par sa rivale, qui l'avait remplacée au pied levé dans son rôle au théâtre et était elle aussi une favorite de la compétition. Mais si Marine était présente à cette soirée sinistre, me dis-je par la suite, telle que je la connaissais, ce ne pouvait être que parce qu'on lui avait donné l'assurance qu'elle remporterait le prix. J'obtins lors de la même soirée le prix du meilleur scénario, ce qui fit dire à Muzil, qui avait suivi la cérémonie à la télévision, que j'avais l'air « vraiment content ». C'est vrai que je l'étais, Marine m'avait entraîné à sa suite dans le sillage des paparazzi et avait joué parfaitement devant les mêmes photographes qui avaient forcé la porte de sa chambre d'hôpital la parade de son triomphe, téléphonant à sa mère avec des larmes bien brillantes dans les flashes pour le lui faire partager en direct depuis la cabine des cuistots du *Fouquet's*, qui posaient comme moi grisés à côté de la star. Je devais revoir Marine pour dîner, seul avec elle, quelques jours plus tard. Je lui avais fait le reproche au téléphone de ne jamais citer notre projet commun dans ses interviews, elle m'avait demandé, de sa voix harcelée, agacée et suppliante, d'être patient. J'avais réservé dans un restaurant indien, elle se fit décommander par une secrétaire une heure avant le rendez-vous. Comme j'essayais de la joindre depuis plusieurs jours, je rappelai un peu plus tard dans la soirée, elle ne se gênait jamais pour m'appeler à n'importe quelle heure de la nuit, à son numéro personnel. Il n'y eut pas de sonnerie, on décrocha immédiatement, je perçus une respiration contenue, et, une fois que j'eus essayé de parler, on raccrocha. J'étais dans mon lit, et tout à coup ce signe prémonitoire de la trahison de Marine m'enfonçait un pieu dans le ventre, et le lit tournait tout autour du pieu comme un carrousel méchant dont Marine actionnait la manivelle, pour mieux me torturer. Le lendemain je réussis à joindre Richard qui m'apprit, sous le sceau du secret, les causes du désistement de Marine : elle avait une love affair avec un acteur américain un peu ringard, mais multi-milliardaire, qui lui promettait en échange d'un contrat de mariage un contrat pour trois films comme vedette aux Etats-Unis, le rêve de Marine. Richard, au plus mal, me demanda ce que j'en pensais, je lui dis cette phrase : « Elle en reviendra assez vite, mais comme une accidentée », je me souviens très précisément de ce que j'ai dit : « un peu comme une grande brûlée ». A partir de là, doutant de l'engagement de Marine qu'elle avait pourtant confirmé par une lettre de son agent, le lendemain du jour où elle s'était désistée, pour se donner bonne conscience et avec son égoïsme habituel, je dus continuer de faire bonne figure avec les producteurs et les distributeurs auprès desquels j'étais engagé, et tenter de proposer pour le rôle féminin des solutions de remplacement qui bien sûr ne leur agréaient point. Menacé matériellement par ce découvert en banque qui s'accroissait de jour en jour, retranché comme un forcené derrière mon refus de retourner au journalisme qui aurait été pour moi comme baisser la nuque à l'abattoir, je me décidai à taper l'intégralité de mon journal, trois cahiers à ce jour et leur masse de malheurs qui me prenaient à la gorge, pour l'apporter à l'éditeur qui avait déjà publié cinq livres de moi, et en négocier le prix. J'hésitai à lui réclamer une avance, comme à demander un prêt à ma productrice. Muzil me dit : « Ne te laisse pas prêter de l'argent par eux, sinon ils se payeront sur ta viande. » Je n'avais jamais entendu cette expression, qui résonnait en moi si brutalement. Muzil, à quelques mois de sa mort, insistait pour me prêter de l'argent, un argent que par la force des choses il me serait devenu impossible de restituer.

28

Quand je déposai le manuscrit de mon journal chez mon éditeur, le brave homme, qui avait déjà publié cinq de mes livres, me faisant signer leurs contrats dès le lendemain du jour où je les lui avais apportés, sans que j'en lise aucun paragraphe puisque c'était le contrat type et que je pouvais lui faire entière confiance, me dit qu'il n'aurait pas le temps de lire celui-là, car il faisait quatre cents pages dactylographiées, alors qu'il m'avait toujours réclamé un gros livre, un roman avec des personnages parce que les critiques étaient trop abrutis pour rendre compte de livres qui n'avaient pas d'histoire bien construite, ils étaient désemparés et du coup ne faisaient pas d'articles, au moins avec une bonne histoire bien ficelée on pouvait être sûr qu'ils en feraient un résumé dans leurs papiers puisqu'ils n'étaient pas capables d'autre chose, par contre qui serait assez fou pour accepter de lire un journal de quatre cents pages, une fois imprimé ça pourrait faire près du double et avec le prix du papier on arriverait facilement à un livre qu'on devrait vendre cent cinquante francs, or mon pauvre ami qui voudrait mettre cent cinquante francs pour un livre de vous, je ne voudrais pas être grossier mais les ventes de votre dernier livre n'ont pas été bien fameuses, vous voulez que j'appelle tout de suite pour demander les chiffres à ma comptable ? En deux ans cet homme avait vendu près de vingt mille exemplaires de mes livres, il n'avait pas fait pour eux la moindre ligne de publicité, voilà que des circonstances m'amenaient à trembler devant lui pour réclamer, même pas une avance mais un décompte de droits d'auteur qu'il me devait, et il me répliquait : « Oh ! et puis vous m'énervez avec votre odieuse sensiblerie ! Mettez-vous une bonne fois dans la tête que je ne suis pas votre père ! »

29

Le lendemain de cette cérémonie des Oscars qu'il avait suivie à la télévision, peut-être jaloux on ne sait jamais que je ne l'y aie pas convié, Jules passa chez moi et me coupa les cheveux. Il avait l'habitude mais ce dimanche matin-là, sans prévenir, sans me consulter, il sacrifia la quasi-totalité de ces boucles blondes qui avaient tellement associé dans l'esprit des gens ma physionomie, avec mon visage un peu rond, à celle d'un angelot, la décapant radicalement pour y sculpter tout à coup un long visage anguleux, un peu émacié, au front haut, un semblant d'amertume sur les lèvres, une tête inconnue de moi et des autres, qui furent frappés de stupéfaction lorsqu'ils la découvrirent et m'accusèrent plus ou moins violemment de les avoir abusés jusque-là avec une personnalité qui n'était pas la mienne, celle précisément qu'ils avaient aimée, Jules qui avait commis ce sacrifice le premier, puis Eugénie qui poussa des cris de terreur dans le bureau du journal en disant que j'avais l'air trop méchant, enfin Muzil qui reçut comme un coup de barre dans l'estomac quand il m'ouvrit sa porte, me demandant un temps d'acclimatement pour se remettre de son choc alors qu'il m'avait encore vu la veille au soir à la télévision avec ma tête de toujours. Je suis content aujourd'hui que, exactement trois mois avant sa mort, Muzil ait eu l'occasion de faire connaissance avec ma tête de trente ans qui sera certainement, en un peu plus creusée, ma tête de mort. Je suis heureux que le geste de Jules fît que je n'eus pas à cacher à Muzil vivant ma vraie tête d'homme de bientôt trente ans, car il eut ce jour-là, après avoir lutté en lui-même contre un mouvement d'effroi et de recul, la générosité, à force de concentration, d'admettre cette tête enfin vraie, et de déclarer qu'au fond il la préférait à la tête qui avait fait qu'il m'avait aimé, ou plus précisément qu'il la trouvait plus juste, et plus adéquate à ma personnalité que ma charmante tête d'angelot bouclé. Il se déclarait finalement ravi du sacrifice de Jules, et il en tapait de joie dans ses mains, voilà comment était Muzil, cet ami irremplaçable. A cette époque il me réclama les coordonnées d'un notaire, que j'empruntai à Bill qui venait de faire un testament en faveur du jeune homme dont il était amoureux, « à condition qu'il ne meure pas de mort violente », réduisant par là les risques d'assassinat. Muzil était rentré perplexe de cette visite chez le notaire : il voulait tout léguer à Stéphane, bien entendu, mais le notaire lui avait expliqué que cette succession d'homme à homme sans lien légal se solderait fiscalement en défaveur de Stéphane, à moins qu'il ne plaçât son argent en tableaux de valeur qui pourraient subrepticement passer à sa mort d'un appartement dans l'autre. Muzil me dit ce jour-là avec l'air adorable qu'il avait lorsque je partais de chez lui et qu'il m'envoyait un dernier baiser du bout de son index pointé sur ses lèvres : « Et puis j'ai pensé à te laisser un petit quelque chose. »

30

Marine était partie vivre aux Etats-Unis, je ne recevais de ses nouvelles que par les journaux à scandale qui la montraient, un peu floue au bout d'un téléobjectif, avec ses lunettes noires dans les rues de Los Angeles, main dans la main avec son vieux beau, mais je remarquai aussi, minuscule sur les photos, qu'elle ne quittait jamais un gant, son petit gant de batiste blanc, pour tenir cette main qui me répugnait, elle ne nous trompait pas entièrement ni Richard ni moi. J'attendais la réponse de l'Avance sur recettes pour mon scénario que j'avais déposé six mois plus tôt, à un moment où je pensais que mon film se ferait, et désormais, à cause de la défection de Marine, le verdict de ce concours était ma dernière chance de réaliser un jour mon film. Muzil, que je tenais au courant, au fur et à mesure de mes avanies, me conseilla d'écrire à Marine dans sa maison de Beverly Hills, ce que mon orgueil m'aurait empêché. Il m'avait raconté, peut-être en l'embellissant, l'histoire de la symphonie dite des Adieux, de Haydn : embauché compositeur à la cour du prince Esterházy, un esthète tyrannique, Haydn avait écrit sa dernière symphonie en forme de manifeste, y faisant participer les musiciens qui se plaignaient de ce que les caprices du prince Esterházy les retenaient tard dans la saison, dans ce palais d'été attaqué par les frimas, les empêchant de rejoindre en ville leurs familles. La symphonie démarrait avec pompe, réunissant tous les instruments de l'orchestre, qui se vidait petit à petit et à vue de ses effectifs, Haydn ayant écrit la partition pour l'extinction successive des instruments, jusqu'au dernier solo, incluant même dans la musique le souffle des musiciens qui éteignaient la chandelle de leurs pupitres, et leurs bruits de pas pour s'échapper en catimini quand ils faisaient grincer le parquet lustré de la salle de concert. C'était indéniablement une belle idée, concomitante à la fois du crépuscule de Muzil et de l'évanouissement de Marine, et, suggérée par Muzil, ce fut l'histoire que je racontai à Marine dans ma lettre, qui ne reçut jamais de réponse.

31

Muzil s'écroula dans sa cuisine avant le long week-end de la Pentecôte, Stéphane l'y retrouva inanimé dans son sang. Ignorant que c'était précisément ce que Muzil avait voulu éviter, le mettant à l'écart de sa maladie, Stéphane appela aussitôt le frère de Muzil, qui le fit transporter près de chez lui à l'hôpital Saint-Michel. J'allai lui rendre visite le lendemain dans cette chambre qui se trouvait près d'un sas de cuisine, et puait le merlan pané des cantines. Il faisait un temps splendide, Muzil était torse nu, je découvrais un corps magnifique, parfaitement musclé, délié et puissant, doré, parsemé de taches de rousseur, Muzil s'exposait fréquemment au soleil sur son balcon, et quelques semaines avant qu'il s'effondre, son neveu, avec qui il préparait l'installation de sa maison de campagne condamnée avant d'être achevée, découvrit dans un sac pour lui intransportable des haltères avec lesquels son oncle s'entraînait chaque jour, malgré son souffle ravagé par la pneumocystose, pour lutter contre la progression diabolique du champignon qui colonisait ses poumons. La sœur de Muzil sortait de la chambre dès que j'arrivais pour nous laisser seuls, elle lui avait apporté des nourritures de complément, des pâtes de fruits, je ne l'avais jamais rencontrée, c'était une femme au chignon gris, apparemment énergique, mais dont les circonstances ou les révélations faites par l'autre frère chirurgien lui arrachaient les larmes, sinon adoucissaient sa forte poigne. Muzil était assis là dans ce fauteuil inclinable de moleskine blanc, devant la fenêtre ensoleillée, dans cette chambre qui puait le merlan pané, dans le silence de cet hôpital déserté par le week-end de la Pentecôte. Il dit, en évitant mes yeux : « On croit toujours, d'un tel type de situation qu'il y aura quelque chose à en dire, et voilà qu'il n'y a justement rien à en dire. » Il ne portait plus ses lunettes, et en même temps que son torse de jeune homme à la peau très légèrement plissée, je découvrais son visage sans lunettes, je ne saurais quoi en dire, je ne l'ai pas retenu, l'image de Muzil que j'évite toujours de faire revenir s'est pourtant gravée dans ma mémoire et dans mon cœur avec ses lunettes, si ce n'est en se frottant les yeux aux moments brefs où il les ôtait devant moi. A cause de sa chute il avait un peu de sang séché derrière le crâne, je le vis lorsqu'il se redressa, épuisé, pour se recoucher. On avait placé une manette au-dessus de son lit qui lui permettait de s'y agripper pour se recoucher ou se relever, et soulageait un peu ce mouvement musculaire et de respiration qui lui arrachait la poitrine en tétanisant tout son corps, raidissant jusqu'à ses jambes dans des crampes nerveuses saccadées. Il continuait de s'époumoner dans des quintes interminables, qu'il ne brisait que pour me prier de quitter la pièce. On avait placé sur sa table de chevet un crachoir de carton brun, et l'infirmière disait à chaque passage qu'il devait cracher, cracher le plus possible, et la sœur qui l'avait entendu de l'infirmière répéta en sortant et en désignant le crachoir qu'il devait cracher, cracher le plus possible, et cela énervait Muzil, il savait que plus rien ne sortait. On devait lui faire une ponction lombaire, il avait peur.

32

Je retournais chaque jour voir Muzil à Saint-Michel, la chambre sentait toujours le merlan pané, le même plein soleil s'arrêtait à la lisière de la fenêtre carrée, la sœur s'esquivait en me voyant arriver, Muzil n'avait pas mangé les pâtes de fruits, le crachoir était vide, et on avait raté la ponction lombaire, on devait en tenter une seconde, c'était horriblement douloureux, les infirmières disaient que le tassement des vertèbres à cause de l'âge empêchait la pénétration du drain à l'intérieur de la moelle, maintenant qu'il connaissait cette douleur Muzil la craignait par-dessus tout, ça se lisait désormais dans son œil la panique d'une souffrance qui n'est plus maîtrisée à l'intérieur du corps mais provoquée artificiellement par une intervention extérieure au foyer du mal sous prétexte de le juguler, il était clair que pour Muzil cette souffrance était plus abominable que sa souffrance intime, devenue familière. Echaudé par l'échec latent de mon film, qui devait prendre une tournure officielle à moins que je n'obtinsse l'Avance sur recettes, j'avais repris timidement du service au journal, je faisais quelques articles par-ci par-là. Je venais d'interviewer un collectionneur de portraits naïfs d'enfants, il m'avait donné le catalogue de son exposition, et je l'avais là sur mes genoux avec les journaux que j'apportais à Muzil, je décidai de lui montrer l'album, assis à côté de lui étendu sur son lit, il renonçait à l'effort inhumain d'aller s'asseoir dans le fauteuil. Nous tombâmes rapidement sur un portrait intitulé « Petit garçon triste », qui aurait pu à l'évidence être le portrait d'enfant de Muzil que je n'avais jamais vu à cet âge en photo : un air studieux et mélancolique, à la fois buté et éperdu, renfermé sur lui-même mais avide d'expériences. Muzil me demanda à brûle-pourpoint ce que je faisais de mes journées : soudain, dans le trouble de son intelligence, mon emploi du temps, qu'il connaissait auparavant pratiquement heure par heure à cause de nos conversations téléphoniques quotidiennes, était devenu mystérieux pour lui, et il me demandait cela avec suspicion, comme s'il découvrait d'un seul coup dans son ami un paresseux invétéré dont l'oisiveté lui répugnait, ou comme si je passais mon temps justement à la solde de ses ennemis, devenus légion, pour fomenter les conspirations qui allaient précipiter sa déchéance. « Mais enfin que fais-tu de toutes tes journées ? » me répétait-il chaque jour, lui dont l'activité était paralysée, réduite à des mouvements réguliers de l'œil qui suivaient la balle de tennis sur l'écran de télévision qui transmettait en direct Roland-Garros. Je lui dis que j'avais repris mon manuscrit sur les aveugles, et je vis dans son regard une pointe de souffrance terrifiée, conscient de son impuissance à reprendre son manuscrit à lui, dont le dernier volume restait en plan. Dès ma première visite à l'hôpital, je l'avais notifiée dans mon journal, point par point, geste après geste et sans omettre le moindre mot de la conversation raréfiée, triée atrocement par la situation. Cette activité journalière me soulageait et me dégoûtait, je savais que Muzil aurait eu tant de peine s'il avait su que je rapportais tout cela comme un espion, comme un adversaire, tous ces petits riens dégradants, dans mon journal, qui était peut-être destiné, c'était ça le plus abominable, à lui survivre, et à témoigner d'une vérité qu'il aurait souhaité effacer sur le pourtour de sa vie pour n'en laisser que les arêtes bien polies, autour du diamant noir, luisant et impénétrable, bien clos sur ses secrets, qui risquait de devenir sa biographie, un vrai casse-tête d'ores et déjà truffé d'inexactitudes.

La mémoire fait sans doute un bond et je n'ai pas
envie de me référer à ce journal pour m'épargner
aujourd'hui, cinq ans après, le chagrin de ce qui, en
collant de trop près à son origine, le restitue méchamment,
Muzil avait été transféré à la Pitié-Salpêtrière.
Quand j'entrai dans sa nouvelle chambre, elle était
pleine d'amis, mais lui n'était pas là, on attendait
qu'il rentre de l'ultime tentative de ponction lombaire,
on lui volait sa moelle. Stéphane lui rapportait
ses tas de courrier de la maison, il ne laissait pas à
Muzil le soin de l'ouvrir, il le jetait au fur et à mesure
au panier en lui disant ce que c'était, il y avait dans les
envois ce jour-là un livre de Matou, dont le titre
évoque l'odeur des cadavres, Muzil le feuilleta pour
trouver la dédicace, il lut : « Ce parfum ». Avec
panique il me demanda ce que cela signifiait, et moi,
avec une légèreté appliquée, je répondis que c'était du
Matou tout craché, et qu'il n'y avait rien à comprendre
là-dedans de particulier. Une connaissance présente
pour meubler le silence relata sa visite au Grand
Palais d'une exposition dans laquelle était montré un
tableau au titre fameux que Muzil avait longuement

commenté dans un essai. Mais Muzil ne parvenait pas *succeed in* à voir de quoi il s'agissait, il posait des questions sur le sujet du tableau, conscient par la gêne générale d'une glissade de son esprit, le pire pour lui. Quand nous sortîmes tous ensemble de la chambre, parce qu'on devait procéder à des soins, Stéphane nous déclara dans la cour de l'hôpital que la maladie de Muzil, il nous l'avait caché jusque-là pour que nous continuions à faire bonne figure devant lui, et lui-même l'avait appris depuis peu, était fatale, qu'on avait décelé plusieurs lésions irréparables au cerveau, mais qu'il ne fallait surtout pas que ça s'ébruite dans Paris, et il partit tout seul abruptement en refusant « l'aide morale » que certains d'entre nous se disaient prêts à lui prodiguer.

34

Le lendemain j'étais seul dans la chambre avec
Muzil, je pris longuement sa main comme il m'était
parfois arrivé de le faire dans son appartement, assis
côte à côte sur son canapé blanc, tandis que le jour
déclinait lentement entre les portes-fenêtres grandes
ouvertes de l'été. Puis j'appliquai mes lèvres sur sa
main pour la baiser. En rentrant chez moi, je savonnai
ces lèvres, avec honte et soulagement, comme si elles
avaient été contaminées, comme je les avais savonnées
dans ma chambre d'hôtel de la rue Edgar-Allan-Poe
après que la vieille putain m'eut fourré sa langue au
fond de la gorge. Et j'étais tellement honteux et
soulagé que je pris mon journal pour l'écrire à la suite
du compte rendu de mes précédentes visites. Mais je
me retrouvais encore plus honteux et soulagé une fois
que ce sale geste fut écrit. De quel droit écrivais-je
tout cela ? De quel droit faisais-je de telles entailles à
l'amitié ? Et vis-à-vis de quelqu'un que j'adorais de
tout mon cœur ? Je ressentis alors, c'était inouï, une
sorte de vision, ou de vertige, qui m'en donnait les
pleins pouvoirs, qui me déléguait à ces transcriptions
ignobles et qui les légitimait en m'annonçant, c'était

donc ce qu'on appelle une prémonition, un pressentiment puissant, que j'y étais pleinement habilité car ce n'était pas tant l'agonie de mon ami que j'étais en train de décrire que l'agonie qui m'attendait, et qui serait identique, c'était désormais une certitude qu'en plus de l'amitié nous étions liés par un sort thanatologique commun.

35

Muzil avait été transféré dans le service de réanimation au bout du couloir, Stéphane m'avait prévenu
qu'il fallait se désinfecter les mains dans le sas, enfiler
les gants et les chaussons de plastique, et se revêtir
d'une blouse et d'un bonnet antiseptiques. A l'intérieur de la chambre de réanimation c'était un bordel
incroyable, un nègre houspillait la sœur de Muzil
parce qu'elle lui avait rapporté en cachette des
nourritures, il jetait par terre ses petits pots de flan à
la vanille en disant que c'était interdit, et que même
tout ce qui était amassé sur la table de chevet était
interdit, pour raisons d'hygiène et la commodité de
ses mouvements à lui, l'infirmier du service de
réanimation, en cas d'urgence. Il dit qu'on n'était pas
dans une bibliothèque, il attrapa les deux livres de
Muzil que Stéphane lui avait rapportés de la maison
d'édition et qui sortaient tout frais de l'imprimerie, et
décréta que même ça on n'en voulait pas ici, qu'il
fallait uniquement le corps du malade et les instruments pour les soins. Dans un regard Muzil me pria de
ne rien dire, et de sortir, moralement aussi il souffrait
atrocement. Dans la cour de l'hôpital éclairée par ce

soleil de juin qui devenait la pire injure au malheur, je compris, pour la première fois car quand Stéphane l'avait dit je n'avais pas voulu le croire, que Muzil allait mourir, incessamment sous peu, et cette certitude me défigura dans le regard des passants qui me croisaient, ma face en bouillie s'écoulait dans mes pleurs et volait en morceaux dans mes cris, j'étais fou de douleur, j'étais le *Cri* de Munch.

36

Le surlendemain, dans le couloir, j'aperçus Muzil
derrière la vitre, les yeux clos dans son drap blanc, on
lui avait fait une ponction cervicale, il y avait la
marque du trou sur son front. La veille il m'avait
demandé la permission de fermer les yeux, et de
continuer à lui parler sans attendre de réponse de sa
part, de lui parler de n'importe quoi, juste pour le son
de ma voix, jusqu'à ce que je sois fatigué moi-même et
que je m'en aille sans dire au revoir. Et moi comme un
crétin je lui avais annoncé la nouvelle que j'avais
apprise le matin, que je n'avais pas l'Avance sur
recettes pour mon film, une espérance brisée, Muzil
avait seulement dit, comme un sphinx : « Tout redé-
marrera en 86, après les législatives. » Une infirmière
me rattrapa dans le couloir et me dit que je n'avais
pas le droit d'être là sans autorisation préalable, parce
que je n'étais pas de la famille, il fallait que je passe
devant le médecin pour qu'il me délivre une autorisation, on filtrait les entrées, on craignait qu'un charo-
gnard prenne une photo de Muzil. Le jeune médecin
me demanda qui j'étais, il me dit, allusivement,
comme si j'étais parfaitement au courant de ce qu'il

évoquait, ce qui n'était pas du tout le cas : « Vous savez, avec une maladie de ce type, dont on ne sait pas grand-chose pour être franc, il vaut mieux être prudent. » Il me refusa la permission de revoir Muzil vivant, il invoqua la loi du sang qui privilégiait les membres de la famille par rapport aux amis, ce n'était pas du tout qu'il remît en cause que j'étais un de ses proches, j'avais envie de lui cracher à la gueule.

37

Ni David ni moi ne pûmes revoir Muzil, qui pourtant réclamait notre présence, nous confirma Stéphane que nous appelions chaque jour aux nouvelles. J'avais envoyé à la Pitié un mot au nom de Muzil dans lequel je lui disais que je l'aimais, c'était bien la peine d'avoir attendu cet instant, et j'y avais joint une photo couleur prise par Gustave sur le balcon de l'hôtel d'Assouan, où je regardais de dos le coucher de soleil sur le Nil, on laissait au moins passer le courrier, pour me faire plaisir Stéphane me dit qu'il surprenait souvent Muzil avec cette photo à la main quand il arrivait. Désormais, m'expliquait Stéphane, Muzil ne s'exprimait plus que par des sentences allusives, par exemple : « Je crains que le potlatch ne tourne en ta défaveur » ou : « J'espère que la Russie redeviendra blanche. » A cause de la loi du sang, outre la visite primordiale de Stéphane, Muzil recevait chaque jour la visite de sa sœur, dont il s'était beaucoup éloigné malgré leur affection ces dernières dizaines d'années. Le jeune médecin, il l'avait rapporté à Stéphane, passait de longs moments dans la nuit à discourir avec Muzil. Un après-midi, je rentrais à mon domicile, un collègue journaliste me téléphona en me demandant si je détenais des photos de Muzil. Je ne comprenais pas, il s'effondra en larmes, je raccrochai et pris un taxi pour me rendre à l'hôpital. Dans la cour du bâtiment qui abritait le service de réanimation je croisai Stéphane avec d'autres connaissances, qui me dit, d'un ton normal : « Monte vite l'embrasser, il t'aime tellement. » D'un seul coup, seul dans l'ascenseur, j'avais un doute : il avait dit la phrase au présent, peut-être n'était-ce qu'une rumeur, en même temps l'attitude de Stéphane semblait trop normale pour l'être vraiment, je m'avançai dans le couloir, il n'y avait plus personne, ni planton ni infirmière de garde, comme si tout le monde était parti en vacances après un très grand effort, je revis derrière la vitre Muzil sous son drap blanc, les yeux clos, avec une étiquette à œillet au poignet ou à la jambe qui dépassait du drap, je ne pouvais plus entrer dans la cellule, je ne pouvais plus l'embrasser, j'agrippai une infirmière et je la repoussai dans le couloir en la prenant par sa blouse : « C'est vrai qu'il est mort ? Hein ? Il est vraiment mort ? » Je ne voulais surtout pas de réponse, j'avais pris mes jambes à mon cou. Je dévalais le pont d'Austerlitz en chantant à tue-tête la chanson de Françoise Hardy qu'Etienne Daho m'avait apprise par cœur : « Et si je m'en vais avant toi /Dis-toi bien que je serai là /J'épouserai la pluie, le vent /Le soleil et les éléments /Pour te caresser tout le temps /L'air sera tiède et léger /Comme tu aimes /Et si tu ne le comprends pas /Très vite tu me reconnaîtras /Car moi je deviendrai méchant /J'épouserai une tour-mente /Pour te faire mal et te faire froid /L'air sera

113

désespéré comme ma peine / Et si pourtant tu nous oublies / Il me faudra laisser la pluie / Le soleil et les éléments / Et je te quitterai vraiment / Et je nous quitterai aussi / L'air ne sera que du vent / Comme l'oubli. » Je volais au-dessus du pont d'Austerlitz, j'étais le détenteur d'un secret que les passants ignoraient encore, mais qui allait changer la face du monde. Le soir même aux infos, Christine Ockrent sa petite chérie rendrait à Muzil son rire clair. Je passais chez David, il était avec Jean, tous les deux torse nu ils se grattaient partout, ils avaient pris de la poudre pour tenir le coup, ils m'en proposèrent, je préférai ressortir et continuer de chanter.

38

Je déjeunai avec Stéphane dans une pizzeria près de chez lui le lendemain de la mort. Il m'apprit que Muzil était mort du sida, il n'en avait rien su lui-même jusqu'à la veille au soir, en accompagnant la sœur au bureau des décès de l'hôpital, quand il avait lu en même temps qu'elle sur le registre : « Cause du décès : sida. » La sœur avait demandé qu'on biffe cette indication, qu'on la rature complètement, au besoin qu'on la gratte, ou mieux qu'on arrache la page et qu'on la refasse, bien sûr ces registres étaient confidentiels, mais on ne sait jamais, peut-être dans dix ou dans vingt ans un fouille-merde de biographe viendrait photocopier la page, ou radiographier l'empreinte incrustée dans la page suivante. Stéphane avait immédiatement exhibé l'unique testament autographe de Muzil qui le mettait à l'abri d'une intrusion de la famille dans l'appartement, mais les termes de ce testament restaient très allusifs, et ne désignaient pas Stéphane comme un héritier évident. Je le rassurai en lui apprenant que Muzil avait consulté ces derniers mois un notaire, dont je lui fournis l'adresse. Stéphane revint bredouille de cette entrevue avec le notaire : le testament existait, et en sa faveur bien sûr, mais ce n'était qu'un brouillon établi par le notaire à la suite de sa conversation avec Muzil, qui n'était jamais revenu signer sa mise au propre, et parce que de surcroît ce testament n'était pas de sa main il n'avait aucune valeur juridique. Stéphane dut négocier avec la famille l'obtention de l'appartement avec les manuscrits qui s'y trouvaient en échange de l'abandon des droits d'auteur et du droit moral qui ne lui étaient pas dévolus.

39

Le matin de la levée du corps, dans la cour de la Pitié non loin du crématorium, fut-ce une grève partielle des transports qui m'empêcha d'arriver à l'heure, sur la place d'Alésia je ne trouvai pas de taxi et me résolus à descendre dans le métro où deux ou trois correspondances devaient encore me retarder, dans les ruelles grises de ce vieux quartier au bord de la Seine, assez proche si j'y pense de l'institut médico-légal, de cette morgue qui me fait tomber des glaçons dans le dos chaque fois que j'y passe, une grande quantité de gens affluaient en cherchant le point de rendez-vous car Stéphane avait tenu à faire paraître une annonce dans deux quotidiens, il craignait que la cérémonie soit maigrichonne en comparaison des funérailles pompeuses de l'autre grand penseur mort quelques années plus tôt, de fait le quartier était cerné par des camionnettes de la police, et il y avait tant de monde massé dans la cour de la sortie des corps que je renonçai à me faufiler dans la foule pour me rapprocher, je me levai sur la pointe des pieds, un philosophe proche de Muzil, grimpé sur une caisse on aurait dit, avec son chapeau, disait en chuchotant le texte d'un hommage dont il fit ensuite l'offrande à Stéphane. On lui criait de parler plus fort. La foule se dissipa avec le départ du corps. Je rejoignis Stéphane, et David. Stéphane me dit que j'avais eu de la chance de ne pas revoir le corps, ce n'était pas beau à voir. David ne voulait pas se rendre à l'enterrement dans le village du Morvan de la famille de Muzil, il craignait de ne pas en avoir la force morale, j'avais envie qu'il vienne mais il a refusé jusqu'au bout, il a eu tort, cet enterrement fut assez joyeux et léger en regard du malheur des dernières semaines. Avant que les voitures démarrent, il y eut plusieurs mouvements d'allées et venues précipitées autour de la personne de Stéphane, une grande actrice amie de Muzil lui confia une rose de son jardin à jeter pour elle dans la fosse, c'est à cet instant que la secrétaire de Muzil, que je rencontrai pour la première fois, m'apprit qu'il lui avait fait écrire, lors de leur dernière séance de travail, des réponses positives à toutes les invitations qui lui étaient parvenues du monde entier, et dont les dates souvent, tant pis lui avait-il dit, se recoupaient, oui, il s'enchantait par avance, en s'en frottant les mains, de faire cette conférence au Canada, ce séminaire en Géorgie, et cette lecture à Düsseldorf. Sur la route, avec l'assistant de Muzil et Stéphane, nous nous arrêtâmes dans un relais et dégustâmes, ce fut une idée de Stéphane qui rappela que Muzil les adorait, des andouillettes grillées. La mère nous reçut, raide, royale et transparente, sans un pleur, engoncée dans son fauteuil à capuchon sous un tableau XVIIIe, elle tenait salon entourée de quelques femmes de notables du village venues lui présenter leurs condoléances, l'hebdomadaire qui avait fait sa couverture avec une photo de Muzil était posé en évidence sur le guéridon du milieu. Avec le frère nous visitâmes la propriété, elle était très vaste, c'était indéniablement une grande famille bourgeoise de province, la famille la plus respectée du village, avec sa figure prestigieuse de père chirurgien au chef-lieu. Je n'avais jamais imaginé que Muzil était né dans une famille si aisée et pourtant, si l'on y réfléchissait, tout cela avait un lien : son sens aigu de l'économie doublé d'une irresponsabilité en matière d'argent, son côté méfiant et presque regardant envers tous les signes de luxe, que j'aurais plutôt pris pour un réflexe petit-bourgeois. Le frère, qui n'était pas loin d'être le sosie de Muzil, nous montrait le jardin splendide, à un moment, la tête baissée, il dit : « C'est une maladie qu'on ne peut pas soigner. » Il nous emmena dans le bureau de Muzil, où étudiant il avait travaillé, c'était l'endroit le plus fruste de la maison, jamais chauffé, comme une cabane de jardinier dans laquelle il avait aménagé une bibliothèque, et où la mère depuis avait remisé tous ses livres. J'en sortis un de son rayon, le premier, et lut comme dédicace : « A Maman, le tout premier exemplaire de ce livre qui lui revient de droit et de naissance. » Ma mère me rapporta le lendemain au téléphone qu'elle avait entendu à la radio une interview de la mère de Muzil, qui recevait, assise sur un pliant, les journalistes devant le mur du cimetière, elle donnait une sorte de conférence de presse, elle déclarait : « Quand il était petit, il voulait devenir un poisson rouge. Je lui disais : mais enfin mon lapin, ce n'est pas possible, tu détestes l'eau froide. Cela le

119

plongeait dans un abîme de perplexité, il répliquait : alors juste une toute petite seconde, j'aimerais tellement savoir à quoi il pense. » Cette mère avait tenu à ce qu'on commande une plaque mortuaire sur laquelle on indiquerait le nom de l'institution prestigieuse où Muzil donnait ses cours à la fin de sa vie, Stéphane lui avait dit : « Mais enfin, tout le monde le sait » — et elle : « Bien sûr tout le monde le sait maintenant, mais dans vingt ou trente ans on ne peut jurer de rien avec seulement les livres. » L'un après l'autre nous jetâmes dans la fosse une fleur coupée qu'on nous tendait dans une corbeille, chacun de nous était photographié par des correspondants de presse au moment où il jetait cette fleur dans la tombe. En rentrant le soir chez moi je téléphonai à Jules, il ne pouvait pas me parler longtemps, il s'envoyait en l'air avec deux garçons qu'il venait de ramasser dans une boîte, des types complètement drogués qui lui faisaient un peu peur. Berthe était partie à la campagne avec leur fille de cinq mois.

40

J'avais riposté comme il est d'usage au deuil qui
frappe un ami, en ne le laissant pas s'enferrer dans
des problèmes de succession, le poussant plutôt à faire
un voyage pour se changer les idées. Il était prévu
qu'à cette date Muzil et Stéphane nous auraient
rejoints sur l'île d'Elbe, et, durant le semestre qui
avait précédé la mort de Muzil, nous avions souvent
évoqué tous les trois ces vacances, Stéphane y croyait
sincèrement, comme moi, et dans son double discours
de la lucidité et de son leurre Muzil nous faisait croire
qu'il croyait lui aussi à cette imminence des vacances,
jusqu'au jour où, pour des raisons de préparatifs, il
dut avouer dans mon dos à Stéphane, qui me le répéta
après sa mort, qu'il n'avait jamais cru à la possibilité
de ce voyage. Inquiet quant à sa propre santé, et
l'éventualité quasi certaine de la transmission de
l'agent destructeur qui avait tué Muzil, Stéphane
consulta le spécialiste de la clinique dermatologique
qui, n'en sachant trop rien lui-même mais voulant le
rassurer, lui annonça qu'il avait certainement
échappé au péril vu que le sida, à ce qu'il semblait, se
transmettait par la présence à l'intérieur d'un corps,

au même moment, d'au moins deux sources d'infection différentes, de deux spermes contaminés qui
agissaient ensemble comme une détonation. J'invitai
Stéphane à nous rejoindre sur l'île d'Elbe, Gustave
céda sa chambre à la veuve, qui n'en manquait pas
une pour se lamenter en public, ou, ce qui était encore
plus spectaculaire, pour fuir l'assemblée au beau
milieu d'un dîner et courir se claquemurer dans sa
chambre. J'étais préposé à frapper à la porte au bout
d'un quart d'heure, pour endiguer le torrent de
larmes. Stéphane, qui avait d'abord refusé de m'ouvrir, me jeta à travers ses sanglots : « Je n'aurais
jamais pu deviner que tu étais aussi méchant, et Muzil
non plus n'aurait jamais pu le deviner, tu nous as tous
abusés, tu es la perfidie incarnée, pauvre Muzil, que
ne s'est-il trompé sur ton compte ! » Je dis à Stéphane
que j'avais effectivement beaucoup de mal à me
comporter dans un groupe, que je n'arrivais pas à
trouver un juste milieu sociable entre un état de
prostration renfrognée ou d'euphorie agressive, mais
que Muzil, à qui j'avais un jour exposé ce dilemme,
m'avait conseillé de ne surtout pas faire d'efforts : les
efforts étaient la pire des choses à infliger à des amis,
j'étais comme j'étais et on en avait pris son parti
puisqu'on m'aimait bien comme ça. Stéphane faillit
me baiser les mains à ces mots, il n'eut de cesse
ensuite de me trouver adorable, et d'excuser mes
humeurs auprès des autres. Il me confia qu'il culpabi-
lisait un maximum de ce que c'était la mort de Muzil
qui lui donnait accès à une aussi jolie maison, remplie
d'aussi beaux garçons. C'est cet été-là, bien sûr, que je
dis à Gustave, étendu nu à mes côtés sur les rochers où

nous nous baignions : « On va tous crever de cette maladie, moi, toi, Jules, tous ceux que nous aimons. » De l'île d'Elbe Stéphane partit pour Londres, où il prit contact avec une association d'entraide pour les victimes du sida. A son retour il décida de mettre sur pied un organisme similaire en France.

Stéphane me demanda, avant d'en prendre possession, de photographier l'appartement de Muzil tel
qu'il l'avait laissé. Il voulait que je sois le témoin de la
passation des lieux et fabriquer un document à
destination des chercheurs. En arrivant dans la cour
je remarquai qu'on avait ratiboisé le lierre du mur
mitoyen en en chassant les moineaux qui faisaient un
raffut du tonnerre quand je la traversais pour aller
dîner chez Muzil. Le matin du rendez-vous, je n'avais
plus remis les pieds dans son appartement depuis sa
mort, c'était un jour grisaille, la lumière y surgit
miraculeusement dès que je sortis les appareils photo. J'avais pris mon petit Rollei 35 pour les vues
d'ensemble, le salon avec les masques nègres et le
dessin de Picabia qui lui ressemblait, et emprunté le
Leica de Jules pour faire le point sur des détails : dans
la corbeille à papier était restée en place une enveloppe froissée avec une adresse que Muzil avait
commencé à rédiger. En quatre mois le tourment de
l'absence avait eu le temps de se déposer sur les choses
comme une poussière qu'il était devenu impossible de
refaire voler, elles étaient déjà intouchables, voilà

pourquoi il fallait les photographier, avant leur recouvrement par de nouveaux désordres. Stéphane me montra, empilés dans un placard, les manuscrits, toutes les ébauches et les brouillons du livre infini qui n'avaient pas été déchirés. Sur les sofas s'accumulaient des documentations sur le socialisme, Muzil préparait un essai sur les socialistes et la culture, mais à l'époque de ce projet, m'avait confié son assistant dans l'autobus, il n'avait déjà plus toute sa tête à lui. Stéphane tint à ce que je photographie le lit de Muzil, que celui-ci ne m'avait jamais dévoilé, prenant soin de refermer la porte sur lui quand, les rares fois où nous sortions dîner, il s'apercevait qu'il avait oublié ses clefs ou son chéquier dans la poche d'une autre veste. De fait la chambre de Muzil était un cagibi sans fenêtre avec une paillasse, presque une niche, car, hormis son bureau spacieux avec sa bibliothèque, il avait tenu à céder à Stéphane, qui se le reprochait maintenant, la partie la plus confortable et la plus indépendante de l'appartement. A contrecœur, poussé dans le dos par Stéphane qui voyait là un document inestimable pour les chercheurs, je visai le pauvre matelas posé à terre, il est vrai qu'il n'y avait pas de profondeur pour prendre la photo et je savais par expérience qu'elle ne « donnerait » rien, mais le coup ne partit pas, il n'y avait plus de pellicule. Par cette série de photos, dont je ne fis jamais aucun tirage, me contentant de remettre à Stéphane un double des planches-contacts, je m'étais détaché comme un sorcier de ma hantise, en encerclant la scène torpillée de mon amitié : ce n'était pas un pacte d'oubli mais un acte d'éternité scellé par l'image. L'association humanitaire de Stéphane avait démarré sur les chapeaux de roue, nous avions été les premiers, avec David et Jules, moi par l'intermédiaire du docteur Nacier qui s'y était enrôlé, à cotiser. Mais ce n'était pas drôle tous les jours, me dit Stéphane, et il fallait avoir de bons nerfs : « En ce moment on a sur le dos une famille de Haïtiens qui ont tous le sida le père, la mère et les enfants, tu vois un peu le tableau. » En quittant l'appartement je voulus regarder dans la bibliothèque les références d'un volume de Gogol, que je m'apprêtais à lire, et Stéphane, qui s'était rapproché dans mon dos pour voir ce que je fricotais, me dit : « Non, pas Gogol, mais si tu veux emporte tous les Tourgueniev, je ne les lirai pas. »

42

J'avais repris du service au journal. Eugénie me
proposa de partir au Japon avec elle et son mari,
Albert, sur le tournage du nouveau film de Kurosawa,
c'était donc l'hiver 84 puisque mon livre sur les
aveugles n'était pas encore sorti, et que nous nous
étions étonnés, Anna et moi, sur un trottoir d'Asakusa, d'avoir l'un et l'autre entrepris ou envisagé un
travail sur le même sujet, les aveugles. J'avais
retrouvé Anna par hasard dans le hall de l'*Hôtel
Imperial* à Tokyo, où Albert lui avait fixé rendez-
vous. Nous nous battions froid. L'aventurière sortait,
passablement sonnée, d'un voyage de trois semaines
en transsibérien où, à travers la Russie et la Chine, elle
n'avait fait que piller le caviar et la vodka d'un
apparatchik de Vladivostok. Je l'avais interviewée
avant son départ, pour illustrer l'article elle m'avait
confié une photo d'elle à l'âge de sept ans prise par
son père, un exemplaire unique auquel elle tenait,
m'avait-elle dit, comme à la prunelle de son cœur. Je
n'avais jamais rien perdu au journal en huit années
d'exercice, et rien n'avait été volé, mais j'avais pris la
précaution de recommander cette photo à la maquet-

tiste, puis à la secrétaire qui établissait la liaison entre la rédaction et la maquette, et du coup, par ce soin excessif porté sur elle, la fameuse photo s'était égarée. Anna me l'avait réclamée de façon très désagréable, allant jusqu'à me menacer, alors que j'avais retourné sens dessus dessous les cinq étages du journal dans l'espoir de la retrouver. Elle m'avait dit : « Je me contrebalance de votre espoir, mais j'exige que vous me restituiez ma photo. » Elle avait poussé jusqu'à mon domicile, la veille de son départ, pour me houspiller. Je l'avais laissée sur le palier, lui refermant ma porte au nez pour ses indiscrétions notoires. Entre-temps la photo m'avait été restituée, par remords, par la personne qui avait dérobé l'album dans lequel, par malchance, la maquettiste avait glissé la photo pour mieux la protéger ; le voleur ou la voleuse, au bout d'un mois de récriminations publiques, avait simplement remis le livre avec la photo dans mon casier. J'appris cette bonne nouvelle à Anna, dès que je la revis dans le hall de l'*Hôtel Imperial* à Tokyo, et la chipie ne trouva rien de mieux à me dire que : « Vous l'avez échappé belle. » Je décidai de la snober, mais elle continua de se coller au petit groupe que nous formions avec Eugénie et Albert. Un soir à Asakusa, dans la ruelle centrale qui mène au Temple, entre les boutiques en tôle qui vendent des confiseries, des éventails, des peignes, des poinçons et des sceaux en pierres précieuses ou fausses, tandis qu'Eugénie et Albert s'attardaient dans un magasin de babouches, nous avions continué plus en avant avec Anna en direction de la pagode, jusqu'au chaudron de cuivre où les pèlerins venaient prélever les vapeurs de l'encens pour en frotter, comme un savon de fumée, leurs joues, leurs fronts, leurs cheveux. De chaque côté s'étendaient des comptoirs, avec de minuscules tiroirs que les fidèles tiraient au hasard pour y dénicher une papillote renfermant une prémonition illisible, qu'ils allaient porter à un des deux bonzes qui officiaient, symétriques à l'autel avec son Bouddha en or protégé par une plaque de verre, debout derrière des planches qui faisaient penser à des consignes de bagages, pour déchiffrer contre une offrande la prémonition codée. Si elle était bénéfique, le fidèle la jetait par une fente sous le verre aux pieds du Bouddha avec les yens qui favoriseraient sa réalisation. Si elle était maléfique, le croyant l'abandonnait aux intempéries en l'attachant à un fil de fer barbelé, à une poubelle ou à un arbre, afin que mise en pénitence elle se laisse dissoudre par les puissances infernales. C'est ainsi qu'à Kyoto nous avons trouvé autour des temples des arbres nus bruissants de papillotes blanches que nous avions pris de loin pour les traditionnels cerisiers en fleur. Nous venions d'entrer avec Anna dans le temple d'Asakusa ; soudain, plantée devant un tabernacle translucide en forme de pyramide où scintillaient des lueurs, Anna me tendit un minuscule cierge en me disant : « Vous ne voulez pas faire un vœu, Hervé ? » A la seconde un gong retentissait, la foule sortait avec précipitation, le Bouddha en or s'éteignait dans sa cage luminescente, une barre de fer s'encastrait en claquant pour souder les deux battants de l'entrée monumentale, nous n'avions pas eu le temps d'échapper à l'évidence que nous étions enfermés dans le

129

temple. Un bonze nous fit sortir par une petite porte de derrière qui donnait sur une fête foraine. J'avais été interrompu dans la formulation de mon vœu, mais ce n'était que partie remise, et l'événement dans son étrangeté avait scellé notre amitié avec Anna. Nous partîmes donc pour Kyoto, où elle nous présenta Aki, un peintre revenu sur son lieu de naissance pour les soixante-dix ans de son père, qui nous guida dans la ville, et nous fit visiter le Pavillon d'Or. Des gens de Tokyo nous avaient recommandé de visiter le Temple de la Mousse, mais il fallait pour cela l'intronisation d'un autochtone, et retenir sa place sur une liste étroite qui donnait droit à une visite par mois. Le Temple de la Mousse se trouve à l'écart du centre, dans la campagne de Kyoto. C'était une matinée froide et ensoleillée, nous étions une dizaine à attendre devant les grilles qu'un bonze vienne nous chercher, vérifiant d'abord nos noms un par un avec nos papiers d'identité puis nous emmenant à un guichet où nous fûmes soigneusement délestés de nos fortunes. Après nous être déchaussés et avoir traversé en chaussettes une cour de graviers glacés, nous pénétrâmes dans une grande pièce tout aussi glaciale, encombrée d'un immense tambour à proximité d'un autel, une dizaine d'écritoires alignées à terre devant des coussinets, avec leurs pinceaux, leurs bâtonnets d'encre à délayer, leurs godets et, posés sur le pupitre, des parchemins où apparaissaient, en clair, des filigranes de signes complexes qui formaient, nous dit Aki, des mots même pour lui incompréhensibles qui finissaient par constituer, dans leur nombre et leur agencement, une prière, la prière rituelle et mystérieuse du Temple de la Mousse, que ses moines, en la rythmant de monotones coups frappés sur le tambour, nous obligeaient à prononcer intégralement et en silence, si l'on voulait avoir accès au miraculeux jardin des mousses et mériter la beauté de cette vision, en calligraphiant l'un après l'autre chacun des signes de la prière, la réinventant sans la comprendre à force de combler avec l'encre, le plus minutieusement possible, l'espace en creux des filigranes. Albert, le mari d'Eugénie, envoya voler son parchemin en tempêtant : ces bonzes étaient des brigands, ils nous avaient rançonnés, il faisait un froid à en crever, et il faudrait au moins deux heures, à raison de cinq bonnes minutes par signe, pour venir à bout de ce torchon qui, si ça se trouvait, n'était qu'un tissu de cochonneries, en plus on avait des crampes épouvantables et des fourmis dans les jambes à rester comme ça assis en tailleur, il quitta la salle et se fit refouler du jardin des mousses. Anna et moi, côte à côte, nous nous prîmes au jeu, rivalisant dans le soin à redessiner les signes, le plus délicatement et le plus exactement possible, sans faire de pâtés. Aki nous avait expliqué qu'on devait finalement, une fois qu'elle était achevée, inscrire son nom avec un vœu au-dessus de la prière, l'abandonner sur une presse devant l'autel, car l'œuvre des moines du Temple de la Mousse, c'est à cela que leur vie était dédiée, était de prier pour que les vœux déposés là par quelques rares inconnus se réalisent. Au bout de deux heures de labeur, dans une concentration extrême qui avait résolu les crampes et aplani le temps, j'étais sur le point de pouvoir faire mon vœu, mon vœu retardé, qui ne s'évaporerait plus en même temps que le cierge qui le portait. Mais j'avais peur, à cause de la curiosité d'Anna, qu'elle lise mon vœu, j'eus donc l'astuce de le coder, et je me penchai au-dessus de son épaule pour trahir le sien. Elle venait d'écrire : « La rue, le danger, l'aventure », puis elle avait rayé « le danger », et je ne voulais plus savoir par quoi elle l'avait remplacé. J'inscrivis mon vœu codé de survie, pour Jules et pour moi, et Anna me demanda aussitôt ce qu'il signifiait. Alors nous pûmes pénétrer dans l'incroyable jardin des mousses.

43

Je haïssais Marine. Elle avait tourné son film aux
Etats-Unis, les journaux avaient colporté des rumeurs
de mariage, puis de rupture et de retour. Un soir
qu'Hector m'avait invité à dîner au restaurant du
Quai Voltaire, après avoir déposé nos manteaux au
vestiaire, le maître d'hôtel me fait signe de le suivre, je
descends trois marches derrière lui et pénètre dans la
salle où, sur-le-champ, je tombe sur Marine, attablée
avec ses lunettes noires dans la niche du fond, en face
d'un jeune homme, juste à côté de la table où le maître
d'hôtel m'invite à prendre place, côté banquette,
constatant en m'asseyant qu'une cloison me sépare de
Marine, mais qu'un miroir équidistant sur le mur
opposé permet de nous voir l'un l'autre, rien que l'un
et l'autre. En retrouvant Marine, au bout de deux ans
de silence et de trahison, dans ce restaurant, plusieurs
pensées me traversent la tête, des hypothèses de
conduite qui tournent aussi vite qu'une boule de
machine à écrire électronique : en profiter pour aller
lui filer une beigne, ce qui me démange terriblement,
ou l'embrasser avec douceur, ce qui me démange tout
autant, fuir immédiatement ou au contraire avoir la

force de poursuivre calmement ma conversation avec Hector, comme si de rien n'était. Le bras de fer avec Marine dura plusieurs minutes. De la table voisine me parviennent les signes de la désagrégation. « Vous ne vous sentez pas bien ? » demande le jeune homme qui, à l'évidence, pourrait être mon double, un rêveur de cinéma, un apprenti metteur en scène qui se fait copieusement berner par la star. Il n'a pas eu de réponse, il recommence : « Vous partez bientôt en vacances ? » Soudain, dans un grand mouvement, on déplace la table d'à côté et, en quittant une seconde le regard d'Hector qui ne s'est aperçu de rien, je vois Marine détaler à toute vitesse du restaurant, suivie du jeune homme affolé qui trébuche dans une marche, glisse en s'excusant un billet de deux cents francs dans la main du maître d'hôtel et se débat dans le rideau qui protège la porte des courants d'air. Je me tourne vers la table d'à côté, avec ses serviettes chiffonnées, sa bouteille de vin à peine entamée, ils en étaient aux hors-d'œuvre, j'ai gagné la partie. Quelques mois plus tard, une nuit, la voix de Marine m'arrache vaguement à la torpeur de mes somnifères, elle me dit : « Je suis ressuscitée. » Malgré le Témesta j'ai la présence d'esprit de lui répliquer : « Alors il faut sonner les cloches ? » Elle rétorque quelque chose d'affectueux, du genre : « Mais non Hervé. » Je lui dis : « Tu m'as fait tant de mal. » Et elle : « Ce n'était rien en regard du mal que j'ai pu faire à Richard. » Je raccroche sur ces mots hallucinants. Au réveil, en me souvenant que je lui ai dit auparavant : « Je t'embrasse Marine », j'ai l'impression d'une absolution d'outre-tombe. Dans l'après-midi un livreur de chez Dalloyau dépose chez moi deux cloches en chocolat, une très grosse et une toute petite, sans un mot d'accompagnement, on vient de passer Pâques. Quelques mois plus tard, encore, alors que je devais déjeuner avec Henri à *Village Voice*, j'ai un peu d'avance, seul dans le restaurant je me suis installé à une table en lisant. Henri arrive, il n'a pas encore pris place que fonce dans son dos, sortant en trombe du fond du restaurant d'où je n'avais pas perçu sa présence, Marine avec ses lunettes noires, d'immenses cheveux de poupée Barbie jusqu'au bas des reins, suivie comme son ombre par Richard, tous les deux dans un état d'agitation inouï. A leur vue mon sang se vide à la seconde de mon corps comme d'une éprouvette, de haut en bas, je suis glacé, blême, Henri inquiet me demande ce qui m'arrive. L'apparition de Marine m'a fait un effet atroce, comme si j'avais vu un fantôme, une revenante. De retour chez moi je prends la plume pour écrire à Marine que je viens de voir, en fait, le fantôme de l'amour que j'avais eu pour elle, et aussi le fantôme de notre amitié de jeunesse, qu'elle avait massacrée à coups de caprices. J'ai à peine terminé la lettre que le téléphone sonne, c'est Jules, il me dit : « Tu es au courant de ce qui arrive à Marine ? Il paraît qu'elle a une leucémie, que tous ses cheveux sont tombés, qu'elle suit une chimiothérapie très dure... » Il y avait plusieurs fois le mot sang dans ma lettre. Je pourrais prendre le coup de téléphone de Jules comme un signe du destin qui m'empêcherait d'envoyer la lettre, mais mon ressentiment à l'encontre de Marine est tel que, par pure méchanceté, je descends immédiatement lui poster cette lettre validée par la rumeur, j'aurai beau jeu ensuite de prétendre que le coup de fil de Jules était survenu juste après. Mais le lendemain je nageais dans mon remords, et m'en soulageai en envoyant à Marine une seconde lettre qui avait l'air d'effacer la précédente.

44

Les bruits qui courent sur Marine ont empiré, et arrivent de toutes parts : maintenant elle a le sida, c'est mon masseur qui me l'a appris, il le tient de son chef de clinique. Un jour un informateur colporte qu'elle l'a attrapé en se piquant avec son frère, qui est un petit junkie, le lendemain une autre source d'information assure qu'elle a été contaminée lors d'une transfusion de sang, un troisième écho le lui refilera par son amerloque à la noix, qui est un partouzeur bisexuel de première, et cetera. Le sida de Marine, qui, je dois l'avouer maintenant, m'a fait plaisir, non en tant que rumeur mais en tant que vérité, et non tant par sadisme que par ce fantasme que nous étions définitivement ligués, nous que certains avaient dits frère et sœur, par un sort commun, finit par infiltrer les journaux, la radio annonça qu'elle avait été hospitalisée à Marseille, une dépêche de l'AFP fit tomber sa mort sur les téléscripteurs de toutes les rédactions. Je voyais Marine à bout de souffle, traquée, fuyant jusqu'à Marseille pour prendre un bateau à destination de l'Algérie, où son père était né, et se faire enterrer comme lui, selon les lois musulmanes, dans trois draps à même la terre. Je revoyais ses longs cheveux factices de poupée Barbie. Je revoyais ses poignets bandés à l'hôpital américain, où l'on venait de lui faire une transfusion. Et je n'avais jamais tant aimé Marine. Elle ne tarda pas, épaulée par son avocat, à intervenir au journal télévisé de 20 heures pour couper court à la rumeur, affirmer, un témoignage médical à l'appui, qu'elle n'était pas malade, mais qu'en même temps elle était navrée de trahir le camp des malades, et de devoir s'afficher comme ça dans celui des bien-portants. Je n'ai pas vu Marine à la télévision ce soir-là, on avait été prévenu par les quotidiens de sa prestation, et par avance, en ce qu'elle démentait, elle me décevait profondément. Bill, qui la regarda, me dit qu'elle avait l'air d'une folle, bonne à interner sur-le-champ. Le farouche Matou, qui n'est pas du genre à tresser des lauriers, me dit au contraire que cette apparition de Marine au journal de 20 heures avait été pour lui l'événement télévisé le plus intense de sa vie. Petit à petit, moi malade sans qu'elle le sache et elle sans doute en bonne santé pour de vrai, à distance, lentement je me rééduquais dans mon sentiment pour Marine, quoiqu'elle tournât d'autres films que ceux que j'aurais aimé lui voir tourner, et que de son côté, j'en suis sûr, elle lût de moi d'autres livres que ceux qu'elle aurait aimé que j'écrivisse.

Stéphane se donna à corps perdu dans l'association qu'il avait fondée et trouva là, il faut bien le dire, un sens complet à sa vie à la mort de Muzil, et à travers sa disparition ou au-delà, le moyen de réaliser pleinement ses forces morales, intellectuelles et politiques qui jusque-là, dans son ombre et dans son complexe, végétaient et tournaient court dans un désœuvrement névrotique comblé d'interminables coups de téléphone qui horripilaient Muzil, d'articles en cours jamais achevés, le tout dans un fouillis indescriptible. Le sida devint la raison sociale de nombreuses personnes, leur espoir de positionnement et de reconnaissance publique, spécialement pour des médecins qui tentèrent par-delà de se hisser au-dessus du train-train de leurs cabinets. Le docteur Nacier, qui s'était donc joint à l'association de Stéphane, y enrôla son compère Max, qui était pour moi un ex-collègue du journal, et dont Muzil disait qu'il ressemblait « à l'intérieur d'une châtaigne ». Le docteur Nacier avec Max formait un sacré couple, ce que certains appellent une association de malfaiteurs. Je pense que Stéphane tomba amoureux du couple, spécialement de l'intérieur de la châtaigne, Max et le docteur Nacier devinrent ses bras droits. En même temps Stéphane leur serinait la même ritournelle : « Je ne vais pas tarder à vous passer la main, j'ai mis les choses en place maintenant j'ai d'autres chats à fouetter, ça m'ennuie d'aller causer à la télévision je vous en prie allez-y pour moi... » De fait Stéphane inventa la trahison de Max et du docteur Nacier comme ces vieilles personnes prennent un plaisir malsain à inventer la cupidité de leurs héritiers, en leur faisant miroiter des choses fabuleuses, telle rivière de diamants ou tel vaisselier exceptionnels pour les léguer à la dernière minute à leur masseur ou à leur éboueur. Comme je fréquentais à la fois, à l'époque, Stéphane et le docteur Nacier, il m'amusa d'entendre vite le premier me dire : « J'ai l'impression qu'ils ont les dents longues, et une avidité à paraître », et le second : « Nous avons deux fléaux à combattre, le sida et Stéphane. » Avec David, c'était la seule ironie que nous nous permettions sur le dos de Muzil qui se fût sans doute frotté les mains de notre machiavélisme, nous prenions soin de rapporter à Stéphane toutes les tentatives de dégommage et de putsch qu'ourdissait avec Max le docteur Nacier, qui me les confiait en toute innocence. Ainsi Stéphane put-il préparer un vote destiné à blackbouler le couple ambitieux. Max lui écrivit une lettre fatale où il disait à Stéphane qu'il donnait « une image trop homosexuelle de l'association ». Quelques mois après l'avoir échaudé, en même temps blessé à mort à cause de l'intérieur de la châtaigne, Stéphane rencontré dans la rue me lança : « Ne me dis pas que Nacier est

140

toujours ton médecin, ça me ferait trop de peine ! » Je ne lui avouai pas le nom de mon nouveau médecin, qui était aussi un de ses acolytes. David me dit que Stéphane se pendrait sans doute de désespoir le jour où l'on trouverait un remède contre le sida. Je revis un ancien ami psychiatre, qui travaillait dans son association, et qui avait trouvé un bon truc, m'expliqua-t-il, pour parler aux malades du sida, il leur disait : « N'allez pas me faire croire que vous n'avez pas espéré la mort à un moment ou à un autre parmi ceux qui ont précédé votre maladie ! Les facteurs psychiques sont déterminants dans le déclenchement du sida. Vous avez voulu la mort, eh bien la voici. »

Muzil, les derniers temps qui ont précédé sa mort, avait tenu, discrètement, sans cassure, à prendre quelques distances avec l'être qu'il aimait, au point qu'il a eu le formidable réflexe, la trouvaille inconsciente d'épargner cet être à un moment où presque tout de son propre être, son sperme, sa salive, ses larmes, sa sueur, on ne le savait pas trop à l'époque, était devenu hautement contaminant, ça je l'ai appris récemment par Stéphane qui a tenu à m'annoncer, peut-être mensongèrement, qu'il n'était pas lui-même séropositif, qu'il avait échappé au péril alors qu'il s'était vanté, peu après m'avoir révélé la nature de la maladie de Muzil qu'il avait ignorée jusque-là, de s'être faufilé à l'hôpital dans le lit de l'agonisant, et de l'avoir réchauffé avec sa bouche en différents points de son corps, qui était du vrai poison. Cette prouesse de Muzil, je ne suis pas parvenu à la réitérer avec Jules, ou Jules n'y est pas parvenu avec moi, et nous n'y sommes pas parvenus conjointement avec Berthe, mais j'ai encore parfois l'espoir que les enfants, au moins l'un d'entre eux, a été ou ont été épargnés.

En consultant mon agenda 1987, c'est au 21
décembre que je daterai la découverte sous ma
langue, dans le miroir de la salle de bains, là où
mécaniquement j'avais pris l'habitude de l'inspecter
en calquant mon regard sur celui du docteur Chandi
lors de mes visites, sans connaître la teneur ni
l'apparence de ce qu'il y recherchait, mais persuadé
par cet examen répété qu'il guettait l'apparition
prévisible de cette chose inconnue pour moi, de petits
filaments blanchâtres, papillomes sans épaisseur,
striés comme des alluvions sur le tégument de la
langue. Mon regard s'effondra à la seconde, de même
que s'effondra pour un 125ᵉ de seconde, transpercé et
flashé par le mien comme un coupable traqué par un
détective, le regard du docteur Chandi lorsque je lui
montrai ma langue, dès le lendemain, à sa consultation du mardi matin. Devant le signe catastrophique
le docteur Chandi est trop jeune pour savoir mentir,
comme ces vieux renards de docteurs Lévy, Nocourt
ou Aron, son regard n'est pas exercé à s'opacifier au
moment venu, à ne ciller en rien, il conserve vis-à-vis

de la vérité une transparence d'un 125e de seconde, comme le diaphragme photographique s'entrouvre pour absorber la lumière, avant de se refermer pour maturer sa conserve. Je devais déjeuner avec Eugénie ce jour-là, je lui mentis par omission, soudain absent de toute présence et de toute amitié, entièrement requis par mon souci. J'avais passé la veille la soirée avec Grégoire, et, avant la confirmation du docteur Chandi, c'était à moi-même que j'avais menti, attendant encore un peu pour être pris d'une répulsion formidable à l'égard du seul organe sensuel auquel Grégoire permettait parfois une communication érotique. Et à Jules absent de Paris, je mentis de même, dans un tout premier temps, par ce réflexe de l'omission. Le docteur Chandi ne proférait pas un verdict, d'autant plus qu'il était prévenu de la réalité de ma maladie par ce zona qui s'était déclenché huit mois plus tôt, alors que je n'étais pas encore son patient. Simplement il devait m'entraîner, avec la plus grande douceur possible, tout en me laissant libre comme l'avait dit Muzil de savoir ou de me leurrer, vers un nouveau palier de la conscience de ma maladie. A toutes petites touches très subtiles, par sondes du regard qui devait tout à coup freiner ou reculer devant les cillements de l'autre, il m'interrogeait sur ces degrés de conscience et d'inconscience, faisant varier de quelques millièmes de millimètres l'oscillomètre de mon angoisse. Il disait : « Non, je n'ai pas dit que c'était un signe décisif, mais je vous mentirais en vous cachant que c'est un signe statistique. » Si, un quart d'heure plus tard, je lui demandais avec panique : « Alors c'est un signe tout à fait décisif ? », il répondait : « Non, je ne dirais pas cela, mais c'est toutefois un signe assez déterminant. » Il me prescrivit un gras liquide jaune écœurant, le Fongylone, dans lequel je devais faire macérer la langue soir et matin pendant vingt jours, j'en emportai à Rome une dizaine de flacons que j'avais dissimulés, d'abord dans mon bagage, puis, derrière d'autres produits, sur les rayons de l'armoire de toilette de la salle de bains et sur les étagères de la cuisine, où je me cachais donc matin et soir avec humiliation et au bord de la nausée pour ingérer le produit à l'insu de Jules et Berthe, qui m'avaient rejoint à Rome. Nous vivions ensemble, Jules et Berthe couchaient dans le grand lit de la mezzanine, moi dans le petit lit du bas. J'avais prévenu Jules au téléphone, le jour de Noël, de ce qui m'arrivait, et, fatalement, de ce qui nous arrivait, et nous avions décidé de ne pas en parler à Berthe pour ne pas lui gâcher ses vacances. Jules, l'air de rien, tirait des plans sur la comète, et mêlait Berthe, qui en ignorait la cause, à ses rêveries : qu'il fallait nous mettre au vert ces prochaines années, que Berthe devait demander à être détachée de son poste à l'Education nationale, au moins pour une année sabbatique, sous-entendant que nous ne devions pas gaspiller ces quelques années désormais comptées qu'il nous restait à vivre. J'écrivais de mon côté mon livre condamné, et j'y relatais justement le temps de notre jeunesse, celui où nous nous étions rencontrés, Jules, Berthe et moi, et aimés. J'avais entrepris de rédiger l'éloge de Berthe, dans les termes où Muzil

145

avant sa mort avait songé sincèrement ou en blaguant à écrire mon éloge, et je tremblais chaque jour de peur que Berthe ne mette son nez dans ce manuscrit que je laissais en confiance sur le bureau.

48

Le 31 décembre 87 à minuit, Berthe, Jules et moi,
au bar de *L'Alibi*, nous nous embrassâmes en nous
regardant dans les yeux. Il est étrange de fêter la
bonne année à quelqu'un dont on sait qu'il risque de
ne pas la passer entièrement, il n'y a guère de
situation plus limite que celle-ci, pour l'assumer il
faut une bravoure réduite au naturel, la franchise
ambiguë de ce qui n'est pas dit, une complicité dans
l'arrière-pensée, colmatée sous un sourire, conjurée
dans un rire, en cet instant le vœu vibre d'une
solennité cruciale, mais allégée. J'avais passé le précédent réveillon dans le village sur l'île d'Elbe, en
compagnie du curé qu'on savait condamné par un
cancer des lymphes, un lymphome que le docteur
Nacier m'a décrété sans ambages avoir été un sida
mal soigné, traité aux rayons X, soit pour sauver
l'honneur d'un curé en faisant passer son sida pour un
cancer au risque de dommages physiques, soit par
incurie du système hospitalier en Italie. Le curé était
rentré d'un long et très pénible traitement à Florence
pour redire la messe une dernière fois dans son
village. Je ne l'avais pas revu depuis des mois, j'étais

accompagné de ce jeune garçon prénommé le Poète, qui nous assommait, Gustave et moi, par ses alternances hystériques de silence et de fou rire. Le soir du réveillon Gustave avait tenu à assister à cette ultime messe du curé, il comptait ensuite le ramener à la maison en voiture, prédisant qu'il n'aurait plus la force de gravir les nombreuses marches et ruelles grimpantes qui mènent au « buccino », littéralement le trou du cul du village, sa partie la plus pauvre aussi, où nous résidons. Le Poète était affalé sur le canapé du salon, reproduisant fortuitement ou inconsciemment la pose un peu lascive du modèle d'un tableau du XIXe siècle qui se trouve au Musée des Beaux-Arts de Bruxelles et dont le docteur Nacier nous avait apporté une reproduction en noir et blanc dans une ancienne presse à photo, posée ce soir-là sur un guéridon à côté du canapé, bord à bord avec une édition française de *L'enfer* de Dante. Cette coïncidence me donna l'idée de mettre en scène un simulacre, d'un goût pas très fameux selon Gustave étant donné l'état du curé : quand il arriverait dans la maison, il surprendrait le Poète dans son plus simple appareil, mimant point pour point la pose du modèle. Ni les uns ni les autres nous ne devrions faire la moindre allusion à cet état de nudité, le Poète devrait participer à notre soirée le plus naturellement possible, et cette idée déconnante l'enchantait. J'avais secrètement l'intention, par ce biais, de faire une offrande sublime au curé, qui ne nous avait pas longtemps caché ses attirances pour les jeunes garçons. Physiquement le Poète représentait un curieux mélange, une greffe presque diabolique de plusieurs

148

types de fantasmes : il avait le visage d'un garçonnet, le torse d'un adolescent, et le sexe massif d'un paysan. Gustave prit la voiture pour descendre au village et se rendre à l'église, où ce qu'il vit l'épouvanta : le curé n'arrivait même plus à soulever le ciboire, les enfants de chœur devaient le porter par-dessous ses mains. Gustave se dit aussitôt que notre jeu était en fait d'un goût putride, et ressortit de l'église chercher une cabine téléphonique pour nous donner l'ordre de l'interrompre. Pendant ce temps le Poète, étendu nu sur le canapé, avait des soubresauts de fou rire qui électrisaient son corps, par convulsions, il avait envie de pisser, je l'en empêchai, pris son sexe dans ma bouche pour le soulager. Les cabines téléphoniques ne fonctionnaient pas ou n'étaient pas libres, et Gustave s'aperçut qu'il n'avait pas de jeton quand il se retrouva dans l'unique cabine en état de marche, l'épicerie où on les achetait était fermée, il était grand temps de retourner à l'église. Quand le curé ouvrit la porte de la maison, il aperçut en haut des marches, exactement dans le champ de vision de son premier coup d'œil, encadré par les montants de la porte, le Poète nu assis sur le canapé, qui se leva pour lui serrer la main, avec civilité, un peu froidement. Je guettais de biais les réactions du curé, auquel il était donné, pour la première fois sans doute de toute sa carrière ecclésiastique, d'avoir une véritable vision : il était ébloui, à la fois mortifié et réchauffé par son éblouissement, prêt à se prosterner. Pour se donner une contenance, il saisit sur le guéridon l'exemplaire de *L'Enfer* de Dante, sur la couverture duquel était dessinée une dégringolade en chute libre d'anges

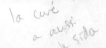

149

traîtres et déchus, et il prononça cette phrase : « Le diable n'existe pas, c'est une pure invention des hommes. » Il nous proposa de l'accompagner au presbytère pour sabler le champagne et échanger nos vœux. Sa vieille petite mère toute fripée, qui lui servait de gouvernante et qu'il appelait sa croix, nous apporta le « panetone », la brioche rituelle. Nous nous souhaitâmes la bonne année, les yeux du curé étaient pleins de reconnaissance à mon endroit, et moi j'avais honte. Il avait préparé des fusées, des feux d'artifice que nous dégoupillâmes en courant tout autour de l'église, noyant la place dans un nuage gris et rougeoyant, lourd et étale, de poudrière.

49

A mon retour à Paris, force me fut de constater que le traitement au Fongylone, que j'avais suivi sans relâche vingt et un jours durant pour mon humiliation, me cachant dans le cabinet de toilette pour faire macérer ma langue à l'insu des autres dans cette grasse potion jaunâtre qui tachait tout et me donnait à jeun la nausée, n'était pas parvenu à débarrasser de ses papillomes blancs ma langue, que je me mis à haïr comme instrument sensuel, bien que le docteur Chandi m'ait précisé que ce champignon ne pouvait en aucun cas se transmettre par aucun contact érotique, et il me prescrivit un autre produit, du Daktarin, celui-là blanc, presque grumeleux, qui engluait la bouche d'une colle au goût métallique, et ne réussit pas à son tour, malgré vingt et un autres jours de traitement, à dégommer ce champignon de ma langue, à laquelle je renonçai de faire jouer un rôle sensuel, limitant encore les rares relations physiques que je continuais d'entretenir avec deux personnes, dont l'une était prévenue et l'autre pas. Nous avions décidé avec Jules de faire enfin ce fameux test de séropositivité, dont j'avais accumulé ces dernières années tant d'ordonnances prescrites par le docteur Nacier sans jamais me résoudre à m'y soumettre. Au mois de janvier 1988, Jules était persuadé, avait besoin de se persuader que nous étions l'un et l'autre séronégatifs, et que ce docteur Chandi était un fou furieux qui, par incompétence, inquiétait à tort ses patients. C'est pourquoi il souhaitait que nous fassions, surtout moi avec mon caractère, le test : pour m'apaiser. De même David, qui n'avait jamais voulu croire à mes maux, me dit en ricanant que je serais bien emmerdé de me rendre à l'évidence que j'étais séronégatif, étant donné la misère de mes expériences sexuelles, et que je serais contraint alors de me suicider, par désespoir de n'être pas séropositif. Le docteur Chandi, consulté par moi au téléphone à propos de cette décision, tint à nous rencontrer l'un et l'autre avant que nous fassions le test. Ce fut une entrevue décisive, sinon déterminante ! Ces deux mots revinrent sur le tapis, le docteur Chandi dut en rejouer à cause de l'attitude de Jules, qui accueillait avec agressivité l'imminence d'une vérité qui devait, quand même, nous projeter dans un autre monde et, pour ainsi dire, dans une autre vie. Le docteur Chandi comprit qu'il pouvait faire l'économie d'un exposé sur les moyens de protection qui seuls pourraient endiguer l'épidémie, nous en usions l'un avec l'autre et l'un sans l'autre, depuis des années. Il passa plutôt en revue toutes les éventualités : l'un est séropositif mais l'autre séronégatif, les deux sont séropositifs, et comment réagir devant l'un ou l'autre de ces cas de figures, dont il était mensonger de nous faire croire qu'ils n'étaient pas si limités que ça. Nous évoquâmes

152

le problème de l'anonymat, qui nous semblait à l'un et à l'autre absolument nécessaire, à la fois pour nos relations professionnelles et nos relations amicales. En Bavière ou en Union soviétique, on parlait de tests de contrôle obligatoires, aux frontières et pour les tranches « à risques » de la population, plébiscités également par le conseiller médical de Le Pen. Je dis au docteur Chandi qu'en raison de mes incessantes allées et venues entre l'Italie et la France je devais avant tout préserver ma liberté à passer cette frontière. Il nous conseilla de faire le test anonyme et gratuit organisé par Médecins du monde, tous les samedis matin, non loin de la statue de Jeanne d'Arc qui s'élève sur le boulevard Saint-Marcel, à l'angle d'une petite rue, la rue du Jura, devant laquelle, des mois après, je ne pouvais plus passer, sur le trajet de l'autobus 91 que j'empruntais pour me rendre à mes dîners avec David, sans ressentir aussitôt un frisson intolérable. Le samedi matin de janvier où nous nous y sommes rendus, Jules et moi, nous fîmes la queue parmi une grande quantité d'Africains et d'Africaines, dans une population très mélangée, de tous les âges, de prostituées, d'homosexuels, et de gens atypiques. La file d'attente s'étalait le long du trottoir jusqu'au boulevard Saint-Marcel car elle englobait ceux qui venaient chercher leurs résultats de la semaine passée. Parmi eux se trouvait un jeune garçon que nous vîmes ressortir, après nos prises de sang qui, à mon grand étonnement, avaient été faites sans gant ni précaution particulière, totalement désemparé, comme si la terre s'était littéralement ouverte sous ses pas sur ce trottoir du boulevard Saint-Marcel et que le monde avait basculé en un éclair autour de lui, ne sachant plus ni où aller ni que faire de son existence, les jambes coupées par la nouvelle inscrite sur son visage soudain levé au ciel, où n'apparaissait aucune réponse. C'était pour Jules et pour moi une vision terrifiante, qui nous projetait une semaine en avant, et nous soulageait en même temps par ce qu'elle avait de plus insupportable, comme si nous le vivions au même moment, de façon précipitée, par procuration, un exorcisme à peu de frais dont ce pauvre bougre était la victime. Prévoyant que nos résultats seraient mauvais, et souhaitant hâter le processus à cause de l'échéance de mon retour à Rome, le docteur Chandi nous avait envoyés à l'institut Alfred-Fournier faire les analyses de sang complémentaires au test, spécifiques à l'avancée du virus HIV dans le corps. Dans cet institut qui avait connu sa renommée à l'époque de la syphilis, on mettait des gants en caoutchouc pour faire les prises de sang, et on vous demandait de jeter vous-même dans un sac poubelle le coton taché de sang que vous aviez pressé sur la pliure du bras. Jules, qui s'était engagé à faire au même moment les mêmes examens que moi, avait dû reporter celui-ci, rageur, parce qu'il n'avait pas suivi la recommandation d'être à jeun. Il attendit que j'en aie fini de mon côté. L'infirmière me demanda, en détaillant mon ordonnance : « Ça fait combien de temps que vous savez que vous êtes séropositif ? » J'étais tellement surpris que j'étais incapable de lui répondre. Les résultats d'analyse devaient nous parvenir sous une dizaine de jours, avant le résultat du test, dans cet intervalle précis d'incertitude ou de feinte incertitude, et ne pouvant

154

pas les recevoir chez moi, d'où le courrier était systématiquement réexpédié sur Rome, j'avais donné l'adresse de Jules comme étant la mienne, et il garda sous le coude mes analyses qu'il avait dépouillées et interprétées jusqu'au matin de la lecture du test. C'est dans le taxi avec lequel j'étais passé le prendre à son domicile, qui nous conduisait rue du Jura dans l'officine de Médecins du monde, qu'il m'annonça que nos analyses étaient mauvaises, qu'on y décelait déjà le signe fatal sans connaître le résultat du test. A ce moment je compris que le malheur était tombé sur nous, que nous inaugurions une ère active du malheur, de laquelle nous n'étions pas prêts de nous sortir. J'étais comme ce pauvre diable échaudé par son résultat, apparemment debout, mais terrassé sur ce morceau de trottoir qui n'en finissait plus de se fissurer autour de lui. Je ressentis une immense pitié pour nous-mêmes. Ce qui me faisait le plus peur, c'est que je savais que, malgré tout ce qu'il disait pour me préparer à la condamnation, Jules avait encore un espoir que nos tests, ou peut-être le sien, se révèlent négatifs. Nous avions chacun dans la poche un carton avec un numéro, auquel nous avions refusé de prêter, une semaine durant, aucune superstition bonne ou mauvaise. Un médecin devait ouvrir l'enveloppe qui portait ce numéro, et dans laquelle le verdict était inscrit, il avait la charge de la répercuter en usant de certaines recettes psychologiques. Une enquête publiée par un quotidien nous apprit que 10 % environ des personnes qui faisaient le test dans ce centre étaient séropositives, mais que ce chiffre n'était pas symptomatique pour l'ensemble de la population, vu que ce centre ciblait précisément ses franges dites à risques. Le médecin qui m'annonça mon résultat m'était antipathique, et j'accueillis bien sûr froidement la nouvelle, pour en finir au plus vite avec cet homme qui faisait son travail à la chaîne, trente secondes et un sourire et un prospectus pour les séronégatifs, de cinq à quinze minutes d'entretien « personnalisé » pour les séropositifs, s'enquérait de ma solitude, me gavait de publicités pour la nouvelle association du docteur Nacier et me conseillait, pour amortir le choc, de revenir une semaine après, le temps qu'on fasse un contre-test qui peut-être, il y avait une chance sur cent disait-il, contredirait le premier. Mais ce qui se passa dans la cabine où Jules était entré, je l'ignore, et de fait je n'ai pas voulu le savoir, mais j'étais ressorti de la mienne et je vis que la présence de Jules dans cette cabine dont je fixais la porte qui s'ouvrit et se referma plusieurs fois sur des passages précipités causait un grand affolement dans le centre, que l'hôtesse réclamait un second médecin, puis qu'elle réclama une assistante sociale. Je pense que Jules, lui apparemment si fort, s'évanouit en entendant dire par un étranger ce qu'il savait déjà, que cette certitude en devenant officielle, même si elle restait anonyme, était devenue intolérable. C'était sans doute cela qui était le plus dur à supporter dans cette nouvelle ère du malheur qui nous tendait ses bras, c'était de sentir son ami, son frère, si démuni par ce qui lui arrivait, c'était physiquement dégueulasse.

156

J'accompagnai Jules dans la boutique d'artifices Rug-
gieri, boulevard du Montparnasse, où il devait acheter
en vue du carnaval des cotillons et des pétards pour
ses enfants.

50

En l'espace d'une semaine, les choses avaient eu le temps de profondément changer, car en sortant la première fois du centre de la rue du Jura où nous venions, Jules et moi, de faire le test, j'avais été contraint à l'honnêteté d'une pensée inavouable : que je tirais une sorte de jubilation de la souffrance et de la dureté de notre expérience, mais cela je ne pouvais pas le partager avec Jules, il eût été obscène de vouloir le torturer dans cette complicité. Depuis que j'ai douze ans, et depuis qu'elle est une terreur, la mort est une marotte. J'en ignorais l'existence jusqu'à ce qu'un camarade de classe, le petit Bonnecarère m'envoyât au cinéma le Styx, où l'on s'asseyait à l'époque dans des cercueils, voir *L'enterré vivant,* un film de Roger Corman tiré d'un conte d'Edgar Allan Poe. La découverte de la mort par le truchement de cette vision horrifique d'un homme qui hurle d'impuissance à l'intérieur de son cercueil devint une source capiteuse de cauchemars. Par la suite, je ne cessai de rechercher les attributs les plus spectaculaires de la mort, suppliant mon père de me céder le crâne qui avait accompagné ses études de médecine, m'hypnotisant de films d'épouvante et commençant à écrire, sous le pseudonyme d'Hector Lenoir, un conte qui racontait les affres d'un fantôme enchaîné dans les oubliettes du château des Hohenzollern, me grisant de lectures macabres jusqu'aux stories sélectionnées par Hitchcock, errant dans les cimetières et étrennant mon premier appareil avec des photographies de tombes d'enfants, me déplaçant jusqu'à Palerme uniquement pour contempler les momies des Capucins, collectionnant les rapaces empaillés comme Anthony Perkins dans *Psychose*, la mort me semblait horriblement belle, féeriquement atroce, et puis je pris en grippe son bric-à-brac, remisai le crâne de l'étudiant de médecine, fuis les cimetières comme la peste, j'étais passé à un autre stade de l'amour de la mort, comme imprégné par elle au plus profond je n'avais plus besoin de son décorum mais d'une intimité plus grande avec elle, je continuais inlassablement de quérir son sentiment, le plus précieux et le plus haïssable d'entre tous, sa peur et sa convoitise.

51

Dans la semaine qui suivit la confirmation de ma séropositivité et la lecture par le docteur Chandi d'examens sanguins qui n'étaient pas vraiment alarmants, mais décelaient une détérioration par le virus HIV de mes quotas globulaires et plus spécifiquement lymphocytaires, je fis tout au plus pressé, et de la façon la plus ordonnée : j'achevai la mise au point d'un manuscrit qui était en chantier depuis des mois et l'apportai à l'éditeur après l'avoir fait relire par David, rappelai un certain nombre de connaissances plus ou moins perdues de vue que j'avais soudain la fringale de revoir, déposai les cinq cahiers du journal que je tiens depuis 1978 dans le coffre-fort de Jules, fis le cadeau d'une lampe et d'un manuscrit directement aux personnes à qui j'avais pensé les léguer par testament, liquidai à la banque le 27 janvier un plan d'épargne-logement qui devenait aberrant et me renseignai sur la possibilité d'un compte commun soit avec Jules soit avec Berthe, consultai le 28 janvier le conseiller juridique de ma maison d'édition à propos des droits de succession et de l'exercice du droit moral que je comptais confier à David, rencontrai le 29 janvier un inspecteur des impôts pour clarifier ma situation fiscale, redînai pour la première fois depuis très longtemps, le 31, avec Stéphane, devenu spécialiste en la matière, qui me fournit en nouvelles alarmantes et pathétiques sur les malades du sida, et revis le lendemain, également pour la première fois depuis fort longtemps, le docteur Nacier, l'autre spécialiste du sida antagoniste de Stéphane, je profitai d'un déjeuner, au cours duquel je m'exerçai à parler en fermant la bouche de crainte qu'il ne détecte cette leucoplasie bien entendu invisible puisque placée sous la langue, ayant peut-être par là le désir inconscient de lui mettre la puce à l'oreille, pour lui soutirer au compte-gouttes les informations les plus ignobles sur les conditions de mort des malades du sida. J'avais reconsulté entre-temps le docteur Chandi, à qui j'avais confié ma volonté expresse de mourir « à l'abri du regard de mes parents », et devant lequel, en évoquant le coma dans lequel était tombé Fichart, l'ami de Bill, je repris les mots de l'unique testament autographe de Muzil : « la mort, pas l'invalidité ». Pas de coma prolongé, pas de démence, pas de cécité, la suppression pure et simple au moment adéquat. Mais le docteur Chandi se refusait à prendre en note quoi que ce soit de définitif, se bornant à indiquer que le rapport à la maladie ne cessait de se transformer, pour chaque individu, dans le cours de sa maladie, et qu'on ne pouvait préjuger des mutations vitales de sa volonté.

52

Jules, de son côté, vécut on ne peut plus mal la
transition entre la zone vague et lénifiante de semi-
inconscience et la période de pleine conscience qui lui
succédait brutalement. Il se révoltait, non contre le
sort mais contre l'agent qui, croyait-il, l'avait
contraint à se projeter dans cette inutile lucidité, à
savoir le docteur Chandi, qu'il refusait de revoir pour
faire interpréter ses analyses, et qu'il ne manquait
jamais, alors que je n'avais que des louanges à son
endroit, les raillant, de traiter de tous les noms.
Quand je sortais requinqué d'une visite chez le
docteur Chandi, Jules prenait un malin plaisir à me
dire : « Evidemment, après t'avoir fait sombrer dans
l'angoisse, il ne pouvait pas faire autre chose que te
rassurer. » Quand le docteur Chandi, au contraire,
m'avait inquiété au sujet de tel ou tel symptôme que je
rattachais immédiatement au virus mortel, Jules per-
siflait : « De toute façon cette folle moustachue est
complètement piquée ! » Le docteur Chandi avait
ressenti ce mépris venimeux, quand j'insistai pour
qu'il revoie Jules il me dit : « Vous savez, il y a bien
d'autres médecins spécialistes de cette maladie, je ne

suis pas le seul sur la place de Paris. » Je dis au docteur Chandi qu'il fallait dépasser le côté acidulé de Jules pour trouver le garçon charmant qu'il était, le mot acidulé que je préférais à épineux fit sourire le docteur Chandi. Je fus aidé par une circonstance dans mes tentatives de recollage entre Jules et Chandi. Je parlais plusieurs fois par jour avec Jules au téléphone, un soir de détresse j'avais hésité à l'appeler pour ne pas sabrer son moral mais lui m'appela pour me dire qu'il était obsédé par la nouvelle, en raccrochant j'avais envie de pleurer, les larmes ne sortaient pas, j'ai avalé mon somnifère. Jules avait pris une décision catégorique quant à ses activités professionnelles pour préserver le temps qu'il pouvait consacrer à ses enfants, et il relisait pour la dixième fois chacun des paragraphes de la police d'assurance sur la vie qu'il avait contractée exactement six ans plus tôt, le temps de l'incubation du virus. Le lendemain de ce soir de détresse où les larmes m'avaient refusé leur douceur, Jules me dit au téléphone qu'il avait bien réfléchi, et que faire faire le test à Berthe serait un suicide, qu'il fallait par tous les moyens, lui et moi, l'empêcher de faire ce test; en évoquant le destin soudain affreusement soudé de ses deux enfants, de Berthe, lui et moi, il nous surnomma le Club des 5. Le surlendemain j'étais passé dîner chez eux, mal fichue Berthe était dans son lit avec un livre et un peu de fièvre, j'étais monté la voir, elle m'avait souri très doucement : chacun savait que l'autre savait mais nous n'en parlions pas. Berthe, depuis longtemps déjà, était la personne que j'admirais le plus au monde. Le dimanche matin sa fièvre avait grimpé, et il était

163

impossible de joindre un médecin, Jules fit appel à moi avec panique, je cherchai dans le bottin le numéro de téléphone personnel du docteur Chandi en faisant un recoupement pour le choix du quartier avec un élément d'une de nos conversations privées. Moi qui m'étais senti si à plat et si démuni ces derniers jours, le mal de l'autre me donnait un coup de cravache, c'était classique : je récupérai une vaillance capable de porter secours. Dans l'heure le docteur Chandi se déplaça au domicile de la famille, ce qui chassa la rancœur que Jules nourrissait à son égard. De fait Berthe, que les circonstances guidaient au bord de l'épouvante, n'avait qu'une simple grippe. Il était devenu ardu, pour Jules et pour moi, de rebaiser ensemble, bien entendu il n'y avait plus rien à risquer qu'une recontamination réciproque, mais le virus se dressait entre nos corps comme un spectre qui les repoussait. Alors que j'avais toujours trouvé splendide et puissant le corps de Jules aux moments où il se déshabillait, je notai à part moi qu'il s'était décharné, et qu'il n'était plus loin de me faire pitié. De l'autre côté, le virus, qui avait pris une consistance presque corporelle en devenant une chose certifiée et non plus redoutée, avait durci chez Berthe, contre toute volonté, un processus de dégoût qui visait le corps de Jules. Et nous savions l'un et l'autre que Jules, de par sa constitution mentale, ne pouvait pas vivre et ne pourrait pas survivre sans attirances portées sur son corps. Un délaissement érotique provoqué par le virus comme un de ses effets secondaires serait pour lui, dans un premier temps tout au moins, plus fatal que le virus lui-même, il le décharnerait moralement, plus gravement que physiquement. D'apparence si solide à tous points de vue, Jules au cinéma se voilait les yeux comme un enfant trop sensible ou comme une femme à l'approche des cruautés. Ce jour-là il devait passer chez son ophtalmologue, proche de chez moi, il avait un peu d'avance, j'avais entrepris de dérouiller notre mécanique de baise en me replaquant contre son dos et en soulevant son pull à la recherche de ses tétons, pour les meurtrir, pour lui faire mal, le plus mal possible, en les écrabouillant au sang entre mes ongles, jusqu'à ce qu'il se retourne et s'accroupisse à mes pieds en gémissant. Mais l'heure de son rendez-vous était arrivée. Quand il revint de chez l'ophtalmo, Jules m'annonça qu'il n'avait pas de conjonctivite mais un voile blanc sur la cornée, et que ce devait être une manifestation du sida, il avait peur de perdre la vue, et moi, devant sa panique, sans lui opposer aucun frein, j'étais prêt à me dissoudre sur place. Je réattaquai ses tétons, et lui rapidement, mécanique-ment, s'agenouilla devant moi, les mains imaginaire-ment liées derrière le dos, pour frotter ses lèvres contre ma braguette, me suppliant par ses gémisse-ments et ses grognements de lui redonner ma chair, en délivrance de la meurtrissure que je lui imposais. Ecrire cela aujourd'hui si loin de lui refait bander mon sexe, désactivé et inerte depuis des semaines. Cette ébauche de baise me semblait sur l'heure d'une tristesse intolérable, j'avais l'impression que Jules et moi nous étions égarés entre nos vies et notre mort, et que le point qui nous situait ensemble dans cet intervalle, d'ordinaire et par nécessité assez flou, était devenu atrocement net, que nous faisions le point, par

165

cet enchaînement physique, sur le tableau macabre de deux squelettes sodomites. Planté au fond de mon cul dans la chair qui enrobait l'os du bassin, Jules me fit jouir en me regardant dans les yeux. C'était un regard insoutenable, trop sublime, trop déchirant, à la fois éternel et menacé par l'éternité. Je bloquai mon sanglot dans ma gorge en le faisant passer pour un soupir de détente.

53

Le docteur Chandi, pour préparer l'échéance qu'il avait programmée avec le test et l'analyse fouillée du sang, avait mis en avant la découverte d'une molécule qui refrénerait la décimation progressive par le virus HIV des lymphocytes, garants des défenses immunitaires. Une fois que la vérité fut bien mise en place, et qu'on eut réduit autant que possible ses aires de frottements, le docteur Chandi me proposa d'entrer dans un groupe d'expérimentation de cette molécule, baptisée Défenthiol, qu'on avait défectueusement testée aux Etats-Unis, et dont on avait incorrectement posé les bases statistiques en France, retardant du coup de six mois à un an le moment où l'on pourrait jurer de son efficacité ou de son inutilité. Le docteur Chandi, en faisant mine d'éplucher ma fiche de patient, me dit : « Un zona, maintenant ce champignon, et votre taux de T4 vous donneraient droit à entrer dans ce groupe de recherche. » C'est à ce moment que le docteur Chandi m'expliqua le principe du double aveugle, que j'ignorais, et qui bien évidemment me captiva : pour mener à bien une expérimentation de ce genre, il fallait administrer d'un côté le vrai médicament, de l'autre un médicament factice, le double aveugle, pour une proportion égale chez des malades d'un même profil, de façon que les uns et les autres, ne sachant pas à quel groupe ils appartiennent, admettent la loi du tirage au sort, jusqu'à ce qu'on retire, après d'éventuels dommages dans un des camps, le bandeau du double aveuglé. Sur le moment le système me parut abominable, une vraie torture, pour les uns comme pour les autres. Aujourd'hui où l'imminence de la mort s'est tellement rapprochée de moi, même si je reste un suicidaire en puissance, peut-être pour cela d'ailleurs, je crois que je sauterais à pieds joints dans la mare du double aveugle, et que je barboterais dans son précipice. Je demandai au docteur Chandi : « En fait vous me conseillez d'entrer dans ce groupe de recherche ? » Il répondit : « Je ne vous conseille rien, mais je peux vous donner l'assurance que j'ai la quasi-certitude personnelle, et qui n'engage que moi, que les effets de ce médicament sont en tout cas inoffensifs. » Je refusai de le prendre, lui ou son double vide. Nous en serions restés là sur le chapitre du Défenthiol si, des mois plus tard, au cours d'un déjeuner, le docteur Chandi ne m'avait avoué qu'il avait déjà la certitude à l'époque où il me l'avait proposé que ce médicament était aussi nul que son double. Mais les laboratoires qui le produisaient, en lice avec d'autres et à défaut d'avoir mis au point quelque chose d'efficace, retardaient le verdict de l'expérimentation, et soudoyaient des scientifiques pour faire paraître des communications plutôt favorables qui empêchaient qu'on retire le produit du marché. De mon côté, quand j'hésitais à prendre ou pas ce médicament ou son ersatz creux, devant Stéphane que je consultais l'air de rien à son propos, feignant de confondre par indifférence le Défenthiol avec l'AZT, je m'entendis dire que le principe du double aveugle faisait perdre la tête à ceux qui s'y soumettaient : ils tenaient rarement plus d'une semaine et, à bout de forces, couraient dans un laboratoire pour faire analyser le médicament qu'on leur avait fourni, ayant besoin de savoir coûte que coûte s'il était vrai ou faux.

On commençait à lire des cas, dans les journaux, d'individus qui, par l'entremise des tribunaux, tentaient d'extorquer de l'argent, soit à des prostituées soit à des partenaires de hasard, qui les auraient contaminés en toute connaissance de cause. Les autorités bavaroises recommandaient de tatouer un sigle bleu sur les fesses des personnes infectées. Je m'étais inquiété de ce que la mère du Poète ait exigé de son fils, présupposant que nous avions eu ensemble des relations physiques, qu'il se soumette au test du sida, bien avant que je fasse le mien. J'avais toujours pris des précautions avec le Poète, même lorsqu'il m'avait prié de le traiter comme une chienne, et que je l'avais livré à Jules, me servant de Jules comme d'un godemiché que je ne souhaitais pas être. J'avais senti juste avant la jouissance une très étrange sueur monter de nos trois corps imbriqués, c'était la plus voluptueuse des odeurs, la plus vertigineuse aussi : je me demandai si nous n'étions pas devenus, Jules et moi, un couple d'assassins sauvages, sans foi ni loi. Mais non, j'avais pris soin de remettre une nouvelle capote à Jules avant chaque pénétration du jeune homme qu'il déflorait, et je me retenais de ne pas jouir dans la bouche du Poète, car sucer une bite était apparemment ce qui excitait le plus ce petit hétéro qui pleurnichait de ce que les filles ne suçaient pas, par substitution ou par projection inversée il voulait être pris comme une salope. Ce qui m'inquiétait dans cette exigence de sa mère, c'est que je savais, par ses récits, que le Poète se farcissait le premier venu, se laissait bouffer le cul par de vieux types dégueulasses qui le ramassaient sur la route quand il faisait du stop entre Marseille et Avignon. Je redoutais une grande injustice dans le fait que j'étais aux yeux de la mère le seul amant identifiable, donc l'assassin présumé. Le Poète finit par m'écrire : « D'après les analyses, je n'ai pas le sida. » C'était dit comme avec regret par ce jeune homme qui ne pensait qu'au suicide, ou à la gloire.

A l'heure où j'écris ces lignes, encore pensionnaire
de cette académie, de cette citadelle du malheur où les
enfants n'en finissent pas de naître anormaux et les
bibliothécaires neurasthéniques de se pendre à l'escalier du fond, où les peintres sont d'anciens fous
recyclés qui apprenaient à peindre aux fous dans des
asiles, et où les écrivains, soudain dénués de toute
personnalité, se mettent à parodier leurs aînés, écrit
Thomas Bernhard par pure diversion, pour soulager
un peu le discours de sa progression, aussi inéluctable
que la progression destructrice dans le sang et les
cellules du virus HIV, une femme de pensionnaire que
son mari a laissée en rade avec ses deux enfants a
perdu la tête, nous confiant d'abord sournoisement la
charge de son nourrisson, à nous les copensionnaires
de son mari à qui elle refusait de dire bonjour, puis
allant toujours plus loin, nous persécutant d'incessants coups de téléphone et de sonnette aux heures les
plus indues, jusqu'à hurler de terreur une nuit entière
à l'approche des monstres que nous sommes, qui
avons kidnappé son mari afin de faire violence à ses

enfants, cette pauvre Josiane est complètement maboule, mais par ses crises de démence elle est enfin parvenue à attirer l'attention sur elle, elle qu'on avait toujours prise pour une grognasse tout juste bonne à pondre et à allaiter, voilà justement qu'elle se révèle incapable de donner correctement le biberon, et qu'elle tartine de lait la face de son nouveau-né qui hurle lui aussi de terreur dès qu'elle l'approche, mais nous sourit à nous les violeurs de bébés, et qu'on a peur de voir voler par une fenêtre, moi qui ne m'aventure jamais dans cette fraction des jardins j'ai poussé ce matin jusque sous ses fenêtres, mes pas comme malgré moi m'ont amené sous la plus haute concentration présente du malheur, et j'ai fixé à la dérobée le balcon ouvert au soleil avec sa couette qui prenait l'air, craignant de voir dépasser le visage de la folle et de recevoir le bébé sur la tête, et l'espérant en même temps puisque l'imaginant, pour gober comme tout le monde la souffrance de la mère qui s'est révélée être peintre, et barbouille maintenant ses murs de rouge à lèvres avec le nom d'un de nos copension-naires sur lequel elle a fait une fixation parce que c'était l'unique ami de son mari, nous les pension-naires qui ne nous adressons jamais la parole et qui nous fuyons même lorsque nous nous croisons dans les allées, voilà que nous nous trouvons ligués par le malheur de cette femme, avec le souci hypocrite de l'en protéger, mais en réalité avec la farouche volonté collective de pousser cette femme au bout de son malheur, et que notre académie obsolète trouve enfin

173

une raison d'être, un motif de vie et de circulation, une vocation dans le malheur de cette femme, voilà que notre académie mourante est devenue une usine bourdonnante du malheur.

56

J'étais rentré à Rome en laissant à Paris le secret de ma maladie. J'y fis cependant entorse pour Matou à force d'être tanné par lui sur la cause de mon assombrissement. Il n'y avait pas un jour où il ne revenait à la charge : « Mais enfin qu'est-ce qu'il t'arrive Hervelino ? Tu es devenu tout bizarre... Tu as changé... Quelque chose te préoccupe ? Je t'aime beaucoup, il est normal que je me soucie de toi... » Je fis d'abord semblant de ne pas saisir le sens de ses injonctions, puis je l'envoyai bouler, mais il ne lâchait pas prise. Enfin, alors que nous étions tous les deux seuls, je laissai tomber la vérité, je lui dis texto que j'avais des inquiétudes au sujet de ma santé, et, sans exiger aucune précision supplémentaire, il ne me posa plus aucune question. Mais l'aveu comprenait quelque chose d'atroce : dire qu'on était malade ne faisait qu'accréditer la maladie, elle devenait réelle tout à coup, sans appel, et semblait tirer sa puissance et ses forces destructrices du crédit qu'on lui accordait. De plus c'était un premier pas dans la séparation qui devait conduire au deuil. Le soir même Matou sonnait à ma porte pour m'offrir l'objet que je recherchais depuis des semaines, un luminaire stellaire, lui l'avait dégoté en un tournemain comme un magicien, et c'était sa façon à lui de me dire que la lampe en forme d'étoile, malgré mon inquiétude, m'éclairerait encore longtemps. Et nous allâmes danser ensemble, jusqu'à l'extrême limite de nos forces, pour nous démontrer que nous avions encore du souffle, et que nous étions bien en vie. Mais j'avais aussi des inquiétudes au sujet de Matou, car, avant de devenir mon grand ami, il avait été mon amant, cinq ans plus tôt, à une période qui devait coïncider avec le temps rétroactif de la contamination, le suivre ou le précéder de peu. Son amie n'arrêtait pas de tousser, elle était continuellement malade, de plus elle attendait un bébé. En prenant des gants, je déclarai à Matou qu'à cause de cette situation, la gestation de l'enfant qui remontait à trois mois, je lui conseillais de faire le test, sans en parler toutefois à son amie pour ne pas l'inquiéter. Je plongeai Matou dans un état d'angoisse abominable, qu'il fut contraint de murer au plus profond de lui, retourné dans son pays, et s'interrogeant sans relâche au cours de ses insomnies, en fixant les feuilles du frêne qui bruissait dans l'ombre par la fenêtre, sur le bien-fondé de cette démarche, torturé par son hésitation, décidant de faire le test, puis y renonçant. Le matin de son départ, à bout de tout, il alla tendre son bras nu à l'aiguille comme, empêtré dans les ronces d'une promenade inextricable, on se décide à sauter d'un mur trop haut, et emporta en échange son numéro de loterie, qu'il remit à la personne en qui il avait une entière confiance. Matou était revenu à Rome, nous marchions ensemble dans le jardin, son amie plus loin avec une autre connaissance, il portait ce soir-là sa gabardine bleue et son chapeau, cela faisait des jours, depuis son retour, qu'il était morfondu, terne et agressif, il me chuchota : « Ça y est, j'ai fait le test... » Je lui demandai, avec avidité : « Et alors ? » C'était un moment difficile, où l'on pouvait penser que l'autre avait des doutes sur la véritable transparence, en cet instant, de votre cœur. Matou venait de recevoir le coup de fil de cet ami qui s'était fait passer pour lui avec son numéro. « Et alors c'est bon... » me dit Matou sans intonation. Je souriais, j'étais, n'est-ce pas louche de le préciser ? profondément et sincèrement soulagé.

57

Depuis que j'étais assuré de la présence à l'intérieur de mon corps du virus HIV qui s'y tapissait, à un point, on ignorait lequel, ou du système lymphocytaire ou du système nerveux ou du cerveau, fourbissant ses armes, bandé à mort sur sa mécanique d'horlogerie qui avait fixé sa détonation à six ans, sans parler de mon champignon sous la langue qui·était devenu stationnaire et que nous avions renoncé à soigner, j'avais eu divers maux secondaires que le docteur Chandi avait traités, souvent au téléphone, les uns après les autres : des plaques d'eczéma sur les épaules avec une crème à la cortisone, du Locoïd à 0,1 %, des diarrhées avec de l'Ercéfuryl 200 à raison d'une gélule toutes les quatre heures pendant trois jours, un orgelet douteux avec du collyre Dacrine et une crème à l'Auréomycine. Le docteur Chandi m'avait dit initialement : « Il n'existe pas à ce jour de vrai traitement contre le sida, on soigne successivement ses symptômes au fur et à mesure de leur déclenchement, et en phase terminale, désormais, il y a l'AZT, mais une fois qu'on commence à le prendre, on doit le prendre jusqu'au bout. » Il ne disait pas jusqu'à la mort, il disait jusqu'à l'intolérance. De retour à Rome je réalisai qu'un ganglion un peu douloureux gonflait à gauche de la pomme d'Adam, accompagné d'une petite poussée de fièvre. Alerté par ce signe, que tous les journaux depuis des années nous rabâchaient être décisif dans l'enclenchement du sida, j'appelai à Paris le docteur Chandi qui me prescrivit un anti-inflammatoire, du Nifluril, en omettant de me fournir en même temps la composition du produit qui eût permis de trouver le médicament similaire fabriqué en Italie. Au lieu de cela je courais avec affolement, ne cessant de repalper mon ganglion, à la pharmacie de la place d'Espagne, qui m'envoya à la pharmacie internationale de la place Barberini, qui m'envoya à la pharmacie du Vatican, me forçant à découvrir ce monde incroyable où, pour l'obtention d'un médicament, il faut, après avoir subi l'interrogatoire d'un Suisse, faire la queue devant un guichet, présenter une pièce d'identité, attendre que le laissez-passer avec ses doubles et leurs carbones soient copieusement tamponnés, le tendre à un vigile avant de pouvoir pénétrer dans la ville sainte, qui ressemble aux abords d'un Supermammouth à la périphérie d'une ville de province, avec des consommateurs qui poussent des chariots débordant de couches-culottes et de caisses d'eau minérale bénie, car tout est moins cher dans la ville sainte, qui est une ville complète à l'intérieur de la ville et qui la concurrence, avec son bureau de poste, son tribunal et sa prison, son cinéma, ses églises de poche où l'on va prier entre deux achats, et, après m'être égaré, j'entrai enfin dans la pharmacie, blanche et futuriste, dessinée par le décorateur de

Kubrick pour *Orange mécanique*, avec son comptoir où d'un côté des bonnes sœurs à l'habit gris à peine recouvert d'une blouse blanche vendent des cosmétiques et des « Opium » d'Yves Saint Laurent en duty free, tandis que de l'autre côté des curés au col gris visible sous la blouse vendent des packs d'aspirine et de préservatifs, me faisant dire au bout du compte qu'il n'était pas question pour moi de dénicher du Nifluril dans aucune pharmacie de cette ville, même pas dans celle du Vatican. Jules vint passer une semaine à Rome, et sa présence ne fit qu'accroître ma panique. Deux sidas c'était trop pour un seul homme, puisque j'avais désormais la sensation que nous formions un seul et même être, sans miroir au milieu, et que c'était ma voix aussi que je recouvrais quand je lui parlais au téléphone, et que c'était mon propre corps que je reconquérais chaque fois que je prenais le sien entre mes bras, ces deux foyers d'infection latente étaient devenus intolérables à l'intérieur d'un seul corps. Si l'un de nous eût été malade, et pas l'autre, cela eût sans doute créé un équilibre de protection qui aurait soustrait la moitié du mal. Ensemble nous nous abîmions dans cette double maladie, nous sombrions avec impuissance, et aucun n'arrivait à retenir l'autre de cette attraction commune vers le fond, le fin fond des fonds. Jules se débattait comme un malheureux, il refusait d'être mon garde-malade, il en avait sa claque, il m'envoyait bouillir, et moi je l'injuriais, je lui disais que je n'étais pas mécontent qu'il me donne des raisons de le haïr. Il venait de m'avouer qu'un mois plus tôt son corps entier, de la gorge à l'aine en passant par les aisselles, s'était gonflé sous une

180

poussée de ganglions, qui avaient subsisté une semaine avant de disparaître d'eux-mêmes, mais lui, comme toujours, avait eu la force morale de prendre cela sur lui et sur lui seul, de dissoudre en lui son inquiétude au lieu de la propager vers les autres, comme j'avais tendance à le faire : je n'ai pas mon pareil pour jeter mon inquiétude à la gueule de mes amis, David dit que c'en est écœurant. Un week-end avec Jules à Assise et à Arezzo, qui sont deux villes mortes, nous acheva, il plut sans interruption, je claquais des dents, je somnolais dans une chambre d'hôtel mal chauffée dont le balcon donnait sur un point de vue absurdement somptueux, et à longueur de journées et d'insomnies je broyais mon ganglion entre le pouce et l'index, Jules fuyait, il allait marcher sous la pluie, il me préférait ce sale petit crachin glacé. De retour à Rome, nous hâtâmes son départ, nous n'en pouvions plus l'un de l'autre, Jules me quitta en me voyant tordu d'angoisse et en pleurs sur mon lit, le suppliant de m'emmener à l'hôpital. Dès qu'il eut disparu, je me sentis mieux, j'étais mon meilleur garde-malade, personne d'autre que moi n'était à la hauteur de ma souffrance. Mon ganglion dégonfla tout seul, comme Muzil pour Stéphane Jules était ma maladie, il la personnifiait, et j'étais sans doute la sienne. Je me reposais, seul et apaisé, la majeure partie du temps, en attendant qu'un ange me délivre.

parquoi?

l'amour ↔ la maladie

58

Jules m'a fait remarquer qu'ils ont mıs une moquette neuve à l'institut Alfred-Fournier, un peu déclinant depuis la syphilis, et soudain prospère comme une usine de capotes, engraissé par le sang des séropositifs qui doivent faire un contrôle tous les trois mois, le bilan sanguin spécifique du virus HIV coûte cinq cent douze francs cinquante, on peut désormais régler avec la Carte Bleue. Les infirmières sont très chic, avec des bas semi-teintés et des chaussures plates, des jupes de tailleur et des colliers sobres qui dépassent de la blouse, on dirait des professeurs de piano ou des banquières. Elles enfilent leurs gants de caoutchouc comme des gants de velours pour un gala à l'Opéra. Je suis tombé sur une piqueuse d'une délicatesse merveilleuse, discrètement attentive au quotient de pâleur soudain modelé sur le visage. Elle voit couler à longueur de journées ce sang empoisonné, et malgré ses gants translucides elle passe tout à côté de la source de l'empoisonnement, elle ôte ses gants dans un claquement pour appuyer ses doigts nus avec le sparadrap sur la plaie, et elle parle de tout autre chose, elle dit : « C'est « Habit rouge » votre parfum ? Je l'ai tout de suite reconnu. Bien sûr, ce n'est pas grand-chose, mais j'aime bien ce parfum, et le ressentir dans cette matinée grise est quand même pour moi, vous savez, une toute petite aubaine. »

Le 18 mars 1988, de retour à Paris, je dîne chez Robin en compagnie de Gustave, la veille de leur départ pour la Thaïlande. Sont également présents, je m'en souviens précisément et jusqu'à leur disposition autour de la table : Paul, Diego et Jean-Jacques, ainsi que Bill rentré le matin même des Etats-Unis. Nous serons donc ce soir-là six hommes témoins de son discours. Bill est dans un état d'excitation indescriptible, qui va emporter avec lui notre dîner, et monopoliser toutes nos conversations : il nous annonce tout de go qu'on vient de mettre au point en Amérique un vaccin efficace contre le sida, pas vraiment un vaccin pour être exact, puisque en principe un vaccin est préventif, alors disons un vaccin curatif, obtenu à partir du virus HIV et administré à des séropositifs non symptomatiques, appelés initialement les « porteurs sains » jusqu'à ce qu'on remette en cause le côté sain d'un homme contaminé par le sida, de façon à bloquer sa virulence, à empêcher le virus de mettre en branle son processus de destruction, mais c'est un secret absolu, Bill compte sur notre entière discrétion à nous tous pour ne pas donner de faux espoirs à de pauvres malades qui, de surcroît, par leur affolement, pourraient mettre des bâtons dans les roues de l'expérimentation qu'on devrait bientôt mener en France, nous sommes tous ici présents bien sûr qui connaissons des malades du sida mais il va de soi qu'aucun malade ne se cache parmi nous. Je suis un des premiers dans cette assistance, mais comment savoir si je suis le premier réellement car tout le monde se ment toujours à propos de la maladie, à être, dans mon for intérieur, bouleversé par le récit de Bill, qui est en train de contredire, sinon de remettre en question mon accoutumance à une mort très proche. J'ai peur d'être blême, ou soudain trop rouge, j'ai peur de me trahir, et pour me défaire une bonne fois de cette peur je lance à Bill avec ironie : « Alors tu vas pouvoir nous sauver, tous ici autant que nous sommes ? — Ne dis pas de bêtises, me rétorque Bill gêné dans le développement de son récit, toi tu n'es pas séropositif. » Puis, en se retournant vers l'assistance : « Mais on va pouvoir repêcher des gens comme Eric, et aussi ton frère », dit-il devant cinq autres personnes à Robin. J'ignorais entièrement qu'Eric, mort l'été dernier, et le jeune frère hétérosexuel de Robin, parti aujourd'hui pour un tour du monde sur un voilier, étaient comme moi séropositifs. Bill poursuivait : on vient d'obtenir, aux Etats-Unis, les premiers résultats, au bout de trois mois d'observation, d'une première tranche d'expérimentation menée sur des séropositifs asymptomatiques, auxquels on a administré ce vaccin le 1er décembre dernier. Toute présence du virus à l'intérieur de leur corps, et en chacun de ses facteurs transmissibles, le sang, le sperme, les larmes et la sueur, semblerait totalement évacuée par le vaccin. Ces résultats sont tellement fabuleux qu'on va lancer dès le 1er avril une seconde tranche d'expérimentation, en vérité la troisième car une première tranche antérieure avait concerné des malades trop avancés dans la maladie qui sont aujourd'hui tous morts ou mourants, cette fois sur soixante séropositifs asymptomatiques, regroupés sous l'appellation 2B, auxquels on va injecter, pour la moitié le vaccin, et pour l'autre moitié son double aveugle. On devrait avoir des résultats presque définitifs six mois plus tard, c'est-à-dire à la rentrée, à la suite de quoi, s'ils sont aussi favorables que le laissent présager ceux de la tranche 2A, on devrait mettre en place sur la France une expérimentation de ce genre, qui devrait permettre, disait Bill, de repêcher des gens comme Eric, ou comme ton frère à toi Robin. Bill se retrouvait étroitement associé à la mise au point de ce vaccin et à sa commercialisation éventuelle en tant que directeur de ce grand laboratoire français producteur de vaccins, et ami intime de longue date de l'inventeur de ce nouveau vaccin, Melvil Mockney. La trouvaille de Mockney consistait à fabriquer son vaccin à partir du noyau du virus HIV, alors que ses confrères, depuis qu'on avait cerné le schéma du virus, s'étaient exercés à utiliser son enveloppe, accumulant des échecs qui se faisaient de jour en jour plus cuisants, et qui éclateraient au grand jour selon Bill lors du congrès mondial de Stockholm, où se réuniraient du 11 au 18 juin prochains les chercheurs du monde entier. Bill était excité comme une puce par le vaccin, et là c'étaient ses plus proches amis qu'il consultait, parce qu'il risquait de transformer sa vie du tout au tout. Bill avait fini par s'ennuyer dans la routine épuisante, qui inévitablement accentuait sa solitude, d'allées et venues entre la France et l'Afrique, où il menait des activités médicales paragouvernementales. Il avait été associé à la politique médicale de la majorité, qui était sur le point de basculer en France à la veille des nouvelles élections présidentielles, il avait songé se lancer pour son propre compte dans la politique mais il butait toujours sur l'idée que les hommes politiques sont incompétents et abrutis. Il n'y avait plus rien de vraiment intéressant à entreprendre aujourd'hui que la lutte contre le sida, à cause du développement catastrophique de son épidémie. Mais il fallait faire très vite. Il était probable qu'il allait devoir s'installer aux Etats-Unis, à Miami, où l'on produirait le vaccin par hectolitres dans d'immenses cuves en veillant à ce que le virus correctement désactivé, cryogénéisé puis décongelé et neutralisé aux rayons laser, ne puisse contaminer ses laborantins. Bill pouvait, en tant qu'ami depuis vingt ans de Melvil Mockney et directeur de ce grand laboratoire producteur de vaccins, être mêlé à la découverte qui allait sauver l'humanité de son plus haut péril contemporain. Le vaccin était également pour lui, il ne s'en cachait pas, bien qu'il ne sût jamais quoi faire de son argent, le moyen de faire vraiment fortune. Bill me raccompagna chez moi dans sa Jaguar, je ne dis pas un mot de tout le trajet, je devais passer la soirée du lendemain seul à seul avec lui, avant que nous repartions chacun de notre côté, lui pour Miami, moi pour Rome. Je ne dormis pas de

187

la nuit, mon état d'effervescence ne laissait aucune place au repos. Je m'étais réservé de parler à Jules de ce que je venais d'apprendre, et je me réservais aussi de mettre Bill au courant de ma maladie. Je recomptais les jours sur mon agenda : entre le 23 janvier où, rue du Jura, j'accueillis la nouvelle sans appel de ma maladie et ce 18 mars où une seconde nouvelle pouvait s'avérer décisive dans la contradiction de ce que la première avait entériné en moi d'irréversible, cinquante-six jours s'étaient passés. J'avais vécu cinquante-six jours en m'habituant, tantôt avec gaieté tantôt avec désespoir, tantôt dans l'oubli tantôt dans une obsession féroce, à la certitude de ma condamnation. J'entrais dans une nouvelle phase, de suspension, d'espoir et d'incertitude, qui était peut-être plus atroce à vivre que la précédente.

60

Je confirmai cette nuit-là à moi-même que j'étais un phénomène du destin : pourquoi était-ce moi qui avais chopé le sida et pourquoi était-ce Bill, mon ami Bill qui allait être un des premiers au monde à détenir la clef capable d'effacer mon cauchemar, ou ma joie d'être enfin parvenu au but ? Pourquoi ce type était-il venu s'asseoir en face de moi au drugstore Saint-Germain, où je dînais seul, ce soir d'automne 1973, il y a plus de quinze ans, quand j'en avais dix-huit ? Et lui, quel âge pouvait-il avoir à cette époque ? Trente, trente-cinq, l'âge que j'ai aujourd'hui ? J'étais terriblement seul et lui l'était sans doute autant que moi sinon plus : sans doute aussi seul, et démuni face à un jeune homme, que je le suis aujourd'hui. Il m'avait proposé, de but en blanc, de l'accompagner en Afrique dans l'avion de service qu'il pilotait. C'est lui qui avait prononcé, ce soir-là, les mots qui ont été finalement redits et joués par un acteur qui tenait son rôle dans un film dont j'ai écrit le scénario : « Vous savez, ce n'est pas du tout compliqué d'aller en Afrique, il suffit de faire vos vaccins, typhus, fièvre jaune, et commencer dès demain à prendre votre

Nivaquine pour vous prévenir du paludisme, un comprimé matin et soir, quinze jours avant le départ, nous quitterons Paris justement dans quinze jours. » Pourquoi avais-je renoncé au dernier moment de partir avec ce type que je n'avais pas revu, mais avec lequel j'étais resté quinze jours durant en relation téléphonique pour préparer notre départ, qui ne faisait alors aucun doute pour moi puisque j'avais subi les vaccins et commencé la Nivaquine ? Pourquoi nous étions-nous perdus de vue, et retrouvés, cinq ans plus tard, un soir de juillet 1978, à Arles, où nous assistions l'un et l'autre aux Rencontres de la photographie ? Mais ce Bill n'était-il pas, davantage que moi, un de ces phénomènes stupéfiants du destin, un de ces monstres absolus du sort, qu'ils semblent tordre et sculpter à leur guise ? N'y avait-il pas entre lui et ce chercheur qui devait assurer sa fortune autant de relations, quasiment surnaturelles, malgré la différence d'âge qui devait être la même, qu'entre lui et moi ? Melvil Mockney s'est rendu célèbre en découvrant, en 1951, le vaccin contre la poliomyélite. Enfant après la guerre Bill a soudain été attaqué, à l'instar de sa sœur, par ce virus de la poliomyélite qui paralysait les uns après les autres les centres facteurs de mobilité, de la physionomie en crispant à jamais une partie du visage jusqu'au souffle vital en détruisant le réflexe de la respiration, forçant ses victimes, souvent des enfants, à être coffrés vivants dans les fameux « poumons d'acier » qui respiraient à leur place, jusqu'à l'étouffement complet. Le sida en phase terminale, par la pneumocystose ou le champignon Kaposi qui attaque les poumons, mène aussi à l'étouf-

190

fement complet. Mais Bill, paralysé déjà sur toute une moitié de la face, empêchant la fermeture d'un œil et les réflexes moteurs de la partie droite des lèvres puisque cette zone morte de son visage se trouve à la gauche de mon regard quand je dîne face à lui, l'enfant Bill menacé par la progression du virus ne fut pas miraculé par l'invention de celui qui allait devenir son confrère et ami. Dès 1948, trois ans avant que Mockney mette au point ce vaccin antipoliomyéliti-que, le petit Bill parvenait à dompter en lui, par un seul effort de sa volonté ou par un miracle du hasard, la puissance destructrice du virus poliomyélitique, à la stopper, comme un enfant s'assied sur un lion furieux, et à la chasser à tout jamais hors de son corps sans l'intervention du vaccin. Melvil Mockney, m'apprit Bill, ne fut pas couronné par le Prix Nobel à la suite de sa découverte, refusant de se plier aux règles qui conduisent aux honneurs et détestant leurs magouilles, il s'était retiré dans un centre à Rochester pour mener à bien des recherches sur le cerveau, établissant bientôt que le cerveau ne transmettait pas uniquement des influx nerveux par tout le corps, mais des fluides qui ont des actions tout aussi décisives.

61

Je dînai donc avec Bill le samedi 19 mars, Jules à qui j'avais parlé le matin au téléphone m'avait donné l'ordre de le mettre au courant de notre situation, et Edwige que j'avais consultée lors de notre rituel déjeuner du samedi me l'avait aussi fortement conseillé, toutefois je restais le plus hésitant sur cette démarche, non que je n'avais pas une confiance absolue en Bill, que je craignais de voir bouleversé par un nouveau pacte avec le sort cet état progressif, plutôt apaisant en définitive, de mort inéluctable. Jules, à un moment où il ne croyait pas que nous étions infectés, m'avait dit que le sida est une maladie merveilleuse. Et c'est vrai que je découvrais quelque chose de suave et d'ébloui dans son atrocité, c'était certes une maladie inexorable, mais elle n'était pas foudroyante, c'était une maladie à paliers, un très long escalier qui menait assurément à la mort mais dont chaque marche représentait un apprentissage sans pareil, c'était une maladie qui donnait le temps de mourir, et qui donnait à la mort le temps de vivre, le temps de découvrir le temps et de découvrir enfin la vie, c'était en quelque sorte une géniale invention moderne que nous avaient transmis ces singes verts d'Afrique. Et le malheur, une fois qu'on était plongé dedans, était beaucoup plus vivable que son pressentiment, beaucoup moins cruel en définitive que ce qu'on aurait cru. Si la vie n'était que le pressentiment de la mort, en nous torturant sans relâche quant à l'incertitude de son échéance, le sida, en fixant un terme certifié à notre vie, six ans de séropositivité, plus deux ans dans le meilleur des cas avec l'AZT ou quelques mois sans, faisait de nous des hommes pleinement conscients de leur vie, nous délivrait de notre ignorance. Si Bill, avec son vaccin, remettait en cause ma condamnation, il me replongerait dans mon état d'ignorance antérieur. Le sida m'avait permis de faire un bond formidable dans ma vie. Nous décidâmes avec Bill d'aller voir au cinéma *L'empire du soleil*, un navet palpitant qui raconte, à travers son amerloque ribambelle de stéréotypes, le struggle for life d'un enfant projeté dans le monde le plus dur qui soit : la guerre sans le secours des parents, un camp de redressement où règne la loi du plus fort, les bombes et les sévices, la faim et le marché noir, et cetera. Je sentais dans le noir, aux déglutitions de Bill en accord avec le pathétisme des images ou son relâchement, en me tournant parfois discrètement vers cette luisance trop accentuée de l'œil, de ce ressort de larmes contenues réfléchi par l'écran, qu'il marchait à bloc, et qu'il s'identifiait, peut-être pas au personnage enfantin, mais au message symbolique du film : que le malheur est le lot commun des hommes mais qu'avec de la volonté on s'en sort toujours. Je savais que Bill malgré son intelligence est un extraordinaire spectateur naïf, à qui l'on peut à peu près faire gober n'importe quoi, mais cette naïveté pour l'heure me répugnait, et me répugnait surtout de devoir opposer l'incroyable, inespérée dirait un ennemi, perspective d'intelligence qu'ouvrait le sida dans ma vie soudain délimitée à cette naïveté de midinette. Je pris la décision, en sortant du cinéma, de ne souffler mot à Bill de rien de ce qui était prévu, ou s'imposait par simple réflexe de survie. Il était déjà tard, les portes des restaurants fermaient à notre approche et il était compliqué de garer la Jaguar dans les ruelles exiguës de ce quartier du Marais. Nous atterrîmes par hasard dans un hallucinant restaurant juif, menés à la baguette par un serveur folle déguisé en cosaque, coincés entre des couples qui se faisaient les yeux doux au-dessus d'une assiette baltique éclairée aux bougies, nous empêchant bien sûr d'aborder le sujet. Mais Bill n'avait que lui aux lèvres et, une fois les deux trois mots banals échangés sur le film, je décidai, malgré mon renoncement, ce qui était peut-être son abandon, de cuisiner Bill sur le sujet qui nous préoccupait pour des raisons différentes, et je l'abordai immédiatement de façon codée, le bombardant de questions : comment on fabriquait le Ringeding, et à partir de quel moment les Ringedings pouvaient prendre du Ringeding, nos voisins durent penser que nous étions des magnats de la drogue. En me faisant raccompagner chez moi dans la Jaguar de Bill qui fonçait silencieusement dans les rues désertes de Paris, qui volait presque au-dessus d'elles aux accords de la musique, je demandai à Bill s'il était capable de tenir un secret. Je lui déballai tout, comme malgré

194

moi, contrairement à ce que je m'étais juré, téléguidé par mes amis et par le bon sens, et je voyais bien à la luisance de son œil qui ne voulait plus quitter la route, la route derrière le pare-brise comme l'interminable route semée d'embûches que nous venions au Vietnam de fixer sur l'écran, que Bill était bouleversé par ce que je lui annonçais de pathétique, qui l'était tout autant dans un autre genre que le film qui nous avait abasourdis. Bill se reprit, il me dit : « De toute façon je le savais. Depuis le zona je le savais, et c'est pour ça que je t'ai adressé à Chandi, pour que tu sois dans de bonnes mains... Plus que jamais, ce que tu me confirmes me laisse à penser qu'il faut faire vite, très vite. » Bill repartait le lendemain pour Miami. Auparavant il m'avait demandé : « Tu en es à combien de T4 ? » Déjà moins de 500, mais encore plus de 400, le seuil fatal était à 200.

62

A partir de ce jour Bill ne donna plus de nouvelles, et il ne téléphona plus, alors que tous ces derniers temps il m'avait presque importuné à Rome, dans la nuit, avec d'interminables coups de fil, lui d'ordinaire si bref, si expéditif, il m'appelait désœuvré de son bureau à Miami à l'issue d'une de ces journées de travail qui avait démarré à sept heures et n'avait été rompue que par un break d'un quart d'heure pour un sandwich, à la tombée de la nuit l'absurdité de l'agitation retombée devenait intolérable et accentuait la solitude, secrétaires et collègues allaient rejoindre leurs foyers, et Bill restait seul dans son bureau à laisser errer ses yeux sur son carnet d'adresses qui d'un seul coup lui paraissait vide et transparent j'étais au bout du compte un de ses seuls amis sur cette planète, il n'avait rien de spécial à me dire sinon son épuisement et ses doutes, son incapacité à vivre des aventures, et toujours, de façon assez égrillarde, il me proposait de devenir le temps de la conversation l'émissaire de ces aventures qu'il n'était plus capable d'avoir, et il inventait quelqu'un dans mon lit quand il me parlait alors que j'y étais seul, et il répercutait l'essoufflement de gymnastiques invraisemblables alors que ma voix était tout bonnement grognonne d'avoir été sortie de son sommeil pour faire du zèle amical, à ces moments j'avais pitié de Bill. Il ne supportait aucun type d'obligations amicales, quoiqu'il fût perclus d'obligations professionnelles, c'était cela sa maladie, son obsession, la gangrène de ses rapports. Il voulait rester libre jusqu'au dernier moment, pour être le maître de ses soirées, et se proposer à la dernière minute, comme pour éprouver la fidélité et la disponibilité de ses quelques très rares amis, il n'acceptait jamais de bloquer une date pour un dîner dont il n'était pas l'organisateur, le rendez-vous devait se prendre un quart d'heure avant, entre sept et huit, même si lui en avait décidé ainsi plusieurs jours auparavant. Et il débarquait, royal, dans le jeu de quilles quadrillé de nos amitiés, fonçant avec sa Jaguar pour kidnapper l'un d'entre nous et l'inviter à dîner dans un grand restaurant, ou déposant avec naturel comme offrande sur le pas de la porte où il s'imposait une caisse de mouton-rothschild qu'il avait payée quelques millions aux enchères à Drouot. Se retrouver dans l'obligation de raccompagner à la fin d'une soirée l'un des convives le rendait malade, le prenait à la gorge, l'étouffait, l'aurait rendu capable de démolir à coups de maillet sa Jaguar qu'on prenait pour un minibus, ou le crâne de l'ami qui injuriait par là la noblesse de sa voiture argentée toute-puissante dans laquelle il se passait du Wagner. Quand il conduisait sa Jaguar rien ne devait lui résister, il avait enfilé ses mitaines de cuir aérées et tout sans exception devait alors plier autour de lui dans le champ de son regard, terrassé par le mouvement coulé de sa conduite sans faille, les passants qui voulaient s'engager hors des passages cloutés comme les autres voitures qui avaient l'audace stupide de ne pas s'incliner, à ces moments Bill devenait le justicier impérieux de la circulation parisienne, et moi je tremblais de peur à l'idée que nous écrasions un imprudent. Au fil des ans nous nous étions tout de même un peu dressés l'un et l'autre. J'étais quasiment la seule personne qu'il acceptait de raccompagner à l'issue d'un de nos dîners, au risque de jouir grossièrement de ce privilège vis-à-vis des autres, au moins l'avais-je difficilement gagné. J'adorais d'autant plus me faire raccompagner par Bill, ce que n'importe quel chauffeur de taxi pouvait bien faire, certes sans Jaguar, que cela coûtait énormément à Bill, de par sa phobie de l'obligation amicale, de faire ce tout petit détour qui bravait l'intransigeance de son orgueil, et le ravalait, non pas au rang de chauffeur comme il feignait en maugréant de le penser, mais tout simplement au rang d'ami fidèle, ce qui était pour moi un triomphe. Donc, depuis des mois, depuis l'aveu de ma maladie, Bill ne donnait plus aucun signe de vie, j'en souffrais parfois, cela augmentait parfois mon anxiété, ou mon regret de lui avoir parlé, mais, pour dire la vérité, son silence m'étonnait à peine, et je pourrais même ajouter que je m'en frottais les mains, car par ce silence abrupt, qui aurait pu sembler à quiconque une monstrueuse démission, Bill accédait cette fois au rang de personnage ambigu. J'imaginais son vertige : lui persécuté par l'obligation de raccompagner un ami en voiture, avec quelle terreur devait-il se sentir harcelé, maintenant qu'il était en passe d'en avoir les moyens, qu'il le croyait en tout cas ou que son ami le croyait, par l'obligation insupportable de sauver la vie d'un ami ? Il y avait réellement de quoi prendre ses jambes à son cou, dénuméroter son téléphone, et faire le mort.

63

Quelques années plus tôt, je daterais cet événement en 1983 ou 84, Bill nous avait adressé du Portugal, lui si sobre dans le registre de l'effusion amicale, une longue lettre déchirante. Il se savait atteint d'une grave maladie du foie, liée à un germe africain, qui mettait peut-être ses jours en danger, dès son retour il devait entrer à l'hôpital pour subir une ablation, il avait décidé de faire auparavant ce voyage dont il rêvait depuis longtemps, et il passait son temps, écrivait-il dans cette lettre au papier frappé du plus grand palace de Lisbonne, à visiter des maisons d'été sur la côte atlantique, aux alentours de Sintra, des demeures de rêve dans lesquelles soudain, dans cette véritable déclaration d'amitié qu'était sa longue lettre, il nous imaginait, nous ses amis un peu secondaires jusque-là, révélés brusquement à ses yeux par sa maladie et la menace d'une issue fatale des amis de tout premier plan. La lettre de Bill m'avait boule-versé, je lui avais répondu quelques mots très chaleu-

200

reux. Bill subit cette ablation d'une partie du foie, se rétablit rapidement, et il ne fut plus jamais question de ces vacances d'été dans une maison de rêve de la côte atlantique du Portugal.

64

Je ne revis Bill que le soir du 14 juillet, à La Coste, chez notre ami commun Robin, il était arrivé en avion le matin de Miami, avait juste eu le temps de rencontrer son anesthésiste au Val-de-Grâce, puis avait pris le TGV jusqu'à Avignon, où il avait loué une voiture. Il devait repartir le lendemain soir pour se faire hospitaliser, et opérer le surlendemain d'une déchirure de la ceinture abdominale, qui arrive souvent aux hommes d'une quarantaine d'années. De mon côté j'avais quitté Paris à bout de tout, dans l'état de fragilité morale qu'accompagnait ma solitude car tous mes amis avaient quitté la capitale et j'étais remis aux mains de mes deux vieilles grand-tantes, qui deviennent des vampires impitoyables et s'abreuvent de mes forces jusqu'à la dernière goutte de sang dès qu'elles discernent une blessure par où s'engouffrer. Bill était épuisé et déphasé par ses voyages, presque somnambulique, il titubait, peut-être abruti de surcroît par les calmants qu'on avait commencé de lui administrer en vue de l'opération. Il m'importait bien sûr au dernier degré de le revoir et de lui parler, mais devant les autres je n'en montrais rien. Je n'avais pas à diriger mon interrogatoire, déjà les autres amis bombardaient Bill de questions. L'expérimentation continuait, les résultats étaient toujours favorables. Le congrès de Stockholm, que j'avais suivi jour après jour dans les journaux sans rien trouver qui concernât le fameux vaccin, n'avait pas été décisif comme on s'y attendait, la présence de Mockney avait été discrète, sa communication étouffée par un comité de sages qui l'avaient jugée prématurée, donc dangereuse, les confrères de Mockney lui étaient tombés dessus à bras raccourcis car les premiers bon résultats de l'expérimentation de son vaccin obtenu à partir du noyau du virus ne faisaient que renforcer l'échec massif des nombreuses autres expérimentations menées sur l'enveloppe du virus. Le plus grand problème désormais, ajoutait Bill, était de résister aux pressions des « capitalist adventurers », ces aventuriers, ces pionniers capitalistes qui avaient le nez de miser très vite sur un nouveau produit et de faire grimper ses prix « S'ils mettent la main sur le vaccin de Mockney, expliquait Bill, les doses vont coûter mille dollars, alors qu'elles devraient en coûter dix, et ça va devenir un massacre pour l'humanité. » Nous dînions, en compagnie de quelques adolescents ébahis, sous la tonnelle du cabanon, comme d'habitude de crudités, de mélanges exquis proposés par Robin, de fruits rouges et de ces yaourts Alpa en pots de paraffine dont on se disputait spécialement la framboise, la vanille et le chocolat, les petites cuillères pour les déguster légères et tendues dans leur minuscule broc d'étain. Comme moi, Bill devait rentrer à l'hôtel, le cabanon était colonisé par une horde de jeunes

Thaïlandais qui avaient certainement été placés là par leurs parents, comme le fit remarquer le restaurateur du mont Ventoux, pour leur voyage d'études en France. Bill ne tenait plus debout en m'accompagnant à l'hôtel, mais il tint à ressortir, après avoir déposé son bagage dans sa chambre, malgré l'heure tardive, pour que nous allions boire un verre à la terrasse du *Café du commerce,* ou en face où jouait un petit orchestre, pour parler un peu seul à seul. Tout de go, sans que j'aie eu à lui poser aucune question, en clignant ses yeux ratatinés par la fatigue, Bill me demanda des nouvelles de Jules, de Berthe et des enfants, puis comment je me sentais moi et où en étaient mes analyses, et il me dit : « Si tout continue de bien se passer, l'expérimentation pour la France devrait se mettre en place en septembre, au plus tard début décembre, on disposera alors de résultats vraiment significatifs pour le groupe 2 B. » Je demandai à Bill s'il pourrait toujours, comme il l'avait proposé, nous faire entrer, Jules, Berthe et moi dans ce groupe de recherche et si nous devrions nous soumettre au principe du double aveugle. « Non, bien sûr pas vous, répondit Bill, mais il ne faudra surtout pas le dire, j'en fais noir sur blanc une condition préalable au protocole qui nous lie, les producteurs du vaccin, avec l'hôpital des armées où aura lieu l'expérimentation. » Je dis à Bill : « Tu feras cela avec la complicité de Chandi ? — Non, sans elle, il sera effectivement le médecin désigné pour contrôler l'état des sujets vaccinés dans le cours de l'expérimentation, mais il ne saura pas justement qu'on vous aura dégagés auparavant de la loterie statistique du double aveugle. Ce sera lui au contraire qui aura la charge de vous expliquer cette nécessité d'accepter de vous soumettre au principe du double aveugle, et vous devrez jouer le jeu. » Bill laissa un blanc dans son exposé, puis il ajouta : « De toute façon, s'il y avait le moindre problème dans la mise en place pour la France de l'expérimentation, je vous emmènerai tous les trois à Miami, Jules, Berthe et toi, et je vous ferai vacciner par Mockney en personne. »

65

Nous rentrâmes avec Bill et Diego, tous les avions complets pour le week-end du 14 juillet, dans un TGV bondé où nous organisâmes des alternances de confort entre le bar et des recoins du compartiment où nous pouvions rester assis par terre. En rigolant Bill lisait mon livre que je venais de recevoir de mon éditeur, et que je lui avais donné avec la plus réfléchie, la plus grave et la plus affectueuse des dédicaces que je lui avais faites jusque-là, c'était sans doute risqué de ma part. Je gardais au bout des doigts le plaisir qu'ils avaient eu la veille au soir à caresser le dos de ce jeune homme merveilleux, Laurent, et ce fourmillement me remontait jusqu'au cœur, ce parfait exemple de « safer-sex » involontaire le baignait de sensualité. Bill entrait le lendemain à l'hôpital du Val-de-Grâce où il devait subir cette couture chirurgicale de sa ceinture musculaire, et moi je devais attendre, descendant fiévreusement tous les matins chercher dans ma boîte aux lettres cette grosse enveloppe de l'institut Alfred-Fournier que j'avais fait mettre au nom de Gustave et qui portait en travers le tampon « Secret médical », tampon des maladies mortelles, les résultats des dernières analyses que j'avais faites avant mon départ pour La Coste. Quand je m'étais rendu à l'institut, à jeun, et quand j'en étais sorti, me précipitant vers le plus proche bistrot pour m'abreuver de cafés et me bourrer hystériquement de croissants et de brioches, je m'étais senti très faible, et attaqué par la maladie, j'étais sûr que les résultats seraient mauvais, et me feraient passer dans un autre stade de la conscience de ma maladie et de l'attitude du docteur Chandi et de l'institution médicale par rapport à elle. Or il se trouvait que ce courrier épais plié en quatre que je défroissai en toute hâte ou avec une lenteur suspecte devant ma boîte aux lettres, fonçant sur la feuille qui portait l'indication du niveau des T4, me révélait qu'à ce moment où je m'étais senti tellemen affaibli par ma maladie, je me trouvais en fait dans une phase de répit et même de repli de cette maladie car mon niveau de T4 était remonté à plus de 550, dans une fourchette avoisinant la normale, et à un degré qu'il n'avait jamais atteint depuis qu'on entreprenait ces analyses spécifiques de l'action du virus HIV sur la dépopulation des lymphocytes, mon corps avait accompli ce que le docteur Chandi appelait un redressement spontané, sans le secours d'aucun médicament, ni Défenthiol ni quoi que ce soit. Je ressentis, debout devant ma boîte aux lettres, comme un appel d'air vital, un sentiment d'évasion, un élargissement de la perspective générale ; le plus douloureux dans les phases de conscience de la maladie mortelle est sans doute la privation du lointain, de tous les lointains possibles, comme une cécité inéluctable dans la progression et le rétrécissement simultanés du temps. Mes résultats mirent en joie le docteur Chandi dans son cabinet, il en riait, il me dit que l'île d'Elbe, les bains de mer et de soleil, le repos, ce type de vie me réussissaient, mais qu'en même temps je ne devais pas abuser du repos, comme il le pressentait, qu'un repos forcené pouvait être fatal pour les activités vitales. J'allai porter mes résultats à Bill au Val-de-Grâce, il se réveillait à peine de l'anesthésie, il était assoiffé, on lui interdisait de boire, il me demanda de lui parler, de lui parler encore, pour l'empêcher de retomber dans le sommeil, puis la lutte fut tellement pénible qu'il me pria de me taire pour le laisser sombrer, il avait souri en entendant mon nouveau taux de T4. J'allais le voir tous les jours, après le déjeuner, en lui apportant *Le Monde* et *Libération*, il y avait souvent quelqu'un dans sa chambre, pas un ami ou un membre de sa famille mais un collaborateur, un partenaire de travail, des spécialistes se succédaient pour une embauche devant cet homme alité, qui continuait de téléphoner à Miami et à Atlanta pour donner ses directives. Son chirurgien l'avait mis en garde, sa ceinture abdominale se refissura, il devait être plus prudent. Bill engagea un jeune homme pour l'aider à sortir de l'hôpital, à transporter ses bagages, à conduire sa Jaguar et à lui donner le bras, un beau jeune homme métis qui l'accompagna jusqu'à Miami.

Fin septembre, Bill me téléphona de Paris sur l'île d'Elbe pour m'avertir qu'il disposait du petit avion de sa société, et qu'il comptait passer nous voir sur l'île après avoir fait une escale à Barcelone, où devait l'attendre le jeune champion de course à pied Tony, qui était à cette époque le garçon de ses rêves. Bill me dit : « En principe je pars demain matin pour Barcelone, si la météo reste bonne ; je voulais juste m'assurer que vous seriez là les trois-quatre prochains jours ; de toute façon je te rappelle de Barcelone. » Mais Bill, en définitive, ne vint pas sur l'île d'Elbe, et il ne prit même pas la peine de nous rappeler, atterré soi-disant, comme nous l'avons appris depuis, par la défection de son Tony. Je jugeai l'attitude de Bill, sinon criminelle à mon endroit et si elle était réellement criminelle il va de soi tel que je suis que je ne m'en rengorgeais que davantage, inamicale au possible, et tout bêtement grossière. Nous obtînmes, par l'intermédiaire de Robin qui le rapporta à Gustave, un supplément d'information quant au lâchage de Bill : les résultats de l'expérimentation du vaccin se révélaient moins probants qu'il l'avait espéré.

Bill ne réapparut que le 26 novembre, entre trois allées et venues entre Miami, Paris et Marseille où se trouvait le siège de ses affaires en France, nous dînâmes ensemble au *Grill Drouant*, je venais d'encaisser mes derniers résultats, qui étaient mauvais, que j'étais allé retirer à l'institut Alfred-Fournier à cause de la grève générale qui paralysait le courrier et les transports, j'ai lu sur le boulevard en dépouillant l'enveloppe que mes T4 étaient tombés à 368, que je m'apprêtais à raser le seuil au-dessous duquel le vaccin de Mockney ne pourrait plus m'être appliqué, Bill me l'avait dit à plusieurs reprises : « Nous ferons l'expérimentation sur des séropositifs asymptomatiques qui conservent plus de 300 T4 », et je m'approchais en même temps du seuil des attaques irréversibles, la pneumocystose et la toxoplasmose, qui se déclenchent en dessous de 200 T4, et dont on retarde donc l'échéance, désormais, par la prescription de l'AZT. De même que je m'étais senti extrêmement faible et diminué par ma maladie, au mois de juillet, en allant à jeun au soleil me faire tirer le sang qui révéla que j'étais en bonne forme, je me sentais puissant et éternel en allant à jeun dans la neige me faire tirer le sang qui révéla que ma santé s'était vertigineusement dégradée en l'espace de quatre mois. Ces nouveaux résultats inquiétèrent à ma suite le docteur Chandi, il réclama une analyse complémentaire, une antigénémie, à savoir la recherche dans le sang de l'antigène P24 qui est l'anticorps associé à une présence active et non plus passive du virus HIV à l'intérieur du corps. Dans la même journée je courus à pied dans Paris paralysé par la grève pour aller chercher ces mauvais résultats à l'institut Alfred-Fournier, et, après les avoir transmis par téléphone au docteur Chandi, retirer à son cabinet l'ordonnance qui prescrivait cette recherche du P24, sur quoi dans la foulée je retournai immédiatement à l'institut Fournier pour faire la prise de sang qui suivait de moins d'une semaine la précédente, on voyait encore dans la pliure du bras l'hématome dans lequel la grosse infirmière désagréable réenfila le biseau de l'aiguille. Ce jour-là on aurait pu me trépaner, me planter des seringues dans le ventre et dans les yeux, j'aurais juste serré les dents, j'avais lancé mon corps dans quelque chose qui le dépossédait apparemment d'une volonté autonome. Le docteur Chandi, au vu des mauvais résultats, avait tenté de m'expliquer la suite du processus : si l'antigénémie se révélait positive, il faudrait refaire un mois plus tard le même type d'analyses pour suivre l'évolution, et si le taux de l'antigène P24 continuait de croître en même temps que dégringolait celui des T4, il faudrait envisager un traitement. Je savais que le seul traitement possible était l'AZT, il me l'avait dit un an plus tôt, et il m'avait prévenu qu'on ne l'administrait qu'en phase terminale, jusqu'à l'intolérance pour ne pas dire la mort. Mais ni lui ni moi, alors, ne fûmes plus capables de prononcer le nom de ce médicament, le docteur Chandi avait saisi par ma façon de contourner le mot que je souhaitais aussi peu l'entendre que le formuler. Je dînai avec Bill dans l'intervalle entre l'annonce des mauvais résultats et le résultat de l'antigénémie. Par calcul je tâchai d'être gai, léger, de ne pas m'engluer dans le pathos de la condamnation. Bill disait en regardant ma face éclairée par la bougie posée sur la nappe blanche : « Le plus incroyable, c'est que ça ne se voit pas, personne je te jure ne pourrait déceler en voyant ton visage, tellement tu as l'air en forme, l'offensive qui se trame par-derrière. » Je comprenais que cela lui procurait une sorte de vertige : la proximité enfin délimitée de la mort, la menace aussi de sa transmission, dissimulée dans ce visage avenant pour l'instant inaltéré, cela le fascinait et lui faisait peur. Bill m'avoua de vive voix, ce soir-là, ce qu'avait déjà répercuté Robin par l'intermédiaire de Gustave : que les résultats du vaccin n'étaient pas aussi bons qu'on l'avait espéré, que chez ses sujets le virus HIV, après avoir abandonné toute présence à l'intérieur de chaque place forte ou véhicule de leur corps, cerveau, système nerveux, sang, sperme et larmes, réapparaissait malignement au bout de neuf mois. On avait immédiatement fait un rappel du vaccin, mais on ne pouvait être sûr du résultat. Bill me fit comprendre que Mockney était désemparé par ce qu'il considérait comme un échec provisoire : qu'il pensait actuellement perfectionner son vaccin en lui ajoutant des

212

anticorps produits par des séronégatifs, volontaires ou amis ou parents proches des séropositifs qui entraient dans ses expérimentations, et qui accepteraient quant aux premiers de se faire inoculer le virus HIV désactivé. Intérieurement je cherchai à quel parent ou quel ami je pourrais faire pour ma part, si cela se produisait mais je n'y croyais plus à l'époque, une demande aussi indicible, et je ne pouvais évoquer aucun nom ni aucun visage sans sentir monter en moi un dégoût invincible, et comme un rejet de tout mon corps du corps étranger qui n'avait pas été contaminé. A savoir de tout autre corps que celui de Jules, Berthe et éventuellement des enfants, avec lesquels je constituais fantasmatiquement un corps unique absolument solidaire.

68

L'antigénémie se révéla positive, je l'appris au bout
de dix jours d'attente dans le cabinet du docteur
Chandi, par sa voix, tandis qu'il l'apprenait au même
moment au téléphone du laborantin de l'institut
Fournier, qui en précisait le taux : 0,010 ; la présence
offensive du virus HIV, qu'elle faisait apparaître en
creux, démarrait à 0,009. La nouvelle à laquelle nous
nous attendions, préparée avec précautions par le
docteur Chandi depuis des semaines et des mois,
m'effondra pourtant. De nouveau tout revacillait.
Cela signifiait l'AZT, et peut-être son intolérance,
d'incessantes prises de sang de contrôle pour vérifier
que la chimiothérapie n'entraînait pas une anémie,
que l'hémorragie des globules rouges ne soit pas le
mal nécessaire pour assoupir la lymphopénie, et cela
signifiait au bout du compte la mort rapprochée de
plusieurs crans d'un seul coup, au bord du nez, la
mort entre maintenant et deux ans, si un miracle ne
survenait pas, si le vaccin de Mockney continuait de
foirer, ou si l'accélération de ma maladie me plaçait
hors du champ de l'expérimentation. Je dis au docteur
Chandi qu'avant de me lancer dans la prise de ce

médicament je souhaitais réfléchir. Sous-entendant : choisir entre le traitement et le suicide, un nouveau livre ou deux nouveaux livres sous traitement et grâce au sursis qu'il m'accordait, ou le suicide, également pour m'empêcher de les écrire, ces livres atroces. Apitoyé sur moi-même face au docteur Chandi, j'étais au bord de larmes qui me répugnaient. Tout menu, fragile et démuni, effrayé par ce simulacre de détermination, le docteur Chandi me dit qu'il tenait absolument à me revoir au moins une fois avant mon retour à Rome. J'avais consulté quelques jours plus tôt, dans le Vidal de mes grand-tantes ex-pharmaciennes, les doses en gouttes de la Digitaline, que m'avait conseillée le docteur Nacier, et qui devait permettre de me supprimer dans une prétendue douceur.

Je déjeunai finalement le 2 décembre avec le docteur Chandi au restaurant *Le Palanquin*. J'avais choisi une table à l'écart, bien que nous eussions pris l'habitude de soulever tout cela à mots couverts, et que je me contrefichais désormais de l'idée du secret, ayant d'ailleurs apporté à mon éditeur ce manuscrit dans lequel je ne me cachais pas de ma maladie, un tel élément glissé dans un manuscrit déposé chez un tel éditeur ne manquerait pas, sous le sceau du secret, de faire traînée de poudre, rumeur que j'attendais calmement et avec une sorte d'indifférence, car il était de l'ordre des choses, moi qui avais toujours procédé ainsi dans tous mes livres, de trahir mes secrets, celui-ci fût-il irréversible, et m'excluant sans retour de la communauté des hommes. Comme les fois précédentes, avec le docteur Chandi nous parlâmes d'abord, par civilité et pour soulager un peu notre déjeuner de son but pathétique, de choses et d'autres, de la musique qui était son dada, de mes livres, de nos vies respectives. Il me confia qu'il traversait l'inconvénient de se trouver à la lisière de deux appartements et de devoir en visiter chaque jour de nouveaux, de ne pouvoir disposer de ses livres entassés dans des caisses, il avait quitté son ami avec lequel il avait vécu plus de dix ans, et, ajouta-t-il en rougissant, « mon nouvel ami s'appelle comme vous, et il prononça mon prénom. Le docteur Chandi nia ce que m'avait dit Stéphane, et qui m'inquiétait tellement, qui me poussait presque à prendre ma décision, fût-elle anticipée, que le suicide était un réflexe de bonne santé, j'appréhendais le moment où la maladie m'ôterait la liberté du suicide. « Pas plus tard que le dernier jour où vous êtes venu me voir dans mon cabinet, j'en ai eu la preuve, peu après que vous êtes sorti j'ai appris qu'un de mes patients qui était traité depuis un an à l'AZT venait de mettre fin à ses jours, c'est son ami qui m'a appelé pour me prévenir. » Je demandai comment il avait fait. Pendaison. « Mais j'ai aussi des patients traités à l'AZT, continua le docteur Chandi, qui sont en pleine forme physique et morale. Pour l'un d'eux, âgé d'une cinquantaine d'années, tout va on ne peut mieux, sinon qu'il n'a plus d'érections, et qu'on mette cela sur le compte du médicament ce qui m'étonnerait, ou d'un trouble psychologique lié à sa maladie ce pour quoi je pencherais plutôt, ce petit monsieur très vif refuse de s'en faire une raison, il dit qu'il vient de rencontrer un nouvel ami, qu'il souhaite honorer, et il se fait faire toutes les semaines, en plus de ses prises de sang de contrôle, des piqûres dans la verge pour la redurcir. » Ensuite le docteur Chandi me raconta l'histoire d'un garçon épileptique et séropositif qui, lors d'une crise, avait mordu son frère qui tentait de glisser un morceau de bois entre ses dents pour l'empêcher d'avaler sa langue. On avait

fait des recherches dans le sang et le sérum du frère
pour savoir s'il avait été contaminé par la morsure, et
les médecins si tel était le cas envisageaient de lui
prescrire de l'AZT à titre préventif.

70

L'avant-dernière fois à ce jour que je revis Bill fut le 23 décembre, le lendemain de ma première visite à l'hôpital Claude-Bernard, nous dînâmes tous les deux au restaurant italien de la Grange-Batelière, une de nos uniques habitudes. Le restaurant était pratiquement vide, continuait d'y sévir le serveur agressif que notre fréquentation avait fini par rendre bonasse, il imaginait pour Bill une vie de milliardaire dilettante, se déplaçant sur cette terre au fur et à mesure que le soleil caressait ses plages, alors que Bill était blême, stressé par les timings du business américain, inquiet quant à la réussite du vaccin sur lequel il avait misé. Il me raconta avoir rendu visite, à Atlanta, à des jeunes hommes du groupe B auxquels on avait administré le vaccin de Mockney, et qu'il avait rencontré, il me dit cela avec une certaine lassitude, des êtres resplendissants, en parfaite santé, qui s'adonnaient au bodybuilding. On avait requis le silence absolu de ces cobayes, leur faisant signer non seulement des contrats par lesquels la firme productrice du vaccin déclinait toute responsabilité en cas de décès ou d'aggravation de la maladie, mais encore des serments par lesquels ils s'engageaient à un mutisme total, et qui les empêchaient, sous peine de poursuites judiciaires, de communiquer à quiconque l'expérience dont ils étaient l'objet. Bill me décrivit parmi eux un jeune homme de vingt ans, spécialement beau, spécialement musclé, mais, hélas, séropositif. Bill me dit que l'expérimentation sur la France devrait débuter en janvier et que Mockney comptait adjoindre à son vaccin des intraveineuses de gammaglobuline qu'on obtiendrait à partir du placenta de mères zaïroises contaminées par le virus. Bill ajouta que le laboratoire qu'il dirigeait était le plus gros acheteur par le monde de placentas qui fournissaient la matière première des gammaglobulines. Mais il était fatigué et je l'étais aussi et c'était, langoureusement, comme si nous ne croyions plus ni l'un ni l'autre à l'hypothèse de ce vaccin et de son action pour enrayer le cours de ma maladie, et comme si, au bout du compte, nous nous en fichions en définitive, mais alors vraiment complètement.

71

Entre-temps nous étions partis avec Jules fêter à Lisbonne notre rituel anniversaire commun. Ce fut un massacre réciproque, j'entraînai Jules au fin fond du fond de l'abîme que fabriquait en moi sa présence à mes côtés, je l'y entraînai obstinément, sans relâche, jusqu'à l'étouffement final. Il s'était gardé, par force ou par faiblesse de caractère, de la souffrance morale, il l'avait ignorée, sauf en accompagnant ses proches qui en étaient atteints, car on aurait dit qu'à dessein il ne choisissait pour amis que des êtres enclins à ces excès de souffrance, j'ai encore dû une nuit de l'été dernier consoler l'amant de Jules qui sanglotait dans la chambre d'à côté, et voilà que je le poussais à découvrir pour son propre compte l'effet dévastateur de la souffrance morale, que je semblais exercer comme un bourreau alors que son action visible sur lui me torturait tout autant, et ajoutait à la mienne en me prostrant à longueur de journées comme un grabataire, j'étais devenu quasiment mourant, j'étais devenu par anticipation l'agonisant que je ne vais pas tarder à découvrir, je ne pouvais plus ni grimper une côte ni remonter l'escalier de l'hôtel, je ne pouvais plus ne pas être couché dès neuf heures du soir, après avoir pourtant fait la sieste tout l'après-midi. Nous n'étions plus capables, Jules et moi, de la moindre chaleur physique. Je lui dis : « Tu souffres du manque d'amour ? » Il répondit : « Non, je souffre tout court. » Dans sa bouche c'était la parole la plus obscène que j'avais jamais entendue. C'est dans le train entre Lisbonne et Sintra, un jour clair ensoleillé, que sa souffrance culmina, je m'étais assis de l'autre côté du couloir, les banquettes comprenaient à peu près six places, nous étions chacun tassé contre la vitre opposée, au départ le train était presque vide mais il se remplit rapidement tout au long de cette ligne de banlieue où les gens marchaient sur les voies, mais toujours ma banquette restait vide, personne ne voulait s'asseoir à côté ou en face de moi, même à proximité de moi, moi qui évitais pourtant de regarder qui que ce soit aux arrêts du train car j'avais compris dans une terreur ironique que les gens auraient préféré s'empiler sur les têtes les uns des autres plutôt que de prendre une place à l'aise à côté de ce type spécial dont leur distance me renvoyait l'image, ils étaient tous devenus de ces chats qui me fuient, des chats allergiques au diable. Jules l'avait évidemment remarqué, et les personnes qui quittaient ma banquette, comme si j'étais puant allaient s'asseoir de son côté, mais je n'osais me retourner dans sa direction pour lui montrer que j'avais compris leur manège et l'accuser d'en être le complice, il était par trop perclus de souffrance. Dans le passage couvert d'une cour d'immeuble qui jouxtait la vitrine d'une épicerie, dans le quartier de Graça à Lisbonne, j'avais

222

aperçu en contre-jour un étalage de figurines translucides qui paraissaient soufflées dans le sucre, j'y retournai pour les acheter, c'étaient des têtes en cire de garçonnets que des parents, autrefois, allaient déposer comme ex-voto à l'église quand leur enfant avait une méningite. Mais il y avait longtemps qu'on n'avait plus recensé dans le quartier de cas de méningite, et l'épicier s'étonna de se débarrasser de cinq têtes d'un coup. Une fois que je les eus disposées sur le rebord du balcon pour les photographier devant le panorama qui englobait le château fort avec ses étendards, le fleuve doré, son pont suspendu, le Christ géant de l'autre rive et les avions qui s'encastraient entre les gratte-ciel, Jules me fit remarquer que ces ex-voto, que j'avais choisis un par un, sans réfléchir davantage, parmi tant d'autres, étaient au nombre de cinq, lui rappelant ce Club des 5 qui symbolisait pour lui notre famille engagée et soudée dans l'aventure du malheur. Ne m'avait pas échappé que Jules, durant ce séjour à Lisbonne, contrairement à ses habitudes lors de nos précédents voyages rituels d'anniversaire, avait comme évité à tout prix de joindre Berthe pour prendre de ses nouvelles et de leurs enfants. Jules avait fui à Paris une sorte de désastre : épuisée par le premier trimestre scolaire, Berthe, de surcroît atteinte d'une otite aiguë, s'était résolue à accepter du docteur Chandi un congé de maladie d'une semaine, tandis que les deux enfants se refilaient l'un après l'autre ce virus de grippe chinoise qui avait déjà cloué au lit 2,5 millions de Français, et le petit Titi, toujours translucide, presque bleuté, n'en finissait pas de cracher ses poumons, régulièrement radiographiés, et massés par un kinésithérapeute qui tentait d'en évacuer les glaires. Le matin de notre départ, en remballant mes cinq figurines de cire, je me décidai, inquiet de ce que Gustave, qui ne répondait plus au téléphone, ne nous ait appelés pour nous souhaiter notre anniversaire, à joindre Berthe pour avoir des nouvelles. Je tombai sur sa mère, toujours aigre-douce, qui me rit au nez lorsque je m'appliquai à lui faire un brin de politesse : « Moi ça va très bien mon cher Hervé, il fait sans doute un temps splendide là où vous êtes, mais ici, figurez-vous, c'est la panique, Berthe vient de partir en catastrophe à l'hôpital pour y montrer Titi, qui a une éruption de plaques rouges sur tout le corps, les paupières gonflées, on ne voit plus ses yeux, un œdème aux genoux et les jambes torves ; au fait, est-ce que vous avez passé de bonnes vacances avec Jules ? » Je raccrochai, Jules était debout à côté de moi, aux aguets. Je lui dis que les nouvelles n'étaient pas à proprement parler excellentes, je ne pouvais pas lui cacher ce que m'avait dit la mère de Berthe. Je voulais aller déposer mes cinq ex-voto dans une église, puisque telle était la coutume en cas de maladie, ils avaient été moulés pour cela, et comme nous étions sans doute tous les cinq malades... Jules me dit qu'il ne croyait pas à ces conneries, le ton monta entre nous, nous avions très peu de temps avant le départ, et je me pressai de sortir avec mon sac de plastique où j'avais emballé mes figurines pour les conduire à l'église la plus proche, que nous voyions sur la gauche en nous penchant du balcon, qui est, je le découvre aujourd'hui en inspectant le plan de Lisbonne que j'ai conservé, la basilique Saint-Vincent. Nous passions

224

presque tous les soirs, en rejoignant notre hôtel, devant une aile latérale de la basilique Saint-Vincent, le long de laquelle s'échelonnaient, des écriteaux l'indiquaient, la sacristie et la chapelle ardente dont la porte restait souvent ouverte, protégée seulement par un rideau mauve, que j'avais une fois entrouvert et qui m'avait dévoilé un mort étendu sur un catafalque blanc, entouré de vieilles femmes qui priaient. Mais ce n'était pas dans la chapelle ardente que je devais précipiter ma petite famille, je devais l'abandonner aux prières des inconnus, comme mes vœux japonais au Temple de la Mousse, sur un autel, et j'entrai par la façade de la basilique Saint-Vincent, glacée, vide, encombrée d'échafaudages sur lesquels deux ou trois ouvriers grattaient et cognaient, goguenards. Je fis plusieurs fois le tour de la basilique tandis que Jules m'attendait au-dehors. Il n'y avait aucun endroit, à l'évidence, où je pouvais déposer mes ex-voto, à l'exception d'une table de cierges coulants, entre lesquels ils auraient immédiatement pleuré toutes les larmes de leur âme de cire. Une sacristaine méfiante veillait à repincer de nouveaux cierges et à racler les amoncellements de cire dans les rigoles de la herse, fixant mon sac de plastique qu'elle revoyait passer avec soupçon pour la troisième fois, je sortis de l'église. Je me dirigeai en compagnie de Jules, qui lui était à la recherche de babioles pour ses enfants, vers la seconde église que j'avais repérée, qui est, selon les indications du plan redéplié aujourd'hui sur mon bureau, l'église Saint-Roc, dont je parcourus un à un les autels, jusqu'à ce que le bedeau, qui éteignait derrière moi leurs illuminations, me chassât de l'église. Je dis à Jules : « Personne ne veut de mes offrandes. » J'hésitai à les laisser dans la première poubelle.

J'aimais ces enfants, plus que ma chair, comme la
chair de ma chair bien qu'elle ne le soit pas, et sans
doute plus que si elle l'avait été vraiment, peut-être
sinistrement parce que le virus HIV m'avait permis de
prendre une place dans leur sang, de partager avec
eux cette destinée commune du sang, bien que je
priasse chaque jour qu'elle ne le soit à aucun prix,
bien que mes conjurations s'exerçassent continuellement à séparer mon sang du leur pour qu'il n'y ait
jamais eu par aucun intermédiaire aucun point de
contact entre eux, mon amour pour eux était pourtant
un bain de sang virtuel dans lequel je les plongeais
avec effroi. L'infirmier psychiatrique qui est venu
donner sa piqûre à la femme de pensionnaire devenue
folle, après que dans une alternance de prostration et
d'agressivité elle eut l'énergie de se jeter par la fenêtre
en prenant son élan, brisé in extremis par un coup de
poing dans l'estomac, qu'elle eut tenté auparavant d'y
bazarder son nouveau-né et tous les objets de l'appartement avec mes livres qu'elle collectionnait, on l'a su
après, et barbouillé les murs avec le sang de ses règles,

cet étranger qu'elle a giflé dès qu'il a passé la porte a dit aux proches de la folle : « Maintenant il n'y a plus qu'à prier. Il y a un stade du malheur, même si l'on est athée, où on ne peut plus que prier, ou se dissoudre entièrement. Je ne crois pas en Dieu mais je prie pour les enfants, pour qu'ils restent en vie longtemps après moi, et je mendie des prières à ma grand-tante Louise qui va tous les soirs à la messe. Il n'y a rien actuellement qui me mobilise autant que de me mettre en quête de cadeaux capables de contenter ces enfants : des robes de fée comme elle les appelle, en batiste et en soie, pour Loulou, des peignoirs de bain et des autos lumineuses pour Titi. Rien qui me bouleverse autant que de les serrer dans mes bras à mes retours de Rome, prendre Loulou sur mes genoux pour lui lire un conte, écouter le secret vachard pour son petit frère qu'elle me glisse à l'oreille, et recevoir sur mon épaule dans son mouvement d'abandon la petite tête blonde de Titi après qu'il l'aura pressée, les coudes sur la table, entre ses deux poings collés sur ses tempes, signe d'une fatigue, je le redoute, descendante de la mienne. Rien qui m'enchante autant que d'entendre sa voix flûtée décrocher le téléphone et me lancer après avoir reconnu la mienne : « Allô Coco-banane ? Crotte de bique ! Fesse ! » Je crois que les plaisirs que me donnent ces enfants ont dépassé les plaisirs que me donneraient la chair, d'autres chairs attirantes et rassasiantes, auxquelles je renonce pour l'instant par lassitude, préférant accumuler autour de moi des objets nouveaux et des dessins comme le pharaon qui prépare l'aménagement de son tombeau, avec sa propre image démultipliée qui en désignera l'accès, ou au contraire le compliquera de détours, de mensonges et de faux-semblants.

73

Jules était revenu traumatisé de son voyage à
Lisbonne, et par son retour immédiat, trouvant le
corps de sa progéniture couvert d'éruptions rouges,
les yeux gonflés presque cousus, un œdème aux
genoux, dit-il, et les jambes torves, la pédiatre décréta
que l'enfant de trois ans faisait une broncho-pneumo-
pathie compliquée d'une allergie aux antibiotiques, je
téléphonais tous les jours de Rome où j'étais rentré de
mon côté pour prendre de ses nouvelles, j'étais
obsédé, paralysé par cette image de Titi, incapable de
faire quoi que ce soit, même de poursuivre la lecture
de *Perturbation*, de Thomas Bernhard. Je haïssais ce
Thomas Bernhard, il était indéniablement bien meilleur écrivain que moi, et pourtant, ce n'était qu'un
patineur, un tricoteur, un ratiocineur qui tirait à la
ligne, un faiseur de lapalissalades syllogistiques, un
puceau tubard, un tergiverseur noyeur de poisson, un
diatribaveur enculeur de mouches salzbourgeoises, un
vantard qui faisait tout mieux que tout le monde, du
vélo, des livres, de l'enfonçage de clous, du violon, du
chant, de la philo et de la hargne à la petite semaine,
un ours mal léché ravagé par les tics à force d'assener

les mêmes coups de patte, de sa grosse lourde patte
têtue de péquenot néerlandais, sur les mêmes chi-
mères, son pays natal et ses patriotes, les nazis et les
socialistes, les sœurs, les théâtreux, tous les autres
écrivains et spécialement les bons, comme les critiques littéraires qui encensaient ou méprisaient ses
livres, oui, un pauvre Don Quichotte imbu de lui-
même, ce misérable Viennois traître à tout qui n'en
finissait pas de proclamer son génie à longueur de
livres, qui n'étaient que de toutes petites choses, de
toutes petites idées, de toutes petites rancœurs, de
toutes petites images, de toutes petites impuissances
sur lesquelles ce violoneux tricotait et patinait sur
deux cents pages, sans bouger d'un poil sur le
fragment qu'il s'était entrepris de lustrer, de son
inégalable alto, jusqu'à l'éclat total ou à l'effacement,
au brouillage de ses lignes, prenant la tête du lecteur
avec les répétitions de son surplace obsédant, travail-
lant ses nerfs à petits coups d'archet aussi exaspérants
qu'un sillon de disque rayé, jusqu'à ce que ces
minuscules tableaux (un enfant pendant la guerre qui
s'exerce au violon dans le placard à chaussures de
l'orphelinat), ces minuscules trouvailles (le faux
musicologue qui prend tout un volume pour convenir
qu'il est définitivement incapable d'écrire son essai
sur Mendelssohn-Bartholdy) deviennent, gonflés à
bloc par la beauté de cette écriture, il fallait bien
s'incliner à un moment ou à un autre de cette satire,
des mondes entiers en eux-mêmes, de parfaites cos-
mogonies. J'avais eu l'imprudence, pour ma part,
d'engager un jeu d'échecs cuisants avec Thomas
Bernhard. La métastase bernhardienne. similaire-

ment à la progression du virus HIV qui ravage à l'intérieur de mon sang les lymphocytes en faisant crouler mes défenses immunitaires, mes T4, soit dit en passant au détour d'une phrase, aujourd'hui 22 janvier 1989, comme j'ai donc mis dix jours à me décider à l'avouer, à me résoudre à mettre fin par là au suspense que j'avais mis en place, car le 12 janvier le docteur Chandi m'a révélé au téléphone que leur taux avait chuté à 291, en un mois de 368 à 291, ce qui peut laisser penser qu'après un mois supplémentaire d'offensive du virus HIV à l'intérieur de mon sang mon taux de T4 n'en est plus qu'à (je fais la soustraction au bas de cette page) 213, me plaçant par là, à moins d'improbables transfusions, hors de la possibilité d'expérimentation du vaccin de Mockney et de son éventuel miracle, et frôlant le seuil catastrophique qui devrait être reculé par l'absorption d'AZT si je le préfère à la Digitaline, dont je me suis décidé à acheter un flacon ici en Italie où l'on délivre presque tout sans ordonnance, et si de surcroît mon corps tolère cette chimiothérapie, parallèlement donc au virus HIV la métastase bernhardienne s'est propagée à la vitesse grand V dans mes tissus et mes réflexes vitaux d'écriture, elle la phagocyte, elle l'absorbe, la captive, en détruit tout naturel et toute personnalité pour étendre sur elle sa domination ravageuse. Tout comme j'ai encore l'espoir, tout en m'en fichant complètement au fond, de recevoir en moi le vaccin de Mockney qui me délivrera du virus HIV, ou même de recevoir son simulacre, son double aveugle, de même que j'aspire à être piqué n'importe où et n'importe quand et par n'importe qui comme dans mes rêves pour me faire injecter de la flotte ou de la roupie de sansonnet que je prendrai fermement ou avec scepticisme comme étant le vaccin salvateur de Mockney, quitte à me faire inoculer en même temps par des mains dégueulasses la rage, la peste et la lèpre, j'attends avec impatience le vaccin littéraire qui me délivrera du sortilège que je me suis infligé à dessein par l'entremise de Thomas Bernhard, transformant l'observation et l'admiration de son écriture, bien que je n'aie lu à ce jour que trois ou quatre livres de lui, et pas la somme accablante qui s'étend sur la page du même auteur, en motif parodique d'écriture, et en menace pathogène, en sida, écrivant par là un livre essentiellement bernhardien par son principe, accomplissant par le truchement d'une fiction imitative une sorte d'essai sur Thomas Bernhard, avec lequel de fait j'ai voulu rivaliser, que j'ai voulu prendre de court et dépasser dans sa propre monstruosité, comme lui-même a fait de faux essais déguisés sur Glenn Gould, Mendelssohn-Bartholdy ou, je crois, le Tintoret, et comme à l'inverse de son personnage Wertheimer qui renonça à devenir un virtuose du piano le jour où il entendit Glenn Gould jouer les *Variations Goldberg*, je n'ai pas baissé les bras devant la compréhension du génie, au contraire je me suis rebellé devant la virtuosité de Thomas Bernhard, et moi, pauvre Guibert, je jouais de plus belle, je fourbissais mes armes pour égaler le maître contemporain, moi pauvre petit Guibert, ex-maître du monde qui avait trouvé plus fort que lui et avec le sida et avec Thomas Bernhard.

74

J'hésite à me fabriquer cette fausse prescription, prise en note d'urgence sur un papelard, avec ses abréviations et, véridiques, ses corrections et ses posologies dictées par le cardiologue que j'aurais joint à Paris avec affolement à cause de la crise de tachycardie de ma grand-tante Suzanne, pour me procurer le poison, la Digitaline, qui serait le contre-poison radical du virus HIV en éteignant ses actions malfaisantes en même temps que les battements de mon cœur, parce que je crains qu'il me suffirait de détenir le flacon, de l'avoir à portée de main pour immédiatement passer à l'acte, sans réflexion, sans que mon geste soit lié à aucune décision découlant de l'abattement ou du désespoir, je me verserais dans un verre d'eau ces soixante-dix gouttes, je l'avalerais, et puis qu'est-ce que je ferais ? Je m'étendrais sur le lit ? Je débrancherais le téléphone ? Je passerais de la musique ? Quelle musique ? Combien de temps ça prendrait pour que mon cœur cesse de battre ? A quoi penserais-je ? A qui ? N'aurais-je pas soudain envie d'entendre une voix ? Mais laquelle ? Ne serait-ce pas une voix que je n'aurais jamais pu imaginer avoir envie d'entendre à cet instant ? Est-ce que j'aimerais me branler jusqu'à ce que mon sang se fige, jusqu'à ce que ma main vole loin de mon poignet ? Est-ce que je ne viens pas de faire une grosse bêtise ? Est-ce que je n'aurais pas mieux fait de me pendre ? Matou dit qu'un radiateur suffit, en pliant les genoux. Est-ce que je n'aurais pas mieux fait d'attendre ? D'attendre cette fausse mort naturelle délivrée par le virus ? Et de continuer à écrire des livres, et à dessiner, tant et tant et en veux-tu en voilà, jusqu'à la déraison ?

75

Mon livre condamné, celui que j'ai entrepris à
l'automne 87 en ignorant tout ou en feignant d'ignorer tout ou presque de ce qui allait m'arriver, ce livre
achevé dont j'ai décrété l'inachèvement et requis la
destruction auprès de Jules, n'ayant pas le courage de
le faire par moi-même et lui demandant d'accepter ce
que j'avais refusé à Muzil, ce gros livre interminable et
fastidieux, plat comme une chronologie, qui racontait
ma vie de dix-huit à trente ans, s'appelait
« Adultes ! ». J'avais prévu de lui adjoindre une
épigraphe tirée d'une conversation inédite avec Orson
Welles, qui remontait à 1982, prise en note par mes
soins lors de notre déjeuner avec Eugénie au restaurant *Lucas-Carton* : « Quand j'étais petit, je regardais le ciel, je tendais mon poing vers lui et je disais :
" Je suis contre. " Maintenant je regarde le ciel et je
me dis : " Comme c'est beau. " Quand j'avais quinze
ans je voulais en avoir vingt, échapper à toutes les
attitudes de l'adolescence. L'adolescence est une
maladie. Quand je ne travaille pas je redeviens un
adolescent, et je pourrais aussi bien devenir un
criminel. J'adore la jeunesse. Ce moment où l'on est

= la maladie

236

en train de devenir un homme ou une femme, mais où ça n'a pas complètement basculé. Ce moment dangereux. C'est une vraie tragédie de vouloir rester dans l'enfance. Souffrir du manque d'enfance. On appelle ça " bleading childhood ", une jeunesse qui continue de saigner. » J'avais ce gros livre plat et laborieux sous la main, et, avant même de l'avoir commencé, je savais qu'il serait de toute façon incomplet et bâtard, car je n'avais pas le courage d'affronter sa vraie première phrase, qui me venait aux lèvres, et que je repoussais chaque fois le plus loin possible de moi comme une vraie malédiction, tâchant de l'oublier car elle était la prémonition la plus injuste du monde, car je craignais de la valider par l'écriture : « Il fallait que le malheur nous tombe dessus. » Il le fallait, quelle horreur, pour que mon livre voie le jour.

le sang/maladie sanguinaire (=)

jeunesse

76

J'ai trouvé le moyen de faire la vraie fermeture de l'hôpital Claude-Bernard, le matin du 1er février 89, on ne voulait même plus de mon sang, il aurait compliqué le déménagement. Des mouettes volaient dans la brume, j'ai examiné un par un comme si je les photographiais les monticules de détritus : une vieille balance de bois, des pantoufles dans une caisse avec des ampoules de chlorure de potassium, des chaises, des matelas, des tables de chevet, un bac de réanimation dans lequel s'était sédimentée de la neige, trouée par des tuyaux de perfusion. Enfin, dans ce désert, une ambulance est arrivée devant le pavillon de la maladie mortelle, deux brancardiers allaient décharger une civière avec son occupant, je changeais de chemin pour l'éviter, je ne voulais pas le voir, j'avais peur de voir quelqu'un que je connaissais. Mais le cadavre aux yeux vivants m'a rattrapé dans le couloir, il ne pouvait pas attendre le lendemain l'occupation des nouveaux locaux dans l'hôpital Rothschild, il avait besoin de mourir en plein milieu du déménagement. Je ne voulais pas le voir mais il m'a vu, et le regard du cadavre vivant est le seul regard inoubliable au monde. Au-dessus de coussins tachés s'étalaient les affiches de l'association de Stéphane avec leurs réclames pour les brunchs et les séances de relaxation. Le docteur Chandi a fait venir devant moi le docteur Gulken pour émettre un second avis. Le docteur Gulken a dit d'une voix posée : « Je ne peux pas vous cacher que l'AZT est un produit d'une très haute toxicité, qui s'attaque à la moelle osseuse, et qui, pour bloquer la reproduction du virus, gèle en même temps la reproduction vitale des globules rouges, des globules blancs et des plaquettes permettant la coagulation. » L'AZT, fabriqué aujourd'hui industriellement, l'a été en 1964 à partir de semences de harengs et de saumons, dans le cadre de la recherche contre le cancer, qui a vite abandonné son expérimentation pour cause d'inefficacité. En décembre le docteur Chandi disait : « Désormais ce n'est plus une question d'années, mais de mois. » En février il avait fait un bond, il disait : « Maintenant, si l'on ne fait rien, c'est une affaire de grandes semaines ou de petits mois. » Et il fixait précisément le sursis accordé par l'AZT : « entre douze et quinze mois ». Le 1er février, Thomas Bernhard n'avait plus que onze jours de vie devant lui. Le 10 février j'ai pris à la pharmacie de l'hôpital Rothschild mes cartouches d'AZT que j'ai cachées sous mon manteau en partant parce que des dealers sur le trottoir me regardaient comme s'ils voulaient me les voler pour des potes africains, mais à ce jour, 20 mars, où j'achève la mise au propre de ce livre, je n'ai toujours pas avalé la moindre gélule d'AZT. Sur la notice du médicament, chaque malade peut lire la liste des troubles « plus ou moins gênants » qu'il peut entraîner : « nausées, vomissements, pertes d'appétit, maux de tête, éruption cutanée, douleurs du ventre, douleurs musculaires, fourmillement des extrémités, insomnies, sensation de grande fatigue, malaise, somnolence, diarrhée, vertiges, sueur, essoufflement, digestion difficile, trouble du goût, douleurs thoraciques, toux, baisse de la vivacité intellectuelle, anxiété, besoin fréquent d'uriner, dépression, douleurs généralisées, urticaire, démangeaisons, syndrome pseudogrippal. » Désactivation de l'appareil génital, désintégration des facultés sensuelles, impuissance.

77

Le 28 janvier, chez Jules et Berthe où il s'était invité
à dîner pour fêter son cinquantième anniversaire, Bill
disait qu'il n'y a pas de place pour l'imprévisible en
Amérique, dans le business des « capitalist adventurers », pas de place pour moi, l'ami condamné, dans
ce pays où les écarts sociaux ne cessent de se creuser
disait Bill, où les riches comme lui peuvent tout
déduire de leurs impôts, leur voiture, leur yacht, leur
appartement, et leurs systèmes de protection contre
les pauvres nègres, regardez-les ces malheureux,
disent les partenaires de cauchemar de Bill après leurs
dîners de cauchemar en verrouillant au feu rouge la
fermeture automatique de leurs portières pour ne pas
avoir à donner un cent au vagabond noir laveur de
pare-brise, ce sont tous des Noirs et ils dorment à
même le trottoir emmitouflés dans des cartons,
comment voulez-vous les aider après ça avec leurs
réflexes de bêtes ? Dans ce pays qui dit ça, il n'y a pas
le temps ni la place pour présenter un ami condamné
à son collègue le grand chercheur et le faire piquer
sans dérégler tout le système, et se dévaluer soi-même
aux yeux du grand chercheur. Pour Bill je suis déjà un

homme mort. Un homme en passe de prendre de l'AZT est déjà un homme mort, qu'on ne repêchera plus. La vie toujours trop fragile n'a que faire de l'encombrement d'une agonie. Pour Bill il faut aller de l'avant si l'on ne veut pas couler soi-même. Tenir la main de son autre ami qui avait basculé dans le coma et lui envoyer des influx de présence par la pression des doigts, il avait renoncé, c'était trop fort pour lui, j'aurais sûrement laissé tomber comme lui. En me raccompagnant chez moi dans sa Jaguar le soir du 28 janvier, Bill m'a dit deux phrases édifiantes : « Les Américains il leur faut des preuves, alors ils n'en finissent pas de faire des expérimentations par-ci par-là, et pendant ce temps les gens tombent comme des mouches autour de nous. » Et : « De toute façon tu n'aurais pas supporté de vieillir. » Mais moi j'aimerais que Bill assomme Mockney pour lui voler son vaccin, et me l'apporte dans le coffre-fort glacé de son petit avion de fonction, celui qui faisait la navette entre Ouagadougou et Bobodioulasso, et qu'il s'abîme avec l'avion et le vaccin qui m'aurait sauvé dans l'océan Atlantique.

Je finis mon livre le 20 au matin. Je plongeai dans l'après-midi en avalant ces deux gélules bleues que je me refusais à prendre depuis trois mois. On distinguait sur leur capsule un centaure avec une queue fourchue qui lançait la foudre, le médicament était rebaptisé Retrovir, vade retro Satanas. Le 21 au matin je commençai un autre livre, que j'abandonnai le même jour, suivant le conseil de Matou, qui m'avait dit : « Sinon, tu vas devenir fou, et arrête tout de suite de prendre ce produit, ça m'a l'air d'une sacrée saloperie. » Le 22 je me sentis parfaitement bien, mais j'eus de violents maux de tête le 23, et bientôt des nausées, un dégoût pour la nourriture et spécialement pour le vin, qui était jusque-là le principal réconfort de mes soirées.

Depuis que je détenais ces munitions, cachées dans un sac de papier blanc derrière des vêtements au fond d'un tiroir, la question avait été de savoir à quelle posologie je devais commencer le traitement. Le docteur Gulken m'avait aiguillé vers un de ses homologues romains, le docteur Otto, qui travaillait à l'hôpital Spallanzani, où je devrais faire tous les quinze jours un bilan sanguin, et me réapprovisionner en produit. Le docteur Chandi affirmait que je devais démarrer à douze gélules par jour, mais le docteur Otto était pour six gélules seulement, il disait : « Avec 12 mg vous allez tout de suite faire une anémie, on devra transfuser, c'est complètement inutile. » A quoi le docteur Chandi répliquait : « Ce serait idiot de se priver de l'efficacité maximale du produit. » Ces tergiversations m'aidaient à reculer devant le traitement, j'avais aussi le prétexte de devoir finir mon livre. Je laissai un message sur le répondeur de Bill à Miami, il me rappela dans la soirée. Je feignis de le consulter sur la posologie, ce qui était bien sûr une façon de le supplier : tire-moi de là, fais quelque chose pour moi, accorde-moi au moins les neuf mois de sursis du vaccin. Mais il fit la sourde oreille, et s'en tint soigneusement au problème du dosage : « Je ne connais pas grand-chose à l'AZT, dit-il, mais j'ai l'impression que Chandi a la main un peu lourde, à ta place je suivrais plutôt le conseil de l'Italien. » On m'avait délivré, à l'hôpital Spallanzani, la fiche qui programmait mes contrôles sanguins sur plusieurs mois, mais je n'avais toujours pas commencé à prendre le produit. Je retournai voir le docteur Otto pour lui avouer que je n'arrivais pas à me jeter à l'eau, il répondit : « Que vous débutiez maintenant ou plus tard, que vous arrêtiez demain et repreniez après-demain n'a aucune sorte d'importance, parce qu'on ne sait rien à ce sujet. Ni quand on doit commencer le traitement, ni à quelles doses. Celui qui vous dira le contraire vous mentira. Votre médecin en France vous prescrit douze gélules, moi six, alors coupons la poire en deux, disons huit par jour. » Le docteur Chandi qualifia ensuite ces propos de dangereux.

80

A sept heures, je croisai ma marchande de journaux sur la place San Silvestro. Etonnée de me rencontrer de si bonne heure, elle me lança : « Bon travail ! » J'allais faire une prise de sang, elle n'avait donc pas tout à fait tort. Mon dossier à l'hôpital n'était pas encore régularisé, il lui manquait de nombreuses pièces à quémander aux administrations française et italienne. Le docteur Otto m'avait dit de me présenter tout de même à huit heures, qu'il préviendrait une infirmière, mais il l'avait oublié, je dus attendre dix heures passées son arrivée. Je vaquai entre les marches du pavillon où frappait le soleil et les deux bancs en formica du premier étage qui constituaient la salle d'attente. Une fille tout en noir, avec un chapeau noir, pressait une écharpe noire contre sa joue en gémissant et se lamentait plus fort aux moments où passait le médecin. Quand il entrait et sortait de son cabinet, c'était comme une nuée de moineaux affolés devant la porte. Un vieil homosexuel crispé lit, dans un dictionnaire des musiciens, la vie de Prokofiev. Un jeune junkie, maussade, doux, l'œil cerné de noir, a posé son blouson doublé de peau de mouton sur la rampe de l'escalier, il se retourne sur les jambes des infirmières. La plupart des malades sont des junkies vieillis avant l'âge, la trentaine mais ils en font cinquante, ils arrivent tout essoufflés au premier étage, leur peau est ridée, bleutée, mais leur regard clair étincelle. Il règne une incroyable fraternité entre ces junkies qui se connaissent et se retrouvent par hasard pour faire leur prise de sang bimensuelle et remporter leur dose d'AZT, ils sont gais, blaguent avec les infirmières. La fille en noir est ressortie toute pimpante de la consultation, l'écharpe tombée de la joue, sans plus prendre la peine de faire aucun cinéma puisqu'elle a grugé tout le monde. Le jeune junkie a été appelé par son nom : Ranieri. Mon infirmière vient me chercher à mon tour et m'entraîne dans une salle commune vide, s'assied près de moi sur un lit pour mettre le garrot. Elle me parle tandis que le sang coule goutte à goutte dans le tube : « Qu'est-ce que tu écris alors ? Des romans noirs ? — Non, des romans d'amour. » Elle éclate de rire : « Je ne te crois pas, tu es trop jeune pour écrire des romans d'amour. » Je dois aller porter moi-même mon tube au laboratoire. En revenant dans l'allée, je croisai mon infirmière dans une petite voiture déglinguée, elle me klaxonna en souriant. Plus loin, en continuant vers l'arrêt du bus, je réalisai que je marchais derrière Ranieri. Son blouson sur l'épaule, le bras nu dépassant de la chemise retroussée, je le vis arracher son pansement en passant devant une poubelle. Il y avait une énergie merveilleuse dans sa démarche, j'hésitai à déborder et le laissai disparaître.

Chaque fois que j'allais au Spallanzani, et j'y retournais plus que de raison, avec un certain entrain, comme à un bon rendez-vous, partant de bon matin dans l'air encore frais pour prendre place de Venise le 319 qui traversait le Tibre jusqu'à la via Portuense, en fait pour observer de l'intérieur les scènes que j'y surprendrais en y laissant mon quota de sang, attendant la douceur qui ne manquait pas de surgir dans la plus grande sauvagerie, errant entre les pavillons déserts, barricadés comme à Claude-Bernard mais avec quelque chose d'estival conçu pour la méridienne, avec leurs stores vénitiens sur les façades rose et ocre, leurs palmiers, passant devant le laboratoire Fleming pour atteindre le Day Hospital, je me faisais invariablement doubler par une voiture corbillard vide qui allait y chercher son corps. J'aimais retrouver le personnel du Spallanzani : l'énorme bonne sœur voilée de blanc propre, avec sa face de bulldog couperosée, un sourire calme dessiné sur les lèvres, glissant sur ses cothurnes blancs, toujours quelque chose à la main, une ordonnance, la nouvelle note intérieure catastrophique ou le panier de bois carré et le bruit de verre de ses tubes pleins de sang qui glissent dans leurs encoches ; la vieille tireuse maquerelle poudrée et fardée, revenue de tout, râleuse comme pas deux mais le cœur sur la main, le cheveu blond trop fin tout juste déroulé du bigoudi, bien embêtée que tous ses enfants soient malades à la fois ; la noiraude frisottée pas vacharde au fond mais catégorique sur le règlement, la meilleure piqueuse ; l'infirmier armoire à glace avec ses poils qui dépassent du col déboutonné, ses grosses pattes gainées de caoutchouc, qui fixe le patient sans jamais inscrire la moindre expression de dégoût ou de sympathie sur son visage, fermé une fois pour toutes ; le brave Napolitain compréhensif qui a toujours un mot chaleureux en français. Le docteur Otto a épinglé au-dessus de son ordinateur une citation de saint François d'Assise : « Aide-moi à supporter ce que je ne peux comprendre. Aide-moi à changer ce que je ne peux supporter. » Les malades, de quelque âge qu'ils soient, dix-huit ou trente-cinq ans, viennent pour la plupart accompagnés d'un parent, les filles avec leur père, les fils leur mère. Ils ne se parlent pas, ils patientent côte à côte sur leur banc, soudés dans le malheur, ils ont soudain un élan de tendresse extraordinaire, ils se prennent la main, le fils s'abandonne sur l'épaule de sa mère. Un cadavre vivant, qui n'a aucun parent pour l'accompagner, qui ne vit plus que d'allées et venues entre l'hospitalisation et un improbable domicile avec une grosse valise qu'il ne peut plus porter lui-même, alors on lui a flanqué une vieille vieille bonne sœur toute en noir, résignée, placide, le menton en galoche, un sourire immuable sur la bouche aspirée par l'absence de dentier, elle mâchonne en lisant un roman-photo. Ce sont les mondes les plus opposés qui soient, mais ils se comprennent, et, dans cette situation, on pourrait dire qu'ils s'aiment. Le cadavre vivant au crâne pelé, aux cheveux comme des touffes de coton gris collées sur une calotte de plastique, revient des cuisines, où la femme ou la sœur d'un autre cadavre vivant vient de mendier dans une barquette un rab de purée, avec une demi-orange, dont il tend un quart à la bonne sœur, qui est bien contente d'avoir un peu de fraîcheur et d'acidité dans la bouche.

82

Le vendredi 21 avril, dîner à Paris avec Bill en tête
à tête au *Vaudeville*. Bill : « Mais tu n'as pas du tout
les yeux jaunes comme je m'y attendais, j'aurais aussi
pensé que ta peau en aurait pris un sacré coup,
apparemment tu supportes très bien le produit... »
Puis : « On pourra dire que le sida aura été un
génocide américain. Les Américains ont précisément
ciblé ses victimes : les drogués, les homosexuels, les
prisonniers. Il faut laisser au sida le temps de faire son
ménage sournois, en douceur et en profondeur Les
chercheurs n'ont aucune idée de ce qu'est la maladie,
ils travaillent sur leurs microscopes, sur des schémas,
des abstractions. Ce sont de braves pères de famille,
ils ne sont jamais en contact avec des malades, ils ne
peuvent imaginer leur peur, leur souffrance, le sentiment de l'urgence ils ne l'ont pas. Alors on se perd
dans des protocoles qui ne sont jamais au point, et en
autorisations qui mettent des années à arriver, pendant que les gens crèvent à côté, et qu'on aurait pu les
sauver... Quand je repense à Olaf, bien sûr il m'a fait
un coup de salaud en me quittant au bout de six ans
de vie commune, mais finalement je lui dois une fière

chandelle. Sans lui j'aurais poursuivi ma vie de patachon, et j'aurais immanquablement chopé cette saloperie, tu me verrais dans de beaux draps aujour-d'hui. » Bill m'annonce ce soir-là qu'avec Mockney ils ont pris la décision de s'inoculer à eux-mêmes le virus désactivé pour montrer aux sceptiques qu'il n'y a aucun risque.

83

J'ai revu Ranieri, le junkie du Spallanzani, il
draguait les touristes allemandes sur les marches de la
place d'Espagne. Nos regards se sont croisés, lui aussi
m'a reconnu, mais j'ai un avantage sur lui, il ne
connaît pas mon nom. Désormais je le rencontre
régulièrement, généralement le soir quand nous
empruntons avec David la via Frattina pour aller
dîner. Ranieri est avec deux potes. Dès que nous
détectons la présence de l'autre, quelque chose en
nous s'effondre, nous sommes virtuellement démas-
qués et dénoncés, nous sommes le poison qui se cache
dans la foule, un petit signe de plus se tatoue sur nos
fronts. Lequel fera chanter l'autre le premier, pour
obtenir soit son corps, soit de l'argent pour acheter de
la poudre ? Tout à l'heure, je marchais dans la rue
vidée par la canicule quand, à un tournant, je me suis
heurté dans Ranieri, dissimulés tous les deux derrière
des lunettes noires, nous ne nous sommes pas détour-
nés, n'avons changé en rien notre direction ni la
vitesse de nos démarches, et aucun n'a voulu céder le
pas à l'autre. Du coup nous avancions côte à côte,
chacun comme l'ombre de l'autre, d'un pas égal et

dans la même direction, nous ne pouvions plus nous décoller sans virer brusquement, ou prendre la fuite. Je me suis dit que le destin me propulsait vers ce garçon, et que je ne devais pas l'éviter. Tout en continuant à marcher à son allure, je me suis retourné vers lui pour lui adresser la parole. Son visage transpirait, je remarquai derrière ses lunettes la fixité vitreuse de ses yeux. Ranieri a opposé à ma voix, à la façon d'une lance ou d'un bouclier, un geste minimal de son index dressé, qu'il agita sous mon nez sans bouger la main pour me dire non, qui était bien plus violent qu'un coup de poing ou un crachat. J'ai alors pensé que le destin, malgré les apparences, veillait toujours sur moi.

84

Bill m'appela à Rome, de Paris où il venait d'arriver, dans le courant du mois de mai. Je lui dis tout de go que j'avais commencé à développer du ressentiment à son égard, et que je préférais le lui avouer pour tâcher de l'évacuer, et restaurer l'amitié qu'il était en train de miner. D'abord lui reprocher son indélicatesse, tout le côté : « Tu n'as pas la peau trop jaune », ou : « Heureusement que j'ai eu Olaf, sinon je serais dans de sales draps aujourd'hui. » Ensuite, plus crucialement, ses promesses, qui remontaient à un an et demi, et qu'il n'avait toujours pas honorées. Je lui rappelai qu'il m'avait donné l'assurance, alors que je ne lui mettais pas le couteau sous la gorge, que je ne lui demandais rien et tout à la fois par la force des choses, qu'il mettrait comme préalable à l'établissement du protocole français l'acceptation de ses amis, et que, si ça posait le moindre problème, il nous emmènerait aux Etats-Unis pour nous faire vacciner par Mockney. Il n'avait toujours rien fait ; à la place de cela il m'avait laissé sombrer dans le creuset, et dans la zone de toutes les menaces. Nous parlâmes pendant une heure. Ce fut un soulagement formidable de part et d'autre. Bill me dit qu'il avait senti tout cela, et qu'il était conscient de la légitimité de mes reproches, qu'il n'avait pas bien mesuré le temps. Mais le lendemain, il me rappela de sa voiture, qui roulait en direction de Fontainebleau, pour remettre les choses sur le tapis, mais en retournant vers moi les chefs de l'accusation, il dit : « Je ne comprends pas comment tu peux regretter qu'Olaf m'ait empêché d'attraper le virus. » Je répondis : « Je n'ai jamais dit cela bien sûr, mais comme tu l'as dit toi, c'était comme si un ami disait à l'autre : toi tu es du côté du malheur et moi je n'y suis pas, Dieu merci... Mais ce que je te reproche est bien plus grave... » Bill écourta aussitôt la conversation : « Je te rappelle demain, dit-il, j'en ai froid dans le dos à l'idée que quelqu'un puisse nous entendre... » Je lui dis : « Qui veux-tu qui nous écoute ? A un certain point, tu sais, c'est le genre de choses dont on se contrefiche. » Je pensai que Bill ne devait pas être seul dans la voiture, et qu'il avait branché pour son voisin le haut-parleur du téléphone. Il n'appela plus, ni le lendemain, ni de tout l'été.

85

Un matin, au Spallanzani pour mon bilan sanguin, l'énoncé de mon nom créa une confusion, l'infirmière me tournait le dos pour me cacher quelque chose : que les dix tubes préparés à mon nom, avec les étiquettes, étaient déjà remplis de sang, et attendaient dans leur panier de bois d'être descendus au laboratoire. Je dus chercher avec l'infirmière, dans ce qui restait de tubes vides, un nom qui pouvait correspondre au sang qui remplissait les siens. Nous décidâmes que c'était une certaine Margherita qui avait rempli les tubes d'Hervé Guibert. Mon nom fut recouvert par le sien sur les premiers tubes, et l'infirmière fit de nouvelles étiquettes pour couvrir les tubes marqués au nom de Margherita. On imagine quels malentendus aurait pu entraîner l'inversion. Le tiroir de la petite table sur laquelle on serrait le poing restait ouvert en permanence avec son coussinet de gaze vert-gris de poussière, son vieil élastique pour le garrot, et la seringue avec son tube de plastique flexible dans lequel s'acheminait le sang, trait par un système de pression sous vide. Je pensais souvent, en retrouvant ce matériel tout préparé, qu'il avait dû servir à mon prédécesseur, d'autant plus que l'infirmière n'avait pas l'air de se presser de le jeter à mon départ.

Un autre matin au Spallanzanı, je dus me battre pour qu'on me fasse ma prise de sang, parce que j'avais dépassé de dix minutes un horaire qui n'était pas en vigueur la fois d'avant. Au bout d'un quart d'heure de tergiversations avec les infirmières, j'ai pratiquement dû me la faire à moi-même, collectant les tubes vides à mon nom dans le tas des tubes inutilisés, serrant l'élastique autour de mon bras et le tendant à l'infirmière jusqu'à ce qu'elle se décide à piquer. Je me suis vu à cet instant par hasard dans une glace, et je me suis trouvé extraordinairement beau, alors que je n'y voyais plus qu'un squelette depuis des mois. Je venais de découvrir quelque chose : il aurait fallu que je m'habitue à ce visage décharné que le miroir chaque fois me renvoie comme ne m'appartenant plus mais déjà à mon cadavre, et il aurait fallu, comble ou interruption du narcissisme, que je réussisse à l'aimer.

Je n'avais toujours pas le produit pour le suicide, car chaque fois que j'avais sorti dans une pharmacie ma fausse ordonnance prise à la main au téléphone sous l'urgence d'une crise de tachycardie de ma tante avec laquelle je faisais soi-disant un voyage en Italie, malgré la véracité apparente du numéro de téléphone de son médecin à Paris qui était en fait le mien qui ne pouvait pas répondre et les fausses ratures et corrections touchant au nom du produit et à sa posologie, et bien que me trouvant en face d'une personne de bonne volonté qui compulsait ses lexiques, téléphonait au dépôt central ou se penchait sur l'écran de l'ordinateur pour constater que le produit n'était plus disponible, ma démarche ratait, je m'enlisais, et me disais que le destin voulait m'en empêcher. Mais, une fois que sans arrière-pensée, un jour de beau temps où j'étais entré dans une pharmacie avec l'idée d'acheter du dentifrice et du savon, j'ajoutai soudain à la liste, après le mot Fluocaryl : de la Digitaline en gouttes, la pharmacienne me dit d'abord que le produit ne se faisait plus. Elle me demanda pour qui c'était, et pourquoi. Je répondis, de la façon la plus détachée (en fait j'avais renoncé à cette entreprise et je souhaitais au fond qu'elle loupe une bonne fois pour toutes) : « C'est pour moi, j'ai des problèmes de rythme cardiaque. » La pharmacienne, comme les autres, feuilleta son Vidal, chercha sur son ordinateur, et me rapporta deux produits similaires en gouttes. Le fait que j'hésitai à m'emparer de ces ersatz joua en ma faveur : je démontrai le contraire de l'impatience liée à une dépendance. La pharmacienne me dit de repasser le lendemain, elle allait faire le nécessaire pour me trouver le produit original. Quand, le lendemain, j'entrai à tout hasard dans la pharmacie, dès que j'eus passé la porte, malgré la cohue des clients qui attendaient de se faire servir et les lunettes noires qui cachaient mon visage, la pharmacienne détecta immédiatement ma présence, et elle m'interpella de l'autre bout du magasin, d'un air triomphal : « Elle est arrivée la Digitaline ! » De ma vie jamais aucun commerçant ne m'a rien vendu avec autant de jubilation. La pharmacienne enveloppa le produit dans un petit morceau de papier kraft, ma mort coûtait moins de dix francs. Elle me souhaita une bonne journée d'un air radieux et solennel, comme si elle eût été une employée d'une agence de voyages qui venait de me vendre un tour du monde, et me souhaitait bon vent.

88

Jeudi 14 septembre : je suis impatient, en allant
dîner chez Robin, de faire la connaissance d'Eduardo,
ce jeune Espagnol que Bill a pris sous sa coupe depuis
qu'ils ont appris sa séropositivité. Eduardo est arrivé
le matin même de Madrid, et repart le lendemain
retrouver Bill aux Etats-Unis. Robin m'a fait asseoir à
côté de lui, je l'observe de biais, à la dérobée. C'est un
jeune homme gracile, comme un faon trébuchant qui
rougit facilement, il est habillé sans grâce mais
chacun de ses gestes est d'une élégance languide. Il ne
parle pas. Il veut écrire. Son regard porte déjà cette
panique que je surprends dans le mien depuis deux
ans. A peine avons-nous commencé à manger que le
téléphone sonne, c'est Bill, notre démiurge nous
espionne à distance, Robin se déplace de table pour
lui parler tranquillement dans l'escalier. Il revient en
me disant que Bill me demande. Il ne m'a plus rappelé
depuis le mois de mai, ce fameux coup de téléphone
de sa voiture. J'hésite à faire répondre que j'ai une
extinction de voix, ce serait trop spectaculaire par
rapport à l'assemblée. Robin me dit, en me tendant le
téléphone sans fil · « Prends-le dans l'escalier, vous

serez plus à l'aise. » La voix de Bill, lointaine et grésillante, avec l'écho qui nous coupe : « Alors, tu as toujours du ressentiment à mon égard ? » Il y a une telle morgue dans le ton que je feins de ne pas comprendre, j'enchaîne : « Tu es à Miami ? A Montréal ? — Non, à New York, angle 42e-121e, soixante-seizième étage. Mais je te demandais si tu étais toujours en rogne contre moi ? » Je continue de faire la sourde oreille : « Vous allez gagner ou vous allez perdre ? » (On parle dans les journaux de la lutte sans merci qui oppose la firme Dumontel, pour laquelle travaille Bill, à la firme anglaise Milland dans la compétition du rachat d'un producteur de vaccins canadien, qui pourrait diffuser à grande échelle le sérum de Mockney.) « On a perdu la première manche, répond Bill, mais nous n'avons pas dit notre dernier mot. Je te rappelle demain, est-ce que tu pourrais me passer Eduardo ? » J'hésite, en revenant à table avec le téléphone portatif, de balancer à l'assistance : « On demande le prochain séropositif. » J'eus un soupçon ce soir-là mais il était trop vertigineux pour que j'y croie moi-même.

89

Le 20 septembre, dîner au *China's Club* avec
Robin : son écoute extraordinairement attentive et
amicale me permet, pour la première fois, d'exposer
un peu clairement ma théorie à propos de Bill, que
Jules se refusait à entendre jusque-là, disant qu'à
certains moments il ne fallait pas étouffer le sentiment
de l'urgence sous des divagations romanesques. De
même que le sida, dis-je à Robin en contournant le
moyeu de mon hypothèse, aura été pour moi un
paradigme dans mon projet du dévoilement de soi et
de l'énoncé de l'indicible, le sida aura été pour Bill le
parangon du secret de toute sa vie. Le sida lui a
permis de prendre le rôle de maître du jeu dans notre
petit groupe d'amis, qu'il manipule à la façon d'un
groupe d'expérimentation scientifique. Il a enrôlé le
docteur Chandi comme intermédiaire, comme paravent pour lui entre le monde des affaires et celui des
malades. Le docteur Chandi est un exécutant de son
dessein, un pôle chargé de retenir les données les plus
secrètes et, paradoxalement, de ne pas les diffuser.
Pendant un an et demi, pour sauver soi-disant ma
peau, j'ai dû être transparent vis-à-vis de Bill devoir

répondre à tout moment du taux de ses T4 qui dégringolent, c'est pire que de montrer ce qu'on a dans la culotte. Bill, grâce au leurre du vaccin de Mockney, aura réussi à me faire bander un an et demi devant lui. Quand j'ai voulu me dégager de cette emprise, en la dénonçant, il a dû se sentir démasqué, et craindre de perdre sa place de maître du jeu dans ce réseau de relations amicales qu'il a savamment tissées entre toi et moi, ton frère, Gustave, Chandi, et tout le petit clan, en confiant aux uns ce qu'il cachait aux autres. Je pense qu'il s'est spécialement fixé sur toi par l'entremise du destin de ton frère, et sur moi directement menacé, parce que nous sommes des gens qui accomplissons ce qu'on appelle une œuvre, et que l'œuvre est l'exorcisme de l'impuissance. En même temps la maladie inéluctable est le comble de l'impuissance. Des êtres puissants en puissance de par leur œuvre réduits à l'impuissance, voici les créatures fascinantes qu'a pu modeler Bill en étendant sur eux la puissance fictive du salut. Bill ne pouvait pas supporter mes reproches : si je les communiquais à notre groupe, elles mettaient à bas son entreprise. Il a pris les devants en les retournant contre moi, en les saupoudrant sur les différentes antennes du groupe : Chandi, toi, Gustave, me reprochant de lui avoir fait des reproches injustifiés, et masquant l'accusation principale sous des critiques périphériques, qui pouvaient en effet passer pour des vétilles. C'est pourquoi je pense qu'il y avait quelqu'un dans sa voiture au moment où il m'a téléphoné, et m'a dit, traqué : « J'arrête là notre conversation, j'ai trop peur que quelqu'un puisse nous entendre », parce qu'il avait besoin d'un témoin dans ce revirement des chefs d'accusation. A partir de là, il tenait son prétexte pour me laisser tomber sans devoir en rendre compte dans le groupe (« il a perdu la tête, on ne peut plus rien pour lui »), et raccrocher un autre modèle à son plan, qui fonctionne comme un mirage. La prochaine alouette est donc Eduardo, le jeune Espagnol, lui permettant de faire durer encore un peu ce jeu qui, par coïncidence, savait si bien l'assouvir. » Ce ne sont pas exactement ces mots que j'ai dits devant Robin puisque lui me dit à la fin : « Je n'oublierai jamais aucune des paroles que tu as prononcées ce soir. »

J'ai cru réapercevoir Ranieri, le junkie, dans les jardins de la Villa. Il se faufilait dans le Bosco en direction de mon pavillon. Je suis retourné à la pharmacie pour réclamer, à trois semaines d'intervalle, la seconde dose de Digitaline, nécessaire pour l'arrêt du cœur. La pharmacienne avait cette fois quelque chose d'un peu inquiet sur le visage, elle me demanda : « Il vous fait du bien, ce produit ? » Je répondis . « Oui, il est très doux. »

Samedi 7 octobre, sur l'île d'Elbe : à peine venons-
nous de rentrer dans la maison avec les objets et les
cartons que nous avons rapportés de mon pavillon à
Rome, le téléphone sonne, Gustave décroche, je
l'entends dire : « Oui, Bill. » Excité comme une puce,
Bill appelle de New York, nous apprendrons qu'il s'est
fait sonner les cloches par Robin, il dit que le vaccin
de Mockney a enfin reçu, la veille, la licence d'une
organisation très peu laxiste, qui bloquait tout jusqu'à
nouvel ordre, ce qui allait permettre de multiplier les
expérimentations aux États-Unis : « Comme ça, s'il y
a le moindre problème pour toi sur le protocole
français, tu viendras trois-quatre jours à Los Angeles,
et on te fera tes rappels à Paris. » Après un passage à
Genève, Bill se trouvera à Paris à la fin de la semaine,
il propose que nous fassions le point tous les trois avec
Chandi, « mais, ajoute-t-il, ce n'est pas moi qui peux
demander ce rendez-vous ».

Vendredi 13 octobre, à midi, dans le cabinet du docteur Chandi. D'emblée il me dit qu'il va falloir tricher pour me faire entrer dans le protocole français. Il s'agit du premier groupe, qui porte sur une quinzaine de personnes seulement, sans double aveugle, destiné à tester la toxicité du produit. Les candidats ne doivent avoir subi aucun traitement, et avoir plus de 200 T4. Les toutes dernières analyses m'en donnent 200 pile. Il ne suffit pas de mentir en disant au médecin des armées, responsable clinicien de l'expérimentation : « Je n'ai jamais pris d'AZT », mais de faire disparaître toute trace du produit dans mon sang. L'AZT se signale immédiatement par une augmentation du volume globulaire, pour le faire redescendre dans mes analyses il faudrait que j'arrête le traitement au moins un mois avant la première prise de sang. Et cette interruption du traitement risque de me faire chuter en dessous de 200 T4, ce qui m'expulserait aussi. Le docteur Chandi, trop empressé à me parler du vaccin, n'a pas remarqué dans quel état je suis : j'ai maigri de cinq kilos, et l'épuisement me talonne de nouveau. Dans son œil je lis la panique : que nous sommes coincés l'un et l'autre, à cause de Bill, à moins d'acrobaties improbables. Pour la première fois j'ai pitié du docteur Chandi, que je vois soudain, l'espace de cette seconde de vérité où lui doit me voir comme l'homme irrémédiablement condamné, comme un loufiat de Bill.

Le rendez-vous a été fixé le dimanche 15 octobre, à 15 h 30 chez Bill. Jusqu'à la dernière minute j'ai pensé qu'il se débinerait. Le docteur Chandi a dit : « C'est important de le coincer, pour le mettre au pied du mur, comme ça nous serons chacun un témoin l'un pour l'autre en regard d'éventuels engagements de la part de Bill. » J'ai de l'avance, je me recroqueville sur un banc, dans le square qui borde l'église Notre-Dame-des-Champs, et vois arriver Bill qui sort de sa Jaguar, avec ses lunettes noires et ses clefs à la main, traversant le boulevard de son pas rebondi de vieux cow-boy cool, bientôt suivi du docteur Chandi, qui a garé sa nouvelle voiture rouge derrière la Jaguar de Bill, et marche en courant, sa chemise entrouverte, des baskets aux pieds et des dossiers sous le bras. J'ai soudain l'impression que c'est moi qui manipule ces deux individus. Je laisse passer quelques secondes avant de m'engouffrer à mon tour sous le porche où vient de disparaître Chandi, notre entrevue à trois n'aura donc eu aucun préambule à deux. Bill m'accueille chaleureusement : « Alors voilà notre cher Hervelino, qui n'a pas l'air en si mauvais état que

ça ! » Je m'aperçois, car Bill nous abreuve immédiatement de paroles, nous avons droit à une conférence
magistrale sur l'historique du vaccin et les problèmes
éthiques afférents, pour noyer le poisson pensé-je, que
je suis l'objet, depuis l'apparition de ma maladie,
d'une sorte de schizophrénie : autant je saisis parfaitement le discours de Bill, si complexe soit-il, tant
qu'il reste dans la généralité scientifique, autant je
m'opacifie dès qu'il en va de mon propre cas. Je n'y
comprends plus rien, je me bloque, si je pose une
question cruciale j'oublie aussitôt sa réponse. Chandi
a brisé le laïus bien huilé de Bill : « Et qu'est-ce que
tu peux faire concrètement pour Hervé ? » Le docteur
Chandi, tout tremblant de l'importance de sa
demande, est venu raccrocher à mon cas un autre cas
limite qui lui tient à cœur, celui d'un patient qui
navigue autour de 200 T4, et qui est traité à l'AZT, il
dit à Bill : « Si tu fais vacciner Hervé aux Etats-Unis,
est-ce que tu pourrais aussi faire quelque chose pour
un second cas analogue ? » Je vois au visage de Bill,
qui ne veut rien laisser transparaître, que cette
demande lui procure une jubilation profonde, qu'elle
le conforte dans le sentiment de sa puissance, et que
tenir sa parole tout comme la trahir ne fera que
renforcer en lui cette puissance aveugle. Il a un
étrange sourire crispé sur les lèvres, une absence
momentanée liée à sa jouissance, et à Chandi qui lui
réclame la grâce d'un homme il laisse vulgairement
tomber : « Tant que ça ne sera pas des charters... Oui,
ce que j'ai fait pour Eduardo, je peux bien le faire
après tout et pour Hervé et pour un inconnu pourquoi
pas... » C'est alors, le plus calmement du monde, que

Bill se met à expliquer cette chose estomaquante : comment il a procédé pour Eduardo, ce jeune Espagnol qu'il ne connaissait pas trois mois plus tôt, qui est le frère du Tony dont il était amoureux, et dont les parents s'étaient opposés à ce qu'il parte vivre aux Etats-Unis avec Bill. Eduardo vient donc d'être infecté par son amant, un photographe de mode, qui se meurt dans un hôpital madrilène, dans des conditions dit Bill qui dépassent largement celles que tu as connues à Rome. Averti par son frère de la position-clef de Bill, Eduardo lui a écrit des lettres bouleversantes, « je te les ferai lire, m'a dit Bill, tu jugeras, mais je crois qu'un écrivain est né ». Quand Bill nous fait comprendre que l'injection d'Eduardo a eu lieu, je manque de sortir de la pièce en claquant la porte, mais je me ravise, et écoute ce récit si émouvant avec un sourire attendri. Chandi a une espèce de trouble physique, comme s'il suffoquait, il renverse la tête en arrière, ferme les yeux et les presse, respire difficilement. Puis il sort le courrier qu'il a reçu de la société Dumontel, qui lui précise de quelle façon sera rétribué son travail pour ce qui est de l'expérimentation : comme un chasseur de têtes, au nombre de patients recrutés et piqués, ce qui ne correspond pas du tout à ce que lui avait fait miroiter Bill. Je demande : « Et qu'est-ce qu'on fera si je tombe en dessous de 200 T4 ? » « Il faudrait voler le produit », répondit Chandi. Et Bill : « On entrera dans la clandestinité. » Rien de ferme n'a été décidé pour l'heure à mon propos. Mais je dois dîner ce soir avec Bill, il me l'a fait comprendre par un clin d'œil au moment où nous nous sommes quittés sur le boulevard avec Chandi

94

Edwige comme Jules, avertis au téléphone, me disent que j'ai un courage fou d'aller dîner avec cet enfoiré. Jules est d'un seul coup très monté contre Bill, révolté, dégoûté, il en a les larmes aux yeux, il dit : « Tu n'es pas à proprement parler un mythomane ; ce qui est grave n'est pas tant que Bill n'ait pas tenu ses promesses, mais qu'il te les ait faites. Je comprends maintenant à quel point Chandi est généreux. » Il me demande d'emporter une aiguille, de presser mon doigt troué, dès que Bill s'absentera de table, au-dessus de son verre de vin rouge, et de le lui avouer le lendemain. J'ai décidé d'être calme, d'aller au bout de cette logique romanesque, qui m'hypnotise, au détriment de toute idée de survie. Oui, je peux l'écrire, et c'est sans doute cela ma folie, je tiens à mon livre plus qu'à ma vie ; je ne renoncerais pas à mon livre pour conserver ma vie, voilà ce qui sera le plus difficile à faire croire et comprendre. Avant de voir le salaud dans Bill, j'y vois un personnage en or massif. En m'ouvrant sa porte il commence sur les chapeaux de roue, il dit : « Tu as vu ce trouble qu'a eu Chandi, c'est bizarre non, comment tu expliques ça ? » Puis, faisant mine de m'étrangler : « Ah ! eh bien tu as eu du ressentiment pour moi, mais dis-toi que moi j'ai eu de la haine pour toi, de la haine tu m'entends, tu sais ce que c'est ? » En m'asseyant sur son canapé et en prenant une cigarette, m'escrimant sur un briquet en forme de canette de coca-cola, je lui dis : « C'est un sentiment très fort, en effet, tu veux qu'on en parle ? » Mais Bill ne veut pas qu'on en parle, justement, il dévie la conversation sur ses sempiternels problèmes d'éthique, sur la malhonnêteté des chercheurs et l'urgence à sauver les malades. Je lui dis que j'ai maigri de cinq kilos, et que je ressens comme une atrophie de mes capacités musculaires. Il me demande si j'ai eu des diarrhées : « Alors c'est ton intolérance au médicament, ton foie saturé ne peut plus filtrer les aliments, voilà pourquoi tu dépéris. Chandi te donne cette saloperie continûment, sans faire de répit ? Il est parfait, Chandi, malheureusement il n'est pas titré universitairement, et on va devoir le chapeauter pour l'expérimentation par un chef de clinique... » Je demande à Bill, puisqu'il a eu lui-même des problèmes hépathiques, si le foie reprend rapidement · « Et comment ! On te greffera un tout petit morceau de foie, même pas un lobe hein, et ça reprendra, comme du chiendent ! » Je lui dis : « C'est ce qu'on t'a fait à toi ? » Et lui : « Oh là ! Comment tu y vas ? Non, moi ce qu'on m'a fait ce n'est qu'une biopsie, heureusement, un prélèvement d'une toute petite particule du foie pour voir comment je me remettais de mon hépatite. »

Jules m'avait demandé de quelle façon la substance immunogène de Mockney pouvait se substituer au virus. « Elle ne s'y substitue pas, a répondu Bill, et voilà aussi pourquoi elle est si décriée, parce que c'est malgré tout du virus qu'on injecte, même s'il est désactivé, et les chercheurs concurrents disent qu'on ne peut pas injecter le virus à des séronégatifs, il manque encore au produit certains adjuvants, les gammaglobulines ne suffisent pas. » Bill m'a expliqué que le virus est si diabolique parce qu'il se divise pour mettre en jeu un processus de leurre, qui épuise le corps et ses capacités immunitaires. C'est l'enveloppe du virus qui fait office de leurre : dès que l'organisme décrypte sa présence, il envoie ses T4 à la rescousse, qui, massés sur l'enveloppe et comme aveuglés par elle, ne détectent pas le noyau du virus, qui traverse incognito la mêlée pour aller infecter les cellules. Le virus HIV, quand il se déclenche, joue à l'intérieur du corps à une corrida, où la cape rouge serait l'enveloppe, l'épée de mort le noyau, et la bête épuisée l'homme. L'immunogène de Mockney est une sorte de double clairvoyant du virus, qui lui fait office de décodeur, en apprenant au corps, par la réactivation du système immunitaire et la production d'anticorps spécifiques, les réflexes adéquats pour détecter en clair le programme de destruction du noyau, jusqu'alors brouillé par la parade de diversion développée par l'enveloppe. Il n'est plus question que Mockney et Bill s'inoculent le vaccin.

96

Bill demande une table à l'écart, dans la salle du fond du *Grill Drouant*, où il n'y a personne, il dit à la femme : « Nous avons des affaires ultra-importantes à discuter. » Il poursuit, en dévisageant les dîneurs de la première salle : « Comme ça personne ne pourra nous entendre... A Montréal j'ai été suivi. D'abord un type jeune dans le hall de l'hôtel, pas mal, vingt-cinq ans, pas vraiment le genre de l'hôtel, je n'ai pas trop fait attention. Mais je le recroise dans une rue du quartier chaud, tard dans la nuit. Il y a là-bas une boîte avec des strip-teases d'étudiants qui ont trouvé comment boucler leur mois, tu es assis et ils défilent devant toi sous ton nez, tu leur glisses deux dollars dans le string et ils l'enlèvent, vingt dans la chaussette et ils s'approchent un peu plus. En sortant de cette boîte je retombe sur ce type, ça m'a semblé bizarre. J'ai fait deux fois demi-tour dans deux rues parallèles, un vieux truc qu'on m'a appris à Berlin pour les espions de l'Allemagne de l'Est. Le type me suivait toujours. Je l'ai égaré dans le quartier hétérosexuel. Dans le hall de l'hôtel, il était toujours là, j'ai fait semblant de ne rien remarquer. Mais en montant dans "'ascenseur, dans une glace j'ai vu qu'il sortait un calepin pour noter quelque chose. Je pense que c'est la firme concurrente, Milland, qui paye ce type. J'ai peur d'un chantage, de moyens de pression, peut-être que je m'en suis rendu compte trop tard, et qu'ils ont pris des photos les dernières fois que je m'étais un peu amusé dans la boîte. L'homosexualité dans ce monde, c'est possible tant qu'on n'en parle pas. Mais il ne faut pas que ça apparaisse. » Je n'ai pas demandé à Bill ce qu'il fabriquait à Berlin après la guerre avec les espions de l'Est. De tout le dîner, Bill n'a pas quitté des yeux son verre de vin rouge du Chili, et il ne s'est pas non plus absenté pour aller aux toilettes.

Je continuai de me dédoubler au cours du dîner, en remettant sur le tapis l'affaire Eduardo. Bill semblait répondre en toute innocence à mes questions, comme s'il ne soupçonnait pas quel traître en puissance j'étais moi aussi. J'affichais le plus grand détachement, sérénité et émotion devant ce beau conte de fées. Je lui dis : « Ça a dû être un moment très bouleversant... C'est peut-être toi qui lui as fait l'injection ? Ou bien, j'espère, tu étais présent ? — Bien sûr, répondit Bill. — Et quelle revanche pour toi vis-à-vis de cette famille conservatrice qui t'avait empêché d'enlever leur fils aîné... — Tu ne sais pas la meilleure, dit Bill. Le père d'Eduardo et de Tony est le dirigeant pour l'Espagne de la firme Milland, notre concurrent n° 1... Je me doutais que ce détail ne manquerait pas de te plaire... En tout cas j'ai pris des risques énormes pour Eduardo... » « Des risques énormes, commenta Robin à qui je relatai cela, « et ce n'est pas bien de le dire, mais qui n'auront servi à rien ». Eduardo a plus de 1 000 T4, il vient d'être infecté : s'il y avait une urgence à définir dans l'entourage de Bill, ce n'était certainement pas celle-là.

Le 16 octobre, après avoir lutté pendant plusieurs semaines avec une sensation de brûlure au côté droit et une acidité de plus en plus insoutenable, je prends sur moi d'arrêter l'AZT. J'en préviens le 17 octobre le docteur Chandi au téléphone, et j'ajoute : « Ce n'est peut-être pas le moment de lancer des prophéties si lugubres, mais je crois que ni vous ni moi ne pouvons compter sur la parole de Bill. Bill n'a pas de parole, il l'a prouvé en se déliant sans explication d'engagements pris il y a un an et demi, qu'il serait contraint de discréditer aujourd'hui, par lâcheté. Bill est un fantoche qui ne fait rien par générosité, ni par humanité. Il n'est pas dans notre monde, il n'est pas dans notre camp, ce ne sera jamais un héros. Le héros est celui qui assiste l'agonisant, c'est vous, et c'est peut-être moi, l'agonisant. Bill ne sera jamais fichu d'assister aucun agonisant, il a bien trop peur. Quand il s'est retrouvé à l'hôpital devant son ami tombé dans le coma, alors que le frère de cet ami l'incitait à communiquer par pressions de la main, il n'a pu tenir la main qu'une seconde, l'a lâchée sous le coup de l'effroi, et ne l'a plus jamais reprise.

99

De nuit, en quittant l'aéroport de Miami pour regagner son domicile, Bill prend dans ses phares un jeune homme hirsute, qui court nu-pieds, en short, le long de l'autoroute. Il le fait monter dans sa Jaguar américaine, l'emmène chez lui, le décrasse dans sa baignoire à l'exception du sexe que l'énergumène ne lui laisse pas toucher, même au lit dans le noir. Le lendemain, Bill l'emmène dans des magasins pour l'habiller de pied en cap, le garçon l'appelle son oncle. S'inquiétant, le surlendemain, que le garçon l'appelle mon père, Bill, devant de surcroît s'absenter pour un voyage d'affaires, accompagne le garçon dans une auberge de jeunesse, où il règle son gîte pour une dizaine de nuits, ajoutant cinquante dollars de la main à la main. Quand Bill rentre de son déplacement, tous ses systèmes de sécurité sont en alarme : celui de son garage, celui de son ascenseur privé, celui de l'appartement. Les vigiles apprennent à Bill que le jeune homme en costume n'a pas cessé, nuit et jour, de tenter de forcer leurs barrages, se faisant passer pour son fils, abandonné par un père indigne. Bill trouve son répondeur comblé par les messages du garçon, il se fait dénuméroter, et inscrire sur une liste rouge. A peine le nouveau numéro est-il en fonctionnement que le garçon, qui vient de l'obtenir d'un gardien novice, rappelle son père putatif. Bill n'en peut plus, fait dénuméroter son téléphone une deuxième fois, en rentrant de nuit d'un autre déplacement aperçoit le garçon, de nouveau hirsute, pieds nus et en short, déboucher d'un buisson et se cogner dans la Jaguar qui bifurque. Bill le menace devant les vigiles alertés d'appeler la police. Sitôt rentré chez lui, ayant débranché son système d'alarme au trente-cinquième étage du gratte-ciel et coupé les micros qui aboutissent dans le bureau des vigiles, le téléphone sonne, Bill décroche, il entend la voix doucereuse et implacable d'un homme qui lui dit : « Allô ? Ici Plumm, le dresseur de singes. Je vois que vous appréciez les petits singes, je viens de recevoir un nouvel arrivage que j'ai commencé à dresser. Si vous êtes intéressé, n'hésitez surtout pas de me le faire savoir, je vous laisse mon numéro. »

100

La mise en abîme de mon livre se referme sur moi. Je suis dans la merde. Jusqu'où souhaites-tu me voir sombrer ? Pends-toi Bill ! Mes muscles ont fondu. J'ai enfin retrouvé mes jambes et mes bras d'enfant.

DU MÊME AUTEUR

Aux Éditions Gallimard

DES AVEUGLES (Folio n° 1725).

MES PARENTS (Folio n° 2582).

VOUS M'AVEZ FAIT FORMER DES FANTÔMES.

MAUVE LE VIERGE.

L'INCOGNITO.

À L'AMI QUI NE M'A PAS SAUVÉ LA VIE (Folio n° 2366).

LE PROTOCOLE COMPASSIONNEL (Folio n° 2481).

L'HOMME AU CHAPEAU ROUGE (Folio n° 2647).

LE PARADIS (Folio n° 2809).

VOLE MON DRAGON, *théâtre* («Le Manteau d'Arlequin - Théâtre français et du monde entier»).

LA PIQÛRE D'AMOUR ET AUTRES TEXTES *suivi de* LA CHAIR FRAÎCHE (Folio n° 2962).

LA CHAIR FRAÎCHE ET AUTRES TEXTES, textes extraits de LA PIQÛRE D'AMOUR (Folio à 2 €, n° 3755).

LA PHOTO, INÉLUCTABLEMENT. Recueil d'articles sur la photographie (1977-1985).

LE MAUSOLÉE DES AMANTS. Journal 1976-1991 (Folio n° 3827).

En hors série luxe

PHOTOGRAPHIES. Précédé de *Sur une manipulation courante (mémoire d'un dysmorphophobe).*

Aux Éditions de Minuit

L'IMAGE FANTÔME.

LES AVENTURES SINGULIÈRES

LE SEUL VISAGE.

LES CHIENS.
VOYAGE AVEC DEUX ENFANTS.
LES LUBIES D'ARTHUR.
L'HOMME BLESSÉ (avec Patrice Chéreau)
LES GANGSTERS.
FOU DE VINCENT.

Aux Éditions du Seuil

MON VALET ET MOI (Points-romans n° 563).
CYTOMÉGALOVIRUS.

Aux Éditions Jacques Bertoin

VICE.

Aux Éditions Régine Deforges

LA MORT PROPAGANDE.

Aux Éditions Actes Sud

LETTRES D'ÉGYPTE (photographies de Hans-Georg Berger).

Aux Éditions William Blake

L'IMAGE DE SOI (photographies de Hans-Georg Berger).

Aux Éditions Libre-Hallier

SUZANNE ET LOUISE (épuisé).

Impression Bussière
à Saint-Amand (Cher),
le 9 février 2005.
Dépôt légal : février 2005.
1er dépôt légal dans la collection : décembre 1992.
Numéro d'imprimeur : 050526/1.
ISBN 2-07-038503-5./Imprimé en France.

The responsibility of reader to take action

MONTANA MAVERICKS
Big Sky Brides

*The legend of the Brennan family holds that their women only
marry for love. So when marriages of convenience are proposed
for Suzanna and Diana, will they discover the wedded bliss
their great-great-grandmother Isabelle knew?*

Suzanna Brennan: With a baby on the way, it seemed kind
of foolish of Suzanna to wish for her hasty groom-to-be's
heart. But once she's sharing her bed with her cowboy
husband, she can't help hankering for more....

Diana Brennan: Diana wasn't as sentimental about love
as her baby sister, Suzanna. So there didn't seem to be any
harm in her tying the knot with the brooding single dad she
had once loved from afar. Or so she thought....

Isabelle Brennan: Though this nineteenth-century society
woman knew better than to take the name of a half-breed
rancher, sassy Isabelle was ready to take on the challenge of
being Kyle "Running Horse" Brennan's wife to save her
family ranch. And if her marriage is the match she hopes it
will be, Isabelle will show future generations of Brennan
brides just what it takes to turn a marriage of convenience
into a forever kind of love!

CHRISTINE RIMMER

"Famed for her deliciously different characters,
Ms. Rimmer keeps the...love sizzling hot."
—*Romantic Times Magazine*

A reader favorite whose books consistently appear on the
Waldenbooks and *USA Today* bestseller lists, Christine Rimmer
has written over thirty novels for Silhouette Books. Her stories
have been nominated for numerous awards, including the
Romance Writers of America's RITA Award and the *Romantic
Times Magazine*'s Series Storyteller of the Year Award.

JENNIFER GREENE

"...The fabulous Jennifer Greene is one of the romance genre's
greatest gifts to the world of popular fiction."
—*Romantic Times Magazine*

Jennifer Greene has been married to her hero for over twenty-
five years, which is why she's such an exuberant believer in love
stories. Known for her warm characters and real-life humor,
Jennifer has won numerous honors, ranging from RWA's Hall
of Fame Award to *Romantic Times Magazine*'s Lifetime and
Career Achievement Awards. She loves kids, dogs, cats, antiques
and—of course—books.

CHERYL ST.JOHN

"...a style reminiscent of LaVyrle Spencer's earliest books."
—*New York Times* bestselling author Linda Howard

Cheryl's first book, *Rain Shadow*, a Harlequin Historicals
novel, was nominated for the Romance Writers of America's
RITA Award, and her Silhouette Intimate Moments title,
The Truth About Toby, won a reader award from the Wisconsin
RWA. Cheryl is a married mother of four and a grandmother
several times over. Please write to her, sending a SASE, to:
P.O. Box 12142, Florence Station, Omaha, NE 68112-0142.

MONTANA MAVERICKS

Big Sky Brides

Silhouette Books

Published by Silhouette Books
America's Publisher of Contemporary Romance

Special thanks and acknowledgment are given to
Christine Rimmer, Jennifer Greene and Cheryl St.John for their
contribution to MONTANA MAVERICKS: BIG SKY BRIDES.

 SILHOUETTE BOOKS

MONTANA MAVERICKS: BIG SKY BRIDES

Copyright © 2000 by Harlequin Books S.A.

ISBN 0-373-48381-3

The publisher acknowledges the copyright holders
of the individual works as follows:

SUZANNA
Copyright © 2000 by Harlequin Books S.A.

DIANA
Copyright © 2000 by Harlequin Books S.A.

ISABELLE
Copyright © 2000 by Harlequin Books S.A.

CONTENTS

Dear Reader,

Looks like there are gonna be more weddings under the Big Sky as Silhouette brings you *MONTANA MAVERICKS: Big Sky Brides,* an anthology with three brand-new stories by reader favorites Christine Rimmer, Jennifer Greene and Cheryl St. John, and featuring an exciting new family. The Brennans are ranchin' folk who go way back. In fact, this anthology brings you the contemporary marriage-of-convenience stories of Suzanna and Diana Brennan, as well as a historical romantic tale featuring great-great-grandmother Isabelle Brennan.

MONTANA MAVERICKS: Big Sky Brides is just the first of the brand-new MONTANA MAVERICKS stories we have in store for you in the coming months. In May 2000, Silhouette Special Edition presents a sexy new story by Jackie Merritt, which introduces the other half of the exciting Kincaid clan. Then, starting in June 2000, the lives and loves of the Kincaid heirs will be told over twelve books, one available each month, when the newest continuity series, MONTANA MAVERICKS: WED IN WHITEHORN, begins!

We at Silhouette hope you enjoy this anthology, as well as the upcoming books in MONTANA MAVERICKS: WED IN WHITEHORN, where more of your favorite authors will take you back to the town where legends live on...and love lasts forever!

Happy reading!

The Editors at Silhouette Books

SUZANNA

Christine Rimmer

For Tom and Ed

Prologue

Trailing satin ribbons, Sierra Conroy McLaine's wedding bouquet of white Derringer roses sailed through air. All the single girls reached up eager hands.

"It's mine!"

"I've got it!"

The bouquet found its highest point. Excited, happy cries followed it down.

"Oh, look! Here it comes...."

Suzanna Brennan closed her eyes. She didn't need to look. She *knew*.

And she was right. The roses dropped right into her outstretched arms.

"Suzanna!" one of the girls cried. "Suzanna's got it!"

There was more laughter—and a few rueful sighs.

Suzanna opened her eyes and looked down at her prize. So beautiful, those velvety, snowy-white blooms. And it was so *right* that she should be the one to catch it. After all, according to local superstition, any girl who caught a bridal bouquet of roses from the Derringer garden would marry soon and happily.

Her engagement diamond sparkling on her hand, Suzanna brought the flowers close for an intoxicating whiff. A little hint of heaven, the smell of those roses.

Lucky me, she thought. Lucky me, I've got it all. In five months, on March twenty-fourth, *I'll* be the one tossing the bouquet....

Chapter 1

"Those eggs are not going to eat themselves."

Suzanna stopped pushing the food around on her plate and looked across the breakfast table into blue eyes much like her own. Say it, she silently commanded herself. Just open your mouth and tell him. You swore that you would. This very morning, you swore it.

And yesterday morning.

And the morning before that.

It had gotten to be a habit, for the past month or so. Every morning Suzanna got up and threw up—and then promised her own grim image in the bathroom mirror that this was the day she would tell her father about the baby.

So far, every day, she had broken that promise. And today was turning out the same as all the other ones. She just couldn't make herself do it.

"I guess I'm not too hungry," she muttered, as she silently called herself a yellow-bellied coward.

"A body needs fuel," Frank Brennan coaxed.

So Suzanna made herself spear up a bite of the eggs. She stuck it into her mouth and chewed, fighting an unnerving feeling of queasiness. Over the past few weeks, she had discovered that she didn't much care for eggs anymore. She didn't much care for food, period, of late. Pregnancy and guilt had conspired to ruin her appetite.

To her surprise, the eggs went down all right.

Her father was still watching her. She could see in those eyes that he was worried about her. Wondering what was wrong with her. And waiting for her to tell him. But she just couldn't. Not today.

Tomorrow. Yes. Tomorrow, she would do it. Tomorrow...

Doggedly, Suzanna ate more eggs, washing them down with milk. Concentrating on her breakfast had a definite advantage—it gave her an excuse to stop looking into her father's eyes.

"The new man's due today," he said.

She looked up again, frowning, her mind still stuck on that important promise she never managed to keep.

"Nash Morgan," her father reminded her. "The new horse trainer." A teasing light pushed the worry from his eyes a little. "I think I mentioned him once or twice."

They shared a smile. "Yes," Suzanna said. "I believe you did." Sometimes it seemed that Nash Morgan was all her father talked about since he'd met the man and hired him a few weeks back at the Yellowstone Quarter Horse Show.

On the Big Sky, the ranch that had been in Suzanna's family for several generations now, they raised horses, quarter horses known for their stamina, good looks, steady dispositions and plain cow sense. The Big Sky had a well-deserved reputation for producing fine, well-trained stock. And Frank Brennan was always on the lookout for a certain kind of trainer, for a man who had "the touch," as he called it, a man who knew how to "think like a horse." Such men were rarities, Suzanna's father always said. And Frank Brennan believed that Nash Morgan was just such a man.

Suzanna's father had had to do some fancy talking and pay a very high salary to get this paragon to come and work for him. Nash Morgan, apparently, was in the market for his own horse ranch now. But Frank had a plan. If the man worked out the way Frank thought he would, he hoped to talk the trainer into investing his talents, his capital—and his future—in the Big Sky.

"If he gets here before lunch, you can show him around," her father suggested. "See he gets settled in, tell him where to park his rig—and put him in

the cabin." Her father referred to the separate cot-
tage several hundred feet behind the main house,
where business guests always stayed. "I don't want
him in the bunkhouse with the rest of the men. I
want him to feel comfortable and I want him to—"

"Dad, the cabin's all ready for him. I promise,
I'll make him feel welcome." That, at least, was a
vow she knew she could keep.

Her father left to join the other men at the corrals
a few minutes later. Suzanna cleaned up the kitchen
and got the stew meat simmering for lunch. Then
she went to the office off the living room and
worked for a couple of hours, paying bills and
checking on feed orders.

Suzanna had a business degree, and she'd been
putting it to use, handling all the bookkeeping for
the Big Sky, since her final return home from college out in Sacramento last January. She'd met
Bryan Cummings there, in Sacramento. But Bryan
was long gone now. He'd joined the Peace Corps
three months ago, back in March—on the day they
were supposed to have been married, as a matter of
fact.

So much for the luck of the Derringer roses.

At least she had her education, she kept telling
herself. She wouldn't have to worry about that *and*
about trying to raise a baby on her own.

As a rule, taking care of the books always soothed
her. Suzanna enjoyed the orderliness of numbers, the
way there was always a right answer and all a person

had to do was find it. But today, the columns of
figures on her computer screen couldn't hold her
attention. She kept making errors, entering data in-
correctly, punching up the wrong commands, blinking back to the present to find herself staring into
the enormous stone fireplace opposite the old mahogany desk where she sat. No fire burned there
now.

She looked toward the window. A mild, clear
June day. Outside, beyond the shadows of the wraparound porch, the endless Montana sky was blue as
her father's loving eyes.

Maybe she should get out and ride. She could
choose one of the two-year-olds just graduating
from the round pen, where every Big Sky colt's real
training began. She could give the animal a little
break from his lessons—and get her mind off that
promise she was going to have to keep one of these
days very soon.

With a sigh, Suzanna shut down her computer and
left the office. She wandered up the stairs to the
second floor. And then, instead of going into her
room to trade her sneakers for some heavy socks
and the old beat-up boots she used for riding, she
found herself standing on the landing at the top of
the stairs, looking at the pull-down ladder that led
to the attic.

The heavy satin rope that would bring the ladder
down was anchored along the wall. Suzanna un-
hooked the rope and gave a tug, caught the center

joint and swung the bottom section of rungs to the
floor. Then she started climbing.

Suzanna loved the attic. On a mild day like today,
it was toasty warm and smelled rather pleasantly of
wood and dust. It was also full of several generations' worth of treasures, things that the Brennans
didn't really need anymore yet somehow couldn't
bear to throw away. The two small windows at either end let in enough light to see by, but Suzanna
pulled the chain on the bare bulb overhead anyway.

Dust motes danced in the air around her as she
surveyed the rows of boxes stacked along the eaves,
boxes full of Christmas decorations and old clothes,
of dishes and linens and toys and board games. In
addition to all the boxes, there were floor lamps with
their shades missing and chairs with wobbly legs.
The two-story dollhouse, which had first belonged
to her big sister, Diana, and eventually to Suzanna
herself, stood in a corner beside a sagging, faded
easy chair.

And to the right of the dollhouse, beneath the east
window, sat her great-great-grandmother Isabelle's
cedar hope chest. The old boards creaked beneath
her sneakers as Suzanna approached the chest. When
she reached it, she knelt and took the key from
where it hung on a nail beside the window.

"This is too self-indulgent," she whispered aloud
to the silent stacks of boxes and the broken-down
furniture. "I shouldn't...."

But she did. She stuck the key in the tarnished brass lock, gave it a turn and lifted the lid.

A wistful smile curved Suzanna's lips at the mingled scents that wafted up to her, lemon and lavender, oranges and cloves. Over the years, the women of her family had taken care of the trunk and its contents. The satins and laces had been lovingly cleaned and mended whenever necessary. And a variety of sachets kept everything smelling sweet.

Right there on top was the dress, Great-Great-Grandmother Isabelle's wedding gown of silk and Irish lace. Like the trunk's lining, the gown had mellowed to ivory over the years.

"Almost..." Suzanna whispered.

Almost, she had worn this dress. Almost, she had lived the dream she'd cherished since she'd been a little girl playing with the dollhouse inherited from her sister—to walk down the aisle in the wedding gown her great-great-grandmother had worn on the day she'd married Kyle Running Horse Brennan, over a century ago.

Now, *that* had been a scandal: the pretty, Eastern-educated Cooper girl's marriage to the handsome but penniless half-breed who worked as foreman on her father's ranch. But Isabelle had bravely defied the disapproval of her neighbors. She had married for love and never regretted it.

There had been a string of happy Brennan marriages down the years since then. Suzanna had thought hers would be the next one. She'd had a dream of a Brennan-style wedding, of a Brennan-style lifetime of love.

And when that dream had slipped away from her, she had gone just a little...well, there was only one word for it.

Crazy.

Yes. She'd gone a little crazy, thinking that even the Derringer roses hadn't been powerful enough to make her wish come true. Thinking of how she'd *saved* herself for her wedding night with Bryan. And now the wedding night was here, and Bryan wasn't.

Crazy. That was how she'd felt. Crazy enough to go and have herself a wedding night anyway.

With some footloose cowboy.

Some cowboy whose real name she didn't even know.

She'd been twenty-two on the day Bryan left her at the altar. She was *still* twenty-two, but she felt a lot older now. Years older. And sadder. And wiser. And *guiltier*...

"Fool," she whispered to the ivory lace. "Silly, dreamy-eyed, *reckless* fool..." She let out a small moan of self-disgust.

And downstairs, the doorbell rang.

Suzanna glanced over her shoulder toward the ladder to the second floor.

It must be her father's new horse trainer.

She lowered the lid of the chest and was about to turn the key when she spotted the tiny bit of lace sticking out. She raised the lid again and swiftly folded the lace out of the way.

That was when she noticed that a section of the trunk's lining, right near the lock, had come loose from the wood. She'd have to come up later and figure out the best way to repair the damage. She slipped her finger into the gap between satin and wood—and felt something wedged between the lining and the wall of the trunk.

Suzanna leaned closer to peer into the narrow space. Envelopes. They were yellowed with age like the trunk lining, like her great-great-grandmother's wedding dress.

She had to pull loose more of the lining to get them all out. There were six of them, each one addressed to Mr. Kyle Running Horse Brennan in a flowing, rounded, very feminine hand.

Apparently, she hadn't matured as much in the past few months as she'd thought. That dreamy-eyed fool must still live inside her. Because her heart pounded hard in pure elation.

From Isabelle. The letters were from Isabelle. Suzanna would have known it even if the return address hadn't told her so.

Could it really be possible? Might she actually be holding Isabelle's love letters to Kyle in her hands— love letters hidden away for over a hundred years now?

Downstairs, the doorbell rang again.

Suzanna ordered her heart to a more dignified

rhythm. The love letters would have to wait—if they really *were* love letters. By now, Mr. Nash Morgan must doubt that anybody was home. In a minute, he'd wander off toward the corrals in search of the welcome she wasn't providing. And her father would wonder why she hadn't had the courtesy to answer the door.

Suzanna shut and locked the trunk. She hooked the key on its nail. Then she flew to the light, pulled the string and rushed down the ladder, levering it up so quickly that it clapped hard against the frame.

She didn't even bother with hooking the rope back into its place on the wall. She just left it dangling and raced to her room where she yanked open the bottom drawer of her bureau and tucked the envelopes beneath a stack of heavy winter sweaters.

The doorbell rang for the third time as she pounded down the stairs. "I'm coming, I'm coming," she muttered under her breath. She could see the tall form of a man through the etched and frosted oval of glass in the center of the front door.

"I'm coming!" She called out that time, so he would know she was on her way.

She paused at the bottom of the stairs to smooth her hair and tuck her shirt more neatly into her Wranglers, running her hand nervously over her stomach, thinking that nothing showed yet, thank goodness. Finally, she put on a smile and pulled open the door.

"I'm so sorry, I was—" The words turned to dust in her throat.

And her heart froze in her chest, just stopped dead—and then began beating triple time.

Oh, sweet Lord. It was *him.* The man she'd met on what should have been her wedding night. The man she'd known only as Slim.

It couldn't be....

But it was.

The father of her unborn child was standing right before her on her own front porch.

Chapter 2

Like someone blinded by a hard burst of piercing light, Suzanna blinked. Maybe she was just imagining—but no. When she dared to look again, he was still there. Still Slim. She would have known those leaf-green eyes anywhere. For an awful moment, she was certain that she would throw up on his worn rawhide boots.

Suzanna swallowed hard, pushing down the urge to be sick, using every ounce of grim determination she possessed. It worked, to a degree. She still felt dangerously unsettled, but the immediate danger of losing her breakfast had passed.

Slim took off his hat. "Nash Morgan, ma'am." His voice was low and soft, with a sort of a purr in it, just the way she remembered. He smiled, a true cowboy's smile, friendly but not forward. A pleased-to-meet-you sort of smile.

He didn't know her! Dear Lord, he'd forgotten.

But that couldn't be, could it? He had, after all, spent a whole night with her. The lights might have been low—in that roadhouse and then later, in that room at the motel. But they hadn't been *that* low. He'd gotten a good look at her. At *all* of her.

And besides, she'd seen that flash of recognition in his eyes when she first opened the door—hadn't she?

He held out his hand. She took it automatically, felt the heat of it, the strength in it, the roughness of calluses along the palms and finger joints. A blush tried to creep up her neck as she recalled the way those hands had felt gliding along her naked skin. She ordered that blush down.

"Mr. Morgan." She smiled at him, a big, fake smile that she prayed he wouldn't recognize as such. "Our new horse trainer."

"That's right."

"Welcome to the Big Sky." Her hand still lay enclosed in his. She pulled it free.

"Frank's daughter, right?"

"Yes. That's right. Suzanna." She was positive now. He didn't remember. She'd been just another warm and willing woman to him. How many must there have been for her to have vanished from his mind after only three short months?

Suzanna decided it would be safer not to ask herself such a dangerous question right now.

Beyond his shoulder, down the stone walk and past the white picket fence that defined the yard, a dark green pickup and a gooseneck trailer waited in the bright late-morning sun.

She gestured toward the vehicle. "There's room in the wagon shed for your rig." She tipped her head toward the structure in question, several hundred feet to her right, near the well and the slowly turning windmill that loomed above it.

He was staring at her so strangely. Did she look as stunned and sick at heart as she felt? She babbled more suggestions. "There's a tack room in the closed-off end. You're welcome to store whatever riding gear you've brought in there. You have horses in that trailer?"

He shrugged. "It's empty."

"Oh. Well. All right, then just put it with the pickup."

"I'll do that." He started to turn away.

"Oh. And…" He stopped. Looked at her again, waiting. She gulped. "When you're done, come on back and I'll take you to your quarters, see that you get settled in."

"Good enough."

She watched him stride down the steps and along the walk, admiring in spite of herself the proud breadth of his shoulders and the way that the sun picked up auburn lights in his thick dark hair.

It didn't take him long to come striding back.

This can't really be happening, Suzanna kept thinking, as she went through the motions of making him welcome.

She led him to the cabin. He looked around and shook his head. "This is real nice. But I'd prefer to stay with the other men."

"But my father thought you'd be more comfortable if you had your own—"

"As long as I'm here, those men will be training your horses by my methods. I want to get to know them. You learn a lot more about a man who bunks next to you."

So she took him to the bunkhouse, gave him a bed and showed him where he could stash his personal belongings. The whole time, images of their night together kept trying to sneak into her mind, stealing her breath and threatening to make her voice crack.

Clear as his tanned face before her now, she could see him—first at that roadhouse outside of Billings where they'd met, bending across the felt-topped pool table to sink a shot, glancing up to give her a teasing smile. And then later, his face above her, those eyes that didn't know her now burning, green fire, into hers in the motel-room bed.

Finally, she led him to the corrals and left him with her father and the other men. She thought as she went to the house that she had never in her life been so glad to walk away from someone.

Her father appeared at twelve-thirty. "So Nash refused to take the cabin." Frank chuckled. "Got himself a narrow cot when he could have had a nice big comfortable bed. Now, there is a man dedicated to his work."

Suzanna chuckled, too, and hoped it sounded more sincere than it felt.

Then her father told her he wanted to invite the men in to share the stew at one. Normally, the men took their meals in the bunkhouse. But this was a special occasion, since it was Nash's first day.

What could she say? Suzanna served up the stew and tried to act as if nothing was bothering her as the men talked horses and wolfed down the food.

She did her best not to look Nash Morgan's way too much. But memories kept grabbing at her.

Memories of the way it had been that night. The way *she* had been, just plain crazy in her mind and heart, after Bryan didn't show up for the wedding.

Diana, who'd taken time off work and come all the way from Chicago to be her maid of honor, had stayed by her side that whole afternoon. Finally, when dark came, Suzanna had told her big sister that she couldn't bear being cooped up in the house a single moment longer. She had to get out and drive. And she needed to be alone for a while.

At first, Diana had tried to dissuade her. But Suzanna wouldn't listen.

Finally, her sister gave in. "Be careful," Diana warned, shaking her head, sounding like the mother she had been to Suzanna after their real mother had died so young. "Don't do anything crazy...."

"I won't," Suzanna promised. "I just have to get out."

She'd climbed into the Bronco her father had bought her when she went away to Cal State and she'd hit the road, driving reckless and fast in a hopeless attempt to outrun her humiliation, her anger, the hot pressure of the tears she was not going to let fall.

She considered driving north, toward Whitehorn, the town where she'd gone to school and where many of her friends lived. But she wasn't in the mood to see friends that night, to have them look at her with pity in their eyes. Most of them had been there, for the wedding that didn't happen. And news traveled fast in Whitehorn. Anyone who'd missed the actual event would know the whole story by now.

So she went east on the interstate, exiting the main highway about twenty miles outside of Billings. She drove two-lane blacktop for a while, going nowhere in particular. And then the roadhouse, Fanny Annie's, had loomed up on her right. She'd swung across the centerline, kicking up a high cloud of dust when she pulled into the dirt parking lot.

She knew at a glance that Fanny Annie's was one of those places a woman probably shouldn't enter alone. But she went in anyway. Just strolled through the doors and started drinking long necks and play-

ing eight ball—with Nash Morgan, though she
hadn't known his name at the time.

The truth was, she'd never asked for his name.
And he'd never asked for hers. He'd called her
Deadeye as a joke, because every time she took a
shot, those balls never went where she meant for
them to go. And she had called him Slim. She'd
thought that the name fit him.

Raised on the Big Sky, where the cowboys came
and went, Suzanna had known a number of Slims
in her life. They had hips that matched their names
and they wore faded denim and you could see the
shape of lean, hard-worked muscle beneath their
worn Western shirts. They had good hearts and a
tender way with women and horses. And they never
stayed around that long.

She hadn't started out to end up in bed with him.
It had just moved on to that, somehow. What with
the craziness in her heart and too many long necks
and…something about him that felt so consoling.
He was a stranger, and a stranger was just what she
needed that night, someone who didn't know of her
shame and embarrassment. A teasing, handsome
stranger—one who somehow reminded her of coming home.

"Suzanna." Her father's voice snapped her back
to the here and now. "Pass those biscuits down here.
Nash needs more."

Nash laughed. "I wouldn't say I need 'em, but
they sure are good."

Suzanna pasted on her most gracious smile and passed the biscuits down the table.

"My baby girl's got a light hand with biscuits and a good head for figures, too," Frank announced proudly. "She's gone and dragged the Big Sky right into the twenty-first century since she came back from college. Got this whole operation on that computer of hers. Anything you need to know about what's on hand or what's on order, you just ask her. Has it all at her fingertips, and that's a fact."

Nash made an admiring, agreeable noise.

"And you better be nice to her," Frank warned. "She's the one who'll be cutting your checks."

"I'll remember that." Nash looked right at her, causing her queasy stomach to lurch and her heart to start banging against her rib cage.

Suzanna kept on smiling, letting everyone know that she was just dandy, just a happy little biscuit maker with good computer skills. By the time the men finally returned to their work at a little after two, her face felt stiff and the muscles around her mouth ached from all that grinning.

She put a casserole together to heat up later, though her head was pounding and her heart felt like a big ball of lead inside her chest. She cleaned up the kitchen. Then, finally, she went upstairs to lie down with a cool, damp rag over her eyes.

Later, over dinner, her father asked her right out if something was bothering her. It was a perfect opportunity to tell him the truth.

She didn't. She said she had a headache. Then she listened, smiling that smile that made her face ache, as her father went on about what a find Nash Morgan was, how he'd had Darcy's Laddy, a spirited three-year-old who'd been giving them trouble, eating out of his hand in the space of an hour.

For the next few days, Suzanna hid out in the house. Immobilized, that was how she felt. Stuck in a low, dark place, with only her own indecision and self-loathing to keep her company. She felt sick to her stomach—and not just because of her pregnancy. The sickness came from dread at the prospect of running into her baby's father again. Being cooped up in the house drove her right up the wainscoted walls, but still, she couldn't bring herself to go out, not until she was ready to face Slim—er, Nash.

And she did know that she would have to face him, to tell him about the baby, even though it appeared that he had forgotten her by the morning after he bedded her. No matter if it turned out, as it most likely would, that he didn't want a thing to do with her or his child. Whatever he ended up thinking or saying when he learned the truth, he *was* the father and he did have a right to know.

So now there were two men who deserved to be informed of the mess she'd gotten herself into. One had raised her and loved her all her life. One had spent a single night in her arms.

But Suzanna said nothing. She was stuck—stuck in that low place where her stomach churned and her head pounded and she couldn't seem to make herself do what had to be done.

More than once, her father tried to get her to tell him what was eating at her. Each time, she brushed off his concern. She was just tired. She had another headache. There was nothing really wrong....

By Thursday morning, Frank Brennan had heard enough lame excuses. And he told his daughter so.

"By God, girl. Something is wrong with you, and I will know what."

"There's nothing."

"Don't lie to me."

"I'm..." *Pregnant,* she thought, pregnant by Nash Morgan, that top-notch horse trainer you hired and won't stop talking about. "Fine. Honestly. It's just a little twenty-four-hour bug, that's all." Ha, she thought. A twenty-four-hour bug? Talk about an understatement. This was a bug she'd carry for six more months. And when she got over it, she'd have herself a child to raise.

"Fine?" Her father, always soft-spoken, raised his voice. "*Fine?* You think I don't have eyes in my head? You've been draggin' around this place for weeks now. And the past few days, it's gotten nothin' but worse. You haven't left the damn house since Monday. I want you to tell me now. What is going on with you?"

"Dad, I—"

"Are you still mooning over that idiot social activist from California who left you flat on your wedding day?" Her father glared down the table at her. "You'd better not be, that's all I've got to say. You're lucky to be shut of that fool, and it's time you got smart and realized as much."

"No, I'm not mooning over Bryan, Dad." That, at least, was the truth. But what she said next was not. "Nothing's the matter. I'm fine."

"Fine," her father repeated again in pure disgust. "You think saying that word is gonna make it true? Something's wrong with you, and if you won't tell me what, I'll take you into Whitehorn today. We'll pay a visit to Doc Winters. Maybe he can figure out what's ailing you."

"I am not sick, Dad. I don't need a doctor."

They stared at each other, a battle of wills.

Frank was the one to lower his gaze first—but he hadn't surrendered the field, only changed tactics. "All right then. If you're not sick, I want to see you out and about. You can take a colt or two out for a nice, quiet ride—and get a little fresh air for yourself at the same time. Nash is completely in charge of the training schedule now. You talk to him this morning. He'll tell you which horses he wants you to ride."

Dear Lord. Nash. He wanted her to talk to Nash. "But, Dad, I—"

"You get out and ride, Suzanna. Or we are payin' a visit to the doc."

* * *

She found Nash at the round pen, where he'd just finished putting Bucky Boy, a fine sorrel two-year-old out of their treasured King broodmare, Chocolate Jessie, through his paces.

When he saw her, he dismounted, then he spent a few seconds talking softly to the animal. Bucky Boy stood very still, as if he really were listening, then he turned his head and seemed to be whispering in Nash's ear. Nash laughed and rubbed the horse's forehead affectionately. Then he led Bucky Boy out of the pen and turned him over to one of the other wranglers.

Finally he came toward her, those long, strong legs of his eating up the ground between them. He touched his hat brim in a sort of salute to her.

"Miss Brennan." He said *miss* the cowboy way, so it sounded like there were z's instead of s's at the end of it, a little like Ms., but softer, longer, more drawn out. "Frank said you'd be riding today."

Suzanna nodded, feeling awful, so awkward and formal, hurt slicing through her all of a sudden that he didn't remember, that they really were strangers in spite of the fact that she'd once lain naked in his arms, even though she carried his baby beneath her heart.

She coughed to clear the sudden obstruction from her throat. "Yes. He said I should check with you before choosing a horse."

He led her to the tack room, where the big training schedule was mounted on one wall, a line for each colt and filly, the days marked off in squares. Her father had always kept that chart, but often the wranglers got lazy about filling in the blanks. Since Nash had come, though, each blank space was crammed with notes and instructions for what the trainers should concentrate on in the next session.

"I like to have a plan," Nash said. He was standing behind her as she looked at the chart. His nearness sang along her nerves. She breathed deeply and told herself to relax.

He went on. "Every horse is different, and this way we don't just pick up on the weak points and drill them to death." He chuckled. The rough, warm sound sent a naughty thrill coursing up her spine. "A colt is a lot like a schoolkid, if you think about it. A colt needs a good teacher. And a good teacher always works from a lesson plan."

Suzanna made a noise of agreement, which was all she could manage right at that moment. She could see him out of the corner of her eye. And she could smell him. He smelled the same as she remembered, an earthy, warm, healthy sort of scent—a scent she realized she would have recognized anywhere. A scent that hollowed out her midsection and made her want to lean back against him.

She stiffened and turned. "I...it looks real good."

A half smile lifted the left side of his mouth, the mouth that had kissed her, deep and wet and long.

The mouth that had roamed her whole body so that she had moaned and writhed beneath him, begging him not to stop, crying out for more.

She shifted her glance. "Well. If you'll just tell me which of your students could use a little field trip today, I'll get out of your way."

His eyes caught hers again—and wouldn't let go. "Did I say I wanted you out of my way?"

"Well, no. No, of course you didn't. But you know what I mean."

He shrugged and turned to the wall hung with bits and bridles. "Get your gear and we'll get going."

She didn't move. "Uh. *We?*"

He chose two snaffle bits and a pair of cinch straps, each with a flat-sided ring. "I'll ride out with you to see how you do."

"But—"

He turned, snared her with that green glance once more. "But what?"

"It's not necessary. Not necessary at all. I've been riding Big Sky colts since I was knee high to a gnat, for heaven's sake. You just tell me what you want me to watch for on any colt you give me and I'll—"

"You got some major objection to riding with me?" All of a sudden, his eyes were flat as paving stones, all the gleam gone out of them—and they still wouldn't let go of hers.

"No. No, of course I don't mind riding with you."

"Then grab a saddle." He pointed to the row of lighter-weight cutting-horse saddles, not far from the wall of bits and bridles. Then he asked with a definite note of challenge in his voice, "You need someone to haul your saddle for you?"

"I do not."

"All right, then. Let's go."

It was a perfect morning for an easy, quiet ride, warm but not hot yet, with a nice breeze blowing off the white-crested Crazy Mountains to the northwest. The grasses moved, rippling soft and silvery in the path of the wind. Black-eyed Susans and purple-headed bull thistles turned their faces to the yellow ball of the sun.

They rode for an hour, hardly speaking, roughly following the winding path of Bear Tooth Creek, the ranch's major water source. Suzanna kept thinking of what she had to tell the stranger on the horse beside her. She also wondered sourly if he approved of the way she handled her mount. But then he must, mustn't he? Or he'd be giving her instructions in that low, rough-velvet voice of his.

"There's a nice shady spot up ahead," Nash said eventually. He pointed at a cluster of cottonwoods along a wide place on the creek. "We'll stop there." He clucked to his horse and took the lead. Her stomach suddenly churning with foreboding, Suzanna followed.

In the shade of the trees by the sloping bank of

the creek, Nash dismounted and hobbled his horse. Suzanna did the same. Their horses drank from the creek and then nipped at the low grass along the bank. Suzanna watched them, though they weren't doing anything she hadn't seen a thousand times in her life. But watching them meant she didn't have to look at Nash.

He made small talk. In that soft, gentle voice of his, he remarked on how much he liked her father, how the Big Sky was a fine operation and the other handlers were good men. He talked about the colt and the filly grazing idly along the bank. About how Dingo was still slow to pick up a lead and Baby June tended to laze along rather than walk out as she should.

Somehow, Suzanna managed to make intelligent noises in response. But her mind was a whirlwind.

There *was* something in the way he kept looking at her, something in the knowing curve of that mouth, which had once kissed her with such wild passion. His glances and his half smiles were clues, it seemed to her.

Clues that communicated without his saying as much that he *did* remember, after all. That the way he'd seemed not to know her had been only an act. That she really had seen recognition in his eyes in that first moment on the porch Monday morning.

All of a sudden, he asked, "What's on your mind right now?"

She'd been staring at the horses again. But his

question had her whipping her head around, made
the skin down her arms and at the backs of her knees
go hot and prickly with something that felt very
much like fear. "I…what?"

"What are you thinking?"

"Well, nothing," she baldly lied. "Just…I was
just listening to what you were saying, that's all."

His expression said he didn't buy that for a minute. "You want to know what *I'm* thinking?"

No! her cowardly heart cried. *I don't. I do not
want to know.…*

But he told her anyway. "I'm thinking that you're
a much better rider than you are a pool player, Deadeye."

Chapter 3

Deadeye.

Oh, God. He *did* remember.

Suzanna's stomach lurched dangerously. Sweet Lord, she was not going to be able to stop it this time. She was going to be sick....

She sucked in a breath, closed her eyes and bent over, getting ready.

Nash touched her shoulder. "Suzanna..."

She put up a hand, waving him away. Her stomach lurched again—and settled, at least somewhat.

She opened her eyes. She could see Nash's boots planted firmly not two feet to her left.

With a sigh, she let herself sink to a sitting position on the bank.

After a moment, Nash dropped down beside her. She shot him a furtive glance, then quickly looked away.

He asked, "You all right?"

She didn't answer. There was no need. He could see that she was very far from all right.

"Look," he said. "As far as I'm concerned, what happened was between us. If you're worried that I'm a man who likes to talk about things that are nobody else's business—"

"I...no. No, it isn't that."

"Then what?"

It was the moment, the moment to tell him. She looked at him hopelessly. "I..." The words just would not come.

She hung her head.

And he put his arm around her. Strangely enough, it felt utterly natural for him to do that. And so comforting. She let out a hard sigh and buried her face against his shoulder. He pulled her closer, stroked her hair.

A long time passed. Nash held her, and she huddled against him, breathing the wonderful scent of him, glad for his strong arms around her at the same time as she found it impossible to raise her eyes and look at him.

"Come on," he said at last, putting a finger under her chin, making her raise her eyes to meet his. "Come on, it can't be *that* bad...."

She hitched in a tight breath. "But it is. It really is. You don't understand...."

"Then maybe you'd better tell me."

"I..."

"Come on. Tell me."

Something in his eyes undid her. She blurted out the truth. "I'm pregnant."

Lord, it sounded awful, just to say it like that. She shied away from him a little, and he dropped his arm from its comforting position across her shoulder. For a time, they sat very still, not touching, staring toward the mountains, neither knowing what to say next.

Finally, Nash picked up a pebble and tossed it overhand into the water. Suzanna watched the ripples move out when it dropped through the glassy surface.

She wondered if he was thinking the same thing she was thinking, that it was a pretty bum deal for her to go and get herself pregnant when he'd only made one little slipup the whole night they'd spent together.

He *had* used protection. But there had been that one time, near dawn, when some last, frantic eagerness had taken them both. He had reached for her and she had pressed herself against him—and the necessary precautions had been the furthest thing from their minds.

He asked carefully, "Was there...anyone else besides me?"

She shook her head fiercely.

"Then it's mine."

She nodded, biting her lip to hold back the hopeless little moan that was trying to squeeze itself out of her throat.

"We'll get married," he said.

She looked right at him then. "I don't even *know* you."

"It doesn't matter. It's the right thing to do."

"No," she said firmly, then decided that maybe that sounded a bit harsh. She tried to soften it a little. "I mean, no, thanks. It's...very nice of you to offer, but...I just couldn't marry someone I didn't love."

He gave her a long look, one that made her extremely uncomfortable. Then he said flatly, "Think about it."

She turned her gaze toward the mountains again, to get away from those eyes of his. "No, really. I don't have to think about it. I don't love you and I—"

He stopped her in midsentence, skipping right on to the next order of business. "Frank doesn't know yet, does he?"

"Uh. No. I...I've been meaning to tell him."

"But you haven't."

"Not yet."

"Well, I think we'd better do it tonight, then."

We. He intended to be there with her. To face her father with her. Gratitude washed through her in a warm wave.

She made herself turn to him. His eyes were waiting. "I... You don't have to do that."

He looked at her steadily. "Yeah. Yeah, I do." He touched her shoulder, and she knew that *he* knew exactly how she felt. He understood the dread inside her at the prospect of telling Frank Brennan what they'd done. "You're three months gone," he said. "It can't wait any longer."

"I know." She sighed the words.

"We'd better get it over with then. Tonight, like I said."

What else could she answer? "All right."

"I'll come to the house."

"Okay. Um, come at six, for dinner. We'll tell him after. It will be better that way, not quite so abrupt." It wouldn't be better. Nothing could make such a thing better. But still, if the poor man insisted on standing by her when she broke the news, he ought at least to have a nice dinner first.

Her father came in at five-thirty. Nash had already told him he'd be dropping by for supper.

Frank seemed to think that was a dandy idea. "I'm glad you asked him." Her father winked at her. "And he does like your biscuits."

Suzanna drew a fortifying breath. "Well. I made plenty."

The meal went smoothly enough. Her father and Nash seemed to have a lot to say to each other. They talked business. Frank brought up the two-week trip he'd be taking near the end of the month, first to the annual Wyoming quarter horse show in Gillette, and then on to visit a friend in Colorado.

"I'm real glad you'll be here, Nash," Frank said. "Between you and Suzanna, I'll be leavin' the Big Sky in capable hands."

Suzanna kept her eyes on her plate and wondered if Nash would be around by then. Would her father have so much faith in his new trainer after he heard what they had to say to him? And would Nash want to stay? She did admire him for sticking by her to-night—but she couldn't expect him to want to hang around watching her stomach get bigger and bigger with the baby they'd made. He'd made his obliga-tory offer of marriage, and she had turned him down. Really, it might be better for everyone if he decided to move on down the road.

But then again, the more contact she had with him, the more he seemed like a man who wouldn't walk away from his own child. So maybe they'd have to work something out, arrange things so he could see the baby now and then.

Oh, who could say? The truth was, she didn't know what Nash Morgan would do.

The dinner was over too soon for Suzanna. She cleared the plates and served peach cobbler and made herself eat it as she'd eaten her pot roast and vegetables, forcing the food down to keep her father from looking at her with a worried frown between his brows.

Finally the time came. She sent a swift, questioning glance at Nash. He nodded—and all she wanted to do was leap from the table, grab the empty dessert plates and flee to the kitchen.

She made herself stay put.

And Nash said, "Frank, there is something you need to be told."

Her father pushed his plate away and looked from Nash to his daughter. "Sounds like something serious."

"It is." Nash waited. Suzanna understood that he was giving her a chance to say the words.

"What?" Frank demanded. "You two are makin' me nervous."

Nash cleared his throat.

And somehow Suzanna found her voice. "I'm going to have a baby, Dad."

The silence that followed was downright deafening. Her father's face went dead white, then flushed with hot color. He turned a brutal glare on Suzanna, a look that made her long to slide off her chair and scurry under the table like a naughty child, to curl herself up in a ball under there—and never, ever come out.

And then Frank Brennan swore, a single, very ugly word. "That weaselly little rat bastard," he muttered. "I should have known."

Suzanna gulped in a breath, then found herself echoing in a numb voice, "Weaselly?"

"I didn't trust him. Never. Not for a minute, from

the first day you brought him here. All that talk of
the homeless and hungry. All those big-shot ideas
about changing the world. Charity begins at home,
that's what the Good Book says. And a man who
gets a girl in trouble and then runs off to join the
damn Peace Corps is no man at all in *my* book.''

"Bryan?" Suzanna heard herself murmur dazedly.
"You mean Bryan?"

"Who the hell else would I mean?" asked her
father in utter disgust. Another crude epithet followed. He glowered. "You been in touch with
him?"

"I...no. I don't have any idea *how* to get in touch
with him. And anyway, Dad, it wasn't—"

"Well, okay. Okay, fine. I wouldn't want that
damn fool for a son-in-law anyway, and that is a
plain fact. If he ever sets foot on the Big Sky again,
I'll skin him for the polecat he is and stretch his
sorry pelt on the tack room wall."

"Dad—"

Nash cut her off. "Just a minute," he said quietly.
"Who's Bryan?"

Frank snorted. "Who's Bryan? I'll tell you who
Bryan is. Bryan's her fiancé—her *ex*-fiancé. Left her
flat, the weasel. Three months ago, on their wedding
day, last March the twenty-fourth. Joined the damn
Peace Corps, wouldn't you know?"

Nash cast her a glance. Suzanna read its meaning.
She'd never said a word about Bryan to him—not
during that night three months ago, and not today,

either, when she'd had a clear opportunity to say anything that needed saying.

"March twenty-fourth," Nash said, his soft voice even softer than usual. Too soft, actually. Accusingly soft. "That was supposed to be your *wedding* day?"

Lord. How could she have thought he'd forgotten? It was painfully clear that he remembered everything—including the calendar date of the night he'd spent with her.

She swallowed. "I...I suppose I should have explained."

"Yeah," he said. "I suppose you should. But then, I guess there were a lot of things you didn't explain."

That got her dander up. "Just you wait a half a minute, here, mister. You didn't do a lot of explaining, either, if memory serves. You didn't even—"

"Stop." Frank fisted his hand and hit the edge of the table with it. Plates and flatware jumped and clattered. "Don't you two go getting into it. There is no sense at all in us turnin' on each other—which reminds me." He swung his gaze on his daughter and asked in a tone midway between curiosity and fury, "Suzanna, why the hell did you have to go dragging Nash into this mess?"

Suzanna had that urge again—to crawl under the table and hide. She slid a glance at Nash. Those green eyes were on her, waiting for her to tell her father the truth.

And she knew she must do exactly that.

But how? Where were the right words to say? How could she explain to the conservative man who'd raised her that she'd gone out on what should have been her wedding night and had sex with a stranger?

"I…"

"Speak up, girl. Answer me, now."

"Well, because I…"

"Yeah?"

"Because he, um, well…"

Nash must have grown tired of waiting for her to get the words out. He said wearily, "Because the ex-fiancé is *not* the man at fault. *I* am."

Frank Brennan looked as if he just might keel over from the shock of that news. "You, Nash? You?"

"Yeah, Frank. Me."

"But you don't even *know* each other. You just met this past Monday."

"We met before. The night she was supposed to have married that other guy. At a place called Fanny Annie's, a few miles outside of Billings."

Her father stared from Nash to Suzanna and back again. His face showed disbelief and disappointment and a host of other emotions too painful to contemplate.

"Oh, Dad," Suzanna cried. "Dad, I'm so sorry, I—"

Frank waved a hand at her, as if he couldn't bear

the sound of her voice, of her excuses. Then he sank down in his chair. Slowly, he lifted both big, blunt-fingered hands. He raked them through his thick graying hair. "Oh, Suzanna. This is not like you, to pick up a stranger, in some roadside bar."

"It was…a really bad time for me, Dad. I was feeling so crazy, just out of my mind and I—"

"Never mind." Frank shook his head and let out a deep sigh. "So. What are you gonna do now?"

And Nash said very calmly, "Now, she's going to marry me."

Chapter 4

A slow smile spread across Frank Brennan's tanned, lined face—a relieved, indulgent kind of smile. He sat up straighter in his chair. "Well," he said. "I gotta admit, I feel a lot better hearin' you say that, son. But I guess I should have known. You're not a man to run from his responsibilities."

Frank turned his smile, only slightly dimmed, on Suzanna. "So, I guess everything will work out all right, after all. The fact is, you and Nash will make a great team. I have to admit, the thought that you two might get together has already crossed my mind a time or two. And now, well, things could be a damn sight worse, couldn't they? You'll get married and I can rest easy—and not only because my little girl's baby will have a father, but also because I can be certain the Big Sky will end up in capable hands when it's time for me to pass on the reins.''

Nash said, "Frank. We're not talking about your ranch, here. We're talking marriage. Period.''

"I know, I know. You're right. I understand. You two will get married. We can worry about the rest as time goes by.''

Suzanna realized she'd better speak up before the two of them planned out her whole life for her. "Wait just a minute here.''

Both men turned to her. "What?" they said at the same time.

She looked from one strong-jawed, masculine face to the other. The men muttered, "What?" again, simultaneously as before.

Suzanna's father was frowning at her. She dared to turn to Nash, to look him square in the eye. He stared right back, calm as you please. She demanded, "How could you do this?"

Nash shrugged. "Do what?"

"I told you I can't marry you. I told you this afternoon."

"You *what?*" Frank bellowed.

Suzanna answered her father, but she kept looking right at Nash. "I told him I couldn't marry him."

Her father loosed another expletive. "Now, why would you go and say a crazy thing like that?"

Suzanna ignored him. "Look," she told Nash.

"We don't love each other. We don't even *know* each other."

"It's a good match," her father said stubbornly. "And you need a husband right now. Love will come later."

She whirled on him. "How can you say that? I'm a Brennan, Dad. And Brennans always marry for love."

Frank grunted. "This is no time for silly sentimentality."

"Sentimentality?" Suzanna echoed the words in outrage. "That's what you call it now? You're the one who told me all the old stories. I learned them sitting on your knee. How Great-Great-Grandmother Isabelle married Kyle Brennan because she loved him with all of her heart, even though—"

"Suzanna, I know the old stories."

"Then how can you suggest that I marry a man I don't love?"

"Because he's the father of your baby. Because he's a damn fine man. Because it's the best thing and it's the *right* thing."

"It is not. It's the *convenient* thing."

"Whatever," her father said gruffly. "It's the best solution to a bad situation."

"No, it is not. It's wrong, that's what it is. And I can understand that you don't think much of my judgment right now. I have made a pretty bad mess of things. But I am still a Brennan, born and raised. And I will marry for love, or I won't marry at all."

Her father's face had flushed deep red again. "You will do as I tell you—in this, at least."

Suzanna held her ground. "I will not."

"You are in trouble, girl. You are having a child. Your baby's father is willing to marry you. Don't be a damn fool about this, on top of everything else."

She squared her shoulders and stuck out her chin. "I am sorry you think I'm a fool, Dad. But I don't love Nash, and I'm not going to marry him. It's not right."

"It *is* right."

"I won't do it. I can raise my baby on my own just fine. If Nash wants to help, well, we can talk about that. But not about marriage."

Frank shoved his chair back and loomed above her. "I have had enough of this moony-eyed foolishness!" He was shouting. "You will marry Nash...or else!"

"No, I won't. I won't, I tell you."

"Wait a minute, here." It was Nash's voice, quiet and low, utterly calm.

Both Suzanna and Frank shut their mouths and turned to him.

He rose to his feet and said to Suzanna, "Thank you for a fine dinner. I'm headed back to the bunkhouse now. You think about my offer and let me know what you decide."

Then he stepped away from his chair, pushed it gently under the table and went out the back way.

Once the door shut behind him, Frank glowered at Suzanna. "You'd *better* do some thinking, girl. Some hard thinking. And when you're through thinking, you'd better come to a reasonable decision."

Suzanna glowered right back at him and didn't say a word.

A stare-down ensued.

In the end, her father tossed his napkin on the table, growled good-night and retired to his room.

Suzanna cleaned up the dishes.

Then, desperately needing emotional support, she picked up the phone on the kitchen wall to call her sister in Chicago.

But she hung up without dialing. Diana, who was five years Suzanna's senior, truly had been like a mother to her through her growing-up years. Diana had bandaged her hurts, nursed her when she got the chicken pox and shared all her secrets.

But it wouldn't be fair to draw her into the middle of this situation. Since Suzanna and her father were totally at odds, confiding in Diana would be tantamount to asking her sister to take sides. And even if Diana held to the middle ground, she would be bound to worry. If she got too concerned, she might just decide she had to drop everything and pay a visit home.

No, bothering Diana with this wouldn't be right.

The time had come for Suzanna to handle her difficulties on her own.

She trudged up the stairs, her feet as heavy as her heart. In her room, she dropped to the edge of the bed and kicked off her shoes.

If only there was someone she could talk to about this. Someone to reassure her, to tell her she was right not to want to marry a stranger, even if that stranger did happen to be the father of her child.

She hung her head and stared at her socks. If only she could…travel across time. Take a little trip to the past. Have a nice, long talk with her great-great-grandmother Isabelle about love and marriage and—

The letters.

Suzanna's head came up. She stared at the bow-fronted bureau across the room, where she'd put the letters on Monday when Nash Morgan had come knocking on the door. She'd yet to read them, had more or less forgotten them in the misery and upheaval of the past few days.

Suzanna rose from the bed and padded across the hooked rug to the bureau. She knelt and pulled open the bottom drawer. With hands that shook just a little, she withdrew the six envelopes.

Then she went to her desk at the window that looked out on the front yard. She switched on the lamp and sat down to read.

An hour later, Suzanna carefully refolded the last yellowed sheet and put it in the envelope from

which she'd removed it. She neatly stacked the envelopes in a corner of her desk. Then she put her
head on her arms and cried.

She had hoped they would be love letters. And
they were. Love letters written a year after Isabelle
and Kyle's marriage, while Kyle was away on a trail
drive and Isabelle looked after the Big Sky. Isabelle's passion, tenderness and commitment shone
forth in every line. She had loved her husband
deeply.

Suzanna switched off the lamp and sat back in
her chair. She stared blindly out the window, where
twilight had brought the bats and swallows out to
dip and sail through the darkening sky.

"For love," she whispered to the night as the last
lonely tear tracked its way down her cheek. "To
marry for love. Is that so much to ask?"

The night gave no answer. After a while, moving
very slowly, feeling weary right down into the center of herself, Suzanna rose and got ready for bed.
She settled beneath the comforter with a heavy sigh
and waited for sleep to steal all her cares.

But in spite of her weariness, sleep wouldn't
come.

The next day at breakfast, Suzanna's father hardly
spoke to her. He ate his meal in silence, then without
a word took his plate to the sink, rinsed it and stuck
it in the dishwasher rack.

He headed for the back door, but then couldn't

resist turning and demanding, "You made a decision yet?"

She looked at him pleadingly. She really did hate to have this hostility between them. "Dad, I—"

He grunted. "Never mind. I can see you haven't." He left her there.

She lasted through that whole day and another never-ending, mostly sleepless night. Her father barely spoke to her during the day. And later, as she lay in bed, she thought about Nash, wondered what he was thinking out there in his narrow bunkhouse cot. Did he already regret speaking up and offering marriage? Or did he remain steadfastly determined to do the right thing?

Saturday morning, as she was zipping up her jeans, she finally admitted to herself that they were getting tighter. Soon she'd have to buy herself some pregnant-lady clothes.

It was another pretty morning, clear and cool with the promise of a hot afternoon to come. Suzanna decided she'd drive into Whitehorn later, since the pantry needed filling. But first, before it got too hot, she would go riding. She'd have to face Nash to do it, in order not to disrupt his precious training schedule, but she could manage that. She could manage that just fine.

She put on her boots and grabbed her hat and went out to the corrals, but Nash wasn't there. One of the handlers told her that Nash and her father were in the near pasture, putting a first lead on one of the foals.

It wasn't that far to walk. Five minutes later, she found them. They had a set of pipe panels surrounding the mare and the sweet little chestnut foal. They'd used the mare, who was accustomed to such goings-on, to maneuver the frightened foal into a corner. Then her father, halter in hand, slid between the foal and the back panel, blocking escape on that side. Nash stepped up and wrapped one arm under the foal's neck and the opposite hand firmly around the base of his tail. Frank slipped on the halter.

Watching them, Suzanna thought that they worked together as if they'd been doing it all of their lives. Her father was holding the lead rope, stroking the little fella about the face and neck. Nash was making soothing sounds, talking softly, saying reassuring things. The foal tried to toss his head and cried out for his mama.

The mare gave a low, rough snort, a questioning sound.

Nash said gently, "It's all right, girl. We won't hurt your baby."

The mare snorted again and shook herself. Turning her back on the proceedings, she moved a few steps away.

Really, Nash Morgan was a wonder with a horse.

And Suzanna had to admit that he'd been pretty terrific with her, as well. So tender and passionate on their one night together, he'd made her first time a beautiful thing. There was also the way he had held her so kindly, day before yesterday, down by the creek, when she'd almost lost her breakfast right in front of him. And he hadn't made a single mean wisecrack when she told him the baby was his.

And then he had faced her father with her. A lot of men wouldn't have been willing to do that. He'd stepped right up to accept complete responsibility. He'd offered to marry her—well, *insisted* on marrying her, really.

He *was* a good man.

It occured to Suzanna right then that maybe she needed more than some jeans with elastic in the waist. Maybe she needed to face the fact that love wasn't everything. Once, she'd thought she'd loved Bryan Cummings—and look where that had gotten her.

She wasn't her great-great-grandmother. She was only herself, Suzanna, who had made a few mistakes and now ought to be finding the best way to set things right.

Nash Morgan was a good man. She could do a lot worse than to become his wife.

Chapter 5

Her father looked up and saw her. Nash cast a quick glance her way, all he could manage with the foal in his arms. Frank said something to Nash, and Nash slowly backed away from the nervous foal, leaving Frank holding him by the lead. Right away, the foal whinnied and tried to back up.

Nash said, "You okay?"

"Go on." Frank spared him a wave. "The day I can't handle a haltered foal is the day I need to find myself another line of work." The foal yanked on the lead. "Easy, boy," said Frank. "Take it easy, now..."

Nash moved the panel aside and stepped through the gap. He skimmed off his hat. "Something I can do for you, Suzanna?"

She made herself smile. Her mouth kind of quivered at the edges, but it was the best she could do. "Well, I was wondering if maybe you'd go for a ride with me."

They just naturally seemed to head for that same spot along the creek. And when they dismounted, Suzanna felt almost as nerved up as she had the other day.

But somehow she did it. She told him, "I have considered your offer, and I've decided that I will marry you." Her stomach seemed to drop toward her boots as it occurred to her that he very well might have changed his mind. "Er...that is, if the offer's still open."

"It is."

A slightly frantic laugh escaped her. "Whew. That's good. I mean, okay. I mean..."

The tangle of words died in her throat as he grasped her arm and pulled her toward him.

She landed against his chest with a soft little, "Oh!"

He looked at her, roving her face with that green glance of his. "You want me to let go?"

She felt terribly flustered. "I...no. I don't. Really, it's just..."

"What?"

"I...I'm nervous, I guess." She added silently, *And you feel so warm and big and good. So exactly as I remember you feeling...*

"A man usually kisses a woman, doesn't he? When she says she'll marry him?"

"Well, yes. I mean, that's how I understood it. I mean—"

She wasn't really sure what she meant. But it didn't matter, because he lowered his mouth and started nuzzling hers and she didn't have to say anything more anyway.

She didn't *want* to say anything more. He truly was a wonderful kisser. He kissed the same way he talked to a horse. With complete concentration. And also with respect. He knew never to force the issue. He just made the whole experience so lovely, a woman would have to be a total fool to say no.

He nipped her lower lip, then scraped it softly between his teeth. She sighed, her mouth opened a little and the tip of his tongue went roaming there, at the entrance, teasing her with the idea that he just might come all the way inside.

And then he did come inside. He swept the tender wet surfaces beyond her lips with a tongue that knew exactly what to do when it was inside a woman's mouth.

She sighed some more, pressed herself closer to him, there beneath the cottonwood tree. She felt the ridge of his arousal against her belly and she melted down there, her body knowing what was needed of it, going open and ready. His hands roamed her back as the kiss grew ever deeper.

Oh, yes. She wanted him. As she had wanted him

that very first night when he'd come up to her at the long bar in Fanny Annie's and asked if she was open to a little company.

She'd turned to him and looked in his eyes, and suddenly all her misery and humiliation seemed to have happened to some other woman. Suddenly, she felt good about herself. Good about being there in the smoky, loud bar. Good about everything.

A little wild, maybe. A little too ready to risk what she shouldn't.

But good. Very good.

She slid her tongue around his, moaning at the contact, at the wetness and the heat.

Too soon, he pulled back. "Just a kiss," he said, as if reminding them both that they weren't going any further.

She dragged in a big breath and let it out slowly. "Yes. Just a kiss..."

He had her by the shoulders, his strong fingers digging in a little. "This Bryan guy. He still special to you?"

"No." It was easy to say. After all, it was the truth. "I...I realize now it wasn't love with him. It was just..."

"What?"

"...a dream I had. Love and marriage. Walking down the aisle in my great-great-grandmother's wedding gown."

"You hate him now, for walking out on you?"

"No. I just...don't have that much feeling at all

for him. A little sadness and a whole lot of embarrassment that I made such a bad choice in a man.''

He looked...what? Satisfied, maybe. "Good." He was still holding her shoulders.

"What?" she asked, all at once feeling nervous again.

"There were a lot of things you didn't tell me that night. Like your name."

"You didn't tell me yours, either."

"Okay, so we're even on that score. But what about it being your first time? That was a real shocker."

"Well, it didn't seem to stop you."

He had the grace to look abashed. "You didn't tell me to stop. And I didn't want to stop, so..."

"Nash. It's okay. All I'm saying is, you didn't volunteer much information yourself that night. It wasn't a night for talking. We had a lot of fun. And we ended up doing a few things we shouldn't have. And the vital information just never got exchanged."

He smiled a little ruefully, then grew serious again. "You left in the morning, when I was still sleeping."

"It seemed...the best way."

"I wondered if I'd dreamed you or something."

She understood that. Sometimes she'd wondered herself if that night had really happened. At least, at first. But then, when she'd realized she was pregnant, she'd been forced to admit that it had been very, very real.

She glanced at their two sets of boots, so close together, pointing toward each other on the mossy bank. Then she lifted her face to him once more. "You didn't dream me, Nash."

He looked at her for a very long time. Then he shook his head slowly. "No. I reckon I did not."

Her father was waiting when they got back to the home place.

"Well?" he demanded when they rode up.

In a formal tone that plucked at Suzanna's heart-strings, Nash said, "Your daughter has decided that she will be my wife."

That night after dinner, the three of them firmed up the details.

Frank was in an expansive mood. "You'll have that big wedding you always dreamed of after all, Suzanna. Diana will come home and—"

"No, Dad." She cut in before he could get rolling.

Her father drew back in surprise. "Why not? I thought a big wedding was what you always wanted."

"Maybe it was. Once. But I'm through with that kind of foolishness now. And I don't want to drag Diana back here all over again just to see me get married. I think we'd better make it simple. And soon."

Frank looked at Nash, who said nothing for a moment, then shrugged. "I guess Suzanna knows what she wants."

Frank spoke. "A nice honeymoon, then. On me. How's that? Two weeks, wherever you two want to go."

Suzanna and Nash both vetoed that one.

Nash said, "Listen, Frank. Thanks a lot, but I'll pay for my own honeymoon."

And Suzanna added, "I really don't want to make a big deal of this, Dad." She glanced questioningly at her husband-to-be. "Just a few days away, that's what I was thinking."

"Whatever you want."

"Someplace nearby would be nice," Suzanna said. "Since it will only be a short stay."

Nash shrugged again. "I've got a friend who owns a bed-and-breakfast in Buffalo, Wyoming."

Suzanna had been to Buffalo and remembered it as a lovely little town. "Wyoming sounds fine."

"All right, then. Wyoming," Nash said flatly. "We can get the blood tests this week, then get married at the county courthouse next Friday. We'll stay in Buffalo till Tuesday. That'll get us back before Frank leaves for the horse show in Gillette."

"Take your time," her father said. "I can skip the horse show this year."

"There's no need for that," Nash said. "We'll be back on Tuesday." He was still looking at Suzanna. It wasn't a cold look—but it wasn't warm, either.

"All right?" He seemed so distant all of a sudden, not at all like the tender lover who had kissed her at the creek that very afternoon. She wondered if something was bothering him and decided that she'd ask him later.

She said brightly, "Yes. That's fine."

Next, her father announced that he intended to give Nash a share in the Big Sky. The year before, when Suzanna had turned twenty-one, Frank Brennan had seen his lawyer in town. He'd had it fixed so the Big Sky belonged half to him and the other half equally to his two daughters. Now that Nash would join the family, Frank had decided to split his own half with his new son-in-law.

"We'll see the lawyer this week," Frank declared expansively. "We can do it when you two go in for those blood tests and—"

Nash said no before Frank could finish. "I won't lay claim to another man's land—even if I am marryin' his daughter."

"But, son. You'll be part of the family now and—"

"Forget it, Frank. I earn what I own, or I pay for it. If I decide I want a piece of your ranch, then I'll buy in. I won't have you handing it to me as a wedding present."

Her father tried to make him see reason, but Nash wouldn't budge. Suzanna couldn't decide whether to be thrilled at the high level of Nash's integrity— or to start getting worried. She did believe that Nash was an honest man. And an honest man might hesitate to take a chunk of his father-in-law's land if he had doubts about how long his marriage would last.

Frank left them alone a little while later.

They walked out to the front porch together. Suzanna sat on the swing suspended from the porch eaves. Nash hitched a leg up on the railing a few feet away.

Suzanna toed the porch boards, making the swing creak a little on its heavy chain. Far away, a coyote howled at the new moon, which seemed to hang from a star in the indigo sky. In the near pasture, one of the mares let out a high, nervous whinny in response to the sound.

"How old are you, Nash?" she asked.

"Thirty-one. You?"

"Twenty-two." The swing creaked some more. "Strange, isn't it? We're getting married in less than a week, and I just learned how old you are."

He took off his hat and dropped it to the porch boards. "Not so strange, really. Not given the circumstances."

She swallowed. "Yeah. I guess you're right about that. You...ever had the urge to settle down before?"

He didn't answer right away. Her stomach tightened, and she found herself expecting him to say something like, *No, and to tell you the truth, I don't really want to settle down now.*

But he didn't. He replied simply, "I've never been married. Never even been close to it before."

Her lips felt dry. She pressed them together and ran her tongue along the inner seam. "Why not?"

In the light of the porch lamp, his eyes were dark as the bottom of a well. "What are you after here, Suzanna?"

She felt her face pinkening, felt like a person prying into someone else's private business. But he was to be her husband, wasn't he? And didn't that make his private business *her* business, too? "I just...I want to know about you, that's all."

"You want my life story, is that it?" His tone was gentle, as always, but she thought she detected a thread of sarcasm in it.

She answered frankly. "Yes, I want to know everything about you that you're willing to tell me."

Another nerve-racking silence, then he said, "All right."

He began rattling off facts. "I was born in Laramie. My father died when I was seven. I was ten when my mother remarried. My stepfather didn't like me much. He had a mean streak and a big leather belt and he exercised both on me regularly. I never graduated from high school, ran off when I was seventeen, at the beginning of my senior year. That was when my mother died. I didn't see much sense in sticking around there after that.

"I've been on my own since then, working as a ranch hand and then finding I had a certain way with horses. I've called myself a horse trainer for the past eight years and now I'm to the point where I can ask a premium wage for my services. I've got a pickup, two good saddles, an empty gooseneck trailer. And fifty thousand dollars in a bank in Billings against the day that I can buy my own spread." He chuckled, a mirthless sound. "My big dream is to get my own place, which I'm always telling myself I'll do real soon. Fifty thousand doesn't go that far, though. Not in the ranching business. Sometimes, I gotta admit, my big dream seems about as likely to happen as...meeting a pretty virgin college girl in a roadhouse and spending the night with her."

If Suzanna's cheeks had felt pink before, now they felt bright red. Nash was watching her, his eyes intent.

He asked, "Why'd you choose me that night, Suzanna?"

She felt embarrassed to tell him—but it was only fair to reveal a few of her own secrets after the things he had just said to her. "I...looked at you and forgot how unhappy I was. That night, I forgot everything but what it felt like being with you. And, well..."

"Well, what?"

"You made me think of home."

His eyes were velvet-soft and so was his voice when he said, "That's not such a bad start, I guess."

She made a noise of agreement low in her throat,

then dared to ask, "If you want your own place, why didn't you take what my dad offered you?"

His broad shoulders tensed, and the softness left his expression. "I think I made that pretty clear."

Yes, she thought, *you certainly did.* "Because you want to earn what you own. But was that the only reason?"

"It's reason enough."

"It just seemed like something was bothering you when we were talking about the wedding and the honeymoon and...everything."

She waited. He only looked at her, his eyes well-deep once more. She wondered at the way she felt with him. There was a low, constant hum inside her, a waiting, eager kind of feeling, something she'd never experienced with any other man. Arousal would probably be the word for it. Yes. She felt aroused. And utterly at home—yet curiously on edge at the same time. As if she knew him to his soul. As if she didn't know him at all.

It was terribly confusing.

She murmured, "If I said something that offended you while we were talking about the wedding—"

He stood and came toward her. "You said what you wanted, right? What you were willing to do. A plain ceremony, nothing fancy. And a little trip to Wyoming afterward."

She stilled the swing and stared at him. The whole night seemed to hang suspended, between her eyes and his. "I…yes. Nothing fancy. And a trip to Wyoming is great."

"So that's what you'll have." He held out his hand.

She put hers in it and he pulled her up, into his arms.

He kissed her, pressing her against him, so that she forgot everything but the way his body felt along hers. When he let her go, she wanted only to grab him close again.

He stepped back, bent and scooped up his hat. "Good night, Suzanna." He went down the steps and across the lawn, vanishing into the shadows around the side of the house.

She stood there, watching, until he was gone. Then she dropped to the swing again and leaned back in its swaying embrace.

Later, she went into the house and called Diana. She told her big sister the truth. That she'd gotten pregnant the night of the day that Bryan Cummings had left her at the altar. She was marrying the father of her baby—who, as it turned out, was also the new horse trainer their father was so impressed with.

Diana immediately offered to come home. But Suzanna said no. Diana tried to argue. Suzanna remained firm. It was only a simple legal ceremony, after all. Nothing to make a big fuss over. And she and Nash were going away for a few days right after.

"You know I'll come if you need me," Diana said.

And Suzanna answered that yes, of course, she did know. And she was fine. There was no cause for worry.

Suzanna hung up the phone and felt sad. It really would be nice to have Diana there, when she and Nash said their vows. She reached for the phone again.

But she put it back in its cradle before she hit the redial button. After all, Diana had her own life. And Suzanna was a grown-up now. She needed to get beyond silly sentimentality. She'd dragged her sister all the way home to play maid of honor one time already this year. It was enough. This time, the ceremony would be very short. A couple of "I do's," a kiss, and maybe a simple gold band. Not a big deal.

No maid of honor required.

Chapter 6

They were married as they'd agreed, the following Friday morning in a plain civil ceremony. Her father and one of the other horse trainers stood as witnesses. They had lunch afterward at Whitehorn's newest and nicest restaurant, the State Street Grill. Then Suzanna and her husband climbed into his pickup and headed for Wyoming.

Buffalo, Wyoming, was a charming little town. It reminded Suzanna of Whitehorn, with lots of picturesque brick buildings on its wide main street and proud, craggy mountains not far away. Cottonwood fluff blew in the air, just like at home, and the prairie rolled off forever into the distance, the grasses still early-summer green.

Suzanna loved the Clear Creek Inn on sight. It was as old as the house she'd grown up in, with similar dark woodwork, high ceilings and generous-size rooms. Their hostess, Nash's friend, greeted them in the front parlor on their arrival. An attractive red-haired woman who appeared to be in her mid-forties, Emma Marie Lawrence instructed Suzanna to call her Marie and smiled affectionately at Nash—maybe a little too affectionately.

"You two come on now," Marie said. "I'll show you to the room I've saved especially for your honeymoon."

All too aware of the big four-poster lace-canopied bed just a few feet away, Suzanna hovered near the door after Marie left them alone.

"Marie seems...real friendly," she said. Nash set down their suitcases near the mahogany armoire on the far wall and then turned to look at her. She coughed. "So. How do you two know each other?"

He chuckled. "Suzanna. You been listenin' to too many Garth Brooks songs."

She made a face at him. "What is that supposed to mean?"

He'd worn new jeans to marry her in, olive green in color, neatly creased and stacked just right over his tooled dress boots. He hooked his thumb in his watch pocket and slung out a hip, pure cowboy—and purely insolent, she thought.

"Marie's a friend," he said. "And that's all. I worked for her and her husband before he died.

They owned a ranch, ran cattle, about twenty miles out of town.''

Suzanna twisted her wedding band on her finger. It felt so new on her hand—new, but not really strange. She could get used to it very easily.

It struck her again how little she really knew of the man she'd just married. He'd had a hard life— she understood that from what he'd told her the other night. And yet there was that softness about him sometimes, that natural gentleness.

''You...really do like women, don't you?'' The question escaped before she realized it wasn't exactly what she meant. She hastened to amend. ''I mean, you're good with them...er, *to* them, I mean....''

He chuckled again. ''I think that's a compliment you're stumbling all over.''

''Yes, it is,'' she said, relieved he hadn't taken it wrong.

He suggested gently, ''Could it be that you're also asking how many there have been?''

She looked at the pretty Oriental-style rug between them. ''Well, yes. I suppose that I am.''

''More than one.'' He didn't chuckle that time, but she could hear laughter in his voice. ''And less than a hundred. How's that?''

Her head came up. She could feel the color in her cheeks. ''It's not very specific, if you want the truth.''

Now he looked rather solemn. ''I'll tell you this.

I take my promises seriously. Today, I promised to be true to you. And I will.'' He looked at her sideways then. "You gonna be true to me?"

Though she knew it was a tad unreasonable, she felt vaguely put out with him for even having to ask. "Of course I will."

"You sure? After all, I was your first and only...so far. Maybe you'll end up regretting that you didn't try out a few more before ending up with me."

"Well, I will not. Not the way *you* mean, anyway."

"And what way do I mean?"

He honestly was beginning to irritate her. "That's not fair."

"You started it. And why wouldn't you wonder about other men? You said yourself that you're not in love with me."

She glanced away from the strange light in his eyes, then made herself face him. "Why would I want some other man touching me, with the way it was that night between us?"

His smile was slow, the sweetest thing she'd ever seen. "You liked how it was that night, between us?"

Her belly was hollowing out, and that lovely, shimmery feeling had started moving all through her. "Yes. I liked it. I liked it very much."

He cast a glance toward the four-poster. "That's a nice, big bed."

She had to cough again. "Yes. I noticed that."

"Got something in your throat?" He started toward her. "Let me have a look."

Opposing urges struck simultaneously—to run forward into his arms or to back up against the door. She gave in to neither and held her ground. "There is nothing in my throat."

"Well, good." He reached her. "And as long as I'm here, I might as well kiss you." He put his finger under her chin and tipped her face up. "Would a kiss be agreeable to you?"

That wasn't hard to answer. "Uh, yes. A kiss would be very nice."

He obliged, settling his mouth so tenderly over hers. She felt his smile against her lips, and she sighed.

He kissed her for a very long time. It felt just wonderful. And it seemed perfectly natural that he would begin undressing her as he kissed her.

Slowly, he undid the front buttons on her dress. Then he peeled the dress open and slid it over her shoulders. It dropped to the floor.

She stepped to the side, free of the dress, and he went with her, his lips still playing over hers, taking her slip straps in those gentle fingers of his and guiding them over her arms. She held her mouth to his eagerly, kissing him back as she shimmied the slip down and over her hips.

Next, she kicked off her shoes, her heart pounding

deep and hard, all of her warm and quivery and hungry for the pleasure she knew he could bring to her.

Being married to someone who knew how to kiss definitely had advantages, she decided, as he took away her bra and then pushed at her panty hose. She had to break the kiss to wiggle out of them.

When she tossed the wad of nylon aside, he was looking at her. She felt just fine, having him look. He had looked at her on *that* night, and it hadn't bothered her at all then, either. Of course, then the room had been swathed in shadow. Now, the sun shone golden and bright beyond the lace-curtained double-hung windows.

But even with the light so bright and unforgiving, she didn't mind. It seemed a natural thing, to be naked with him.

He brushed the back of his index finger over her breast, which she knew was fuller than it had been the last time. The nipple was pebbled up, hard and pouting with her excitement.

He touched her belly. "I can see the roundness now."

She looked at his hand, then laid her own over it, thinking of the baby, so tiny inside her, the hands of both father and mother pressed so close right then. Could he—or she—feel that? Was it possible the baby knew?

She looked at Nash again.

He said, "Your eyes are shining."

"It just hit me. There really is a baby inside me.

And everybody who should know about it does know about it. I don't have to be so…miserable anymore. I don't have to be so worried. I can just…''

He hooked his free hand around her neck, under the waves of her hair. "You can just what?"

"Well, I can get on with living, I guess."

His hand was warm and rough on her neck, massaging, making her sigh a little. "And that's good?"

"Yes. That's wonderful."

He caressed her cheek, ran the side of his finger over her lips. She opened her mouth a little and touched that finger with her tongue. And then, with a low sound, he hauled her close again. He kissed her deeply, then lifted her high and carried her to the bed.

He laid her down carefully, as if she were the most fragile of women. And then he stood back to remove his clothes.

Once he was naked, too, she held up her arms to him. He came down to her, laid his hard, lean-muscled body against hers. He kissed her breasts and her belly, where their baby lay sleeping. And then his mouth went lower. He parted the tender folds and kissed her in her most private place, slow and gentle, then deeper, until she clutched his head and moaned and writhed on the white sheets.

It wasn't long before she hit the peak. Pleasure pulsed and cascaded through her, clear and pure as water from some deep mountain spring. He held her hips in his rough hands and continued his endless, intimate kiss until the waves of pleasure faded to a soft, lovely glow.

Then he slid up her body and he filled her.

He rode her slow and sweet at first, putting his big hands on either side of her head, tangling his fingers in her hair. He looked at her as he moved within her, his eyes moss-green, full of color and light.

Again, her climax rolled through her, starting slowly this time and increasing in intensity. Her body bowed toward him. He rode her harder. She wrapped her legs around his lean hips and clutched him to her heart, hitting the peak a second time as she felt his completion taking him. They cried out together as fulfillment sang through both of them at once.

I love you. I love you, Nash. The words came into her mind and echoed there, insistent, unwilling to fade.

But of course, she didn't say them. She was not the foolish, romantic child she had once been. She desired him. She loved making love with him. They were going to have a baby. And he had married her to do the right thing.

Love was something else again. Love took time to build. After what had happened with Bryan, she'd learned her lesson. A woman could fool herself too easily when it came to loving a man.

A while later, they bathed and got dressed and took a long walk along Clear Creek Trail, which

wound its way through the heart of the town. Box
elders and willows shaded their progress, and they
picked out patches of wild roses, yellow monkey
flowers and the little five-petaled faces of blue flax
along the way.

Blackbirds and magpies chattering at them as they
went, Nash talked of the future. He told her that he
and her father were making plans to improve on the
already solid reputation of the Big Sky. They were
going to make some changes to the breeding program, become even more selective as to which
mares they used for breeding stock. And they
planned to buy a few more top-quality stallions.
With Nash around to supervise the training, Frank
hoped to enter more of their horses in quarter horse
shows and rodeo competitions.

"We want to build ourselves a reputation for raising more than just solid working horses," Nash said.
"We want to be known as the best quarter horse
outfit around."

Suzanna listened and encouraged him and thought
that maybe all her fears had been groundless, after
all. Until now, he might have been the kind of man
who'd spent most of his life moving from one ranch
job to the next. But right then, he sounded like a
man who liked where he was and had no intention
of leaving. Her heart felt lighter the longer he talked.

They ate at a nice place on Main Street, and they
talked money. How much it would cost to buy those

stallions they needed. How much they had—and how much they'd need to borrow. Since she handled the books, Suzanna had a pretty good idea of what it was going to require.

Her heart soared when he teased that he knew where they could get fifty thousand easy. It wasn't near enough, he said, but it would help, wouldn't it?

"It certainly would," she agreed with alacrity, thinking that his willingness to invest his life savings was just more proof that he truly did intend to settle down for good—on the Big Sky, with her and their child.

They lingered over dessert. He talked of some of the outfits he'd worked for over the years and asked her how she'd liked college out in California.

"I'll tell you this," she replied. "I always knew I'd come home."

He looked at her quizzically.

She leaned toward him across the table. "What does that look mean?"

He shrugged. "We're having such a good time. I don't want to ruin it by asking the wrong thing."

"Go on, say it," she told him. "I can take it, whatever it is."

He looked doubtful, but he did confess. "I was just wondering what that fiancé of yours knew about horse ranching."

"You were, huh?" She wrinkled her nose at him. "Yeah. I was."

"Well, then, I'll tell you. Bryan Cummings didn't

know a thing about horse ranching—and he didn't
want to know a thing about it, either.''

"Then why did *you* want to marry him?''

She fiddled with her teaspoon, stirring the tea the
waitress had brought her, though by that time it was
too cold to drink. ''To be embarrassingly honest, I
hadn't thought a lot further than the wedding and
the honeymoon. Bryan had a job lined up in San
Francisco, working for an organization called the
People's Antipoverty Brigade. I was going to move
there with him. But in my heart, I knew that somehow, eventually, I would convince him to give all
that up and move to Montana with me.'' She tapped
the teaspoon on the side of the cup and set it carefully in her saucer. ''Pretty foolish, wasn't I?''

Nash said nothing, only watched her with a bemused expression on his rugged face.

She added, ''The fact is, the best thing Bryan
Cummings ever did for me was to run off and join
the Peace Corps on our wedding day.''

A smile was flirting with the corners of Nash's
mouth. ''But you didn't think so at the time.''

She lifted her chin. ''No, I did not. At the time,
I went a little wild.''

"I guess you did.'' He reached across the table
and took her hand. ''Wild enough to pick up some
no-account cowboy and spend the night with him.''

"I beg your pardon.'' She captured his thumb inside her fingers and gave it a squeeze. ''That cow-

boy was not a no-account. That cowboy was my future husband.''

They laughed together, and Suzanna knew with absolute certainty that everything was going to work out just fine. She was happy at that moment, holding Nash's hand across the table, happy in a way she hadn't been in a long, long time.

Maybe, she thought, she'd never been quite this happy. Never known this lovely, *fulfilled* kind of feeling, with her baby lying peacefully under her heart and her husband's hand surrounding hers and their shared laughter in her ears.

They returned to the Clear Creek Inn at a little after ten. Suzanna had barely shut the door behind them when Nash reached for her and started kissing her and taking off her clothes.

She kissed him back and unbuttoned his shirt for him, laughing a little at her eagerness to do again what they'd already done just a few hours ago.

He barely got his jeans and boots off before he was lifting her, guiding her legs around him and sliding inside her. Her body gave him not the slightest resistance. She was wet, primed for him.

She held his broad shoulders and let her head fall back, moaning. He put his mouth at her neck, licking and sucking, walking backward until he got to the bed.

Once there, he sat down, with her in his lap, her legs wrapped tight around his hips. It felt so wonderful, she couldn't help but cry out. Maybe she cried a little too loud, because he put his hand over her mouth as those waves of fulfillment cascaded through her again.

Then he finished, too, and she returned the favor, kissing him to keep him from shouting the house down. Finally, they collapsed across the bed, snickering together like a pair of very naughty kids.

They fell asleep sometime after midnight, dropping off with their arms and legs twined together, so that Suzanna's last thought before sleep claimed her was that it was hard to tell where she ended and he began.

It seemed to Suzanna that the three days that followed were a little bit of heaven on earth. They explored the wilderness area outside town together, visited the huge, spring-fed tree-shaded public pool—the largest in Wyoming, everyone said. They studied the contents of the glass display cases in the Jim Gatchell Museum, then walked the narrow halls of the historic Occidental Hotel, where the Virginian finally got his man.

They talked and they laughed. They made love at every opportunity. And they slept close together.

Oh, how Suzanna loved that, dropping off with Nash all wrapped around her—and then maybe coming half-awake a little before dawn, with his arm across her waist, his broad chest warm and solid at her back. She felt so *close* to him then. As if they'd been sleeping that way for years and years. Just an old married couple, close and safe and intimate in the big canopy bed. She would drift back to sleep with a smile curving her lips.

Monday night, the last night of their brief honeymoon, they stayed awake very late, making love and then whispering together about nothing in particular, then making love again. When they finally fell asleep, it was after two.

Suzanna woke sometime later to a feeling of...absence.

Nash had left their bed.

She opened her eyes and dragged herself up against the headboard.

He was standing at the lace-curtained window, looking out at the night.

"Nash? What's wrong?"

He dropped the edge of the lace panel and turned to her, the muscles of his powerful shoulders gleaming silver, limned in starlight.

"Nothing." His voice was flat, lacking emotion, the way it had been that night they planned their marriage, when she had sensed that something was bothering him, though he'd later told her it wasn't so. She peered at him through the darkness, seeking...what?

She couldn't say exactly. And she couldn't see his eyes. The only light came from outside, behind him. He seemed a stranger all over again at that moment, a stranger in her bedroom in the dark. She

could have switched on the lamp, but something
held her back from that, some feeling that he wanted
the darkness and too much light would only make
him turn away from her.

She waited, longing for him to come to her. When
he just stood there, she couldn't bear it and held out
her hand.

He did come then, the shape of him so perfect
and male and beautiful to her, lean and economical,
all hardness and ready power. He took her hand and
sat on the bed beside her, leaning his body across
hers, bracing his other hand on the mattress near her
hip.

At last, she could see his eyes. He looked at her
probingly. "It's good," he said. "This thing between us."

Much better than good, she thought. But all she
said, very softly, was, "Yes."

"You really think it's going to last?" He tried to
sound offhand, yet there was such intensity in his
eyes.

She took time before she answered. It seemed
very important that she give him a thoughtful reply,
not just toss something off.

He spoke again before she could come up with
the words she sought. "In my experience, nothing
lasts all that long. Look at us, that first night. It was
good then, wasn't it?"

She nodded.

He finished. "And then, in the morning, you were gone."

She licked her lips, swallowed. "Nash. I thought you understood how confused I was that night."

"I do understand. I'm not blaming you. I'm just saying that you did leave."

"I'm not going anywhere now. We're married now."

He looked so sad. "A marriage is a promise. And sometimes, even when people have the best intentions in the world, promises get broken. When my real father died, I remember my mother trying to get me not to worry. She promised she'd take care of me. And I believed her. I knew she loved me a lot and she'd never have done anything to hurt me. But in the end, she married my stepfather, and she didn't take such good care of me, after all. She broke her promise, even though she never meant to. He was so damn mean. She never could stand against him, even for my sake."

"Oh, Nash. I'm so sorry." She put her hand on his shoulder, a touch meant to soothe. He still bore very faint, pale welts there, fine lines of scar tissue, where the cruel belt had struck. She could feel them, just barely, beneath the pads of her fingers.

Carefully, he shrugged out from under her touch, a gentle but firm rejection of her sympathy. She let go of his shoulder—but not of his hand. That she held tighter than before.

She told him steadily, "I won't break my promise

to you, Nash. And I know we can make it last. If
we stick together, if we work hard to stay open to
each other, to build a good, honest life.''

He looked at their twined hands. ''A good, honest
life.'' He glanced up. ''Sounds real solid.''

''I think it could be. I think we could make it that
way.''

''You think what we have is solid?''

''I said, I think it could be solid.''

''You're only twenty-two. You've got a college
education and you come from a good family. If I
hadn't slipped up and forgotten to wear a condom
that one time, you would never have—''

''Nash.'' She reached out, brushed his dark hair
off his forehead.

''What?''

I love you. There were those words again.

But wouldn't that be too easy, just to say those
three words?

She needed time to make sure the words were
true. To *earn* the right to say them to him, the same
way Nash wanted to earn what he owned.

''We're married,'' she said, instead of *I love you.*
''And I want to make it work. I honestly do.''

He squeezed her hand, and his eyes seemed to
lighten a little. ''All right.'' He looked at her for a
long moment, then he leaned forward and kissed her,
a kiss that started out sweet and quickly turned hungry.

Soon, neither of them felt much like talking anymore. He slid under the covers with her and he loved her again.

And later, when she wondered what had gone wrong, she couldn't help thinking that whatever it was, it had started right then, when she'd awakened to find him at the window and hadn't known what to say to ease the doubts in his mind.

Chapter 7

They drove home after lunch the next day. Nash was quiet during the drive, but then Suzanna didn't feel much like talking herself. They'd been up so late the night before. She was tired—and a little sad, as well. Their honeymoon had been lovely. Too bad it had to be over so soon. She wouldn't have minded a little more time just for the two of them, time to get past the doubts that had troubled him last night.

At home, the ranch would make its demands on them. They'd have their nights together. But long, leisurely hours in each other's company would be harder to come by. She was jealous of that, she realized with some surprise. Jealous of the hours they couldn't be together.

Which was silly and childish and extremely self-indulgent. They had a horse ranch to run, for heaven's sake. Life was not a honeymoon—darn it, anyway.

She must have sighed or done something to betray her melancholy mood, because Nash turned to her with a worried frown. "You all right?"

She sent him a wan smile. "Fine. A little tired, I guess."

His frown deepened. "Maybe you'd better call Doc Winters when we get to the ranch."

Now she was frowning, too. "What for? You know I saw him just last week. He said everything was fine." Nash had gone with her for her first pre-natal visit, on the day they got their blood tests.

"But if you're feeling sick—"

"Nash, I'm not sick. I've been feeling just fine for days, as a matter of fact." And she had. The morning sickness that had dogged her for over a month had faded the past week or so. "I'm just a little tired." *And our honeymoon is over and I wish that it wasn't.* "I need a nap, not a visit to the doctor."

"I still think you should—"

"I said I am fine." She hadn't meant to snap at him. It just came out that way, impatient and angry-sounding.

He turned back to the road.

"I'm sorry," she said softly.

"For what?"

"Sounding so mean."

He shrugged and said it was okay, but he didn't say another word the rest of the way.

When they got home, he insisted that she go upstairs and take the nap she needed.

She didn't argue with him. She thought a nap was an excellent idea. An idea that would be even more excellent if her husband agreed to take a nap, too.

She gave him a look from under her lashes. "I will, if you'll come with me."

He shook his head. "I'd probably better go on out and find Frank. I'll let him know we're home, see what needs doing around here and get after it."

She knew he was right, of course. Besides the breeding and training of horses, there were always fences that needed mending and ditches that required burning. Not to mention hay fields to tend and cattle to look after. The herd they kept was small but necessary. You couldn't train a good cow horse without cattle for the animal to practice on.

Suzanna made a sour face. "Oh, all right. Go on and get back to work." She thought of their room at the Clear Creek Inn and had to suppress more sighing as she wished they were still there.

Nash went upstairs with her briefly, to their new room, the one in the southwest corner that had once been Diana's. It was a little larger than Suzanna's old room, and it had its own bathroom, too. Last week, before the wedding, Nash and Frank had moved Suzanna's queen-size bed in there, along with her bow-fronted bureau and an extra dresser for Nash.

Suzanna kicked off her shoes, stretched out on the bed and watched her husband change into work clothes. He came close and bent down to kiss her on the forehead before he left.

"You could at least give me a real kiss, since you insist on leaving me here alone," she muttered grumpily.

He chuckled. Was that the first time she'd seen him smile all day? "A real kiss, huh?"

"Uh-huh. On the lips. Like you mean it."

He did just that. Then he stood tall above her. "Rest now," he commanded.

"Oh, all right." She sat up, punched at her pillow, then flopped down again.

"Don't worry about dinner," he said before he went out. "Frank and I can rustle up something."

"No way will I be on my back at dinnertime. I'll cook. And you'll eat it."

He really was grinning now. "Yes, ma'am." And then he left.

Suzanna closed her eyes.

When she opened them again, it was after five and she felt rejuvenated. She got up and went downstairs and pulled some cube steaks from the freezer.

Nash and her father came in at a little after six, both covered in mud acquired while hauling a stubborn bull out of the pond in the south pasture. Suzanna sent them upstairs to get cleaned up and had the dinner on the table when they came down.

Frank asked how his daughter and his son-in-law had enjoyed their stay in Buffalo. Suzanna told him all about the beauty of the northeastern Wyoming countryside, about how homey and comfortable they'd found the Clear Creek Inn.

Her father's smile was knowing. "Sounds like you two had yourselves a real good time."

Suzanna felt the warmth in her cheeks. Why, she was blushing like some silly fool. She shot a glance at Nash, who said calmly, "Yes. A real good time."

"Well, I'm glad to hear it," her father replied, his tone grave, his eyes gleaming.

Suzanna picked up her fork and paid attention to her cube steak. Soon enough, as always, the talk turned to horses.

After they'd eaten, Nash and Frank went out to look over the training schedule together. Nash needed filling in on how the colts had performed in his absence.

Suzanna didn't know what time her father came in, but Nash didn't appear till after eleven.

Suzanna was already in bed. She sat up and turned on the lamp when she heard the bedroom door creak slowly open. Her husband stood in the doorway, his boots in his hand, squinting against the sudden burst of light.

"Er, sorry. Thought you'd be asleep...."

She knew immediately what he'd been up to. "Having a few belts with the boys, huh?"

He shoved the door shut and set his boots down. "They had to have a li'l toast, to the new bride-groom."

She shook her head. "Looks to me like it turned out to be more than one toast."

His mouth flattened out. "You mad?"

She smiled. "No." And she wasn't. She'd been irritated earlier, when he hadn't come in by eight or by nine. But then she'd given herself a stern talking-to. They weren't at the Clear Creek Inn anymore. He had his work to do, and he had a right to a little free time of his own, as well.

Besides, she'd reasoned, harping at him wasn't going to help lure him to her side. She had better ways to do that. Like wearing her prettiest little shorty nightgown, the pink one with the matching pink lace panties, which Nash had told her made a man think only of getting to what was underneath.

She lifted the covers and held them open for him. "Come on to bed."

Something happened in his face. Something almost too painful to witness. She dropped the covers and leaned toward him. "Nash. What's wrong?"

He cut his eyes away. "Nothing. I think I'll brush my teeth first."

"Are you sure you're—?"

He didn't even let her finish her sentence. "I said

there's nothing." His voice was rock-hard. "Turn off the light. I'll be there in a minute."

She obeyed him, rather numbly, wondering what she had done to make him look at her that way, as if she'd cut him to the quick somehow. She'd only smiled at him, held open the covers, sweetly suggested that he come on to bed.

She heard his feet whispering across the floor. The bathroom door opened and then clicked shut. There were the sounds of water running, of the toilet flushing.

Finally, the door opened again. A wedge of light fell briefly across the bed, then winked out. He came to stand over her in the dark. She heard the rustle of his clothing as he undressed.

Then he slid in next to her.

They lay there in silence.

Strangers, she thought. Strangers all over again...

Right then, their honeymoon closeness seemed like no more than a dream. A wishful fantasy of her yearning heart. The same as their first night had sometimes seemed to her, far away, unreal, something magical and wild that had happened to someone else.

"Nash," she whispered into the darkness. "Something *is* wrong. Just tell me. Just—"

He lifted up and canted over her so suddenly that she gasped. "I told you. Nothing." She smelled whiskey and toothpaste and that arousing scent that was only him. The three-quarter moon shone in the front window, its silvery light catching in his eyes. Feral and dark, those eyes. The eyes of a stranger.

But then he breathed her name. "Suzanna." He looked at her mouth.

A small, lost cry escaped her.

He took that cry, lowering his lips to hers and drinking the sound as if it were liquid, her need, her confusion, her desire to share again what they had so briefly known.

Together.

His rough-tender hand found her thigh and trailed under the short hem of her gown. He traced the elastic of her lace panties with a finger, then hooked that finger under them. She lifted herself, her mouth still locked with his, so that he could pull them down.

Then he raked the gown upward, the lace abrading her skin in the most erotic way. He found her breast, his hand closing over that fullness with heat and undeniable possession. She surged toward his touch—and he let go, only to take that burning touch lower. He found the female heart of her, found it ready, open, weeping for him.

He swallowed another of her lost, hungry cries as he slid on top of her, positioned himself and, with a quick pulse of his hips, came into her.

She cried again, the sound muffled, as her other cries had been, by his consuming kiss. He pushed into her, pulled back—and waited. She whimpered. Still, he held himself just slightly away.

She could not bear that, the feel of him inside,

but not fully. Hers but not completely. And he went on kissing her, driving her wild with his lips and his tongue, while down there he kept himself just a little away.

With a low sound of pure need, she shoved her hands under his arms, swiftly, forcefully, so that he had no time to stop her. She grasped his hard hips and pulled him sharply in to fill her again.

He moaned into her mouth then. She surged up, tighter, closer still.

And at last, he gave in to her. He moved with her, rocking into her, rocking back, rolling to the side, so that she was on top, then rolling again, to end up above her.

She rolled with him, clutching him close, wild and needful, alive to each separate, delicious thrust. She kissed him as he kissed her, in a never-ending, liquid pulse of purest sensation. The sensation spread out, a ripple in a pond of light, traveling wider and wider in a bright, burning circle, until it encompassed the room, the night, the moon and all the stars in the dark Montana sky.

Finally, he pushed in so deep, deeper than any of the thrusts that had gone before. She held him, felt his satisfaction taking him in a long, hard shudder. She shuddered in kind.

He said her name again on a low, endless groan.

And then it was over, leaving her limp, her body fulfilled, her mind and heart sad and just a little bit empty.

"Nash?"

He slid to the side and gathered her close, the way he'd done each of the four wonderful nights in Wyoming, so that her back was against his chest, his legs cradling hers.

"Sh. Go to sleep now." He brushed her hair aside, kissed her nape.

"But, Nash—"

"Go to sleep, Suzanna."

Almost, she tried again. Almost, she softly pleaded, *Please. Talk to me....*

But no.

Not tonight. She'd tried over and over again already tonight, and each time he'd rebuffed her. He'd made it so painfully clear that he wasn't in a talking mood.

Let it go for tonight, she thought. There will be time. Soon, very soon, I'll get him to talk to me, to tell me what's wrong.

Suzanna closed her eyes. She concentrated on relaxing, on how good and right it felt to have her husband's arms around her. Eventually, she managed to drop off to sleep.

Chapter 8

Frank left for Gillette on Thursday. From the horse show there, he'd go on to visit an old school friend in Colorado. He'd decided to stay in Colorado a bit longer than he'd originally planned. For three weeks, Nash and Suzanna would have the house to themselves.

Surely, Suzanna told herself, the privacy would be good for them. The intimacy they'd known at the Clear Creek Inn would be theirs again.

She tried, in the mornings before Nash left the house and in the evenings when they sat alone at the table, to reach out to him. At first, by asking what was bothering him.

When she saw that her questions only made him

close up tighter against her, she tried to talk of safer things. Of his plans for the breeding program, of which shows he wanted to see their horses enter in the months to come.

He would answer her questions, but he never really volunteered anything. More and more she felt that their conversations were like strained interviews. She asked, he answered—and then there was silence unless she asked something more.

For a few too-brief and shining days, she had thought she was coming to know him. Now she wondered if what they'd shared in Buffalo was all she would ever really have of him. A memory of closeness slipping further and further off into the past.

In the first few days after Frank left, when her work in the office was done and the house in order, she would get out Isabelle's letters and read them again and again. She was seeking some clue, some sign from her ancestor, something that would tell her what she needed to do to make her husband open his mind and heart to her again.

Isabelle wrote of an amulet given to her on her wedding day by Kyle's Cheyenne aunt, Mae, an amulet that Mae had promised would secure Kyle's love for all time.

Was that what Suzanna needed? An amulet to charm him? Unfortunately, no distant Cheyenne relative had appeared to provide one.

Suzanna racked her brain for new ways to reach

him. She went to the corrals every day, ready to ride
any horse he would put her on, being helpful and
hoping that he might ride with her.

He always had some reason he couldn't accom-
pany her right then. He would tell her which colt to
choose and what to watch for in the animal's behavior, and then he would leave her to ride out
alone.

She tried enlisting his aid in fixing up her old
room for the baby. On the last Thursday in June,
when her father had been gone exactly a week, she
drove all the way to Billings to get wallpaper books
and fabric samples to share with Nash. He barely
glanced at them.

"Whatever you want to do," he said, "that's fine
with me."

Every night he went out after dinner and didn't
come in until very late. She would lie in their bed
alone and listen for the sound of his pickup leaving.

But he never went anywhere—except out to the
bunkhouse with the other men. Suzanna knew what
went on out there, and it was nothing to worry about,
really. They played cards, watched TV, drank a few
beers.

She kept telling herself that as long as he only
went to the bunkhouse, it didn't really mean anything. He'd spent half the nights of his life in a
bunkhouse, after all. He was used to hanging out
with the boys. He felt at home there.

Now that was depressing. Her husband felt more

at home in the bunkhouse than with her. And depressing wasn't the only word for it.

It was scary, too. It made her fear that her original doubts about him ever truly settling down had been valid. That the real Nash Morgan was the cowboy she'd called Slim, good to horses and to women but not someone likely to stick around for too long.

Some night, and some night soon, he wouldn't just visit the bunkhouse. He'd get in his pickup and he'd head for a place like the one where she'd met him. He'd stay out all night and he'd come home smelling of whiskey and some other woman's perfume.

Maybe she'd forgive him. The first time.

But eventually, she'd run out of forgiveness.

And he would run out of patience with staying in one place.

He would leave her, with his name and his baby to remember him by.

Lord, it made her sad to think that.

Or at least, it made her sad at first.

But soon enough, as the days went by, she stopped being quite so sad.

She started to get mad.

She stopped trying to reach out to him, to get him to talk to her, to coax him to show an interest in the baby's room or to share with her his plans and dreams. She fed him his meals and she spoke to him only when necessary, and at night, when he came in late, she turned on her side away from him and pretended to be asleep.

On the first Thursday in July, when Frank had been gone for two weeks, Suzanna woke to the awareness that she did not intend to keep on like this.

She rolled over, toward the still form of her husband. He slept on his side, with his back to her. They both slept like that now, hugging their separate sides of the big bed, like strangers on a large, soft raft, floating in a vast sea of words not spoken.

Strangers.

Yes. Strangers so careful of intruding on each other's space.

It had to stop. She didn't care anymore if it drove him away for good. She was going to confront him. And, one way or another, she would make him listen to what she had to say—whatever it *was* that she had to say. She wasn't really sure yet what that should be. But she would find the words somehow.

As she glared at his back, he stirred.

Without turning her way, he pushed aside the covers and left the bed.

"Nash?"

For a determined woman with real anger in her heart, her voice sure did come out soft—barely a whisper, really.

Either he didn't hear it or he didn't want to hear it. He went into the bathroom and closed the door.

He got away from her at breakfast, too, slipping out while her back was turned as she went to clear the table. And then he didn't show up for lunch.

But he did come in at dinner. He went upstairs to clean up. She waited until he'd had time to get into the shower before she followed him.

When he emerged from the bathroom, he found her sitting on the bed. He gave her a quick glance, then ignored her as he swiftly dressed in clean clothes.

He'd sat in the corner chair to pull his boots on when she said in a clear, concise tone, "Nash, I don't know what I have done to make you turn away from me, but I want you to give me a chance to understand. I want you to tell me what it is that's been eating at you for the past two weeks." She stopped, breathed, swallowed and added, "Please."

He pulled on his right boot and then the left. Then he planted both boots firmly on the floor and looked at her.

He looked for a long time, his gaze running over her face. She had no clue what he might be thinking. Was he studying her to gauge how much she could take? Or *memorizing* her? That was what it felt like. As if he were storing her face in his memory.

But why would he need to do that? Unless...

No, she would not think that. She wouldn't. He was not planning to leave her. He couldn't be....

At last, he stood and told her gently, "Suzanna.

You haven't done anything. There's nothing wrong.''

She gaped at him. And then she couldn't help it. She let a growling sound rise up from her throat and she said, "You are a liar, Nash Morgan. A damn liar, and you know it."

He sighed. He had the nerve to stand there in front of her and to *sigh*. "Suzanna..."

She fisted her hands, though what she really wanted to do was grab something and throw it at him. "You have been strange since the last night we were in Buffalo. I don't like it. I want it to stop. I want you to tell me—"

He raised a hand. "I'm going out."

She jumped to her feet. "No. No, you are not going out. You are going to stay here and—"

But he was already at the door to the hall. "Don't wait up."

"Nash!"

He didn't stop. He just kept on going, into the hall and down the stairs. She heard the front door shut.

She rushed to the window and watched him walk out the front gate. He left her line of vision as he headed in the direction of the wagon shed.

She knew what was coming.

And she was right.

Moments later, she heard the roar of an engine. His pickup appeared, swinging into the drive. He sped off, leaving a high trail of dust in his wake.

Chapter 9

Suzanna's righteous anger failed her as she watched Nash race away from her. She stood at the window for a long time, until all the dust of his leaving had settled. Until the shadows began to lengthen and the bats came out.

Then, at last, she went downstairs, cleared the clean dishes off the table and put the untouched dinner away in the refrigerator. That accomplished, she climbed the stairs, took off her clothes and soaked in the bathtub for an hour and a half.

Then she put on another shorty nightgown—the blue one this time—and she got into bed.

The hours crawled past. She did try to sleep, but sleep wouldn't come and relieve her of her misery.

So she just lay there, staring at the ceiling, rolling over, hitting her pillow to try to fluff it up a little, lying down, staring at the wall.

It was after two when she heard his pickup again. She threw back the covers and raced to the window. He stopped in the turnaround outside the picket fence. She watched him emerge from the driver's side, slam the door and approach the gate. He strode up the walk and then disappeared beneath the overhang of the front porch.

She was standing by the window, in the dark, when he came in the room. He paused in the doorway.

"Mind if I turn on the light?"

"Go ahead."

She blinked at the brightness when he flicked the switch. When she opened her eyes again, he was striding to the closet.

He got out his big, battered canvas duffel, carried it to a chair by his dresser and started pulling his clothes from the drawers.

Apparently, he was leaving her.

Her worst fear coming true.

She asked softly, "Have you been with some other woman tonight?"

He froze, turned to her. His eyes looked dead. "No."

She believed him. But it didn't make her feel any better.

"Where are you going?"

"Into town, for the night at least."

"And then?"

He paused in the act of pulling open a drawer. "Suzanna. Face it. It's time I moved on."

"Moved on?" She echoed his words as if their meaning eluded her. Then she cast about frantically for all the reasons he couldn't leave. "But...what about the Big Sky? What about all your plans? What about my dad? My dad *depends* on you."

He started piling socks and underwear into the duffel. "The Big Sky and your dad were getting along just fine before I showed up."

"But he—we...we *need* you."

"No, you don't. You needed my name. So our baby wouldn't be a bastard. And you've got it. For as long as you want it."

"No. No, that's not so. It's not just your *marrying* me. It isn't. I need *you,* Nash. I need you as my husband. Our baby needs you."

He shook his head. He didn't even glance at her. He only went on loading up that duffel bag.

Her legs didn't feel all that steady. She made them carry her to the end of the bed and then let herself sink down onto it.

He left the duffel. She watched him stride across the hooked rug and disappear into the bathroom. She stared at the open bathroom door, wishing, *yearning,* for the right words to come to her, the words that would make him change his mind and stay.

A few minutes later, he returned with his shaving gear. He put it in the bag with everything else.

She sucked in a tight breath and made herself speak with excruciating civility. "Would you mind, now that you're going, just telling me why?"

He froze—and he turned and looked at her. "Why?" he said. She wasn't certain what he meant. Maybe, *Why do you want to know?* Or just, *Why?* all by itself, just repeating her own question back at her.

She licked her dry lips and smoothed the lace of her skimpy nightie over her thighs. Her throat felt as if someone was squeezing it. She had to work to suck in a deep breath, but she managed it. Then she attempted to explain herself.

"It seemed, at first, that we were doing so well. I just don't understand, that's all. Where did it go wrong?"

"It doesn't matter." His voice held no inflection. But there was something in his eyes, something that told her it mattered very much.

"I think it does." She got the words out in a whisper. "I think it does matter, and for some reason, it's...terribly hard for you to say it. Harder than just picking up and leaving me."

He seemed to have forgotten the duffel and all the clothes he'd stuffed into it. He stood there, arms limp at his sides, staring at her.

She pulled in more air through her constricted throat and suggested quite reasonably, "After all, you've had a lot of practice at leaving. But telling your wife what she's done to...hurt you. Well, I'm pretty sure you have never tried that before.''

''It's not your fault.'' His voice was harsh—yet somehow tender at the same time.

''But there is something?''

A muscle worked in his jaw. ''Nothing you can do anything about.''

''Well. That may be so. But if you told me, it would...help me.'' She felt a smile quiver across her mouth as she added, ''Men keep leaving me, have you noticed? And it would be nice if someone would tell me why.''

''Suzanna...'' He took a step toward her, then seemed to catch himself and stayed where he was. ''I haven't got a clue why that fool you were going to marry before joined the Peace Corps.''

''Well, okay. But you. Why are *you* leaving?''

His mouth worked. She really thought he was going to tell her the truth. Then he loosed a crude oath and muttered, ''Just...leave a man a little pride, won't you?''

''What? I don't—''

''Just let it be!'' He shouted the words.

She ordered strength into her legs and made herself stand. ''No, Nash. I can't. I really can't do that. I want you to tell me. I *need* you to tell me. Why are you leaving me? What have I done?''

He swore again, and his expression was thunderous. "All right. All right, since you just have to know." She waited, not even realizing she was holding her breath until he said, "I love you. All right? Damn it, I love you."

Chapter 10

Suzanna let the air out of her lungs in a rush and sank to the edge of the bed. "You...I...what?"

"I love you." He said it again, like he was rubbing it in. "I love you, and damn it, I *hate* loving you. It's nothing but a stone heartache for me."

All she could do was sputter. "B-but, if you love me, then why—"

He sliced the air with a hand. "You want to hear it? You want to hear *all* of it? Is that what you want?"

"I...yes. I do. I really do."

"You want to hear how, after that first night, I couldn't forget you? How all I did was think about you, think about the way you were that night...so sweet and so wild?"

"The way I was that first night? Since that first night, you—"

"—couldn't forget. That's right. Like some messed-up, lovesick kid, I couldn't forget. I told myself for weeks that it was only the whole idea that I was the first one for you. That I was just getting old enough that I needed someone to yearn for, needed the one that got away to dream about while I lived my life in other men's bunkhouses and wondered if I'd ever really get my own place."

"You...thought about me? All the time?"

His mouth curled into something she could only have called a snarl. "Yeah. I thought about you. I was pining for you." He gestured widely, a move that seemed to take in the room and the big, generations-old house, the acres and acres that made up the Big Sky. "And this job I took here? You want to know the real reason I took it?"

"Yes. I do. I—"

"I took it because good old Frank pulled a picture out of his wallet, a picture of his younger daughter on Chocolate Jessie, that King broodmare of yours." Nash let out a pained laugh. "Poor Frank. He thought I was impressed by the look of that horse. Well, it wasn't the damn mare that made me sit up and take notice. I came to the Big Sky with my stupid heart in my throat, just for a chance to see Deadeye again."

He shook his head as if he couldn't believe the extent of his own foolishness. Then he started across the room in the direction of the closet, muttering over his shoulder as he went. "And you...you denied me right from the start. You pretended not to know me that first day."

She couldn't let that pass. "But, Nash, you acted like you didn't recognize me, either."

He stopped in the middle of the room and turned to her. "What the hell was I supposed to do? You looked sick to your stomach at the sight of me."

"Well, Nash. I'm pregnant. I *did* feel kind of sick."

He swore some more. "Come on. You didn't *want* me to know you. So I let you off the hook— for a while, anyway. Then you wouldn't even admit to your father that the baby was mine."

"I was trying to admit it. I was doing my best to tell him and I—"

"You would have hemmed and hawed until hell froze over. I had to tell Frank. And then you went on and on about how you wouldn't marry me, wouldn't get yourself hooked up with a stranger, a man you didn't love. And when you finally did agree to be my wife, you refused a *real* wedding with me. For me, you wouldn't wear your grandmother's dress, you wouldn't call your big sister to come stand up beside you. You were eager enough for a big wedding with that college boy who walked out on you. But a big wedding just to marry me? Hell, no."

She said, rather cautiously, "I thought you said you didn't *blame* me."

"I don't. I'm just telling you, telling you how it was."

"But I was trying to be more *mature* this time. I was trying to—"

"Whatever." His broad shoulders rose and fell in a shrug that dismissed her arguments before she could even phrase them. "I realized it that last night in Buffalo. It came crystal clear to me then that every day we were together, I only loved you more. And you...you don't love me. You like what I can do to you in bed. And you want to do the right thing, because of the baby, to be a good wife to me."

"Is that...so awful?"

"Hell, no. It's not awful. It's just...not enough. It's not love. You don't have the same feeling for me that I do for you. You never would have married me if it hadn't been for the baby. But I jumped at the chance to make you my wife."

She tried to speak. But he spoke first. "I jumped too damn fast, I realize that now. All my grown life, I've had sense enough to keep my heart to myself. And I know why. Because it hurts. It hurts like hell. To love someone who doesn't love me back, that's just no good for me. It steals my peace of mind. It leaves me thinkin' all the time that you've got five extra years of education on me. Leaves me thinkin' that we live in your father's house and I work your father's horses, that I haven't given you much of anything but a plain gold wedding band and a baby to tie you down."

That made her mad. "What are you talking

about? I *want* our baby." She held up her left hand and shook it at him fiercely. "And I am proud to wear this ring."

He wouldn't believe her. "This was all a giant-size mistake, trying to make a marriage work between us. You can do better than a man like me, and we both know it. And the best thing I can do for both of us is to head on down the trail." He turned and strode the rest of the way to the closet. She watched him in misery, wanting to shout at his back that she loved him, too—but certain in her heart that he would never believe her.

She should have told him, that last night in Buffalo, that night when he'd tried to reveal all this to her, that night when she'd been so careful, so *reasonable,* so *mature.*

From the closet, he collected his dress boots and his winter jacket and his few good Western shirts. Then he shut the closet door and started across the room.

"Nash," she began, and then said no more.

He wasn't listening. He hooked his shirts and jacket on the back of the chair as he tucked the boots into the duffel. Then he zipped it up and grabbed the handle, scooped up the shirts and jacket and slung them over his shoulder. "I'll drop by tomorrow to pick up my saddles and my trailer. And after that, I'll keep you posted as to my whereabouts. You'll get regular checks from me. Put them in a college fund for the kid or something. And once the

baby's born, you can send me the divorce papers.
I'll sign them and ship them right on back.''

Oh, Lord. He was leaving her. Really leaving her.
"Nash. Please…"

But he turned his back on her. He strode away
from her and disappeared through the door.

Suzanna sat on the bed and listened to his boots
echoing down the hall. It was the sound of him leaving her—this time for good.

She felt poleaxed. Hit square between the eyes
with a big, heavy club.

Nash *loved* her? He loved her and that was why
he'd kept himself from getting close to her?

The more she considered that thought, the more
dazed she felt. So she went on sitting there, on the
end of their bed, turning her thin gold wedding band
around and around on her finger, utterly confused
by the emotions churning inside her.

Shock. And worry. And anger. Why didn't he tell
her all this before?

And…joy. Yes. Joy.

Because…well, because, after all, she did love
him, too.

Down in front, she heard his pickup start up.

That crazy fool. What did he think driving off
would prove? Nothing. Absolutely nothing. He had
another think coming if he thought he could get
away from her!

She jumped to her feet and sprinted across the
floor, flying down the hall, taking the stairs two at
a time. He was turning the pickup around when she

flung back the front door and raced down the porch steps, the lacy hem of her little blue nightie floating high on her thighs.

"Nash! Nash, come back here!"

He swung the truck around, started heading away from her.

She ran faster, her hair flying out behind her, bare feet slapping the paving stones, down the front walk, through the white gate.

"Nash! Nash, you get back here!" Her feet pounded the dirt drive. And she was breathing kind of hard. She had no air left to waste on shouting. She ran for all she was worth, her heart seeming to pound his name through her blood.

Nash. Nash. Nash. Nash...

Thirty yards down the drive, he must have glanced in his rearview mirror and seen her.

The pickup slowed to a stop. She ran faster, right up to his open side window.

He leaned out at her, scowling. "What the hell has gotten into you, woman?" he growled.

So she told him. "*You,* Nash Morgan. You've gotten into me good. I love you, and if you leave me now, I will hunt you down in every roadside bar from here to New York City."

He blinked. "You're crazy."

And she nodded, gasping for breath, clutching the ledge of the window, thinking she'd hold him there with her bare hands if he dared to try driving off again.

"I am," she said, panting. "Crazy in love with

you. I'm gone. There's no hope for me. And I'm calling my dad, Nash. Calling him in Colorado. I'm going to do it right now, at two-thirty in the morning, as soon as you come inside with me. I'm telling my dad that he was right, that you were just the man for me. That I love you. That I went crazy on what was supposed to be my wedding day—and while I was being crazy, I found you.''

She paused, gulped in air, pressed one hand against her racing heart. ''And I'm also telling him that I want that big wedding, after all. That I'm marrying you all over again. A real, honest-to-goodness wedding this time. I'll be carryin' Derringer roses....''

She stopped, panted some more, frowned at him. ''You know about Derringer roses? White roses from the garden of the Derringer ranch?''

''Damn it, Suzanna, you're out here half-naked.''

She shrugged. ''It's important. Those roses. They bring good luck.''

''Suzanna—''

''And I'll wear my great-great-grandmother's wedding dress. Somehow. If I can just fit into it, with my stomach the way it's getting. And...'' All of a sudden, tears were filling her eyes. She dashed them away. ''Please. Oh, please, Nash. Believe me. You really are the best thing that ever happened to me, and I don't want to lose you. I *need* you. Our baby needs you. And the Big Sky needs you, too.''

He said, ''Move back, Suzanna.''

Her heart stopped. "Why? No. I won't. I won't let you go!"

He smiled. He actually smiled. That tender smile of his. She understood now it was a smile of pure love. "Suzanna. I only want to get out of the truck."

She stared. "I...oh. Oh, all right." She let go of the door and stepped back.

He got out.

And then he took her in his arms and kissed her.

Far away somewhere, a coyote howled.

She whispered, "Marry me, Nash."

And he said, "I believe that I will."

A month later, on the first Saturday in August, Nash and Suzanna had their big wedding, right there in the house that had been in her family for so many years.

Suzanna wore Isabelle's dress—altered temporarily to accommodate her growing stomach with delicate lace panels Suzanna had found in the old trunk upstairs. She carried a bouquet of very special white roses. With a satisfied smile on his craggy face and a tear in his eye, her father gave her away.

Diana was there, too. She'd come home to be her baby sister's maid of honor for the second time.

Late in the day, after the cake had been served and an endless series of toasts raised to the new bride and groom, Suzanna and Nash climbed hand in hand to the top of the stairs. Below them, in the front hall, Diana had gathered all of the single girls and guys.

Nash leaned toward his bride and whispered in her ear. "Garter first, right?"

She turned her head just enough that their lips briefly met. "Right."

Everyone applauded as he knelt before her. Taking her time about it, looking into her husband's beautiful green eyes, Suzanna lifted the delicate lace. Nash's teasing hand glided up the inside of her thigh. She suppressed a sigh of pleasure as she felt him unhook the garter and slowly slide it down.

He stood. Below them, a sea of familiar faces gazed up expectantly. Nash tossed the garter over the banister.

The scrap of blue silk and white lace sailed out— and dropped into the plump, outstretched hand of a blue-eyed, dark-haired child.

"Molly," someone shouted. "Molly Derringer's caught it!"

Nash chuckled. "Blew that one."

But then the little girl turned to the tall man standing next to her. "Here, Daddy. You take this."

Trey Derringer, a handsome widower, held out his hand.

Everyone laughed and applauded and then started calling encouragements.

"The bouquet, Suzanna!"

"Throw it!"

"Throw it now!"

Suzanna, bemused, stared at her sister—who just happened to be looking at Molly Derringer's dad.

"Diana!" Suzanna shouted.

Her sister jerked her glance upward—just in time to see the bouquet coming at her. She caught it, but only to keep it from hitting her in the face.

"Cheater!" someone called out, but good-naturedly.

There was more laughter, more happy cheers.

Nash bent close again and murmured for her ears alone, "You did cheat. You didn't give any of those other girls a chance."

"No," she said proudly. "I certainly did not."

"It was a good shot," he allowed.

"Just call me Deadeye," she said, and lifted her mouth for his tender kiss.

* * * * *

Look for

THE MILLIONAIRE SHE MARRIED.

The last installment in
Christine Rimmer's popular miniseries,

CONVENIENTLY YOURS,

available May 2000
from Silhouette Special Edition.

DIANA

Jennifer Greene

Chapter 1

Diana Brennan pushed open the school door and stepped outside. For a second she closed her eyes and breathed in the crisp Montana morning.

It was hard to believe that just weeks ago she'd been a sane, practical, unshakably responsible kind of woman. She'd loved her third-grade teaching job in Chicago. She'd paid her bills, came early to work, ate healthy, was seeing a couple of decent guys.

Now *phfft*. Here she was, in Whitehorn, Montana, on September first, her whole sane life down the tubes. Did a rational woman quit a job she absolutely loved? No. Would an intelligent woman come home for a family wedding and abruptly shuck everything—her job, her income, her apartment, her

guys—just because she discovered she was homesick? Of course not.

It wasn't a pleasant thing, discovering at the
young age of twenty-seven that one was suffering
from lunacy. At fourteen, sure, she'd been a lovesick, mortifying, romantic dreamer—but what adolescent wasn't a lunatic? She'd grown up. Matured.
Competently and capably taken charge of her life.
Only, at the moment, she seemed to be standing on
the school steps, having applied for substitute teaching work that at best was going to cover her car
payments, sniffing the air as if she didn't have a care
in the world.

Worse yet, she felt like whistling.

Off to the west, the Crazy Mountains were bathed
in sunlight, the sky a spectacular ice blue, the air so
fresh it stung the lungs on an inhale. Her dad would
be working the horses by now. Hay would be cut
today, alfalfa harvested, every live body on the
ranch stretched to the work limit at this time of year,
and her dad did the training in the morning, the most
rambunctious horses first while he had the most patience. She couldn't smell the fresh-cut hay from
here, couldn't hear cows bawling just outside of
town, couldn't see or smell the long, rolling sweep
of meadow and western larch on the road to the
Brennans' Big Sky ranch...but it was all there in
her mind's eye.

She should never have come home for her sister
Suzanna's wedding. There'd been no threat of lu-

nacy before that. She hadn't been a harebrained romantic dreamer, not since her mom died years ago,
and for ages she'd talked herself into believing that
she loved the excitement of big-city life. Possibly
there were a few teensy signs that she was fibbing
to herself. She never tried applying her rent money
toward a down payment on something she owned.
The nice guys came and went; she shied from anything too settled with them, too. But as much as she
loved her dad, there was just nothing she really
wanted to do on the ranch. She *loved* teaching.
She'd been so positive she was happy in Chicago.

Only every single day since Suzanna's wedding,
she'd gotten up in the morning and inhaled that
Montana air. All this time, she didn't know how
fiercely she'd yearned for it, how addictive the
smells and tastes and scents of home would be.
Surely this problem of lunacy would pass soon. She
just had to get her head together and decide what to
do next. She'd get practical again. She'd get serious.
But right now being home felt *right,* as if her heart
recognized all along that it had unfinished business
in Whitehorn before she could ever really try settling
anywhere else.

Suddenly she heard a child's high-pitched shriek.

Something about the little girl's shrill soprano
was familiar but that wasn't why Diana swiftly spun
around, her eyes snapping open. She knew children.
Which meant she knew children's shrieks. There
was a mountain of difference between an earsplit-

ting, Mom-I'm-sick-of-shopping shriek and a cry of pain or a whine of fear.

This was a shriek of outrage—but Diana also heard an underlying real fear in the child's cry, which was why she instinctively responded. Fast. Her boots charged down the steps, aiming right toward the source of those shrieks, her blue-eyed gaze darting around the playground.

The school was divided into two wings. The administration wing where Diana had just applied for substitute teaching work also held the preschoolers, who were separated from the elementary-age kids for the obvious reason. The urchins hurtling around this section of fenced yard were all bitsy size, the swings and slides smaller and safer for the squirt set. She saw braids and freckles and runny noses and apple cheeks and way-cool big jeans and flopping shoelaces.

Her gaze swiveled past the swing sets, then back again, honing swiftly on the mean-eyed boy in the red plaid shirt. He was the problem. The little girl with the head full of bouncy dark curls on the swing set was his prey. Diana saw him yank on the girl's hair. Yank hard. So hard that the little girl screamed again and instinctively reached to try and free her hair from the bully's clutches—but that unfortunately meant that she had to loosen her grip on the swing handles.

Diana galloped faster. There was no hope of preventing the little girl from taking a backward tumble. Thankfully the preschool swings were set low to the ground, so the child shouldn't be hurt too badly, but it was still going to be a good fall. The bully was already pumping in the other direction, but from the corner of her eye, Diana caught sight of a long denim skirt—the preschool teacher, who was finally catching on to the problem.

"I'll get her!" she called. When the teacher spun around, Diana motioned toward the bully to identify the culprit and direct the teacher's attention, so she could concentrate solely on the girl.

She reached her in seconds, but the little brunette moppet had already crashed in the dust by then. Diana saw big blue eyes drowning in a whole lake of tears, saw skirts splash up and show off frilly underpants. The head full of magnolia-brown ringlets was sprinkled with good old Montana dust, and the cherry-bud mouth let out a boisterous screech of pain worthy of an Academy Award for sound effects. Diana dove in fast. The swing was waving and weaving like a drunken sailor—ready to slap back and hit the little one again.

"There, there. You're going to be okay, Molly."

She used one hand to steady the swing and scooped the child into her lap with the other. The warm body promptly snuggled to Diana's—although she was still wailing as if a murderer were torturing her. Diana almost smiled. Some kids were born victims. Not this one. This child was never going to take even the slightest injustice without letting the whole world know she was ticked—and yes, Diana recognized her almost instantly. She was Molly.

Trey Derringer's daughter.

Diana had never met Molly before her sister's wedding, but all it took was one look for her to feel a kindred-spirit connection to the child. Remeeting Molly's dad, though, had been a lot more emotionally complicated. Trey was the mortifying crush she'd had when she was fourteen. He'd been her white knight, her Rambo, her dream boat, her prince, her leather-clad biker bad boy—and every other darn fool fantasy an idiotic adolescent girl could think up. That was back in the days when she'd been a full-time romantic lunatic.

Everyone had some embarrassing growing-up moments. Trey had just been her worst—yet a single glance had still brought all those stupid, lustful, yearning feelings back. Maybe there was something lethal in the fresh Montana air. She'd been sane in Chicago. She'd been doing fine all these years. Come home, and in a matter of hours her life had started turning into shambles—she was even drooling after an old crush again, for Pete's sake.

But at that instant, her only concern was Molly. "Remember me, Mol? I'm Diana Brennan. We met in the bathroom at the wedding for my sister, Suzanna, just a couple weeks ago? You had cake in your hair? And you were thinking about murdering the ring bearer who was teasing you. There, there, you're going to be fine, honest. Just let me see...."

But Molly was wrapped around Diana tighter than peanut butter clung to jelly, and she wasn't finished with the boisterous, heartrending sobs. "I hate all boys!"

"Believe me, I understand."

"I hated that Jimmy Rae who put cake in my hair. And I hate Walter Tucker even worse. All boys should drown in a bathtub with grape Kool-Aid and Vicks VapoRub thrown in. I hate you! You're so ugly! My daddy'll get you!" she shrieked to said hateful, ugly bully, after which she turned much more delicate tears on Diana. "You saw what he did? Pulled my hair and made me fall?"

"I sure did."

"Would you kill him for me?"

"Um, I'll make sure your teacher knows that he pulled your hair on purpose." The tears weren't flowing quite so exuberantly. Diana could feel the little one looking her over, remembering, measuring her. And she was still checking for damages and trying to do repairs. She brushed the grit from those piles of soft, springy curls. Tugged down the dress. Fell in love.

Oh, man, Molly was impossible *not* to fall in love with. All the other preschoolers wore jeans or play pants. Miss Priss was dressed like a duchess, with flounces underneath, flounces on top, pink rosebuds on her socks and pink bows in her hair. Her daddy wasn't going to have to worry about this one following any crowd. But she was so pure girl that

Diana would be checking out convents and chastity belts if she were her mom. Four years old, and the boys were already chasing her.

"I'm gonna get that Walter Tucker," she informed Diana with most unladylike zeal. "He's gonna be sorry he was ever born. He's gonna eat dirt. He's gonna... Hey, now I remember. You were talking to my daddy at the wedding, weren't you? You told him how Jimmy Rae put cake in my hair?"

"Yes." Diana hadn't found any injuries beyond a scuffed stocking, dirt and skinned pride, but she heard two more dramatic half-sobs. Molly seemed to be losing interest in the dramatic expression of pain, though, because she was suddenly studying her with shrewd old-woman eyes.

"Did you think my daddy was cute?"

"Um, yes." Diana sensed the trick question, but she still had to lie for the child's sake. No woman was going to label Trey Derringer *cute*. Trey was a panther, cut and dried, with hair black as jet, dark searing eyes and a long, sleek, athletic build. If life were fair, he'd have a pooch by now, but no. He'd looked sexy enough in a navy blue suit to make every woman at the wedding drool—except for the bride. Just then, though, Diana understood perfectly well that she was dealing with his daughter's biased opinion—and she'd have said anything to make the tyke stop crying, besides.

"Did you know that my mommy died?" Molly asked her.

"Yes, I heard." Suzanna had told her that Trey's wealthy young wife, Victoria, had died in a car crash two years ago. Undoubtedly that was why Diana had felt such an instant kinship for the child. "I'm sorry, honey."

"Why would you be sorry?"

Diana didn't miss a beat. She knew how blunt four year olds could be. "Because I lost my mom when I was a little girl, too. So I know how hard it is, sweetie."

"You don't have a mom, either?"

"Nope. I was fourteen when my mom died. And my sister, Suzanna, was around nine." Diana reached for the shoulder bag she'd dropped and started foraging for a brush and tissue. "Thankfully, just like you, though, we had a wonderful dad to help us through that rough time—"

"Yeah. My daddy's the best in the whole world. But I still need a mom, and I'm really tired of waiting. Are you married?"

"Um, no—"

"Are you 'gaged?"

"Engaged? No—"

"Well, do you like dolls? And telling stories?" The interrogation was curtailed for a few seconds. Molly first blew into the tissue Diana pressed to her nose, then lifted her face for some mopping up with a handkerchief.

"Sure."

"You're pretty." Molly announced this, then av-

idly scrutinized her head to toe, from her long denim
dress and boots to her mink-brown short hair. "In
fact, you're more than pretty. You're prac'lly gorgeous. You're not a digger, are you?"

The conversation had gone far enough, Diana
mused wryly. Still she couldn't resist asking, "A
digger?"

"Yeah. Like for money. Simpson keeps saying
that women keep chasing my daddy because he has
a bunch of money. We don't want diggers. We want
someone who likes to sing songs and tell stories and
wants to love us."

"Ah." Diana had no idea who Simpson was, but
it was a pretty good guess that *digger* was a refer-
ence to gold digger. And she felt helplessly touched
by the child's matter-of-fact seeking someone to
love them. She stuffed the tissues in her shoulder
bag and grabbed a brush. A little brushing and fuss-
ing and the little one looked almost back to normal—except for that rabid look in her huge, innocent blue eyes. Diana wondered if Trey realized his
daughter was scouting women for him, and suspected yes. Molly wasn't a child to leave an adult
doubting what her opinion was about anything.
"Well, Mol, I'm a teacher—so naturally I like to
sing songs and tell stories. Just like I'll bet your
preschool teacher does, too. And right now, I think
your recess is over and she's going to start missing
you if you don't head inside."

"No, she won't. Ms. Hawthorne saw me with

you. And I'd rather talk to you, okay? Let's talk about sex."

The little devil paused, obviously anticipating a shocked look from the nearest adult. When Diana failed to look embarrassed, Molly tried out a lofty look.

"It's okay. I know all about it. Everybody always starts whispering when that word comes up. Like they think I'm stupid and couldn't figure it out." Molly rolled her big blue eyes in clear disgust. "It's something dads and moms like to do together. Everybody knows that. So. If you don't like to do it, say now, okay?"

"Well, you know, lovebug, we can talk about sex any old time...but right now, you really are going to be late unless you hightail it back to class. Come on, I'll take you in."

Minutes later, Diana was winging toward home, having safely pawned off Molly into her teacher's care—but she was still chuckling at some of the child's precocious, manipulative antics. That one could keep two adults running without half trying, she mused. And she was so young to have lost her mother.

The dazzling noon sunlight almost blinded her as she turned onto Brennan land. The yearlings were kicking up their heels in the west pasture, a tractor leaving a wake of dust in the far east alfalfa field. All the sounds and smells were familiar from her childhood—and so were the memories of losing her

own mom. At fourteen, she had thought she'd die
from the grief.

She'd grown up that summer. She'd had to. Her
dad had been lost, and so had her younger sister.
She had no more time for a crush on Trey Derringer,
no time for romantic daydreams of any kind. Overnight she'd turned into a realist—which she needed
to do—but losing a mom was still the most heart-
tearing pain she'd ever experienced. Really, it was
impossible *not* to feel a special compatibility with
little Molly. Maybe she'd never gone mom hunting
quite like Mol—but she'd missed her mother so
fiercely and so long that she could still taste that old
pain.

She wondered if Trey realized how dedicated his
daughter was to the mom-hunting cause—and
thought, of course he must. And a shiver teased up
her spine at the thought of running into him again.
Best not. Making a fool of herself mooning after him
as a young teenager was understandable—the stuff
one could laugh at as a grown-up. But it wouldn't
be funny to make a fool of herself for the same man
a second time.

Not that she was even remotely afraid that could
happen.

"Diana! Telephone for you!"

"Thanks, Dad, I'll get it." She was hugging and
puffing, her arms precariously loaded with bedding
and pillows as she charged downstairs, but moving

would wait. All evening she'd been expecting a return call from some old Chicago teacher friends. Jogging swiftly, she dumped the armload on the cracked leather couch in her dad's library and then, breathless, grabbed the receiver on his desk. "Hello?"

"Diana...it's Trey Derringer. Did I catch you at a bad time?"

Well, shoot. Weakly Diana sank into the ancient desk chair, thinking that a sniper's bullet couldn't have caught her more unprepared. Trey didn't have to bother identifying himself any more than he'd needed to at her sister's wedding. She'd have known that lethally low, sexy baritone anywhere, any time. Unfortunately, even the sound of his voice was enough to make an adolescent girl's crush roll through her memory with the subtlety of a Mack truck. He could still do it to her. Invoke that feeling of lunacy.

Of course, she was mature enough to hide her feelings these days. Or die trying. "You didn't catch me at a bad time at all—actually, you saved me from a fate worse than death. I was moving."

"You're leaving Whitehorn again?"

"Oh, no, I'm staying home. At least for a while—I'm not sure about jobs right now. But I've been trying to move my things from the big house over to a cabin we have on the property. It's empty, no reason I can't use it, but the family's been giving me a hard time about it all day." She could hear her sister and new brother-in-law in the kitchen. "They all keep saying there's plenty of room here—which is true. But I don't want to be underfoot with Suzanna and Nash—"

"I wouldn't want to intrude on newlyweds, either."

"And it's different for Dad. He's off in his own wing. Also, when he and Nash start talking horse breeding... Well, let's just say they're both as happy as two pearls in the same clam. Anyway—I didn't mean to run on, but I can promise, you're not interrupting anything but a bunch of work I'm happy to take a break from. You had a reason for calling?"

"Yes. I just wondered if you realized that the two of us were wildly in love and engaged to be married."

She almost choked—but of course she realized this had to be some kind of joke and tried to keep her voice deadpan to play along. "Why, no, I had no idea. Thanks for letting me in on that news. Have we, um, set a date?"

"I don't know. I forgot to ask my daughter. Molly's the one who has all the details."

"Somehow I suspected that," Diana said with a chuckle. And then heard a sigh, heavy with relief and pure male.

"Thank God you're laughing. I should have remembered you had a great sense of humor. I almost didn't call," he admitted, "but I was afraid you'd hear all about our wedding plans and exotic love affair in town and wonder what on earth was going on. In fact, that's exactly how I heard. *Not* from my daughter. But when I got into town this morning, I started hearing details at the gas station, the school, the post office. And the Hip-Hop Café, naturally, was buzzing with anything resembling new town gossip.''

"Where else would news travel faster than the speed of light in Whitehorn? And yikes. It sounds like you've been taking quite a razzing.'' She propped her stockinged feet—with hole—on her dad's desk. Her gaze wandered around the library shelves, filled with books on horse breeding, vet medicine, ranch journals—but no fiction, and for sure no romance novels. The room smelled of pipe smoke and a soot-stained chimney and those old dusty books. The way a ranch library was supposed to smell. A little leathery, tough, hearty, no-nonsense sensible. The way she tried so hard to be.

"Well, I'm used to the problem. You're not. And I'm afraid you're going to hear about this love affair of ours sooner or later—''

"It's okay. I've met your daughter twice now, Trey. And I adored her both times.''

"Well, I do, too. But not when I'm inclined to kill her. When Molly lies...it's like she's in church. Everyone believes her. Those big blue eyes. The sincerity. Even as those whoppers are spilling out of her mouth. I don't understand where she got this inventing streak—''

"She's four, Trey. Nobody lies as well as a four year old. Even a con artist behind bars could take lessons. You didn't really think I'd take offense, did you? She's obviously auditioning women for a mom. I assume she's done it to you before."

"Actually, no. She hasn't." A sudden silence. "I just...thanks for being so understanding. And good luck with your move."

He'd obviously said all he wanted to and was about to end the call, which in principle Diana thought was a fantastic idea. Even the lighthearted conversation gave her heart a kick—as if they were friends, had a relationship, could easily talk together. Only her pulse was suddenly galloping like a runaway colt. She never had, never could think of Trey as a plain old pal. As quickly as she wanted to hang up, though, suddenly she hesitated. "Wait a minute—"

"You're busy, Diana. I don't want to interrupt—"

"But there's something else, isn't there?" She heard that something in his voice. "Something related to Molly that you didn't want to say? I'm touched that she likes me, Trey. Honestly, don't waste a second worrying that I would be offended or take news of our, um, wedding plans in the wrong way."

"I wasn't that worried. I remember you as a kid. You always did have the warmest heart in Montana."

Her heart started racing faster than a loony clock. For Pete's sake, he'd only offered her a small compliment. She decided it had to be best to take the practical bull by the horns. "You remember I had a crush on you, huh?" she asked dryly.

"I was honored."

"I'll bet. Every high school senior loves a fourteen year old following him around like a puppy dog, but it was partly your own fault. You were so kind. You never made me feel bad about it." She kept her voice light, and to her surprise, discovered her mood was becoming light, as well. It *was* a good idea to get this said. Partly so Trey knew she was mature enough to face an old embarrassment, and just maybe to convince herself of that, too. "I never had a chance to tell you. I'm sorry about your losing your wife, Trey."

"Thanks." Again, an odd silence, with the flavor of something troubling in his voice. "Actually, there is one other thing I'd like to bring up. I hate to ask you for a favor, but I would appreciate if you'd be...careful...about any comments you made about this imaginary engagement of ours."

"Well, sure. But I don't understand."

"It's just... Molly's my life, Diana. But since Victoria died, her parents have been trying to fight me for custody. That's no secret. If you're in White-horn long, you're bound to hear something about it."

Diana wasn't sure what to say. He was obviously

trying to be honest with her, but there was pain in his voice. Pain that was an unexpected intimacy to share with someone he barely knew—like her. And she suddenly didn't care about that old stupid crush. The sound of his pain touched her. "Are you afraid the Kingstons could win custody?"

"No, not really. No one could doubt that I can provide financially for Molly. And I'm her dad. There has to be a reason for the court to take a child away from a parent, and there is no reason. They've looked for all the obvious kinds of dirt—that I'd expose Molly to drinking or drugs or inappropriate behavior with a woman. But there's nothing like that and never will be."

She read between the lines. "But it could be troublesome, if Molly suddenly started telling stories of a woman in your life. Like me."

"There's no problem with an adult female being in my life, but there's a difference between that and Molly implying that she's been exposed to intimate behavior." He sighed, again clearly embarrassed. "I'm just asking that if someone teases you...if you'd be aware that anything you say could get back to the Kingstons. And could be taken in a very serious light."

"Good grief, Trey. That's terrible. Having to worry all the time what someone could say. Or that a friendship could be taken wrong."

"It's not your problem. And I sure didn't mean

to make it sound as if it were. I just had to ask you, to be careful—"

"I will be. Please don't worry." She hesitated, thinking that it was past time they both hung up. Neither could possibly have anything else to say. Yet somehow she just couldn't let the conversation go without opening her mouth one more time. "Look. Is there any chance it would help if I talked to Molly?"

Chapter 2

Two nights later, Diana pulled into the Derringer driveway, feeling mad enough to kick herself. Where was her head when she agreed to do this? Inside a cuckoo clock?

She had no business offering to help Trey with his daughter. None. That whole telephone conversation had simply been flustering. She'd been startled to discover that she was the only woman Molly had glommed onto for a potential mom. Somehow that made her feel responsible. And she hadn't realized Trey's in-laws were fighting him for custody. And she naturally felt a kinship for a little girl who'd lost her mother, because she had, too. And somehow it just bubbled out. That offer to help.

Offering to help wasn't a bad thing. Volunteering

to spend more time around Trey was the bad thing.
Did a dieter expose herself to crème brûlée? Did a
drinker deliberately walk by bars? Did a broke
woman go to a sale?

No, of course not. Anyone with a brain would
avoid the dangerous substance. Yet here she was,
gamboling like a carefree, nitwit yearling toward
trouble.

And Diana's first glance at Trey's house only
made her feel more morose. Reluctantly she turned
the key in her dad's red pickup and stepped out.
She'd dressed in a long khaki skirt with a vest and
shirt, casual clothes that seemed appropriate for a
dinner centered around a four-year-old child.

The casual clothes seemed all wrong. She kept
forgetting that Trey had a ton of money now, because he'd grown up on the poor side of the Derringer family, and that's when she'd known him before.
He'd worked every job on the ranch he could get as
a kid—which had always been part of his allure for
her. Growing up, she was always around horse
ranches, which meant she was always catching sight
of his bronzed, hot, sweaty muscles—mucking out
stalls, working horses, pitching hay. It wasn't *just*
his muscles that she'd drooled over, but his whole
hunklike, heroic character. Not a spoiled bone in
him. He'd made his own way, on his own brawn
and brains, from the time he was a young squirt.

Only now he'd made it—made it so high that Diana felt even more awkward being around him. She
hiked toward the front door, trying not to gawk at

the view, but the structure was less a house than a
Western palace. The place was built of stone, with
cool glass walls overlooking the mountains and a
balcony with a hot tub jutting out of the second
floor. Investments. She'd never been positive exactly
what that meant—but Trey made piles of money doing it, that's all everyone kept saying. Back when,
he'd aced a scholarship to some Ivy League
school—broke her heart when he left Whitehorn—
then landed some pricey-dicey job in an East Coast
investment firm, then presto, four years later, came
back home to start up his own. At thirty-two, he was
still practically a kid, for Pete's sake. And already
hauling in zillions.

Coming here was dumb. Dumb, dumb, dumb, her
agreeing to this dinner.

Yet the front door opened before she could back
out and skedaddle for the truck like the coward she
wanted to be. The unfamiliar man suddenly framed
in the doorway looked like the scary ogre in the
Beanstalk fairy tale. His height pushed past six and
a half feet, and he had to be carrying more than three
hundred pounds. His thinning long hair was shagged
back in a ponytail. He had a built-in inner tube
around his middle and tattoos running down his bare
arms. "Hey," he greeted her.

Hey? And this dude worked in a millionaire's
house? "Hi," she returned.

He offered her a beefy hand and a thousand-watt
grin at the same time. "I'm Simpson. Molly's
nanny, Trey's mechanic, the cook...hell, I don't

know what my formal job title is. I just live here. Come on in, we'll get you a drink— Oops, I guess that drink'll wait two seconds.''

Molly suddenly erupted from behind Simpson and catapulted toward her. "Ms. *Brennan!* I'm *so* glad you're here! Simpson, isn't she beautiful just like I told you?"

"Yup, she is."

Diana returned the exuberant grin, feeling like she was melting from the inside out. Okay. So this was dumb. But she was so crazy about Molly that there was absolutely nothing dumb or wrong about wanting to help the little one. And then Mol grabbed her hand and tugged. "You just come on in and talk to my daddy. I'm gonna be so good and so quiet you won't believe it. And Simpson made us a *great* dinner, just for company—"

"I did," Simpson confirmed as he shut the front door. "Meat loaf and mashed potatoes. And no, the peas won't be touching the meat loaf. Not on my dinner plates. Hot fudge sundaes for those who finish their suppers." His voice dropped two octaves. "Just for the record, I had no vote in this particular menu—"

"But I did!" Molly said happily. "We had to have something specially good for you, Ms. Brennan!"

"And I'm so grateful. They sound like my most favorite foods of all times, munchkin." She could hardly take her eyes off the living room. She'd half expected a notably expensive feminine decor, because Victoria Kingston had been quite a socialite, yet it was obvious Trey had beat to his own masculine drummer. Everything was giant size. The fireplace was made of sandblasted granite with a spectacular bronze mantel. Huge couches and chairs were square in shape and terra-cotta in color, heaped with cushions big enough for Molly to curl up and nap on. The plank chestnut floor was softened with Turkish rugs. Red stone doorways and oak ceiling beams made the window view of the Crazy Mountains seem a natural part of the inside.

Trying to walk through the living room almost took a map. Diana couldn't help but be charmed. Not by the cool-guy decor, but by the nonstop messes. Some kind of marble board game was in midprogress, taking up the entire coffee table. A Barbie Vet Center blocked an aisle. A computer was blinking a game with basic-reader words on it. Spread liberally everywhere were coloring books and baby doll carriages, naked dolls and tea sets.

It was easy to see who ruled this place—and the only tyrant wielding any power around here was significantly shorter than four feet tall.

And then Trey suddenly stepped in from the terrace, his hand stretched out to greet her, striding through the debris as if he were an old pro at walking the gauntlet. Oh, dear. Oh, dear. Her brain picked up the chant and kept repeating the refrain. He was wearing jeans and a comfortable chamois shirt, his dark hair wind-brushed and his carved face ruddy from the brisk air. He was good-looking. That wasn't news. That wasn't the reason her pulse felt stunned. Truth to tell, she'd never cared that he was handsome in that dark panther kind of way. Good looks in themselves would never have made her blood pound.

But his smile did. Always had, and tarnation, maybe always would. And for some unknown reason, he smiled at her as if she mattered. As if he wanted to see her. As if he liked her looks, liked her program, was enjoying the visual stroll from her head to her toe and wanted her to know it. That slow, lazy crack of a smile was so darned intimate that Diana could almost believe he was attracted to her—but she'd have to be a total lunatic to believe that.

And she'd accepted having a problem with lunacy since she came home, but she refused to believe that she couldn't shake this idiocy with some guts and determination.

With his feet up and his stomach full, Trey took a sip of cappuccino, watching Diana with his daughter, trying to remember the last time he'd been this attracted to a woman.

Never, he decided. Which was a considerable period of time.

That Molly had chosen Diana for him especially struck his funny bone, because Mol had been a pistol and a half any time he'd had a woman over since her mother died—even if the sole reason for the visit was business. His family told him that the issue was jealousy. Molly'd had her daddy to herself all this time and she liked it that way. The surprise of Mol's taking to Diana so completely had naturally motivated him to take a look at her, too.

Truth to tell, he hadn't looked at a woman in an intimate way since Victoria died. But he was now.

A small fire lapped the logs in the stone hearth. This early in September, the evenings were usually still mild, yet this night there was a sting in the air, a hint of white on the mountaintops. Trey could already feel the chill of another lonely winter coming on, coming soon.

Backlit by the fire, Molly was scrunched on Diana's lap in one of the oversize chairs, a book of Shel Silverstein poems open between them, the two heads nestled together, both giggling. Trey had no prejudice about his daughter. With her shiny mahogany curls against that porcelain skin, she was the most beautiful child ever born—that was Trey's story and he was sticking to it. But for once, it was another female who'd snared his attention.

Diana's clothes were very nice—particularly if she were interviewing for a job as a nun. The khaki skirt concealed everything from waist to ankles. A loose, thick shirt revealed nothing of her upstairs figure, and the vest further hid the shape of her breasts, as well as advertised she was a homebody children lover. Everything she wore could have had a don't-touch-me-fella sign.

He got the message. But everything about her appearance—including her clothes—inspired him to know her better, and specifically to touch her. Preferably nonstop, and he hoped soon.

Her hair was a short, silky pelt brown. It framed her face, with a wave tucking under her chin. Her eyes were brown, too, only a deeper, richer, sultry brown, and that mouth of hers was just as sexy. She wore no gloss or lipstick. No makeup at all to call attention to herself. Yet her skin had a natural sunkissed glow, a rise of color riding the delicate line of cheekbone, and when she smiled, the spirit and warmth in her eyes easily sent a man's heart slamming. Beneath all those figure-concealing clothes were long coltish legs, a long and low-waisted figure and a body that moved with her. There was no coyness to her walk, just grace. And so unlike Victoria, there was absolutely no look-at-me in Diana's appearance. Instead she radiated a natural feminine sensuality that tripped his nerves faster than a hair trigger.

He could have participated with the girls, but sitting back and watching the two of them was doing a good job of pulling at his heart. The amazing thing was that Trey hadn't been aware he had a heart to pull—except for his daughter. And after Di finished reading Molly the Silverstein poems, she gently, deliberately led Mol into a discussion. Belatedly he remembered that this discussion was the excuse he'd had for inviting her—which somehow he'd completely forgotten about.

"You know what telling the truth means, punkin wunkin?"

"Sure." Molly cuddled closer on Diana's lap.

"Okay. When you see a movie, and someone on the movie screen gets hurt, is that true? Is the actor really hurt?"

"No, that's pretend."

"You're so smart." Diana touched a fingertip to his daughter's precious nose. "And you're so right. That's pretend. Do you like the Cinderella story?"

"Oh, yeah."

"I do, too. But can you tell me if that story is real or pretend?"

"Pretend."

"Holy mackerel. You're right again. And when you told some people that your daddy was engaged to be married, was that true or pretend?"

Molly tried the big-innocent-eyes routine on Diana. God knows the kid knew it worked on him every time. "Listen," Molly said charmingly. "You could love my daddy so easy. He's wunnerful. I love him more than everything in the whole world. And then you could live here and read me stories every night, just like tonight. Wouldn't that be great?"

His daughter was talking about him as if he wasn't in the same room. Trey considered being embarrassed, but the thing was, Diana didn't seem to be. She just nodded.

"I hear you, punkin, but that didn't answer my question. When you told people your dad was engaged to be married, was that real or pretend?"

"It was pretend. I *know* I was making it up. But

it *could* be real. Is it the sex thing? You can do the sex thing, can't you?"

Trey's coffee mug dropped from his fingers to the carpet. Behind the chair, Diana made a hand gesture that Molly couldn't see, as if to privately communicate to him that everything was hunky-dory, stay cool.

"We're not talking about me, Mol. And we're not talking about sex right now, either. We're talking about you telling the truth, and first I want to be sure you know the difference."

Molly hunched up her knees more seriously. "Are you mad at me?"

"Nope. But there is a problem, Molly. The thing is, we're just getting to know each other. And I like you so much. But if I'm going to like you even more, it would help if I could trust you. And I can't trust you if you tell fibs."

The princess tried arguing with her—Molly did have a teensy tendency to try arguing her way out of trouble—but Diana didn't let up, just kept gently teasing her into seeing what was right in terms a four year old could grasp. Trey marveled. Twenty minutes later, when Simpson poked his head in, naturally Molly didn't want to leave Diana's lap— much less go to bed. Eventually, though, she was conned. Simpson promising her a piggyback ride all the way upstairs was always an effective bribe. But the instant those two left the room, Diana leaped to her feet.

"Dinner was wonderful. I really enjoyed it, but now I should go," she said swiftly.

"No way," he said in his best slow, take-it-easy voice—but he was fascinated. As far as he could tell, Diana had nerves of steel. Hell, she could handle a four year old's questions about sex without even blinking, yet suddenly—now they were alone—nerves showed in her eyes and she was edgily bolting for the door. "You have to stay at least long enough for me to give you a brandy—or pay you in solid gold for a thank-you. I really appreciate how great you were with Mol."

The smile was a little flustered, but at least she stopped that mad flight for the nearest exit. "Not great. I'm just used to being around kids. You know I'm a teacher—"

"Uh-huh. But I'm her dad, and she can still run rings around me. In fact, I think I'm going to be an old man before she reaches her fifth birthday. I almost had a stroke when she suddenly brought sex into the conversation. How come you weren't mortified? I was." Simpson had brought in a tray of cognac and glasses earlier, but neither of them had touched any while Molly was around. Now, though, coaxing her to stay a few more minutes was simply a matter of pouring a few sips in a snifter—not so much it could possibly affect her driving later—and handing her the glass.

She didn't turn it down. She chuckled at his confession about being mortified, although she rolled her eyes as if she didn't believe him. "I think it's too late for me to be embarrassed by anything kids do. Besides, when little squirts use a word like sex, it's almost always because they figured out it has a shock effect for adults. It doesn't really mean anything more than that, Trey. Nothing to worry about.''

"I'm not worried. But I have to admit, my in-laws could well have a stroke if they heard Mol talking about sex or come out with any other suggestive words. I know they'd blame me.''

He watched her hesitate. She obviously didn't want to pry, yet she didn't want to cut off the conversation about his daughter, either. Finally she said, "I never really knew your wife, Victoria, because you two were that far ahead of me in school. But I did kind of know the Kingstons, because they went to our church. They were never unkind, but they just seemed, um, stiff.''

He set down his glass, but his gaze never left her face. "They are stiff. But that really isn't the reason that Molly's grandparents and I are at odds. And I hate making you uncomfortable by talking about this, Di, but I do feel it'd be easier in the long run if I just cleared the air and was frank with you. You'll hear it in town if I don't say it anyway. The Kingstons blame me for their daughter's death.''

Her lips parted in surprise. "But how could they? I understand your wife died in a car accident. And she was the only one in the car, I was told.''

He nodded. "Yes. She was alone in a car, coming home from a party. She'd been drinking. Skidded on an ice slick and crashed into a tree.'' He shook his head. ''The Kingstons blame me for Victoria being unhappy. They see it as my fault that she was drinking. My fault she went to that party alone. My fault she died.''

''I can understand their mourning their daughter. But not their blaming you,'' Diana said gently.

''Well, reality is that Victoria and I weren't happy, which her parents were well aware of. And when they started this custody fight, their primary argument was that I neglected my wife because I spent all my time making money, and I would neglect my daughter the same way. And they're right about their daughter. But not about mine.''

Diana opened her mouth as if to argue with him— the polite thing—yet instead she cocked her head and simply listened.

Trey never found it easy to talk about this. But there was no possibility of his developing any kind of trust relationship with Diana unless he were honest with her. ''I never meant to neglect Victoria in any way. But I grew up poor, where she grew up with wealth. I wanted money and everything money could buy, where she wanted to take things from her parents, have the two of us just live off them. I couldn't. It wasn't in me to live off someone else. But when I was working long hours, she went off with her own crowd, partying, drinking and so on— Diana, my daughter doesn't know any of this. Even if it would help me with this custody problem with her grandparents, I really don't want to down-talk

Victoria to Molly. Mol thinks that her mom was an angel. I want her to have that positive impression.''

"I understand."

"And so far, the Kingstons—Regina and Ralph— have worried the hell out of me, but there doesn't seem to be a real threat. The court's backed me. There never was a question about my financially supporting Molly. It was about whether I was too busy to provide attention and a loving home—the way two full-time grandparents claim they could. But Mol's my life, Diana. Yeah, I work, but—"

"Trey." Diana motioned to the mountains of toys and child entertainments strewn through the living room. "You don't have to tell me that you adore your daughter. And more to the point, I can see the way she is. Happy, secure, sure of herself."

"Spoiled rotten." He filled in another blank.

"Yeah, that, too." She grinned. "I imagine what you don't manage to give Molly, Simpson does."

Trey washed a hand over his face. "Yeah, well, Simpson's another one of the Kingstons' complaints. And I know how he looks with the tattoos, the long hair and all—hardly your typical nanny. I also realize that Mol needs a woman's influence, but it isn't that simple. Simpson is as crazy about Molly as she is about him. I can't see hiring a stranger just because of gender when he worships the ground she walks on."

"For heaven's sake, Trey. All anyone should have to do is look at Molly to be sure what you're doing for her is great, including Simpson. She's adorable. Full of herself, high on life and everything in it. What's to worry?'' Impulsively she reached over and touched his hand, the gesture clearly meant to express affection and sympathy, nothing more. But she seemed to notice her pale white hand against his sun-ruddy skin, and suddenly she was surging to her feet again. ''Good grief, it really is late now. I never meant to take up your whole evening, and I need to get home.''

Because he could see that she was serious about leaving this time, he walked her outside. The temperature had plummeted at sunset. The sky was a chilled-down navy blue, peppered with icy stars, and Diana had brought no jacket. She clutched her arms as she walked next to him to her father's red pickup with the Big Sky logo on the door.

''Diana, I want to apologize—''

''Apologize? For the wonderful dinner or the good company?'' she teased him. ''I fell in love with your daughter at my sister's wedding, if you didn't notice. She's a total darling.''

''Good. But I'm still apologizing for airing all our family linen. I never wanted to make you feel awkward…but I did want to be honest ahead of time. Because I'd like to ask you over again. To see you again. At least, if the total picture didn't scare you off.''

''You want to see me again?''

She dug in her shoulder bag for the truck keys, and when she found them and tilted her face toward his, her expression reflected both surprise and confusion.

She didn't get it, he mused. All evening he could feel the combustible chemistry between them, could see her eyes shying from his, then darting back, could see her cheeks flushing, had felt her pulse startle when his hand accidentally brushed hers. And yes, more than a dozen years ago, he remembered a coltish young girl who'd followed him around as faithfully as a puppy. She'd been so sweet, so painfully yearning. He wasn't a particularly sensitive teenager, but still he'd have shot himself before hurting her feelings, and hoped he never had. For sure he'd never let on that he was aware of her crush to avoid embarrassing her.

But that was then.

And this was now.

Her dark eyes looked like liquid chocolate in the moonlight, her smile alluring and luring both. Just looking at her, his gut tightened and his pulse started tripping like an ungainly teenager's. He couldn't help but be aware how different she was from Victoria.

He'd married once for practicality, because he thought it was time to be married, time to settle down. Truthfully, Victoria had picked him and done the chasing more than the other way around, but her country-club taste and blond perfection had been everything he had ever dreamed of. He expected to be a good husband. Expected to give one hundred percent. And he'd revered the ground she walked on in the beginning.

But it wasn't and never had been a marriage of love, and Trey would never make that mistake again. Both of them had been in hell before Victoria died. Neither, really, at fault. He'd never stopped trying, and if Victoria had, well, he'd blamed himself for that as long as he was going to. She'd wanted him, but she hadn't loved him, either. Ever. And he'd withered on the inside for a long time, feeling more and more alone, feeling wanted only for his money and what he could do, never for himself. Long before she'd died, he'd felt a chasm of silence from dying on the inside himself.

In the past couple years, he'd occasionally gone out, but not often. He carried a lot of problems that it wasn't fair to ask someone to share, he'd felt, but more than that, there hadn't been anyone he cared enough about to even try. Trey never wanted to make the same mistake. If he ever fell, he wanted nothing unless he could have it all. He wanted the flame, the magic, the power. He wanted a woman who made his knees shake with wanting. He wanted to feel crazy in love—and for her to feel the same— or he didn't want to waste time even stepping foot in the ballpark. And truth to tell, he never expected to find any such thing. He wasn't positive that kind of love existed—at least for him.

But damned if, for the first time in his life, he hadn't found a woman who finally did it. Made his knees shake. Her hair like a simple cap, skin so smooth she wore no makeup, no artifice to her, all bundled up in those figure-concealing clothes, making it so obvious that she hadn't come over for dinner with any intention of alluring him...yet she was alluring. That smile. Those eyes. The scent she wore, a tickle of flowers and a hint of a soft, summer wind and then something sexy right behind it, like a punch.

He could taste risk, just being in the same room with her. The kind of risk he'd never dared in his life before. The kind of risk he really hadn't known was out there.

Of course, he hadn't tested this amazingly fascinating problem with a kiss yet.

But that was next.

Chapter 3

"I just can't believe how chilly the night suddenly turned, and after such a warm day," Diana said with a nervous laugh. "I don't know if I mentioned that I drove up to the Laughing Horse Reservation this morning. My great-great-gramps, Kyle Brennan, was half Cheyenne...."

Diana wanted to give herself a morose kick in the keester. Why was she telling Trey all this? Why should he care? *Just shut up, Diana. Just get in the truck and say good-night and quit babbling like a nervous brook.*

But the problem was Trey, standing right in front of the driver's door. He'd always induced a white-hot sexual awareness in her, and this close was too close. Moonlight silhouetted his broad shoulders and rumpled dark hair and that slow, lazy smile of his. She could smell late-season roses and the ghost-clear night and her own nerves. Out spilled more babble.

"Anyway, I've been picking up some substitute teaching work, but not enough to make a living. And truthfully, what I'd really love to do is teach on the reservation, so I drove up there to see if there was any chance I could catch someone to talk one-on-one. In Chicago, I taught the high-risk kids. The little ones who were having trouble reading right from the start. And I doubt folks would normally think inner city and Native American country kids would have anything in common, but the problems that can make a child a high academic risk can be exactly the same. I had a great talk with the principal. She was on the same bandwagon with me right off. Unfortunately, there's just no funding for the kind of special-ed program I'd really love to put together."

She had to stop babbling long enough to take a breath. Her lungs hauled in a big chug of oxygen, but not enough to quell the light-headed, white-hot feeling.

The thing was, her specific problem had gotten worse. Trey was no longer just blocking the driver's door. He'd started moving. He lifted his arms as if he were reaching toward her. If Diana hadn't had a recent problem with lunacy, she'd have thought the man was going to kiss her...a thought that inspired her common sense to snap awake. For Pete's sake, catering to this lunacy thing had gone far enough. Old crushes didn't come back. Fantasy lovers didn't suddenly turn into the real thing. Sure, a woman could waste a few rag tail minutes daydreaming about Daniel Day-Lewis or Brad Pitt. What was the harm? You knew nothing was going to happen.

Only Trey suddenly bent down.

And he seemed to be studying her, staring at her face, looking at her in a strangely intimate way that made no sense at all.

And then his arms swept around her.

And the kiss that only a lunatic woman would believe could happen...was happening.

Holy hokum. Holy hooch. Her knees seemed to turn into dribbling noodles. Her toes and fingertips iced up. All the wonderful IQ points that had always handily glued her mind together suddenly flew out her ears into that big Montana sky.

His hands slid around her shoulders, scooped her back. His mouth tilted, then swooped. A butterfly kiss whispered down on her lips, soft, gentle, more a tease of sensation than the real thing...but that was followed by a hot stamp of a kiss that could melt a blizzard. No sound intruded on the still silence of the night, no cars, no birds, no humans. She heard nothing but the sound of his groan against her soft mouth, and her gulping in air. Or trying to.

Okay, okay, so she'd always been crazy about

him, but she'd only agreed to this dinner for Molly's sake. She adored his daughter. There was no reason to deny that. And after hearing about Molly's losing her mom, Diana felt even more drawn to the urchin. Mol had a fabulous dad. So had Diana. And Molly was so wonderful, so fearless, so pure girl, the kind of spoiled kid Diana had once been, too. Mol was loved and lucky and blessed. Diana had that same kind of background—yet all her life she'd ached for her mom. A daughter who lost her mother too young had a hollow spot that never went away. Diana knew exactly how the little one felt.

And right now, she kept trying, fiercely, to think about Molly.

Yet Trey suddenly lifted his head and smiled at her in the darkness. Not a nice smile. Not a friendly smile. More of a *Damn! I hoped you'd be this much trouble* smile, and then he nuzzled down for another kiss, spinning her around so he could lean against the truck and splay his legs and pull her right into the lariat of his arms.

Eek. A girl couldn't cook her goose on just a few kisses, could she?

Nothing earth-shattering could happen as long as they both stayed fully clothed out in the open, could it?

Besides, a few kernels of rational common sense finally seeped into her empty brain and started rattling. Obviously she could make herself behave any minute. She always behaved. She was a teacher, for heaven's sake. Respected. Respectable. A kid lover, a believer in families, a wanna-be mom.

The only reason she was having a teensy difficulty getting a grip was from the shock of Trey initiating a kiss, and not just any old peck of a kiss but this kind, the kind that started out sleepy and safe and somehow turned into drumrolls thundering inside her heart. He wanted her. Trey. Wanted. Her.

Really, it was way, way easier owning up to a problem with basic lunacy than admitting how much she was loving this embrace, loving him, loving this moment as if she'd been waiting for him her whole life.

Trey suddenly lifted his head, severing a kiss that had sampled her throat and earlobe and the side of her jaw before any kind of hesitation. His dark eyes were still kissing her, still savoring, but his expression had turned grave.

He didn't pull away. Instead, his arms tightened and he cuddled her in a hug for a moment longer. She could feel his arousal, feel the heat and electric tension pouring off his body, yet somehow that hug managed to communicate affection and comfort, as well. She had the sensation of a panther tired of dark, lonely nights and, instead of pouncing, trying to soothe the lamb in his clutches. A wildly crazy image, Diana realized. Trey wouldn't hurt her. She wasn't physically afraid of him in any way. Yet the instinct that he was dangerous for her was as real as the moonlight.

"You have to go," he murmured.

That should have been her line, her first words. She tried to pull back, and this time he let her. Yet his eyes still chased hers as if willing her to stay with him—when, of course, she couldn't. He said quietly, "It's been easier for me to stay uninvolved since my wife died. Particularly with in-laws watching every breath I take and hoping to find the grounds to judge me. But you know what, Diana?"

"What?"

"I think that you and I are going to get complicated real fast." A smile. A touch on her cheek. And then he watched her drive off.

Weeks later, Diana stood in her cabin window, towel drying her hair, mesmerized by the first snowfall. The snow fell like a hush in big, fat, crystal flakes, filling up the corrals, mounding on the fence posts, shining silver in the windowsills of her dad's house across the yard. Snow clouds hovered low in the witchy black sky. The first of October was early for a serious snow—even in Montana—but all she could think about was how much Molly was going to love waking up to this in the morning.

When a knuckle rapped on her door, she whirled in surprise. Her sister, Suzanna, poked her head inside. "Hey. You busy?"

"As if I were ever too busy for you. Come on in. How's my niece today?"

"Your nephew—" Suzanna pushed off her hat

and jacket, then patted her bulging tummy "—has been kicking me nonstop all day. I swear this boy already has attitude. But Dad and Nash are closed up in the den, talking horse breeding, the two of them happy as two peas in a pod, so I took off." She waddled toward the couch. "I've had a surprise I wanted to show you ever since you came home. Only first you insist on living in this pipsqueak-size cabin instead of in the big house with us, and then you're never here, besides!"

"You don't like the way I've fixed the place up?" From long habit, Diana studied her sister with the practiced skill of an honorary mother—but the glowing cheeks and deep contentment in Suzanna's eyes were ample testimony to how exuberantly happy her sis was. And happier yet when Diana produced a dish brimming with dark chocolate nougats—one of her sister's vices since the start of her pregnancy.

"Oh, God. Oh, God." Her sister spotted the nougats. And pounced. Unfortunately, though, even chocolate couldn't divert her train of thought right then. "You've fixed the place up wonderfully. But that has nothing to do with how little you're home—"

"Well, really, I'm lucky they're calling me so often for substitute teaching."

"I'm not talking about work hours, and you know it. You've been seeing Trey Derringer for weeks now. I want a full report. Skip the details and go right to the X-rated stuff. The more pregnant I get, the best I can do is hear about it vicariously.''

Diana's pulse suddenly climbed in her throat. Suzanna couldn't have any idea how fast and complicated her relationship with Trey had become—nor did she want to tell her. Suzanna was not only a new bride but expecting a baby in a matter of weeks. Diana had seen the two lovers together. No one could doubt they were happy, but something about the relationship had been stormy at the start—they hadn't opted for a big wedding at first, for one thing—yet Suze had been closemouthed about whatever the troubles had been. Diana didn't want to pry. And didn't need to, when she could see for herself that her sister was happy. But all the same, she'd never let her younger sister worry about her before and certainly wasn't about to start now. ''Well, I hate to disappoint you on the lascivious details, but really, I've just been spending time with Molly to help out. I admit I've fallen for his daughter big-time, but we've just been doing girl stuff—shopping and haircuts and that kind of thing—''

''Uh-huh. Sure. Like you expect me to believe a four year old put that new kick-ass swish in the way you walk or those stars in your eyes. Is Derringer serious? Because if he's playing with you, I'm gonna sic Nash on him with a bullwhip. I always did think he was a heap of man, but then there was so much talk. His wife was the fastest thing this town ever saw. And his in-laws are real public about their fighting for custody. And more to the point, you think I didn't know you had a thing for him when we were kids?''

''I sure did,'' Diana admitted smoothly. ''In fact, when I'm around him now, I thank God I've grown up and don't believe in shining knights and wild romantic dreams anymore. You know you can count on me to be practical. Have you ever known me to do one irresponsible thing?'' If none of this were precisely true, Diana hoped it would be enough to reassure her sister. Just in case, though, she swiftly crossed the room and opened a drawer. She had another bag of nougats stashed for emergencies just like this. ''Didn't you say you had some kind of surprise?''

''Yup. I found a treasure in an old trunk in the attic months ago. Letters. Love letters. From our great-great-grandmother Isabelle to Kyle. And I wanted to tell you right away, but you came home for the wedding first, and then Slim and I took off on the honeymoon, and, well, I just wanted to show these to you when the two of us had a little time alone.''

''You found love letters? Between our legendary Isabelle and Kyle? Sheesh, how'd you ever keep that secret this long? Let's see, let's see.'' Diana curled up on the couch, immediately becoming immersed in the fragile parchment letters as Suzanna divvied them out.

As young girls, both had always devoured the leg-

end of their great-great-grandmother's love story.
Their mom had first told it to Diana, and then Diana
had told it to Suzanna a hundred times as a bedtime
tale, how the young, gorgeous and pampered Isabelle had come west with her parents, then been
stranded when she was nineteen because her mom
and dad died. Still, she'd fallen in love with the
dashing half-breed, Kyle Brennan. In those days,
she'd risked her future and her reputation to marry
a man of mixed race, and together they'd built up
the Big Sky ranch.

Every time Diana had heard the story from her
mother, she'd dreamed of that kind of a love—the
kind of man you could trust beyond all rhyme or
reason, the kind of love so strong that nothing else
mattered. "Mom and Dad loved each other like that,
you know," she told Suzanna, as they switched letters yet again. "I don't know how well you remember Mom—"

"Well, not as well as you. But you and Dad both
helped keep her alive for me. And Dad still gets a
softness in his eyes when he talks about her." Suzanna started carefully folding the finished love
notes. "I didn't think love would ever happen like
that. Not to me."

Diana's eyes shot up. "What do you mean? You
married Nash—"

Her sister nodded, but her gaze was focused on
the snowy landscape outside. "At the time I thought
it was the right thing to do. For the baby.

For...everyone. And the first time I saw Nash with the horses... Well, I can't explain exactly. I felt I could trust Nash, and that mattered. I just never believed we'd always create sparks together. I remember saying my vows and wanting to cry. I felt like a fake. Not like a bride—at least not the bride our mom and grandmothers were. The thing was—"

When Suzanna hesitated, Diana coaxed her to finish. "What?"

"Well, to be honest, I thought the romantic kind of love that our parents had—that I thought Isabelle and Kyle had way back—was old-fashioned. Corny. Wonderful to weave stories about, but nothing that happens for real today. People get divorced all the time. Nobody stays together. I just thought I should work on making a good relationship, but not count on ever feeling that corny type of being in love, you know?"

Diana felt her heart squeeze in a protective fist. "Suzanna, the way you and Nash look at each other, I just assumed...I hoped—"

"Oh, yeah. I fell in love—hard. And so did he. Loving him is the best thing that ever happened to me...which is partly why I wanted to tell you all this. I'm worried about you, Di—"

"Me? There's no reason for you ever to worry about me!"

"Well, you take care of everyone else. But I never see anyone taking care of you. And I'm just saying, if this Trey's got your heart, go for it. I never expected to love anyone like I feel about Nash, not down deep at the soul level. And I just don't want you to settle for less. You deserve someone who'll love you for who you really are. Oh, God. Am I sounding corny?''

"Um…" Diana felt uncomfortable. Her sister was the baby in the family. It was always Diana who'd done the caretaking and mothering and lecturing. Suzanna had never done it to her. "You're being a sweetheart, sis. But I really don't want you worried about me—''

"Okay, okay. I'm not worried. Or I'll let you off the hook for now, because I still want to talk about the love letters. Come on, Diana, didn't you notice something was odd?''

"Um…" As fascinated as Diana had always been by the old family love story, she hadn't been paying that much attention. She was suddenly remembering Suzanna's wedding, and how her sister had hurled the wedding bouquet right at her chest. Whatever trouble Suzanna had found with Nash, the couple had obviously worked through it and found real love on the other side. Diana only wished she could believe the same thing could happen with her and Trey. She couldn't seem to stop worrying about her building worrisome feelings for him. But she forcibly returned her concentration to the family love letters. "To be honest, I didn't notice anything odd. The tone of the letters was wonderfully romantic and loving, just what we always thought. So what did you think was weird?''

"That there could even *be* any letters. Think about it. She's writing to him. To her lover. And judging from the number of letters, her Kyle was obviously gone for quite a while, right?''

"Yeah, so?''

"So when were they ever separated? All those years—you know the legend—once they met, they were never supposed to be separated. She was in a terrible mess when her parents died and she was left with a horse ranch that she didn't have a clue what to do with. So why would he have left her?''

"You're right,'' Diana mused. "That doesn't make sense.''

"I hate loose ends like that. And Isabelle's so much a part of our family. Every time we've ever talked about love and what family means, it goes back to her and Kyle.'' Suzanna stood, pressed her knuckles to the aching small of her back, then reached for her jacket and mittens. "I don't like their suddenly being a mystery in the family history when we were always so sure we knew the whole story.''

"Well, maybe my niece will unravel all the old genealogy when she comes of age.''

"Your nephew, you mean?''

Obviously they were done talking about serious subjects. Sister fashion, they fought over the gender of the baby, then whether Diana was going to walk

Suzanna home. Suzanna said she was pregnant, not ill, and it was dumb for Diana to get all cold when the big house was just across the yard, for Pete's sake. Diana listened to the rant—as she clutched her sister's arm protectively the whole walk. The night was dark and sleety, and her sister could too easily fall—which Nash obviously realized, too, because her new brother-in-law's tall, broad-shouldered figure emerged from the shadows before they were halfway across the yard. He'd come to make sure Suzanna made it safely inside.

"The two of you are a total pain!" Suzanna complained. "My God, I can't even walk a hundred yards without somebody babying me!"

Diana patted Nash's arm sympathetically. "I told you before—you should have married the nice sister instead of Ms. Crab here."

"Aw, she's not crabby. It's just that our daughter's been kicking her so many nights, she's getting short on sleep."

"Our *son*. I've told you guys a zillion times. I'm positive it's a boy."

"Excuse me, Diana," Nash murmured. And kissed his bride—which was the last anyone heard any further cranky complaints. Nash winked a goodnight at Diana.

Moments later, still chuckling at the newlyweds' antics, she let herself into the cabin. Abruptly her smile died. Normally the silence and privacy of the cabin were guaranteed to soothe her after a long day.

Heaven knew, she'd fought the family to stay alone here.

Her dad had built the cabin years ago because they had so many people coming and going during the breeding season. There were plenty of spare rooms in the big house, but that wasn't always comfortable for either the strangers or the family.

Her gaze skimmed the cabin as she locked up and started cleaning glasses and turning off lights. The place was set up like a studio apartment, with a corduroy couch and chair clustered in the small space in front of the fireplace. A bar served as dining table, desk and work space, and separated the living from the kitchen area. The kitchen had a hodgepodge of blue enamelware from the main house and cupboards always stocked with enough staples to put together a quick dinner or snack. Hiding behind an old-fashioned fabric screen was the bedroom area— a double bed, side table and storage trunk.

And that was it, Diana mused, but she'd done her best to make the place hers. She'd added the ivory down comforter and crocheted pillows, the nest of gardenia-scented candles, hung an Amish quilt and draped thick rugs to warm up the plank floors. But it was a frustrating lack of space for a woman used to her independence and autonomy all these years. And she felt like she was camping out, in between, not sure what rung on the life ladder she was climbing next.

Her sudden unsettled mood came from talking

with her sister, she knew. Maybe there was a sudden mystery about Isabelle, but Isabelle still had the courage to reach for love in spite of very difficult odds in her time. As had their grandmother and mom, and now, Diana suspected, her sister, too. The Brennan women had always found strength in themselves.

And growing up, Diana had understood where that strength had to come from. When her mom died, her dad had needed her to be strong. No one valued a weak woman. A woman stood up for what was right, took care of family, sacrificed for those she loved.

She didn't go mooning after wild hairs and moonbeams...the way she'd done years ago with Trey.

The way she seemed to still be doing with him now.

The telephone jangled just as she'd finished locking up and was pulling the sweatshirt over her head. She sank on the ivory comforter to grab the receiver on the far side of the bed.

"Am I calling too late?"

Oh, man. It was her own personal wild hair and moonbeam, and his question struck her as downright humorous. Was there ever an inconvenient time for chocolate? Winning the lottery? Being happy? Diana closed her eyes, knowing darn well she was thrilled to hear Trey's voice no matter what the personal risk to her heart. Just hearing his slow, magnetic baritone invoked memories of the first night when he'd kissed her and either warned her—or promised—that things could get complicated between them real fast. "No, Trey, the hour's fine. And how's our miniature femme fatale today?"

"Well, I guess she decided to tell the preschool teacher how to run the class. Specifically I think she had in mind revamping the disciplinary system on how little boys with cooties should be handled."

She started chuckling, and Trey recounted more of Molly's antics to make her laugh again. She always loved hearing about Mol, and she'd taken so strongly to Molly—and vice versa—that Trey's encouraging the three of them to spend more and more time together was no surprise. Except that the little one was invariably asleep by eight, and Trey had developed these sneaky, subtle tricks to make her stay just a little longer. Even after weeks, she felt startled when he initiated a kiss or embrace. And more confoundedly stunned at the power of the force field between them.

"You were going to drive up to the reservation today, weren't you?" he asked her.

"Yes." Diana snuggled into the comforter. "I guess that's pretty foolish when I know there's no funding for a full-time job. But the principal's been so enthusiastic about listening to the reading program I'd like to set up. And on days I'm not called to substitute teach, there's really no reason I can't go up there and tutor little ones every day if I wanted to."

"Except that no one wants to pay you." Trey had listened to her on this subject before.

She sighed. "Well, it's not like it's anyone's fault that there's no funding. And I love doing it. The money is a problem. If I'm going to stay in White-horn, I need to get serious about finding full-time work. I hate mooching off my dad—and I'm just too darn old to be dependent on family for a living."

"Something tells me your dad is perfectly happy you're there."

"Yeah, he is. And he keeps telling me to relax. Enjoy being home. Think through what I really want to do, and quit being in such a hurry." As she spoke, Diana realized this was exactly one of the things she'd never expected. That Trey would be so easy to talk to. Or that in such a short time, he'd know so much about her.

"You've suddenly gone quiet on me," Trey murmured. "You getting tired?"

"A little," she said, which was a total lie. The same confusion wrapped around her mind every time she talked to Trey. At first, she'd assumed he was being nice because Molly had taken such a liking to her. And after that, she'd assumed the lunacy that affected her in Whitehorn would simply go away if she gave it some time. Only time kept passing.

Enough time that right now, curled under the ivory comforter with the phone tucked to her ear, she could so easily imagine him. Curled under the blanket with her. Naked. In the dark. Kissing her like the other night. A good-night kiss that started in her car and somehow astoundingly ended up in the cold grass sparkling like diamonds in the moonlight, Trey's laughter sounding low and throaty, both of them breathing hard.

"Diana, will you be able to come over on Tuesday night? To help me with that costume thing for Molly's school play?"

There. Some sanity. She swallowed fast. Everything stayed wonderfully easy if they just kept talking about Molly. "No problem. I told you I'd be glad to."

"You're sure we're not imposing? I'm afraid Mol would ask for your full-time attention if we didn't put a lid on it. That doesn't mean I want you to feel obligated to say yes every time."

"Trey, I love spending time with her. Honestly. Unless you're worried that she's starting to get too attached to me—"

His voice caressed her ear like the stroke of velvet. "Oh, I think she is. And I know I am. Are you going to scare off if I finally come out and admit that the two of us are wooing you, Diana Brennan?"

Chapter 4

Trey didn't want to marry her. He wasn't wooing her. He couldn't be. It was just that problem with lunacy that had shown up since she'd been home— the one that cropped up every time she was around him. Like now.

Diana managed to look at the daughter rather than the dad, and reminded herself that Brennan women were strong. Strong, self-reliant and steady as rocks. And by God, she was going to shake this problem with lunacy or die trying.

"Do I look bea'ful?"

Diana rocked back on her heels and removed the pins from her mouth so she could answer. "More than beautiful. You look breathtaking, Mol. You're going to be the most beautiful pumpkin in the whole play—although I don't think we'd better let your daddy go shopping alone again.''

Said daddy glanced up from where he was hunkered by the fireplace, as if he sensed he was being insulted. "Hey, I took Simpson," he said defensively.

''Yeah, and the two of you came home with how many yards of orange velvet? This is going to be the most expensive pumpkin that ever starred in a preschool play.''

Molly tugged at Diana's pale blue sweater. "But I'm worth it, aren't I, Diana?" she asked confidently.

''You're worth more than the sun and the moon,'' Diana agreed, with absolutely no hesitation. "And okay. You're all done getting fitted. Would you like to practice your lines?''

''Yes! Yes! Daddy! Listen to me! And everybody has to be *quiet!*''

''I'm listening,'' Trey gravely assured her. "Believe me, none of us would miss any of these rehearsals.''

And this, Diana mused, was exactly what she was here for. Molly. Maybe she'd been a romantic, ditsy dreamer as a kid, but when her mom died, she fiercely remembered how much her dad and sister had needed her. Really, it was the reason Molly seemed to need her now. Maybe the household was missing a mom, but Diana was the kind of person a child could depend on, which Molly seemed to sense. She'd always come through for people. It was who she was.

And Molly was loving every minute of the attention. The urchin twirled to the middle of the living room, where she paused dramatically. For this epic preschool play, Diana had padded pillows under the stitched orange velvet to make Molly's figure resemble a pumpkin. The orange tights matched perfectly. And once Molly lifted off the pumpkin-lid hat, dark curls tumbled wildly around her shoulders. "Trick or treat!"

These three words, not surprisingly, were greeted with wild applause from her appreciative audience. Diana stood up, and between whistles, screamed, "Encore, encore!" Trey roared, "Bravo!" And Simpson put a beefy hand over his heart to express respect for Molly's acting ability and fervently hissed, "What a star!"

Eventually Molly was conned into taking her costume off, after which a pre-bed tea party was served with real milk and virtual reality cookies on teensy doll-size dishes. When Trey finally stood up and gently insisted it was *really* time for bed this time, though, Molly threw herself in Diana's arms.

"Are you gonna come see me in the play?"

It was all too easy to snuggle the warm, wriggling body. Diana kissed the top of her head, conscious of her daddy standing barely a kiss away himself. "If it's okay, I'd love to come to your play."

"It's okay. I want you to. But you know what, Diana?"

"What?"

"I think you should be my mom, that's what. Then you could make me costumes every day. And we could play. And I could hide my peas in your napkin like we did at dinner."

Diana stroked the soft, dark curls. "You know what, Mol?"

"What?"

"I can be your friend. And help you with things like costumes. I don't need to be your mom to love you or be part of your life, did you know that?"

"Yeah. I guess. But I still think it'd be better if you were my mom."

"I'm honored that you think that, lovebug."

"All you have to do is marry my daddy, you know. It's easy. We get to get new dresses. Then we go to church and throw flowers. Then we go on a honeymoon. That's it. That's all you have to do—"

The rest of the instructions were muffled by a hand over her mouth, courtesy of her father, who carried the little one upside down to bed—which was the best way to keep her giggling. It took a few minutes before Trey returned, because he never rushed his good-nights with his daughter. But when he ambled in the living room, he threw himself on the couch next to Diana.

"She's a monster," he announced.

Diana chuckled. Simpson had typically disappeared a few minutes after Mol's bedtime, and the room felt entirely different with just the two of them. "Something tells me dads have used that particular descriptive term on their daughters before."

"I got a lecture on how to make you fall in love with me. Her best advice was chocolate ice cream." Trey swiped a hand over his face. "When I was four, I'm pretty sure the only thing on my mind was playing with trucks."

Again, she smiled, but her smile suddenly wavered. "Trey, do you think I'm spending too much time with her? I've been worried for the obvious reason. She really seems to be getting attached to me."

He stretched his arm on the back of the sofa, fingers dropping naturally on her shoulder. "Well, I'll tell you the truth. She's never done anything like this with any other woman. Which is partly why she's always startling me with the stuff that comes out of her mouth—I'm just not expecting it. And maybe I should be feeling more embarrassed, but I keep taking lessons from how you're handling this. She never seems to fluster you, Di."

"She doesn't. Not really." She felt his fingertips on her shoulder. Grazing. Skimming the curve of her neck. Exposing her collarbone to the charge of a couple dozen lightning bolts. "One of the things I love best about kids is their honesty. Obviously we have to teach them some tact and get them civilized sooner or later...but that just comes with some coaching en route.'' A fingertip strayed into her hair, curled around his finger, made her feel shivery. ''And sometimes I think if you let them see you're embarrassed, you're giving them the wrong message. That it's okay to be curious about certain things but not others, and that their feelings are wrong.''

''Well, I think you're incredible with her.'' His dark eyes did the same thing. Grazing. Skimming. Exposing her face—her mouth—to the charge of his gaze.

''I think the credit goes to you, Dad, that she has so much confidence and sense of self, especially for a squirt that age.'' She leaned forward, thinking that she'd dropped her shoes somewhere. She had to get up, go home. One of these times, Trey was going to discover she was having this problem with lunacy—if he hadn't already. ''I don't get any credit for anything. I'm just around kids all the time. I'm used to them. But back to my question. Do you think she's getting too attached to me?''

Trey didn't protest when he saw her pushing her toes into loafers. ''I don't know what 'too attached' means. I think her relationship with you is fantastic for her. She discovered that another adult woman besides her mom can mean something special. How could that possibly be bad?''

''But if I go away, Trey, she'd have to deal with another loss.''

"Are you thinking about going away?"

It was a simple question. If he weren't so close, possibly she could have come up with a simple answer. She'd never realized how homesick she was in Chicago, how badly she wanted to be home...yet maybe going back to the big city was her best choice. In Chicago, everything was so much safer. Nothing there but crime and drive-by shootings and gangs to worry about. Here there were shifting timbers. All the petrifying alligators under the bed she'd feared as a child.

Here there was a strong, compelling man coming toward her, his dark eyes on her face, his mouth already open and tilted to take hers in. And then he did, with a kiss that took her breath. Somehow she never expected those kisses, never expected Trey to make any kind of pass. Even after all these weeks, she couldn't seem to believe he actually wanted her. And like before, by the time his lips connected with hers, it was too late.

Magic whispered in the air. The sough of his breath, the masculine scent of him, the feel of his hand cupping her head, angling her close to him...for her, everything about those moments was suspended in time. Outside, she heard the moan of a lonely wind. Inside, she heard only the soft hiss of fire and the potent shadows of firelight, illuminating his face, glowing on the lines of character and strength and power. It wasn't the boy she'd had

a crush on—but the man who she'd fallen hopelessly, helplessly in love with.

His palm stroked her throat, down to the swell of
her breast. Under her navy angora sweater, her heart
started slamming, louder than a drum, louder than a
wild wind and a blizzard gale both. Through her
sweater, through her bra, she could feel her nipple
tighten. Tauten. Ache. Her whole breast seemed to
swell to the molding fit of his palm, and he made a
sound, of desire, of need, and he suddenly pulled
her closer, cradling her on his lap.

Her whole body was electrified. Blood pooled
low, as if her womb were responding to an empty
ache, a need to be filled. Whisper-soft kisses touched
her cheek, caressed her nose, came back to settle
long and compellingly on her mouth, taking in her
tongue, taking in her last shreds of sanity at the same
time.

Trey needed a mom for his Molly. She knew that.
He appreciated that she was a good feminine influence for his daughter. She knew that, too. Possibly
his in-laws would get off his back if he had a mother
in house—or they'd give up fighting him for
custody. Diana didn't believe for a second that
Trey was being deliberately manipulative. A man
couldn't kiss with that kind of tenderness, that kind
of longing, if there wasn't feeling.

But she'd always understood what drew people to
her. When her mom died, it had become so crystal
clear how useless a romantic dreamer was. Her dad

Play **LUCKY HEARTS** for this...

exciting FREE gift!
This surprise mystery gift
could be yours free

when you play **LUCKY HEARTS!**
...then continue your lucky streak
with a sweetheart of a deal!

1. Play Lucky Hearts as instructed on the opposite page.

2. Send back this card and you'll receive brand-new Silhouette Special Edition® novels. These books have a cover price of $4.50 each in the U.S. and $5.25 each in Canada, but they are yours to keep absolutely free.

3. There's no catch! You're under no obligation to buy anything. We charge nothing— ZERO—for your first shipment. And you don't have to make any minimum number of purchases—not even one!

4. The fact is thousands of readers enjoy receiving books by mail from the Silhouette Reader Service™. They enjoy the convenience of home delivery...they like getting the best new novels at discount prices, BEFORE they're available in stores...and they love their *Heart to Heart* subscriber newsletter featuring author news, horoscopes, recipes, book reviews and much more!

5. We hope that after receiving your free books you'll want to remain a subscriber. But the choice is yours—to continue or cancel, any time at all! So why not take us up on our invitation, with no risk of any kind. You'll be glad you did!

The Silhouette Reader Service™—Here's how it works:

Accepting your 2 free books and gift places you under no obligation to buy anything. You may keep the books and gift and return the shipping statement marked "cancel." If you do not cancel, about a month later we'll send you 6 additional novels and bill you just $3.80 each in the U.S., or $4.21 each in Canada, plus 25¢ delivery per book and applicable taxes if any.* That's the complete price and — compared to cover prices of $4.50 each in the U.S. and $5.25 each in Canada — it's quite a bargain! You may cancel at any time, but if you choose to continue, every month we'll send you 6 more books, which you may either purchase at the discount price or return to us and cancel your subscription.

*Terms and prices subject to change without notice. Sales tax applicable in N.Y. Canadian residents will be charged applicable provincial taxes and GST.

If offer card is missing write to: Silhouette Reader Service, 3010 Walden Ave., P.O. Box 1867, Buffalo NY 14240-1867

BUSINESS REPLY MAIL
FIRST-CLASS MAIL   PERMIT NO. 717   BUFFALO, NY

POSTAGE WILL BE PAID BY ADDRESSEE

SILHOUETTE READER SERVICE
3010 WALDEN AVE
PO BOX 1867
BUFFALO NY 14240-9952

NO POSTAGE
NECESSARY
IF MAILED
IN THE
UNITED STATES

and sister had needed her to be rock steady, strong. That's what people always needed from other people. A doer, not a dreamer. Someone who was strong, not someone weak. Her identity, her whole self-worth, had long hinged on being the kind of person that others could rely on—the kind of person who never let a loved one down. She *liked* the practical, responsible woman she'd turned into.

And she was scared of the blindly impulsive woman she seemed to become around Trey...but oh, this lunacy had a magical, exciting side, too. He'd kissed her before. She knew his taste, his scent, his textures. She knew his first kisses always seemed questing. Not tentative, but always asking. Did she want this? And only when he felt sure of an answer did he move into deeper, darker kisses, softer kisses, dangerous kisses. Kisses that dragged moans out of her and groans out of him. Hands were suddenly hustling to clutch, to claim. Skin temperatures soared fever high. Oxygen was sucked from the atmosphere. Annoyances—a couch arm, lamplight glaring, a distant telephone—struck her as infuriating and unreasoning frustrations.

She could feel how much he wanted her, feel how hard and pulsing he'd become as she twisted closer in his lap. Her fingers sieving through his hair only seemed to make his eyes darken with fire. The bones in his face seemed to tighten and tense, as if suffering pain...yet she caught smiles between his kisses,

and a gurgle of low masculine laughter when her
elbow accidentally poked him.

He liked this teasing. And so did she. She knew
perfectly well that a grown man wasn't going to be
happy volunteering for this kind of frustration forever, but she couldn't seem to think that far ahead.
She only knew him when he was kissing her. And
when she was with him, it felt like everything in the
world could come right with desire this powerful,
this fabulous, this silky pull from deep, deep inside
her so huge that it obliterated any fears in her head.

"Trey? Diana? I wondered if you two might like
a nightcap before— Oh. Hey, I'm sorry, excuse
me."

Faster than a hair trigger, Diana's head jerked up
at the sound of Simpson's voice. Yet, that swiftly,
Simpson was already disappearing from the doorway and pulling the door closed behind him. And
though her heart was suddenly hammering with the
alarmed guilt of discovery, Trey was still only looking at her. Still only intent on her. He never even
glanced up or seemed to notice that Simpson had
been in the room.

"Diana," he started to say gently.

"I have to go. It's so late. I can't believe how
late it is, I—"

As if she weren't making frantic movements to
vault off his lap and stand up, he only looked more
calm, more intent. "Why are you afraid of this?"

"Afraid? I'm not afraid."

His eyes searched hers. "I'm not playing around. Is that what you're worried about? That I'm not serious about you? But, Diana, being a single dad with a daughter as old as Molly, I couldn't sleep around even if I wanted to. And I don't have a great history behind me. I have no interest in a relationship with a woman unless I really believe we've got a shot at a real one."

A wave of protectiveness—all right, of love—swept through her. She reached over and kissed him. It was the first time she'd ever initiated physical contact between them, but she reassured herself that this wasn't a kiss of passion, but only one intended to communicate caring. "I know you're not playing, not in any manipulative or careless sense," she said softly. "And I care about you, too, Trey."

Enough to not want him—or Molly—hurt. At least by her. And if that meant keeping a physical distance between her and Trey, then Diana was determined. She simply had to try harder.

"Are we finally ready?" Trey called up the stairs. "Come on, punkin, shake a leg. We need to leave if we're going to get to the school on time."

"Well, I can't go, Daddy. My hair isn't right. The play'll just have to wait."

Trey stared at Simpson. Simpson stared back at him. "Um, can't you just brush it and come down, sweetie?"

"Daddy!"

Both men heard the tone of disgust. Simpson cleared his throat. "I think they come out of the womb this way. Don't argue with her. Go with it."

"Is there anything I could help with?" Trey called.

"*No!*"

Simpson motioned for him to sit on the third stair up, then plunked his three hundred pounds next to him. "Maybe it's the star temperament. Or stage fright. She couldn't be getting PMS before the age of five, could she?"

"I don't know. Diana would know. But then if Diana were here, we wouldn't be having the problem with hair to begin with."

Simpson smoothed his Mickey Mouse tie over the ample shelf of his stomach. The last time Trey had seen Simpson in a suit was for a funeral. Same suit. Same tie. "I could get us a bracer," Simpson suggested hopefully.

"Nah. The precedent is too scary. Think. If we need a drink before a nursery school play, how are we ever going to cope with the big stuff? Like high school graduation. And a wedding."

"Don't go there." Simpson shuddered. "One crisis at a time. At the moment, a nursery school play seems traumatic enough. Is Diana coming?"

"You already asked me that twice. And yes, she'll be there. But she wanted to drive separately because she was working until almost five on the reservation this afternoon. She was afraid we'd be late if we waited for her.''

"I think you should tell her what you did," Simpson said grumpily.

Trey sighed. They'd already argued about this several times. His friendship with R. L. Simpson went back to the days before Trey had money. Few outsiders understood how two totally unalike men could be close friends, but Simpson had been a wrangler on the Derringer ranch when Trey first knew him. An injury ended his cowboy days, but the injury hadn't stopped Simpson from befriending a green, hungry, dumb kid like himself back then. Maybe R.L. was tough around the edges and lacked formal education, but he'd stand in front of a semi to protect Mol—his loyalty was beyond absolute. Valuing his old friend, though, didn't mean Trey didn't occasionally find him a pain in the keester.

He tried explaining. Again. "If I tell Diana that I funded the program for the high-risk kids on the reservation, then she'll think I did it for her."

"Which you did."

"Yeah. But the point is that Diana's independent. And the reading program she put together for the high-risk Native American kids is really outstanding. She deserves credit. But she won't believe that if she thinks I pulled strings."

"You more than pulled strings. You paid for the whole damn thing."

Trey scowled at Simpson. "But that's the problem. She could feel beholden. Like she owes me. And that's the last thing I want Diana to feel for me.''

"Why? It was a great thing for you to do. Seems to me it shows that you care about her.''

"Simpson—we've had a four year old keep us waiting more than an hour to go to a nursery school play. You think either of us can claim to be an expert on the female mind?''

"Well...no.''

"I'm afraid of making a mistake with her. It matters too much. So just forget about it, okay? I do plan to tell Diana about it some day. Some day when she will understand in her own heart why I did it.''

The princess eventually came flouncing down the stairs. Both men were too smart to say anything about her hair and risk the four year old's wrath all over again, and they were late besides. Ten minutes later they barreled into the parking lot of the nursery school. Diana had parked her dad's red pickup and stepped out.

Just seeing her, his heart arrested and then pumped double time. The sky was all roiled up with snow clouds, heavy and dark in midafternoon, but even against that steel-gray background she looked gorgeous. She was wearing a red wool cape over a long swirling skirt and boots, her face flushed from hustling, her hair whipping in the wind as she charged toward them—swooping to kiss Molly first, then say, ''Hi there, sweetie,'' to Simpson, and when she got good and around to it, she smiled at him.

It was just a smile. And a stingy one. But it was still a personal smile—nothing like she was giving anyone else—and the flare of her color in her cheeks was clearly about awareness. Sexual awareness. The way her eyes met and ducked and then remet his echoed that vibrant, lusty sexual awareness...and so did that little swish in her behind when she took off with Molly, talking girl talk and rehearsal preparations and leaving the men in their wake.

"I'll help her get into the pumpkin costume, but you guys save me a seat, okay?" Diana called over her shoulder.

Anything she did was okay. Trey just kept thinking, *Oh, man, I don't want to make a mistake with her.* She didn't get it, he knew. She just couldn't seem to believe he was wooing her—much less that he loved her. Maybe she believed a single dad with a none-too-happy first marriage was a lousy risk. Maybe his money got in the way. He felt unsure exactly what made her so cautious...only that she lost that caution when he kissed her.

And so did he. His whole life he'd been lonely, and truth to tell that never seemed like all that big a problem—until he met Diana. Kissed Diana. Spent time with the first and only woman who'd ever spun his world the right way. Tonight, Trey mused. Tonight he was determined to escalate their relationship. To show her more of what he felt. To *risk* more of what he felt.

Something had to give. Trey felt like he was standing on a cliff edge, with a killer fall below and a perilous climb in the other direction. One way or another he had to move, because living in this limbo netherworld was untenable.

At the moment, though, the nursery school class was flooding on stage. Amazingly—for a play that only lasted ten minutes—there was standing-room only in the auditorium. One star actor tripped, fell to his knee and cried. One star actress socked the girl next to her. Costumes fell apart en route to center stage. Still, the audience stayed spell-bound...except when individual actors spoke their lines, at which point certain biased folks in the audience leaped to their feet to scream and stomp and shriek approval.

"Do you believe how these grown adults are behaving for a little kids' play?" Trey whispered to Diana.

But when it was his daughter's turn to do her epic line...well, obviously Trey had to whistle and stomp and thunderously applaud louder than the other parents. They had nice kids, but he was clearly the only one with the real prodigy.

"Oh, my God," Diana said to Simpson. "He's pitiful. Even worse than the rest."

"Hey. Did you see her? Was she perfect? Was

she beautiful? Did she put the other kids to shame or what?''

He had a single red rose—thorns removed, of course—waiting for Molly when she came out, cheeks flushed like fever and her curls bouncing. ''Did you see me, Dad? Did you?''

''I did, and you were fabulous.''

''I get the rose? For real?''

''Yup, just for you.''

Simpson and Diana got to give her kisses, but Trey got to give her the piggyback ride to the car and then let her win the con job for ice cream even though it was before dinner. Most days he had panicked moments about what kind of parent he was, whether he was good enough, whether he had anything in him worth the precious charge of his incredible daughter. But some days, like this one, it was just so damn much fun to be her dad that the doubts all slipped under the cracks for a while.

Later, much later, after dinner and when Mol was finally put to bed, he climbed downstairs to find Diana pouring both of them short glasses of wine in the kitchen. ''I have to go home. Really full day tomorrow. But I figured you were exhausted, Dad.''

''Man, I am. This being in a play is hard work.''

She laughed. ''I don't know why you waste your time making money and doing all that silly investment stuff when it's perfectly obvious that you were born to be around kids.''

''Are you kidding? I couldn't survive a classroom

the way you do. Raising one is giving me gray
hair…and she isn't even five yet. And we've been
so busy, I never had a chance to ask you—how's it
going with the new job?"

"Oh, Trey." Her face lit up like diamonds in the
sun. "Those kids are so special, you can't imagine.
They're just thriving. That's the whole point, you
know? I don't believe there's any such thing as a
child who can't read. Some just need an innovative
and personal approach to get them moving. And the
point is, if we don't catch those high-risk kids in the
beginning, they start thinking of themselves like fail-
ures. Even by sixth grade, it can be too late. They
already think of school and tests as their enemies by
then.…"

He'd heard her rant and rave at length on this
subject before.

"So that's the whole thing. Never giving a child
the chance to fail. Making sure they're successful
from the start. Making sure they *can* read. And then
inspiring them to want to get ahead. Kids *want* to
learn. All kids. It's their nature. With a child like
Molly, who's already so bright…"

He'd heard her rant and rave on that angle of the
subject before, too.

"But I'm so worried that it won't be funded for
another year. I'm trying to document everything, the
progress of every single child who's participating,
with as much detail as I can. You know. Really

prove what a program like this is doing and is capable of doing—''

''I don't know, Di, somehow I just have a feeling that you won't have a problem with funding next year.''

''Well, you're more of an optimist than I am. I'm afraid to take any chances. I really am going to document every child's progress with absolute care, no mistakes, no leaving anything out. No fudging it, either. I think people have gotten suspicious about wasted money in educational programs because there's been cheating before. I want to show what these teaching methods can really do, especially for high-risk kids....''

He kissed her. Not because he wanted to shut her up. Not because he'd heard all this before—positively this was her favorite rant-and-rave subject— and he could finish some of her sentences by now. Truth to tell, she lit up so high when she was talking about teaching that he could have listened to her all night.

The kiss, though, it just wouldn't wait. He'd loved watching her with Molly. Loved watching her tease him for being hopelessly biased as a dad. Loved watching her shy, gentle ways of fitting in with his three-person family, never intruding, not even once, not ever, but just seeping into their lives the way a flower bud could bloom even through cracked soil sometimes.

She didn't seem to mind being jumped right in the middle of his kitchen.

Her lips softened under his. Then, slowly, her right hand lifted to his arm. Then, slowly, her left hand lifted to his shoulder. And this soft, slow, woman sound came from her throat. A sigh of need. Of willfulness and pleasure. Maybe nine o'clock in the middle of his kitchen, with ice cream bowls getting stickier on the counter by the minute, was a crazy time and place to kiss her, particularly when she was teaching tomorrow and obviously didn't need to be up late.

But she didn't kiss as if she were thinking about tomorrow's school day.

She didn't kiss like she noticed they were standing in the middle of a kitchen, either.

And Trey thought, *Now. It's now or never.*

Chapter 5

Could a heart actually shake?

His mouth. Oh, my, his mouth. Like silk-satin sex. Warm and wooing. Kisses that plugged straight into her emotions like a direct current to a lightning storm.

Diana didn't know how long she'd been telling herself lies. That she'd been spending all this time with the Derringers solely because she was crazy about Molly. That the kisses she'd shared with Trey before had been accidental, incidental. She'd have to be crazy to believe that a killer hunk of a multimillionaire would seriously be attracted to your average plain old grade-school teacher.

She'd been trying so hard not to sucker into that kind of lunatic type thinking.

Only damn.

Hearts did shake. And she never wanted this lunacy to end. Possibly she was unsure what Trey felt,
but she was absolutely sure about what she did. All
her life, she'd dreamed of this. All her adult life,
she'd tried to talk herself out of believing in the fairy
tale, yet still she'd yearned for the kind of love that
would take her under, sweep her away, wasn't just
about sensible compatibility but about the one man
who made her feel different than every other man
ever had. Or could.

It was stupid, believing in anything so unrealistic.

She believed it all. Her hands climbed his arms,
wrapped around his neck, hung on. He picked her
up, still kissing her, blindly walked out of the
kitchen, still kissing her, began a precarious, perilous, stair-climbing journey upstairs, still kissing her.
The only thing she knew about his house's upstairs
was that Molly's bedroom was to the right.

He aimed in the opposite direction, down a pitch-
black hall. His shoulder banged against a wall. He
kept going, ducked inside a yawning black room
with big, burly shadows. Stopped. Used a boot to
close the door—not a slam, but none too quietly.
She whispered swiftly, "Molly—"

"—could sleep through an earthquake. Don't
worry. But if you plan on going home tonight, Diana, you'd better tell me in the next three seconds."

Within the next three seconds, she framed his face
in her hands and kissed him hot and fiercely.

Eventually shadows turned into discernible shapes. She could make out no colors in the room, nor did she need to. Silver shafts of moonlight slanted across a king-size bed. Her spine dropped onto something cool and feather bouncy. That quickly he followed her down, his weight and heat welcomed. Lips sucked at lips. Tongues twisted together. One openmouthed kiss hissed into another, moaned into another.

Clothes were peeled off. His boots first, then her long skirt. If there'd been time, she would have stopped to laugh, because he pulled one arm out of her sweater, then seemed to forget about it...and he got around to unbuttoning the skirt at her waist, skimming it down, but neglected to remember she was still wearing her boots. Both of them were more than half dressed when his hand dove inside silk, cupped her, teased her with a long, slow finger. And still his mouth kept coming with more kisses, each sweeter and more intoxicating than the last.

She ripped at his shirt, tore at his pants, yanked his tie off with strangling speed. That he'd dressed up for his daughter's nursery school play both charmed and frustrated her. There was so much more to take off, soft, ironed linen, trousers that landed with a woosh, too many buttons, too much material of all kinds. And when she finally managed to get him bare, he disappeared on her.

But not far, and not for long. First she sensed him at the side of the bed, hurling pillows, and then she heard his laughter wicked and low from the bed's foot as he yanked off her boots. After that he dove back in bed with her, hauling a comforter with him and draping it over their heads as if making a cocoon. He was already her cocoon. The darn man slept with his window open. The wind had started to howl, a typical Montana night wind talking all about the winter ahead, trying to bring that chill in.

But there was no chill. Not in Trey's bed.

So dark. All she knew were textures. The pleat of crisp hair on his chest. His stubbly cheeks, the muscles rippling under his shoulders, the tautness of his abdomen, and beyond those gruffly masculine textures was the sensual contrast of his mouth. His tongue was soft and warm. Evocative, tender, loving. This was so much more than sex. Maybe she was caught up in that want-to-believe world, but she tasted kisses of tenderness and sharing, kisses fierce with wanting and wooing both, kisses that yearned for far more than just physical release.

She told herself she'd die if he only wanted this one night, but the truth was, she didn't care. At that moment, being with him was everything. She'd loved him for so long. He was the prince in her every dream, the man she heard in every song of love. Tomorrow, she could go back to being sensible and responsible again.

Tonight, she wanted her man. She wanted to be the lover her great-great-grandmother had been—a woman who gave everything for love, who was strong and free enough to risk everything for the one man who mattered to her.

At some point, he clawed away from her and found protection, but that only took moments. Then he was back, feeding the rush and fire that both of them wanted. They'd been teasing for weeks and weeks now. Both of them had had enough. It was impossible to stop an arrow once the bow released it. It simply flew, straight and true. She flew, straight and true, toward the one man who'd started this aching, reckless, exhilarating longing for completion with him...only with him.

As he started a relentless rhythm, pleasure sheared through her, slicing past any fears she'd ever had. She'd never felt alive, not like this, not like with him. She called his name as if lost in a thick woods and desperate to be found...and then he found her, took her with him, out, up, higher than she could ever remember climbing, ever imagine feeling. When they both tipped off the sun, she felt the joyful emotion of belonging to him, with him, part of him. And then they both collapsed, still wrapped tight around each other.

Diana's eyes suddenly shot open as if she had been startled by the bang of a gun. But there was no bang, no noise at all in the quiet house—except for the deep, slow breathing of the man beside her. Trey's arm was tucked under her breast, effectively scooping her into the sheltering spoon of his body.

Warm, evocative memories flooded her mind of their lovemaking, and a lump suddenly filled her throat. Like a crazy woman, she suddenly wanted to cavort on a rooftop singing love songs at the top of her lungs. Instead—thankfully—she spotted the clock on the bedside table.

The luminous dial claimed it was five o'clock. Time for a woman to get sane. Fast. The last Diana knew, it had been midnight. She'd intended to get up and drive home just the minute she caught her breath...only Trey hadn't seemed inclined to let her catch her breath at midnight—or any other time.

Quickly, silent as a cat, she inched away from that warm, evocative male body and stood up. Swiftly she gathered her clothes—everything but her underpants, which were hiding somewhere in the wicked shadows—and tiptoed out the door. Across the hall from the bedroom was a bathroom with a unicorn night-light. Bleary-eyed, she stepped in there—and almost shrieked when she heard a sudden voice.

"Hey, Di." Molly climbed down from the toilet. Hair tumbling in her face, her feet bare, she stumbled toward her bedroom, dragging a two-foot yellow rabbit in her wake.

She'd disappeared from sight before Diana remembered to breathe. Molly had looked and acted so sleepy that she might never remember seeing her...but guilt bells were suddenly clanging in Diana's pulse. This was the exact reason she'd intended to leave earlier, so there was no chance

Molly or Simpson could realize she'd spent the night with Trey. It just wouldn't be right. She yanked on clothes, flew downstairs and grabbed her coat.

Outside, frost rimmed the lawn and dressed the black tree branches with a silvery white coating. The moon had fallen, but the predawn light had a magical moon glow that seemed to put a pearl hush on the whole world. She wanted to savor that precious magic, not charge off like a guilty bandit trying to get away. She still had that magical feeling on the inside from Trey's touch and the emotions he'd shared with her. And yeah, she knew exactly how badly she'd fallen in love with him.

Thick in love. High in love, scary in love. Like she'd rather be with him than eat or sleep. Like she could dance on mountaintops for the sheer joy of it. There'd just never been any other man for her, not like him—and never would be—which Diana figured was about time that she finally faced.

But love didn't make her choices any easier.

She drove home, feeling shaky and edgy, as if every safe mooring she'd always counted on had suddenly turned illusive and uncertain. She hadn't stopped being a romantic dreamer in her youth for nothing. When her mom died, she'd felt ripped apart. Being there for her sister and her dad had held her together. Being needed gave her an identity.

She wasn't afraid of being hurt. But she *did* need to be there for others. And turning into some lunatic wild-eyed dreamer was inexcusable when there was a child involved—and a man who'd already been hurt by a troubling relationship. Loving Trey meant wanting to be the kind of woman he could count on.

But she truly didn't know what he needed in his life, and that problem was still dominating her mind Saturday when she kidnapped her sister for lunch at the Hip-Hop Café in town. Suzanna's baby was due anytime after Thanksgiving, which meant she was getting too big to be comfortable doing anything. Diana figured they both needed a break away from the ranch and work and real life. She treated her sister to a manicure and haircut, and then both settled into a booth at the Hip-Hop and ordered heaping bowls of barley soup.

She'd gotten Suzanna laughing over a steady round of terrible pregnant-woman jokes when her sister suddenly stood up, gasping and still chuckling. "Well, you know where I'm going. Between the baby and laughing so hard, my kidneys are in real trouble."

Diana couldn't help but grin as her sis waddled toward the ladies' room…until her gaze was suddenly drawn to a woman at the back of the café. There would have been no particular reason to notice her, except that the minute Suzanna disappeared into the bathroom, the tall, slim older woman stood up and seemed to be deliberately striding toward her.

Diana vaguely recognized the face—most faces were familiar in Whitehorn—but she couldn't im-

mediately place her. Church, she thought. She remembered seeing that patrician profile and swept-up
hair and that pricey, snobby look, the woman talking
to the minister outside church sometimes…and
abruptly her stomach knotted in a fist. She recognized her, all right. It was Molly's grandmother. Regina Kingston.

The Kingstons who'd been fighting Trey for custody of Molly ever since their daughter had died.

Diana's toes suddenly went ice cold with nerves.
She couldn't imagine why Mrs. Kingston would be
interested in talking to her, yet the older woman kept
coming, looking tall, proud, determined…and holding her gloves as she stopped at their booth. "I see
your father in church most Sundays, Diana. But I
haven't seen you in years now."

The Kingstons had always considered themselves
too upper crust to spend much time chatting up the
Brennans. Again, Diana felt needles of worry clench
in her stomach…but hiding from trouble had never
been her way. "Well, I've only been home for a
couple months now. And I especially haven't had
much time since catching a teaching job on the
Laughing Horse Reservation…but I've still been
lucky enough to meet your incredibly wonderful
granddaughter."

Surprise shone in the older woman's gray eyes,
followed by a brief hesitation. "That's why I
stopped to talk. For Molly."

"I adore her," Diana said easily, honestly.

Again she appeared to take the older woman
aback, but then Mrs. Kingston started meticulously
threading her fingers into kid leather gloves. "Yes,
well. Molly's mentioned you. More than once. But
yesterday she happened to mention that you'd been
to a sleepover at her house."

Diana heard the ice cold disapproval in the older
woman's voice and felt terror, hotter than fire, lick
at her heart. Oh, God. No court would ever take a
child away from her natural father unless there were
serious grounds. Grounds like immoral conduct. Her
smile dropped faster than a lead ball. She just
couldn't let it happen, couldn't do nothing, couldn't
be part of a problem for Trey and Molly without
trying to fix it. Words slipped out before she could
think. "Mrs. Kingston," she said seriously, "I want
you to know that I love Molly. And I had hoped
that word of our engagement wasn't going to get
out—even to Molly—until Trey and I had a chance
to—"

"Engagement?" One leather glove fell to the
floor.

Words kept bubbling out of her mouth like a bab-
bling brook. "We never meant for Molly to realize
I was there, of course. In fact, it was strictly for
Molly's sake that Trey and I have chosen to be quiet
about our relationship. Neither of us want to hurry
Molly into—"

"Engagement?" Mrs. Kingston repeated.

"Believe me, Mrs. Kingston, I realize that no one

could ever take the place of your daughter. I would
never try. But actually, I hope I can help Molly always remember her real mom...just by being another female adult in her life who really loves and
cares for her. And who she can talk to about her
mother whenever she wants to.''

When Suzanna emerged from the bathroom, Mrs.
Kingston was gone and Diana was so shaken she
could barely lift a teacup without spilling.

Her sister noticed immediately. ''Hey, what's
wrong? You're all white—''

''Oh, God. I've just done a terrible thing, Suzanna.''

She never lied. It went against her whole grain.
And she called Trey the very instant she got home
to confess the mortifying fib she'd told, but Molly
was right in the room and he couldn't talk. Rather
than risk Molly overhearing the conversation, she
asked if he might come over to her place later. Trey
didn't hesitate. He kept saying that he didn't know
what the trouble was, but to quit worrying about it.

But he didn't know what she'd done.

Trey drove toward the Big Sky, his fingers drum-
ming a rhythm of anticipation on the steering wheel.
Diana had sounded upset on the phone. Something
was wrong—yet ironically, he felt nothing but relief.
Hell, he'd known something was wrong from the
night they made love, because she'd been skittering
away from him ever since. Whatever put this partic-

ular bee in her bonnet, Trey was grateful. Few problems were unsolvable if people just talked, but until now, Diana had been so obviously shying away from any serious talk time with him that he'd been worried what was wrong.

The headlights of his black Camry illuminated the Big Sky Ranch sign. Once he turned, the corrals and barn and wagon stable were off to the left. Something was going on tonight in the horse barn, because the doors were open, yellow light spilling out in a rectangular pool. The big house was on the right, white with green shutters, rockers on the wraparound veranda and the yard neatly snugged in with a white picket fence.

Nothing about the Big Sky setup was as fancy as the Derringer spread where he'd worked as a boy, but growing up—even in the years he'd been drawn to money the way only a poor kid could be—he'd been drawn to the Brennans. Everything about their place was built to live in, built to last. His aunt used to say that the Brennans were good people, long-distance runners. That's how Diana's family struck Trey, too, as folks who'd stick it out through the tough times, tend toward common sense, always have a coffeepot going on the kitchen stove and no one minding if you walked in with your boots on.

Diana's place was just beyond the house to the east, a miniature echo of the big house with the same white framing and green shutters. Just seeing the light in her window put a bullet of speed in his pulse. He cut the engine and bolted toward her door, warning himself to slow down, take it easy, give her space, give her time, just keep his hands to himself until he knew what the problem was.

Something sabotaged his good sense, though, because the instant she opened the door, he hauled her close and plastered a soft one on her mouth. It wasn't his fault. Maybe a saint could have resisted her, but not a man as hopelessly, fiercely in love as he was. She looked so damned tempting besides, with a coral cord shirt jammed into jeans, waist cinched tight, all that flaming nervous color in her cheeks and her hair all over as if she'd brushed it with a tornado wind.

And she didn't seem to really mind being hauled up against him. She met his kiss. More than met it. Her eyelashes fluttered down and then her eyes closed and she clutched his arms for ten seconds— a good ten seconds—before suddenly jerking back and getting that hand-wringing-worry look in her eyes again.

"Okay, you. Now what's so terrible?" He shot in, pushed off his coat and boots, looked around when she offered him a drink. He volunteered to take a beer off her hands if she had one, thinking her place was nice. Too small. Barely camp-out room. But the ivories and candles and silk flowers she had around were distinctly Diana, no doodads and clutter, but the scents and textures all distinctly sensual, like her. She emerged from the little kitchen, handing him a wineglass and motioning him toward the couch.

He considered teasing her about the wine he'd never asked for and instead just took it. To test how distracted she was, though, he pulled a pale scrap of coral fluff with lace from his back jeans pocket. "You left something at my place last Tuesday night." He watched her expressions change until she recognized the underpants. First her eyes flashed to his. Then came the flush. Then the hint of a wicked, shared smile—which he loved...but then her gaze darted swiftly away from him.

She sat down on the couch like her heart was carrying lead. "I can't believe I forgot those. And I'd think it was funny, except...except it isn't." She gulped a breath. "Look, Trey. I did something I shouldn't have. I lied. It was wrong. What happened is that I got shook up and I didn't think. I couldn't be more sorry. But the thing is—the thing that matters is—we can make the problem go away. In fact, it never has to be any kind of problem for you. You just have to dump me."

He was expecting trouble. Not a gushed garble of words that made no sense at all. "Huh?"

"I had lunch today. With my sister. And while I was sitting at the restaurant, Regina Kingston stopped at my table. Your mother-in-law—"

At the mention of his late wife's mother's name, he decided maybe he'd have a sip of wine, after all. A patient sip. "Yeah, I know who she is, and she's

Molly's grandma—but she's no relation to me, not any more."

"Well, she stopped to talk to me when Suze was in the bathroom. The problem, Trey, is that Molly saw me the other morning when I left so early."

"So?"

"So she told her grandmother that I was there for a sleepover." More words gushed out. "That's why she stopped to talk to me. Because she knew I'd spent the night. And it just came out of my mouth— I said we were engaged. God, I'm sorry—"

"Engaged?"

A vigorously guilty nod. "I never meant to do anything to embarrass you. I was just so afraid that the Kingstons would try to make something of that—make out like we'd done something deliberately illicit in front of Molly—when the truth is, Mol would never have known I was there if she hadn't gotten up in the middle of the night to go potty. But the thing is, I just got rattled because I was afraid the Kingstons would try and cause you trouble—"

"So we're engaged, are we?" Trey stroked his chin and tried to look suitably grave. That seemed a more mature response than using her mattress for a trampoline and yahooing at the top of his lungs. Privately, though, he thought, *Who'd have thunk it? Sometimes people really do win the lottery.* He said slowly, "Molly will be thrilled."

Diana didn't seem to catch that. She yanked a guilty hand through her hair. Again. "It'll all be

okay, Trey. You just need to wait a little bit and
then kind of let it be known in town that you
dumped me. I don't think anyone would judge an
engaged couple for spending the night together, and
there's no reason the Kingstons ever had to know
that wasn't the real circumstance. I'm sorry I made
the darn lie up. At the time, all I could think of was
trying to protect you both from the Kingstons—"

"What if..." Slowly he stroked his chin again.
"What if I like the idea?"

"Pardon?"

"You love my daughter. In fact, you're darn well
crazy for my daughter."

A bewildered frown. "Well, of course I am.
But—"

Be careful, he warned himself. And he'd already
realized that he needed to tread more carefully than
a mouse in rattlesnake country with Diana. It was
easy to see how fast she leaped to do the responsible
thing—one of the things he loved about her—but
for some unknown reason, she ducked hard and fast
anywhere near the subject of love. Still, there was
no way he could have the sun this close without
trying his best to reach for it. "You understand Mol
better than anyone ever has, Diana."

"Not better than you—"

"In a different way than me. Come on, you have
to know how fantastic you are with her."

"It's just that I lost a mother, too, Trey. So we
have this kindred spirit thing going—"

"Uh-huh. That's what I'm saying. You *do* have a great relationship going. No one could ever be a better mom for Molly than you. And then there's the two of us."

Shock seemed to stun her to silence. Then she said, "The two of us?"

"Maybe you weren't thinking of marriage. Maybe I wasn't, either, at exactly this moment in time," he lied. "But we've gotten along like a house afire ever since we re-met up. The two of us just keep getting better all the time. I suspect we'd have ended up talking seriously about marriage in a matter of time anyway—"

"Trey, I'm not so sure of that. I can't imagine you would—"

"You seem happy to be back in Whitehorn. You also really seem to love your teaching job on the reservation. And I can't believe you've got any questions about Molly—"

"I don't. About Molly. But—"

He hesitated. Then deliberately let out a worried sigh. "Man, I'm surprised I haven't heard from the Kingstons' lawyers already. It would be just like them to jump on any sign that I was less than a fit parent. They hit their lawyer when I had Mol up until ten o'clock for the county fair last year, did I tell you that?"

"No. Oh, good grief, Trey, they sound so vindictive—"

"Well, I don't want you worried about that. It's

my problem, not yours. But think on it, will you? Marriage?''

"I—"

Before she could try saying anything else, he tugged her close and kissed her. It was the same as before. For some confounded reason, Diana just couldn't seem to believe he really cared about her— no matter what he did, no matter what he said. Yet when he kissed her, everything became mirror clear for both of them.

His heart started chugging. So did hers. Warmth heated her skin. Her lips softened, melted, swelled under his. Her body bowed closer. Fingertips touched his face, shivery, trembly, and then wrapped around his head and pulled him down, pulled him deeper into that nice, wicked, wild kiss.

"Just say yes," he murmured. And kissed her again. And again. "Say yes, love."

"Yes. Yes. Yes."

Right then, he wasn't positive if she were saying yes to his spending the night or to the marriage proposal. But when a man was on a winning streak, he didn't test fate with questions. He just went with it.

Chapter 6

Diana felt as if she were stuck in the middle of a magic spell. Her childhood bedroom had been turned into a dressing room for the wedding, but the last time she'd spent any time in this room, she'd been an adolescent girl who still believed in fairy tales and white knights. Now she was getting married. Only somehow she couldn't exactly remember saying yes. She had no idea how Trey had arranged everything so fast. And something was terribly frightening—because this was exactly how the fairy tale was supposed to end, with the damsel getting the white knight.

And that would be wonderful instead of frightening—except that everyone knew real life never, never worked out that way.

One of the two females in the bedroom, however, was dancing on air.

"We're going to get married today, aren't we?"

"Uh-huh." Diana pinned the last rosebud in Molly's hair. Her sister had raided the famous Derringer greenhouses for the coral roses, because for damn sure there were none locally blooming on Thanksgiving weekend. Outside the wind was howling itself into a fitful blizzard.

"And then I get to call you Mom, right?"

"Now, lovebug, we already talked about this. You can either keep calling me Diana or call me Mom. Whatever you want is great with me." She studied her darling's face, then reached over to the dresser for her blusher. Molly needed rouge like she needed a hole in the head, but she instantly tilted her face with an ecstatic grin for this grown-up treat.

"Put on *lots,* okay? And after we get married, then I get to be your daughter, right?"

"Right."

"And then we get to go on our honeymoon, right? To Disney World? Simpson and I both get to go, for real?"

"I don't know how we could possibly have a honeymoon without both of you," Diana said gravely.

"And I look beautiful, don't I? In fact, I'm pro'bly the most beautiful girl you've ever seen, right?"

"Without question." Because the little one was still hopefully staring at all the makeup pots on the dresser, Diana spritzed her wrists with a little Shalimar.

"Diana?"

"What, darlin'?"

Molly met her eyes in the dressing table mirror. "You look beautiful, Di. Not as beautiful as me, but still really cool. But I have to tell you, if you'd just asked my daddy, I just know he'd have bought you a new dress. You didn't have to wear an old one. You coulda had a new dress just like me."

Diana chuckled. "As hard as this may be for you to believe, I wanted to wear this old one. This wedding dress belonged to our great-great-grandmother Isabelle. My mom wore it went she got married. And then my sister, Suzanna, wore it for her wedding. The thing is, we think of the dress as lucky, Mol. Every woman who's worn the dress so far has had a loving marriage." And man, she needed any luck today that she could beg, borrow or steal. "You're going to go out and find my sister now, okay? You stand with Suzanna and she'll tell you when to go down the aisle."

"With the rose petals. I get to throw all the rose petals."

"Yup. You've got the most important job of anybody," Diana assured her, and kissed her forehead...which resulted in an exuberant two-way hug, which messed both of them up all over again. Still, once Molly pranced downstairs to find her new aunt Suzanna, Diana had a couple minutes alone.

She pressed a hand to her nervous stomach, staring at herself in the dresser mirror. Wearing her great-great-grandmother's dress was not only tradition, but she'd prayed it would give her courage. The gown was so precious, long-sleeved with a demure scooped neck, the Irish lace faded from stark white to an delicate antique ivory. It was the kind of dress that could make a girl believe in magic and white knights and honorable quests and...

Lunacy.

She squeezed her eyes closed, thinking that her dad was downstairs. Family. Friends. It seemed right to have a wedding in the home where she'd grown up, the house where all the Brennan traditions of happy marriages had begun. Yet her stomach was suddenly rolling in waves of panic.

She'd been making nonstop jokes about becoming a lunatic ever since she came home to Whitehorn, but suddenly she wasn't laughing. Coming home had forced her to face up to what really mattered, and the truth was, she'd never wanted to live in a high-rise apartment and teach in Chicago's inner city. She wanted to live where she had roots. She wanted to teach where she had an investment in the kids and the community. She wanted love. The whole-cabana kind of love. The kind her grandmother had, and her mom. Romantic love. The risk-everything-and-don't-look-back kind of love. She wanted to raise children with a hero of a man, wanted to fight and make up and grow old with him, wanted to deepen the soul of what they both were in a place that mattered to them. Only...

Nobody really got it all. Only a lunatic believed in the fairy tale—and that was the whole problem. She believed the whole kit and kaboodle when she was with Trey.

Abruptly she opened her eyes and scowled fiercely at the pink-cheeked bride in the mirror. *He doesn't love you,* she warned herself. Sure, he cared about her. And the chemistry was fabulous. But he needed a mom for his daughter—a stable mom and wife, not a lunatic. She thought, hoped, that if she kept her head screwed on in a practical, responsible fashion, she could work hard at making a good marriage and love would come. For both of them.

With her hand on her heart, she spun around, inhaling the memories from her childhood bedroom. So many nights, she'd dreamed of princesses and castles and knights on white horses in that tall feather bed. So many nights, she'd cried herself to sleep after her mom died. But finally, that pain had lessened and started healing, when she'd turned a corner on growing up and determined to turn herself into a woman that her mom would be proud of. Her mom, her grandma, her great-great-grandma Isabelle—they were all women Diana fiercely respected and was proud of. And somehow she just couldn't imagine any of those good, strong women holding out because of some fierce, loony desire for a truly romantic love. It was past time she gave up those stupid illusions once and for all.

She glanced at the wall clock, swiftly adjusted her veil one last time and was turning toward the door when there was a knock.

"Come on in," she called, expecting Suzanna or Nash or Dad—anyone but a complete stranger. The ceremony was due to start ten minutes from now.

The woman who stepped in was older, wearing the garb of a traditional Cheyenne medicine woman—which made Diana automatically respond with a respectful smile of greeting. Her skin was as wrinkled as a brown raisin, her long gray hair coiled into a loose bun at her nape, her expression hard to read...yet her bark-brown eyes seemed warm and perceptive as they settled on Diana.

"Diana...do you know who I am?"

"I'm sorry, but no. Your face is somehow familiar, but I'm just not sure—"

The older woman nodded. "It's all right. I didn't expect you to recognize me. But I've watched you for weeks now, coming to teach the little ones on the reservation. For me, it has been like watching a circle being completed, seeds planted decades ago finally breaking through the soil to grow. You've come home. Really come home where you belong."

"I..." Diana felt mystified. There seemed to be both caring and affection in the older woman's expression, yet she had no idea what any of this conversation meant.

"Don't be upset. I know you have little time before the wedding ceremony. And it's not a day when you should be concentrating on a stranger's words. I just came to bring you a present. My name is Aiyana, and we are kin. I'm the great-niece of Kyle Running Horse."

"Kyle? As in Kyle and Isabelle?"

"Yes." From a pouch at her waist, Aiyana withdrew a small package wrapped in paper.

When Diana peeled back the crinkly folds, she discovered an oval-shaped amulet of hammered silver. An engraving of two running horses was carved into the top of the locket. "This is gorgeous," Diana said reverently, and stroked the striking carving with a delicate fingertip. "But, Aiyana, I'd feel guilty accepting anything like this. It looks like a valuable heirloom. Surely you have family closer to you than—"

"Blood kin closer, yes. But this amulet belongs specifically to you, Diana. Again, it is like watching the arc of a circle finally come together. The first woman to wear this was your great-great-grandmother Isabelle, and she wore it on her wedding day."

"She did?" Diana's eyes widened.

"She did. And inside the amulet is a herb that the old wise ones have always said would bring love to a marriage. That was why your great-great-grandmother wore it, because she feared she would never know love, never be loved. She felt unworthy.

Afraid to believe. Afraid to reach for what was in her heart.''

Diana frowned, feeling more confused than ever. "Aiyana, could you have me confused with someone else? Because my sister and I have letters between Isabelle and her Kyle. She was never worried about being loved—they were crazy in love for each other.''

"I know nothing of letters. But I am very sure of the history of Kyle and Isabelle." The older woman backed toward the door. "The women in your family are strong, of good hearts. You take care of others well and you seek to do the right thing. This is all good. But I think you and your great-great-grandmother were kindred spirits, Diana. She feared being unworthy, thought that no one would need her for herself. Wear the amulet and follow your heart. It will give you luck.''

"But I really don't feel that I can accept—" Before Diana could finish the thought, the Cheyenne woman had backed from the room and closed the door.

She was still standing in stunned confusion in the center of the room when knuckles rapped again on the door. "Aiyana," she started to say. But it was her sister poking her head in.

"Oh, man. You look so beautiful! But you're going to be late if we don't get you downstairs." Suzanna walked in, looking beautiful but distinctly ready to pop her baby any second. She set the bride's bouquet of coral roses on the bed and aimed for Diana.

"You goof! You didn't have to climb the stairs—I was coming—"

"Yeah, well, I started to worry when you weren't already down that something could be wrong. And maybe something is." Her sis came over, brushed a strand of hair here, smoothed a fluff of lace there. "You're looking scared."

"I am."

"Yeah, well. That's like saying a rabbi is Jewish or the Pope's Catholic. Brides are supposed to be jittery. It's in the rule book. The question is more, are you sure? Because if you want to call this off, believe me, I'll make sure it happens. We can run off to Poughkeepsie together if we have to. We can—"

Diana started to smile. Her sister made it impossible not to. "I don't think you're going to be *running* anywhere for a little while, Suze. Or that Nash would appreciate my taking off with you."

"Nash loves me. Nash will recover from any darn fool wild hair I come up with, so you can forget Nash. You're the one who matters right now. And you don't have to do anything unless this is what you really want."

Again Diana smiled. She wanted to tell Suzanna all about the mysterious Cheyenne woman and what she'd said—but that would wait. She picked up the bridal bouquet of roses, pausing only long enough to bury her nose in the sweet promising scent for a moment.

"Stop worrying, Suze. I'm sure," she said softly. And she *was* sure that she could be a good mother to Mol. Sure that Trey needed a mother for his daughter. Sure that they'd get along fine when the lights went off, that they liked and respected each other when the lights were on. She was sure that he needed her.

And if she were wildly, painfully in love with him...well, she just wasn't going to worry about whether Trey loved her right now. The old Cheyenne woman seemed to have some family history confused, but Aiyana had still managed to remind her about what really mattered. Her great-great-grandmother's letters had spoken of a passionate love that only grew deeper with time. Isabelle had defied all convention to marry a half-breed in her day, completely ignoring what others believed was important to a good marriage.

Diana could do the same. She would love Trey. They would make a relationship their own way. And maybe in time the kind of love she dreamed of would grow. To give him up—no, there wasn't a chance.

And with that last thought, she clasped the amulet, grabbed her bouquet, hustled Suzanna out and danced down the stairs to find her groom. Guests were congregated in the living room, furniture pushed aside to make room for chairs and create a makeshift aisle. Her dad was waiting at the stair bottom, pacing and staring at his watch. Molly was doing impatient pirouettes that threatened to topple all the rose petals in her basket. Diana saw all of them....

But not really.

She saw the man standing at the fireplace, looking so piratelike and elegant in the black suit and virgin white linen shirt, his dark eyes waiting for her.

He wanted this marriage. She knew from his smile, from the way his hand unconsciously lifted, just the smallest amount, as if automatically wanting to reach for her. They could make anything work, she told herself.

And desperately wanted to believe that.

Chapter 7

Five days later, Trey stood alone on the hotel balcony overlooking a vista of palm trees and aquamarine water and the beginning of a jewel-toned sunset. The magical landscape had no effect on the facts. As honeymoons went, Trey figured theirs qualified for disaster relief funds.

But that was about to change.

He heard the snick of the door lock opening, then a quiet voice. "Trey?"

"I'm here." He turned just in time to see his new bride stumble toward him. Diana had a smile, but no one would guess they'd been in Florida for the last five days. Her face was as pale as if they'd never left Montana's blizzard weather, and her eyes had soft smudges from tiredness. "Oh," she said warily, "you're still dressed for dinner. I'm so sorry, Trey, I couldn't help being so late—"

"I know you couldn't. And I have to believe after this long day that you're too tired to go out to dinner at all, aren't you?"

"I am a little beat," she admitted, "but if you haven't eaten—"

"Not to worry. No reason to change or lift a finger—or go anywhere. I've got a little surprise planned, but all we have to do is walk down one flight."

"A surprise? Well, that sounds like fun."

The words were right, the positive smile was there, but Trey figured Diana was as excited about a surprise as a case of poison ivy. She was trying to be a good sport. The only thing she likely wanted was twelve straight hours in the closest bed—alone. Which he understood. But things couldn't continue the way they had been.

Guiding her toward the door, he asked, "Did you manage to reach your sister?"

"Yes, finally!" No matter how exhausted she was, her face suddenly glowed with enthusiasm. She didn't seem to notice that he was steering her out the door and down the hall. "Oh, Trey, the baby sounds adorable! And they finally settled on the name Travis. Suzanna said both Nash and Dad were just beside themselves—"

"I'll bet."

"Eight pounds, seven ounces, so he's a healthy little slugger already, even if he was a little early. And the labor wasn't so bad. As far as I can tell, all labor is horrible. But at least it only took six hours, which Suzanna was told is really fast for a first baby—"

Trey wondered if that experience was something that ran in families, such that Diana might be more inclined to have a short, not too bad labor if her sister had. But he didn't dare ask. The subject of babies didn't seem to be in their future. Now that they were legal, apparently they were never again going to make love, either.

So far, their marriage seemed headed in a distinctly backward direction. He steered her past Simpson and Mol's suite, past the elevator, down one flight of stairs. It was a measure of how tired Diana was that she never asked where they were going.

Five days ago, he'd innocently believed he had a shot at winning Diana. And yeah, of course, he realized that Di wasn't that positive about being in love with him. It nipped that she thought he needed rescuing from the accusations of his in-laws—as if he couldn't protect and fight for his own daughter without a marriage to hide behind. But at the time Diana said yes, Trey hadn't cared why she'd agreed to the wedding. Gluing that ring on her finger was the only thing on his mind. Making her part of his life. Sealing their vows with time together.

He'd also assumed that loving her—fiercely, strongly, compellingly, night and day—would eventually encourage her to feel the same. One could only fight exposure to an infectious substance for so long before succumbing—he was sure. But then, five days ago, he'd also been sure that getting married was a way of guaranteeing he'd have private time with his bride.

He pushed open an unmarked door on the seventh floor. Diana looked at him with a curious frown. He didn't answer, only gently motioned her through the doorway.

Until this moment, they'd had no private time. None. Zip. Zero.

The original plan had been to go to Disney World. Maybe it wasn't the most romantic place on the planet, but it happened to be an unbeatable place to keep his daughter busy and happy, and they had a carry-along baby-sitter in the form of Simpson. The disaster began on the afternoon of their wedding, when their flight to Orlando ended up getting plunked down in Denver for an all-nighter in the airport until a raging blizzard cleared.

That was bad enough, but then Simpson got sick when they finally got a Florida flight. Airsickness was unpleasant in itself, but it seemed he had the beginnings of a full-blown flu. Once in the wilds of

Orlando, they stuffed Simpson in a suite with several pounds of medication—Simpson and Molly had separate bedrooms in their own suite down the hall from the newlyweds—and Trey and Diana took Molly off for the next three days to do the Disney World thing. Molly was ecstatic. She also bunked in their suite because the adults didn't want her exposed to Simpson's bug. Mol was ecstatic about sleeping with them, too.

Until she came down with the flu bug herself forty-eight hours ago. His daughter was the most precious, perfect girl a father could have—priceless—she could do no wrong in Trey's eyes. But she was just a *teensy* bit cantankerous when she didn't feel well. She wanted either him or Di constantly.

Her fever had broken that afternoon, and she was on the mend.

Simpson was up and around and feeling hot to party.

It was only the newlyweds who were so exhausted they could barely make it through *Wheel of Fortune* before conking out—and so far they hadn't spent a single night since the wedding without a small body between them either because she didn't feel good or because she was scared from being alone or because his darling daughter was outstanding at conning her two favorite adults.

"Trey? I don't understand where we are." Diana

had wandered through the doorway where he'd motioned her. "Isn't this room part of the motel spa?"

"Yup. In fact, it's the massage therapy room—which is why you see those sheet-covered stretchers. And just through this door—" he opened it "—is one of the motel's indoor pools. The smaller one."

"But no one else is here," Diana said curiously.

"Exactly. I rented this whole area for the next three hours."

"You mean the pool and spa are ours? They're closed to the rest of the motel?"

"Completely. And by the pool, there are drinks and a seafood buffet waiting for us, where you can put your feet up and indulge until you're full. Then, madame, my plan is to treat you to a full body massage. After which, I believe, you'll likely feel like melted Jell-O and will be in no mood to do anything but be poured into bed. So that's the agenda. Food, because we both need it. Then a massage, because you've been running twenty-four hours a day since we got here, and I know you're overtired. And then sleep. Noninterrupted sleep."

"Sleep," she echoed blankly, as if that word was completely unfamiliar to her.

He almost laughed at that carefully bland look in her eyes. She hadn't had a wedding night yet, and God knew, neither had he. If he didn't get his hands on her soon, he just might lose his sanity. This had to be the longest chaste honeymoon on record.

But that wasn't the point. No matter how much they'd shared, he'd had no chance to woo Diana, much less to win her. He hoped to have a lifetime of making love to his wife. First, though, he had the crazy, old-fashioned idea that it might be a better idea to just plain show her...

Love.

"Come on, you," he coaxed. "It's been hours since lunch. No matter how tired you are, you have to be hungry for something."

"Something? Holy moly, Trey." Her mouth dropped when she saw the feast of trays set out buffet-style by the water. In no time, he'd mounded a plate for her, dripping with crab and lobster, strawberries and iced melon, marinated asparagus and chilled pea salad and exotic dips for all types of breads.

He'd brought her bathing suit down earlier—and his. No one was around, including waiters. The doors were all locked. There were times it paid to have money. This was one of them. He'd known she'd be too tired to go out, but he could tell, he could see, this was what she needed. Time with no interruptions. Time when she could stop being on, when no little voice was calling her name and no one needed her.

Once she started diving into the food, the smudges under her eyes seemed to soften, lighten. Relaxed smiles showed up, then laughter, as they along the same wandering path, over ridges and valleys, shoulder blades and the ridge of his spine and the hollow at his nape.

She was busy. Extremely busy. Molding his skin. Learning him. Loving him. Not—honestly—trying to wake him but only to have her loving feelings incorporated into his dreams, into the deepness of his rest.

On that silky, shiny morning, though, she suddenly heard his voice. Something in his husky whisper made her suspicious that he'd been awake for some time. "Are you looking for trouble, ma'am?"

Her fingertips stilled. "Um...I wasn't looking to wake you, if you still need sleep."

"I don't need sleep. In fact, I can't imagine ever wanting to sleep for the next ten years or so. My mind seems to be dominated by other ideas entirely. Did anything in particular bring on this, um, back rub?"

"You love me," she announced.

Abruptly he turned on his back, somehow managing to drag her possessively across his chest at the same time. His gaze pounced on her face as if he would memorize every part of her, eyes, lips, nose, patch of freckles, all savored equally, all loved...the way she never thought anyone would love her. "You're just getting around to figuring that out, Di? Why did you think I asked you to marry me?"

"I don't know. Because you realized how much

I loved Mol. And you and I seem to get on so well. And the way you described your first marriage, it sounded painful and awful, and you surely had to know the two of us could be so much better than..." She heard herself start chattering and stopped. "I really didn't know, Trey."

A long, slow fingertip stroked her jawline. "Just for the record, my first marriage didn't give me low expectations of what a relationship could be, but the opposite. I was never planning on getting married again. But assuming I was so crazy as to fall, I promised myself I'd never take the risk unless I loved someone, heart and soul. Diana?"

"What?"

"I love you. Heart of my heart, soul of my soul."

"Oh, Trey." She sank into his arms feeling as if she were finally coming home. Really home. "That's how I felt about you. I was just so afraid of believing in it. It doesn't happen in life, you know? That your first crush turns out to be your first love. That your hero turns out to be...well, your hero."

"I'm no hero, Di. I've made a lot of mistakes. I make a lot of mistakes. But I do love you, the way I never dreamed I'd find love in my life."

"And I love you," she whispered, and kissed him. A kiss of promise and passion both. For so long she'd doubted that she had the strength of the Brennan women, yet this man she loved had taught her otherwise. Love—the right kind of love—was a woman's source of strength like none other.

As their kiss deepened and darkened and caught fire, she wound her arms around him and hung on. They were not only way overdue a honeymoon night, but the sun-filled morning struck her as an ideal time to start their true life together.

* * * * *

Look for YOU BELONG TO ME,
Jennifer Greene's next book in the exciting
MONTANA MAVERICKS
series in August 2000.

ISABELLE
Cheryl St. John

Chapter 1

Glancing at the nearly deserted train station behind him, Kyle Running Horse Brennan squinted into the afternoon sun and impatiently tugged the brim of his hat lower over his eyes. He scanned the horizon for the train that was now half an hour late. He could have sent one of the hands to meet it, but seeing to Isabelle Cooper had become his responsibility, and he wasn't one to shirk duty—even if that duty was to a silly pampered city female.

She didn't belong here. Ranch life wasn't a society ball. And this ranch in particular, Big Sky, was soon going to be his, anyway.

In the distance, the long, low whistle from what his mother's people called the iron horse broke the stillness. The rails hummed, and the ground beneath his scuffed boots shivered. A covey of quail soared skyward in the distance as the train flushed them out of the tall, dry grass along the metal tracks.

Smoke appeared, then the huge black engine, with dried brush stuck in the cowcatcher. In a hiss of steam and squealing brakes, the shiny monstrosity lurched to a halt beside the station.

At a snail's pace, a black-suited conductor lowered himself to the ground and unfolded a set of metal stairs.

On the grate above, a solitary figure came into view. Kyle had caught only glimpses of her during the four years that he'd worked for her father, and he remembered her as a tall, willowy fifteen-year-old with shining auburn hair.

The exquisite young woman in an elegant dove-gray traveling suit and matching hat who gracefully opened a frilly parasol and descended the stairs with her gloved hand in the conductor's made his heart give a crazy little thump. He recognized Isabelle by her unusual height and the expensive clothing, but the fact that she was a fully grown woman—and that he'd responded—caught him off guard.

He spent as little time around whites as possible—and even less around white women. Being staked in the noon sun over an anthill would probably be less irritating than having to convince the spoiled daughter of his late boss to sell out to him and go back to the city.

She turned, and another portly railroad employee attentively handed down a stack of cylindrical boxes fastened together with gold cord, as well as a dome-shaped object covered by an embroidered cloth. The latter she held aloft, grasping it by a metal ring at the top.

She approached Kyle with her odd parcels, the sun glinting from her shiny golden ear bobs and the jeweled brooch at the base of her slender throat. "Mr. Brennan?"

He removed his hat and didn't miss the fact that her perusal included the sweep of his straight black hair that fell to his shoulders. "Miss."

Beneath the jaunty brim of her useless hat with the unnatural-looking flowers, her wide eyes were a stunning blue-gray. He'd never seen them up close before, and focused intently on his face they made him uncomfortable and hitched his breath momentarily.

The conductor helped her stack the boxes at her feet. At her thanks, the man's neck and ears reddened; he tipped his hat and waddled to the rail car.

"The train was late," Kyle said, grateful for the interruption. "We'd better get going."

From the corner of his eye, he noticed two red-faced porters carrying an enormous securely strapped trunk between them. They lowered it not-too-gently to the battered platform.

He frowned at the cumbersome piece of luggage, then at her. "That yours?"

She nodded.

He tested one end by the leather handle. The thing weighed near as much as his horse! He slid it to the edge of the wooden structure, muscled it onto his back and carried it to the waiting wagon. Catching his breath, he turned.

She stood expectantly at the edge of the platform, the cloth-covered dome securely in her grasp. What did she expect him to do? Carry her, too?

Carefully, she set the object down. "While you get the other one, I'll be just a moment."

The other one? He cut his gaze to where they'd been standing. Sure enough, another steamer trunk had been placed on the wooden landing while he'd wrangled the last. "What the hell have you got in these things?"

Her brow wrinkled. "Why, my clothing, of course. A few necessities."

"A *few?*"

Ignoring his displeasure, she brought the stack of round boxes forward. "I'll be right back."

"Where do you think you're taking off to?"

Her cheeks grew pink, but she straightened and spoke without a qualm. "To use the facilities, Mr. Brennan, since you so rudely insist upon hearing me say it."

He looked away and adjusted his hat. "Be quick about it."

He loaded the other trunk, then the boxes, and grabbed the draped parcel, which was surprisingly light. As he swung it into the back of the wagon, a rapid, fluttering racket burst from beneath the cloth, startling him. He released the ring and flung back the fabric. Tiny feathers scattered in the breeze. Kyle stared at the yellow bird frantically battering itself against the sides of the cage. "A bird."

Isabelle's peg-heeled shoes clicked as she neared.

He turned with a puzzled frown and said again, "A bird!"

She ran down the set of stairs and through the billowing dust. "You've frightened the poor darling! Please, place his cover back over him."

"He's scared because he's trapped," Kyle said. "Has he been hurt? Is that why you've caged him?"

"No, he's not injured, unless he's hurt himself just now." She peered at the bird from beneath her hat brim, concern marring her perfect porcelain-skinned features, then lifted an accusingly haughty brow at Kyle.

"Then you should set him free." He reached for the tiny wire door.

Isabelle yelped and grabbed his wrist. "No!"

He stared at her stark white glove against his sun-weathered skin, and his heart fluttered as if another living thing was caged within his chest.

"It's a domestic creature, Mr. Brennan. Canaries are bred as tame pets. He's never been outside his cage and wouldn't know what to do if you set him free. He'd die of hunger and exposure."

She removed her hand and, able to breathe again,

he lowered his to his side. He blinked at the delicate bird, still feeling Isabelle's pleading touch on his skin. Only a city woman would place such importance on a bird as inappropriately bred for this land as she herself was. Silly bird wouldn't make a decent meal for one of the barn cats.

Apparently assured that her pet was safe, she draped its prison. "Please set the cage down on the floor of the wagon, so that the wind doesn't reach him."

With his mouth held firmly in an irritated line, Kyle did her bidding, then turned to raise a brow as if asking if the placement of the cage met her frivolous standards.

Moving to stand beside the wagon and wearing a calculating expression, she studied the distance between the ground and the footboard, then met his gaze.

"Want a lift?" he asked.

Obviously lacking a better solution, she nodded. "Yes, thank you."

He spanned her waist with both hands and lifted her easily into the wagon. She wasn't a delicately built woman, but beneath his fingers, her body felt toned as well as feminine. He shouldn't have noticed. He released her as soon as her feet touched the wood, painfully uncomfortable with the familiarity.

She caught her balance, adjusted her ridiculous hat and seated herself. Kyle bounded up in one easy motion, picked up the reins and released the brake handle. The horses responded to his command and pulled them forward.

A quarter of an hour passed before she spoke again. "The mountains are as beautiful as I remembered."

She was studying the climbing acres of lodgepole pines in the distance, the twin peaks of the snowcapped Crazy Mountains above. An awelike expression lit her black-lashed, smoky eyes.

"How long are you staying?"

She turned her head, and those disturbing eyes focused on him. Something behind them changed. "How long am I staying? Not, 'Please accept my condolences on the loss of your father, Miss Cooper.' Not, 'It's a pleasure to see you. How was your trip?' But, 'How soon will I be rid of you?'"

Her words pricked him with a swift twinge of guilt. "I'm sorry about your father. I did what I could to save him."

"I've no doubt you did." Her voice had become throaty, and she spared him only brief glimpses. Several seconds passed. "I'm planning to stay for good. The Big Sky is going to be my home."

Well, that figured. He should have known dealing with her wasn't going to be easy. He would have to change her mind. He would have to show her she didn't want to stay. Isabelle Cooper was going to have to make different plans.

Isabelle breathed the vibrant air and relished the

wide-open blue sky and the land that stretched and
rolled in all directions. Her grief for her father con-
flicted with her newfound and astounding sense of
freedom. The only joyful memories she possessed
were those of her too-brief childhood visits to Montana. She thought those memories had been well
buried—she'd hidden them to escape the hurt and
longing they carried. She'd determinedly made the
best of the world her father had insisted she live in
and prided herself on becoming a modern young
woman.

But now that her father wasn't here to prevent her
from staying, she could do as she pleased. She was,
after all, the new owner of the Big Sky. Blinking
away stinging tears, she remembered how he'd always met her at the station. He'd hugged her, and
she'd been deliriously happy to see him—even if he
hadn't needed her.

Isabelle cast a furtive glance at the intimidating
dark-eyed, copper-skinned man who shared the
wagon seat. She'd had only quick looks at him in
the past, and he was just as unsmiling and gruff as
she recalled. He'd been her father's right-hand man
for the past four years. Sam Cooper had trusted him,
and she had no choice but to trust him, too.

She didn't know the first thing about running a
ranch—but she was going to learn.

The ranch house and buildings came into view,
and as always, the sight warmed Isabelle with a safe,
secure feeling.

Chapter 2

Kyle and two of the hands noisily carried the unwieldy trunks up the stairs.

"First room on the left," she called, daintily slipping her gloves from her hands.

Tott, a wrangler barely out of his teens, and Sidestep, the second-best trainer on the ranch, stared at the primly dressed and coifed young woman. Kyle spotted their enamored gaping and urged their attention to the task.

Kyle's aunt had helped him clean the house and launder the curtains and bedding, but he hadn't seen Isabelle's room until he stepped into it with the dusty ranch hands. The three lowered their cumbersome loads.

Sheer white ruffles adorned sparkling windows and draped a canopy above the mahogany bed. The walls had been covered with rose-trellis paper, and the plush, dawn-tinted carpet sank beneath their boots.

Mouth open, Tott swept his hat from his head, then turned and nearly trampled Sidestep in his eagerness to exit.

Sidestep slugged him on the shoulder and thundered down the stairs behind him.

Kyle followed at a slower pace.

"Will one of you gentlemen help me move this table?" Isabelle's cultured voice called from the dining room beyond the enormous tiled foyer.

Tott and Sidestep stopped midstride, glanced at one another and collided shoulders on their way through the door. Kyle shook his head.

"I'd like it over here in front of these windows, if you please. That way Chipper will get the morning sun."

Chipper? Kyle almost snorted, but cleared his throat instead.

At her direction, the two men hauled an oak table from the corner and set it before the lace-curtained windows. Isabelle draped the table with a daintily crocheted cloth, then placed her birdcage atop it. She removed the embroidered cover with a flourish. Wispy feathers floated on a beam of indirect sunlight. Tott and Sidestep stared at the bird huddled on the floor of the cage.

didn't join her, and without considering his reasoning, he replied, "Yes."

She folded her hands and gave him a satisfied smile. "Good. I'll see you then."

She picked up her hat and jacket and swept gracefully from the room. He followed slowly, turning to see her gliding along the upstairs hallway toward her room.

Agreeing to join her for supper was all right. He needed to talk to her, anyway. Ambling into the study that had been her father's, he rearranged the papers on the desk and seated himself to finish reading the ledgers he'd left open that morning.

Already her presence was a distraction and a hindrance. He'd wasted his morning and then called hands in from their chores to unload her things. The woman was a nuisance. The sooner he got her out of here, the better.

He'd asked Tott and Sidestep to help him because they were the two he trusted most around women. Even he knew that an unmarried, attractive female shouldn't be alone on a ranch with a dozen men.

What was he going to do about it? The more he thought of her alone here day after day—night after night—the more he knew he had to do something.

He would ask his aunt's advice this afternoon. He only needed a short-term solution. As soon as Isabelle saw how much painstaking work the ranch took, how all the money went into its operation, she'd be on a train bound for finer living.

Isabelle

"Thank you, gentlemen."

They mumbled something incoherent and footed it out of the room. The front door opened closed.

She had removed her hat, and her lustrous shone in the afternoon light filtering through filmy curtains. Her jacket was gone, too, reveal a wrinkled white shirtwaist tucked into the narr band of her skirt. Kyle forced his attention to o of the china cabinets that flanked the open glas paned doors leading to the kitchen.

"What time is dinner?" she asked. "I think I' like to freshen up and rest."

"Harlan rings the bell at the bunkhouse when he has dinner ready." He spared her a glance.

Her expressive eyes widened with a question. "We always had dinner in here when I was home."

"Your father hired someone from town for your visits," he replied honestly. "He ate with the hands the rest of the time."

Her brow furrowed. "Oh. I see."

He couldn't let the woman starve, but her eating alongside the hands was out of the question. "I'll bring you a plate."

"Will you join me?"

She needed to see what ranch life was really li but she'd just arrived. Maybe she needed one ni to rest from her trip. His gaze drifted to the empty table where she'd have to eat alone

He'd been working for years to save up enough to offer to buy out her father. Sam hadn't been willing to sell, even though his poor management had brought him to that point. But he had been ready to go into partnership. They'd come to a verbal agreement just before Sam had been killed leading horses from the burning barn.

Sam's death was a tragedy, and Kyle mourned his senseless passing. But his death was also an opportunity—a chance for Kyle to get the land that had been his father's.

Only here on the land where he'd been born did Kyle belong. No prissy city woman was going to keep him from getting what should have been his.

The clang of the dinner bell woke Isabelle, and she sprang from the bed, surprised that she'd napped so soundly. She cleaned her teeth and brushed her hair into order before hurrying down the stairs to set the dining table with a linen cloth and gold-rimmed china that had been her mother's.

The kitchen door closed, and the tall half-breed appeared in the dining room with cloth-covered plates. He stopped and stared at her table setting. "Already have plates here."

He placed them on the table and peeled back the napkins, revealing meat and vegetables in dark gravy. Several biscuits rested on the edge of each plate.

Isabelle removed the china quickly, arranged the

full plates and seated herself in the chair she'd always used. She couldn't help glancing at her father's empty place at the head of the table.

Kyle left that chair empty, took a seat across from her and pulled his meal toward him.

"Did you make coffee?" he asked, picking up the fork.

She unfolded her napkin and placed it across her lap. "No. I can boil water for tea."

"Can you light a fire in the stove?"

She picked up her fork and looked at the food rather than face his scrutiny. He thought she was helpless, and she didn't want to add to his thinking by admitting her lack of ability.

She didn't reply.

"This afternoon there was warm water for you to wash, because I heated it earlier and left the coals banked. I don't do that every morning. I'll have to show you how."

His words registered. "You've been living here— in the house?"

"I've been staying here since Sam died. Someone had to look over the house and the barns," he replied. "I have my own place—my own land to the east."

"Of course."

"I'll be staying here, though."

She met his dark, unreadable eyes.

"You can't stay here alone."

But with him? She couldn't stay in the house alone with him! The thought was scandalous.

"I'm sending a young woman to keep you company so you won't be alone with me. Her name is Pelipa. She'll be here before dark and she'll stay upstairs with you."

"A chaperone?"

"A paid helper."

"Oh."

He ate his meal without further conversation.

Isabelle dug in and found the stew surprisingly tasty and filling.

"You going to eat those?" He gestured to the two remaining biscuits on the edge of her plate.

"No."

He reached across the table and helped himself.

She watched him dunk them in the gravy on his plate and eat them. She'd never eaten a biscuit without preserves or jam, but her father's hired man seemed to think they were a delicacy.

Glancing at the napkin beside his plate, he picked it up and wiped his fingers and mouth and stood. "I'll show you where the wood is. After we make coffee, we have business to discuss."

He handed her a canvas sling, led her out the back door and across the yard where he pointed to a pile of split wood. She loaded the manageable-sized chunks into the sling and carried the heavy bundle. He followed with a few bigger logs.

He opened the door on the cast-iron stove. "Now you build the fire."

Awkwardly, she poked a few logs inside the charred belly of the stove, discovered matches in a tin on the wall and tried ineffectually to light one of the pieces of wood. Frustrated, she avoided looking at him, not wanting to see his criticism.

"Like this." She moved aside, and he showed her how to prop the wood with dry kindling beneath and light the sticks. His movements were sure and methodical, his hands graceful.

Isabelle caught herself glancing from his long-fingered hands to the sleek ebony hair that fell to his broad shoulders. Beneath the fabric of his well-worn flannel shirt, his muscles corded and bunched with each movement.

He glanced up and caught her staring.

Her cheeks warmed, and she dropped her gaze.

"The water," he said, standing. He moved to open the door and showed her the wooden barrel outside. "Fill buckets from here, but keep this barrel filled from the well."

In the past, there'd been a tub carried in for her, but she wouldn't ask him to do that for her. She'd look for it later. As it was, Isabelle had changed from her grimy traveling suit, but she'd barely had enough water to sponge bathe.

He started the coffee boiling himself, then left her alone.

She found the teapot in a china cupboard,

knocked a dead spider from its depths, rinsed the china pot with boiling water and added tea.

While the tea steeped, she searched until she found a tray for the pot and cups, then poured his coffee and found him in her father's study.

The room still smelled faintly of tobacco, and the scent unleashed a flood of memories that immediately saddened her. A fire burned in the enormous stone fireplace that took up the outside wall.

The man sat in the leather chair, and before him on the desk lay an open ledger. From all appearances, it looked as though he belonged there. "Things are not very good."

Not used to a man remaining seated when she entered the room, Isabelle gathered her wits and sat on an upholstered chair. "What do you mean?"

"Your father had been steadily losing money over the past several years."

She blinked. "That's not possible."

He gave her a disgusted look. "Why not?"

"Because he owned land and horses and this house."

"Your father was a good horseman, but a poor businessman. Three years ago when I brought in new breeding stock and got him a contract with the army, things started to turn around. More than half the horses on the Big Sky are mine."

Fear burst in her chest at his words. He could be lying in order to swindle property that belonged to her. "How can I know that for sure?"

A muscle in his lean jaw jumped. Brusquely, he opened a desk drawer, withdrew an accordion-pleated folder and thumbed through a stack of documents before withdrawing several and shoving them across the desktop.

Isabelle took the legal-looking papers and read them, her heart sinking. Her father's signature was unmistakable.

Kyle Running Horse Brennan owned the horses he'd brought to the ranch, as well as half the offspring bred over the past two and a half years. It seemed he already had more stake in this place than she did—and he knew how to run it. As always, she was the outsider.

Chapter 3

"Sam and I came to an agreement," Kyle continued. "I was going to buy half ownership and have my name added to the land deed."

She stared at him. "Why would Father agree to that?"

"He owed me wages. Still does."

"Well, I'll pay you."

"*He* would have paid me if he'd had the cash. He didn't. And since his death, I've covered the pay for the hands as well as building the barn and buying supplies."

An overwhelming, lost sensation wrapped around Isabelle with frightening intensity. But she wouldn't be pushed away again, not for any reason.

"We lost four mares and their foals in the fire," he added. "That sets us back even more."

"Why, that's awful," she said, thinking of the loss of the beautiful animals.

"I'll buy you out."

She blinked, her mind grasping his words on the top of so much dreadful news. "Pardon me?"

"I've saved enough to pay down. I can send you an agreeable amount each quarter. It would be enough for you to live on until—"

"Wait a moment."

"It's sensible," he insisted.

"I don't intend to—"

"You can go back to the city. You'll be getting enough to live on until you find yourself a husband."

A soft roar built to a crescendo in Isabelle's ears. She leaped to her feet and faced him across the desk. She clenched her fists, knowing she was about to break propriety by raising her voice but unable to stop the rush of emotion. "How dare you tell me what to do! I didn't take a husband when my father wanted me to, and I certainly am not going to marry someone just so I'll be out of *your* way!"

"I didn't mean—"

"Oh, I know what you meant. You laid out all the bleak details so I'd see I had no choice but to hand over my house and my land to you and get back on a train. Just who do you think you are, Mr. Brennan, to sit in my house at my father's desk and think you can plan my life so it suits your tidy little scheme?''

He pushed back his chair and moved to stand. ''I know this is upsetting.''

''Upsetting? I haven't even seen my father's grave yet and you have taken over here. Besides which, I've resigned my position at the academy and moved all my possessions across the country with the idea that I would stay. Now I learn that my father's ranch has met reverses and you are trying to undermine my interests.''

He came to his full height and glared at her. It took all her courage not to show that his height and fierce expression intimidated her. ''There's nothing wrong with my suggestion.'' He bit out

''It's best for both of us.''

Anger started her heart thumping, and his proposed exile brought a sting of tears she refused to allow. ''You don't know what suits me. You don't know anything about me.''

She hated the quiver in her voice and clamped her lips closed determinedly.

''I know enough.''

Insult added to injury. Just like her father thought he'd known what was best for her all those years. And just like her father, this man couldn't wait to be shut of her. Well, he didn't have the power to send her away. She was not under his authority.

At the moment she sensed another presence in the room, he glanced over her shoulder. Isabelle spun to see a young Indian girl in a doeskin dress and moccasins.

"This is Pelipa," Kyle said by way of introduction.

"Didn't she knock?" Isabelle whispered, embarrassed at having her unseemly outburst overheard.

"A white custom," he replied so she alone could hear. He spoke to the girl in their language, and Isabelle understood only her name.

The situation and her life seemed to be spinning out of her control, and Isabelle hated the helpless feeling. She hated not knowing what was being said right in front of her. She faced Kyle again. "I'd like you to leave the house, please."

"What?" He scowled.

"...am going to locate a tub and bathe before I retire for the night." She raised her chin a notch. "We will speak again tomorrow, and another solution will have to be found. I am not leaving the Big Sky no matter how many cruel things you say and no matter how bleak the situation appears."

He looked as though he wanted to oppose her statement, but he held his tongue.

"This is going to be my home whether you like it or not. Whether *you* stay or not."

Nothing showed in his expression. He held her gaze unwaveringly.

She turned to leave, and he stopped her. "One more thing."

She turned hesitantly.

He opened a desk drawer and withdrew a deadly looking revolver.

Isabelle's heart leaped. Unconsciously, she raised a hand to her breast.

He turned the weapon abruptly so that the handle faced her and extended it. "Keep this with you at night."

Isabelle's hand remained where she'd flattened it on her chest. Beneath her fingers, her heart raced. "I—I don't know the first thing about guns."

"You're going to have to learn if you're going to stay, aren't you? All you do is aim it and pull the trigger."

She wouldn't be able to shoot at anyone. "I won't need to use it, will I?"

"I hope not."

The weapon he held toward her was a direct challenge. The concept of keeping a gun by her side went against everything she'd ever learned or experienced, and contradicted all that her shielded education had prepared her for. But if she didn't accept it, he wouldn't take her seriously.

Isabelle took a calming breath and reached for the revolver. He released it, and the weight immediately pulled her arm down. She stared at the deadly weapon, shuddered with the anxious sensation that she held a lit stick of dynamite.

"Tomorrow I'll show you how to use it," he said, his voice a shade kinder but no less firm. Then he spoke to Pelipa in Cheyenne.

Their exchange irritated Isabelle, and she hurried from the room.

After locating the copper tub holding potatoes and onions in the pantry, Isabelle transferred the vegetables to burlap bags. Pelipa watched her haul the basin outdoors to scrub it, then drag it to the semi-private pantry.

"Would you mind giving me a hand with this?" Isabelle asked, huffing. The girl merely blinked.

Isabelle pointed to the other end of the tub and then at Pelipa. "You? Lift that end?"

"Pelipa not help," she said, shaking her head. "Pelipa stay with you only."

Isabelle scowled. "Is that what he told you? He told you not to help me? You are being paid to help me, so please lift that end of the tub."

"Pelipa not help."

Isabelle gave her a scathing look and carried buckets of hot water until her arms ached. The girl watched the procedure with mild interest, then wandered away.

Finally climbing into the steaming water and allowing it to soothe her limbs, Isabelle decided the relaxing bath had been worth the work. Behind her in the kitchen, apparently not doing anything useful, Pelipa hummed, and Isabelle's trembling hurt and anger mellowed into a leaden ball of determination in her belly.

Kyle Brennan had done nothing but add misery

to her already heavyhearted homecoming. The ranch's situation was not his fault, she conceded, but his chafing superiority and this...this *rudeness* were inexcusable.

Isabelle had been only six when her mother had fallen from a horse and died and her father had sent her off to boarding school. Sam had insisted through the years that it was for her own good she live in the East and attend school and travel with her mother's despotic aunt.

She had convinced herself that he was right, that she preferred growing up away from this uncivilized country and the dangers it presented. She'd hoped after she graduated from finishing school that Sam would allow her to come back, but he'd insisted she seek a suitable husband.

She'd taken a position at the academy where she'd grown up and had been writing to her father for months, begging his permission for an extended visit. His replies were terse. Her prospects for an appropriate husband were nonexistent in Montana; she was unsuited for the rugged life and treacherous hazards of the untamed land.

Well, that was his fault, she reasoned. She'd become exactly what he'd insisted she be—a well-bred, well-mannered lady. She could play the pianoforte and embroider and set a table. She knew how to behave in polite company and how to dress for a ball, understood the correct manner in which to call on a friend and the proprieties of walking with a gentleman caller.

And even the things she'd learned to do well she'd never been able to show Sam Cooper.

Tears mingled with the drops of water on her cheeks, and she buried her face in a soft cloth. She'd never been wanted or welcomed here when her father was alive, but this was her land and her house now, and no one was going to send her packing.

Kyle helped Sidestep fork down fresh bedding for the yearlings in the barn and changed a herb poultice on the foreleg of a chestnut mare who'd been snake-bitten. Kyle ran his hands soothingly over the horse's neck and flank and spoke softly. Her ears pricked, and she bobbed her regal head in reply.

He brushed her coat, as much for his own peace and harmony as for the mare's. In his mind he saw Isabelle Cooper, her lustrous auburn mane, skin as pure and soft-looking as a rose petal, eyes like a summer storm. Her delicate features and feminine form hid a steely determination and a stubbornness he couldn't help but admire.

He didn't want her here—but he was wise enough to know that nothing he said was going to change her mind. She was right—he had no authority over her. She was the legitimate owner of the ranch. But if Sam Cooper hadn't been able to keep the Big Sky afloat on his own, there was no way this silly girl was going to.

Should he sit back and watch her lose it all? What would that gain him? What would happen to the ranch? He wasn't about to move one foot from the land he believed was rightfully his. Hank Brennan's foolishness had cost Kyle his legacy. Kyle had been seven when his father had run out, and Sam Cooper had acquired the land. Kyle's mother had worked for Sam until her death, and then Kyle had set out on his own.

He'd lived with the Cheyenne for a time, but he didn't fit in among them any more than he did the whites. He learned he had a way with horses and that catching and breeding and breaking them could earn him enough money to buy back the land he wanted.

Kyle had never resented Sam. The man had come by the land fairly enough. He'd earned it and had worked hard, even if he hadn't been good at handling money.

But he did resent Sam's daughter. The girl had done nothing to earn the Big Sky. She was spoiled and unsuited for this life and had a romantic notion of being able to take her father's place.

He patted the mare's rump and hung the curry brush before exiting the stall and blowing out the lanterns.

The moon illuminated the roof of the house; the twinkling stars stretched forever. He studied the other buildings, the corrals and the two-story bunkhouse, where a curl of smoke drifted from the chimney.

A soft light in an upstairs window drew his attention. She meant to stay.

He didn't have to make it easy for her. Nobody got a free ride. Life was hard. Nature could be brutal. A creature was either quick and strong or it was prey for something that was. Same with people. He didn't like what he was doing, but she had to understand the order of things out here. Isabelle would have to learn the hard way.

Chapter 4

Pelipa had taken the room beside hers, but the next morning Isabelle found the tidy space empty when she made her way along the hall toward the stairs.

The icy water in the barrel numbed her hands as she baled a bucketful. The stove wasn't lit, and she fumbled with kindling and a few logs until she had a feeble fire going. It took forever for a pot of water to heat. Her shoulders ached from the buckets she had carried the night before. But, determinedly, she carried water to her room and washed and dressed for breakfast in a traditional flowing morning dress in pale green, a minimum of jewelry, her hair wound in a simple braid.

Isabelle discovered an unappealing plate of cold

biscuits on the table in the kitchen. After peering under the cloth and glancing around the deserted house, she decided to forgo breakfast for the moment. Instead, she exited the back door and made her way across the dooryard and up a rise to the east of the house and the buildings toward an ancient pine that marked the place where her mother and father were buried. Once beneath the shade of the tree, she remembered how her father had sat in this place looking out over the ranch for hours at a time. A neat pile of stones had replaced the wooden cross that had marked her mother's grave. Beside it was another stack, this one with less grass growing at the edges and a slight indentation in the ground where the earth had settled, so she knew the grave to be the newer of the two.

There should be flowers, she thought through the fog of isolation that gripped her. Her mother had loved flowers. But as she knelt, she realized the ground had been well kept and the weeds pulled, so someone had respectfully cared for the graves. Kyle?

Isabelle surveyed the layout of the buildings, the stately house in need of a coat of paint, the tangle of dried vines that used to be roses growing up the corner posts. There was much to be done, inside and out, to restore the place to its former elegance, but she was up to the task.

This was her home, the only home she'd ever wanted, and nothing would discourage her. She knelt in the shade and reflected on the brief times she remembered spending with her mother, as well as her many attempts to develop a relationship with her father. She shook away those thoughts. The disappointment was behind her. She was here to move forward.

Hungry, Isabelle trekked to the kitchen and located a dusty jar of boysenberry preserves in the pantry. She made herself tea, then looked about the empty room, at a loss. Carrying a tray holding her meal onto the porch, she wished she'd brought a shawl down with her. The morning air was chilly in the shade.

She tugged her chair and the table with the tray into the sun along the railing. At school, breakfast had always been a companionably chatty affair, the girls fresh and ready for a new day. As she ate, she thought about all the girls who'd gone back to their families while she'd remained a permanent fixture at the academy, like the bust of Chopin in the upstairs music hall.

She never wanted to feel that way again, heavy with the lonely, unwanted heartache she'd borne since childhood, but it seemed she was destined to live the experience over and over. What was there about her that didn't deserve love and acceptance?

Kyle's tall, dark figure approached from the barn, and Isabelle's heart fluttered nervously. She hated the way she let him fluster her. *It wouldn't happen again today.* The sun glinted from raven black hair

caught by the breeze. He climbed the stairs near the
back door and approached her. "Ready for your lesson?"

His lack of convention always caught her by surprise. No polite salutation. No small talk. "The
gun?" she asked.

He nodded.

She stood and gathered her tray. "I'll take these
in and get it."

She returned a few minutes later, wearing her
shawl and a straw hat, carrying the gun with her
thumb and forefinger, arm extended before her.
"Here."

He took the revolver and led the way across the
yard. "You can ride?"

"I can ride." She had learned during summer out-
ings with her aunt. Her father had never allowed her
to ride here.

"We don't have any fancy saddles."

"Whatever there is will do."

They approached two saddled horses tethered
near the equipment stable.

"This bay is gentle," he said, indicating the
smaller of the two, a red-brown color with black
mane, tail and legs.

"She's pretty." Noting the considerable height of
the stirrups, she glanced around.

He pointed to a half barrel placed upside down at
the corner of the stable. "Step up from there."

She did so, finding her seat, taking the reins and

adjusting her skirts to cover her legs. His mount was a beautiful combination of leopard pattern—black on white across the middle and hips, the spots larger on the rump—and dark marbled coloring, like frost on red, over the front legs.

"What kind of horse is that?" she asked, once he was in his saddle.

"Appaloosa."

"He's beautiful."

"*She's* beautiful. She's given me three colts, two of them patterned just like her." He turned the animal's head, and the bay followed.

"Where are we going?"

"Out so the shots don't scare the new horses."

Kyle rode as though he were one with the animal, while she tried to keep her teeth from jarring and her hat from flying off. Even so, she loved the clean air and bright sky, and she drank in the rich green vegetation and the abundance of birds and small animals. She'd always dreamed of days like this with her father, the two of them together, riding, sharing, building a life together.

It would never be the way she'd dreamed. She would have to settle for a life here without him.

Reaching a clearing in the midst of a stand of fragrant pines, Kyle jumped to the ground and watched her dismount less gracefully.

She tugged her skirts down in embarrassment.

He drew a rifle from a sheath on his rough-hewn

saddle, grabbed a small box from his saddlebag and gestured for her to follow.

Isabelle was used to a gentleman offering his arm, not beckoning her as though she were a dog. Swallowing her irritation, she followed.

He walked away and lined a series of rocks along a fallen log, returned and handed her the rifle. "These will be in the way." He tugged on her hat until she untied the ribbons at her throat and allowed him to remove it. He pulled her shawl from her shoulders and laid them both on the ground.

"Raise the butt to your right shoulder," he said, turning. "Squint with one eye and get the rock in line with the sight on the end of the barrel. Hold steady and squeeze the trigger."

The rifle was incredibly heavy. Isabelle brought it to her shoulder and worked to hold the barrel parallel to the ground while she peered along its length.

He stepped behind her. "Put this hand here to steady it."

He moved her hand and showed her where to place it; his body enveloped hers, his solid chest and arms circling her shoulders. Silky hair brushed her cheek, and a shiver of alarm passed along her spine. The impropriety of the intimate contact took her breath away.

"Mr. Brennan!" she said when she found air.

"What?"

"It is highly inappropriate for you to stand so close."

"No one's looking."

"Just because something is rendered in private doesn't make it any less shameful."

"You know what would be shameful?" he said near her ear.

"What?"

"For a coyote to attack you or your horse—or a renegade to take a shine to you—and for you to not know how to shoot this Winchester to protect yourself. *That* would be a shame."

A shiver ran across her shoulders—whether at his admonishing words or at his disturbing nearness and his warm breath against her neck, she didn't know.

He cupped her left hand beneath the barrel with his rough fingers. "*Otahe*—pay attention. Line the rock up with the sight. Got it?"

"I think so."

"Squeeze the trigger."

She pulled; it was harder than she'd expected, making her lose her focus on the rock. The rifle fired so loudly and with such a blow to her shoulder that she yelped and stumbled against him. A squawking red-tailed hawk burst from the grass, and tiny kinglets chirped and fluttered in the branches of the nearby trees.

He steadied her.

"Did I hit it?"

"Not quite."

Her ears rang. Her shoulder throbbed.

"Here's how to load a shell," he said, without giving her time to recover.

Isabelle listened to his softly spoken instructions, watched his graceful hands, and each time he stepped behind her, the heat from his body and the brush of his hair distracted her. After three-quarters of an hour, with her shoulder throbbing and her arms trembling, she finally hit a rock.

He proceeded to show her how to load the revolver and went through the same motions of guiding her in each step of the lesson. The revolver was more difficult to aim, but he assured her she wouldn't miss at close range.

He seemed satisfied with her progress by the time her stomach growled. Her face flushed with embarrassment, she realized as she clamped her hand over her stomach that she couldn't possibly lift her arms again.

"That's enough for today. I have to stop by Mother's sister Ma'heona'e's. She'll have something to feed us."

"I—I'm not dressed for calling."

"You're not dressed for riding or working, either."

She ignored his pointed criticism. "How do you say her name?"

"The whites call her Mae."

She tied the ribbons of her hat beneath her chin with as much dignity as she could muster and pulled on her white gloves. "Extend the courtesy of assisting me, please?"

He made a step of his laced fingers for her to reach her saddle, then mounted and led the way. How did he know which direction to turn out here? It all looked the same, sky and trees and waving grass.

Before long, a small, sturdy cabin came into view, smoke curling from the chimney. Kyle called to a woman bending over in a newly planted garden. *"Peveeseeva!"*

Smiling, she turned and raised a hand.

Kyle dismounted and stood beside the bay. "Need help?"

"I can manage." Trying not to tangle her skirts or expose her limbs, she did both and awkwardly slid to her feet without falling in a heap in the dirt. Barely.

She followed him to where the woman stood in the sun, her bare feet planted in the newly turned earth.

Kyle wore a smile when he greeted his aunt. They spoke briefly in their unfamiliar language with the quick stopping sounds between the syllables. Isabelle watched and listened in fascination. "This is Mae," he said, then, "Isabelle Cooper."

"Pleased to meet you," Isabelle said politely.

"Isabelle beautiful *he'e-ka'eskone*," the tall, dark-haired woman said, coming forward with a warm smile and touching Isabelle's arm. "Now beautiful *kasa'eehe.*"

Isabelle glanced at Kyle.

"You were a beautiful child, she says. Now you're a beautiful young woman. She speaks English, don't let her fool you."

Isabelle flushed at Mae's compliment.

"I got up with the morning star to make your *kasa'eehe* a meal," Mae said. "You will eat fried bread and turnips."

"She's not my *kasa'eehe.*"

"Mr. Brennan told you we were coming?" Isabelle asked.

"Morning star tell me."

"She knows a lot of things without being told," Kyle said wryly, and followed his aunt into the cabin.

Isabelle removed her hat and shawl, tucked her gloves into her hat and hung them on a set of antlers near the door.

Mae bustled about the austere one-room structure, preparing something delicious-smelling. She tore dough from an enormous chunk, flattened it between her palms and laid it in a skillet over the flames in the fireplace.

She served the bread and vegetables on smooth wooden platters. Isabelle accepted hers and waited for a utensil.

Finally, she glanced at Kyle.

He said something to his aunt, and she produced a crude three-tonged fork.

"Thank you." Isabelle used the fork to taste her food. "This is delicious."

Mae beamed. She and Kyle ate their food with their fingers, and it took discipline not to stare. "What is this made from?" she asked, nearly finished and studying the fork.

"Bone," Kyle replied. "Antelope or deer, probably."

Isabelle finished the last mouthful with difficulty and set the fork down quickly.

"Miss Cooper likes tea," Kyle informed his aunt, a grin tugging at the corner of his lips.

"Don't go to any trouble," Isabelle insisted.

"Not trouble. Enjoy to serve tea."

"You're very kind."

A few minutes later, Mae placed three tin cups on the small table. Kyle reached for one, but she held his wrist. "That one go for Isabelle. This go for you."

One of his ebony eyebrows shot up, but he took the cup and sipped.

Warily, Isabelle accepted hers and inhaled the peculiar scent of the brew. "What is it?"

"Herbs from my garden."

The tea tasted like none she'd ever drank, but it was hot and quite good, and she finished it.

"I have to get back to work," Kyle said finally.

"You must come visit me next time," Isabelle

said to their hostess. "I will prepare lunch and tea
for you."

"I will come." Mae handed Isabelle a tightly
rolled packet of cloth. "Tea for you. Make muscles
feel better."

Isabelle blinked in surprise. "Thank you."

She accepted Kyle's grudging assistance in climbing on the horse's back, and Mae waved them off.

"Your aunt is lovely."

"Most whites are afraid of her."

"Why?"

"Because she's a medicine woman."

"She knows how to heal people?"

"And other things."

The sun was hot, and Isabelle folded her shawl
over the pommel. It had been peculiar how Mae had
given Isabelle tea for aching muscles, but the
woman's perception didn't frighten her.

When they arrived at the ranch, she slid from the
horse gingerly, and Kyle took the bay's reins. "Tonight we talk business."

Isabelle glanced over to see Pelipa waiting for
them on the side porch. "Did you tell Pelipa not to
help me?"

He turned his hard gaze on her. "Do you need
help?"

A confused whirl of humiliation, pride and anger
kept her from replying honestly—or at all. She
wasn't admitting anything he wanted her to admit.

"We are going to come to an understanding tonight." His steely black eyes held no compromise. The brief pleasantness of their morning ride vanished.

"Perhaps," she replied noncommittally.

"You don't have many choices if you want to stay."

"Oh, I'm staying."

His gaze moved across her face to her mouth and back to her eyes. "Then we're definitely coming to an understanding—tonight."

Chapter 5

If she were going to hold her own against this un-
yielding man, she needed to look her best and feel
confident. Isabelle dressed, then frowned at the darkened burn spot on the puff sleeve of her pale rose
crepe gown. She'd overheated the iron and had forgotten to place a cloth between the fabric and metal.

Once again, Pelipa had been no help, silently
watching as Isabelle built the fire and singed her
dress.

Belatedly, Isabelle wondered if there was going
to be a meal. Kyle hadn't mentioned bringing food.
He may have left her on her own. She would have
to find something in the pantry.

He was standing in the dining room observing the

canary when she and Pelipa arrived. Isabelle breathed a sigh of relief at the sight of three plates on the table.

He took in her attire without expression and remained standing until she and the girl had seated themselves.

He and Pelipa picked up their forks and dug into the plate of—stew.

Isabelle stared at the beef and gravy mixture. "This is the same menu as last night."

"Harlan doesn't have much of an imagination," he replied.

She glanced up to see if he was toying with her, but his expression was unreadable, as always.

"Why do you use your fork when you eat with me and your fingers when you eat with your aunt?"

He looked up. "I honor the customs of both people when I'm in their homes."

"You see eating utensils as a custom?"

"Yes, I do. How do you see them?"

"Well, as—manners. Etiquette."

"And one person's manners are better than another's because—why? Because the person thinks their way is the only way?"

"No, because it's..." Her voice trailed off.

"Civilized?" he asked, his tone underlined with something she sensed was a bone-deep irritation.

Had she been thinking that? Did she see cultural differences in a judgmental light? She'd never had to think about it before. All the people she'd known were from similar backgrounds and held the same beliefs about manners and religion and customs.

This man challenged every axiom she'd believed in until now.

Kyle stared at the lovely white woman, secretly hoping she wasn't as high-minded and prejudiced as he feared, as the rest of her kind had proven themselves to be where the Cheyenne were concerned, and not knowing why he cared. All he cared about was that she come to her senses and sell him the ranch.

He ate the meal, speaking occasionally to Pelipa when she asked him a question. When he'd finished, he made himself a pot of coffee and retreated to the study.

Isabelle didn't show for another hour, and when she did, her fine dress was water-spotted and she carried a tray with the china pot and two cups. She set the tray on the corner of the desk. "Would you care for a cup of tea?"

"No, thanks."

She poured one full, her hand trembling, then lowered herself onto one of the overstuffed chairs, wincing as she sat but quickly masking her pained expression.

She was no doubt sore from the ride and the shooting lesson. He couldn't worry that he was being too hard on her. Rather, he needed to consider if he was being hard enough. Getting her to change her mind was tougher than he'd imagined.

"I don't think you understand the money problem," he said.

"I've considered everything you've told me," she replied. "The most outstanding debts are your wages and the cost of rebuilding the barn. We still need to replace the mares."

"And there is no way you can pay those debts. Have you looked over the books?"

"I have."

That surprised him.

"Can we let any of the men go?" she asked.

"Some good men quit a while back because they weren't getting paid. We're working with as few hands as possible now. Your father handled a big share of the work, but he's gone."

"You don't have to keep reminding me. I'm well aware that he's gone." Her brow furrowed in confusion. "I don't understand something. How could the hands not have been paid? I never saw any change in circumstances."

"Of course you didn't. Sam sent you money he couldn't spare." He eyed the pale pink gown and her jewelry. "Your feminine finery and fancy schools and trips cost the men wages and the ranch repairs. Sam was a fool."

She bristled visibly at the blunt way he'd criticized her father, but she'd needed to know the truth. Recognition and shock slowly replaced the offended expression. She blinked a few times, looked away and swallowed, as though absorbing the distressing information.

"If you take my offer, you can make a nice life for yourself in the city."

Her steady gaze lifted and met his; color rose high in her ivory cheeks. With two deft movements she lifted a hand to each ear, plucked the pearls from her lobes and dropped them on the desk. The brooch from her collar followed. "How many mares can you buy with those?" she asked.

Taken aback, he glanced from the jewelry to her determined expression. "Depends how much they're worth."

"I have more. A whole box full. We can sell them in Whitehorn. Pay the hands."

"That would take care of one problem. And perhaps even part or all of the money due me. But it won't solve getting through the next couple of seasons." And selling her jewelry certainly wasn't the answer he wanted. He looked aside and absently watched flames lick up the side of a log.

He'd been prepared to fall back on an alternate plan, a plan that would assure his name on the land deed, but he'd hoped it wouldn't be necessary. Now it looked like he had no other choice. And this just might be the thing to scare her off. She would either take off running or he would have what he wanted. "If you're determined to stay—"

"I am."

"Then there's one thing that would meet both our needs."

"What's that?"

"If we marry, I can run the ranch on a shoestring. Half the horses are mine, anyway. We would be putting together your land and my horses and know-how. The Big Sky would be ours—together."

She stared at him. "Marry?"

He turned to gauge her expression and nodded.

A thunderstorm swelled in the depths of her eyes. "You'll do anything to get this land, won't you?" she asked.

"Not quite anything."

She raised her chin a notch. "So, I can sleep knowing you wouldn't cut my throat during the night?"

She was goading him, and he rose to her bait. "I don't slit throats. I take scalps."

Those turbulent eyes widened, then she fixed him with a perusing but half-amused stare, the corner of her mouth threatening to tilt.

She got up and walked to the fireplace, where she gazed into the crackling fire. The flames cast a golden glow across her perfect profile.

"Is it just me you hate or all people with white skin?"

The question caught him off guard. Grateful that she wasn't looking at him, he mulled it over. "Not trusting you is more like it."

"What is it I've done to earn this mistrust?"

"How about broken treaties and broken promises?" *How about herding the Cheyenne to a desert
in Oklahoma where most starved or died of disease
and the rest escaped only to be shot or recaptured?*
Even as he thought it, he knew in some corner of
his mind that he shouldn't, but long-ingrained beliefs were difficult to mask. *How about destroying
a proud, beautiful people?*

Her shoulders straightened slightly and then relaxed. "I read about Dull Knife and Fort Robinson
and those horrible times in the papers," she said
sadly. "You hold me personally responsible for the
mistreatment of the Cheyenne?"

Of course he didn't blame her in particular. He
wasn't that ignorant. But he did, in some manner he
couldn't help, think she was a product of a society
that believed itself above the Plains tribes. He shook
his head, even though she wasn't looking.

"What about you?" she asked, as though only
now wondering. "Were you among those people
sent to Oklahoma?"

"My white name and the deed to my land spared
me," he said. "I kept Ma'heona'e and a handful of
children with me, too. I lied and told the bureau they
were my mother and my children. Pelipa was one
of them. Her mother and father were killed trying to
return home after the army starved them at Fort
Robinson."

"I'm sorry," she said, and he recognized the sincerity.

"I don't hold you responsible," he admitted. "But I can't trust you."

Finally, she turned. "All right. Let's get married."

Her swift acquiescence and the abrupt return to the original subject astounded him. He'd expected her to take offense. He'd expected her to sell and run. She never did as expected. He realigned his thinking. This direction would aid his plan just as well. Once again, she'd accepted his challenge with bravado.

A sense of relief settled over him. The Big Sky would be his at last. "All right," he said. "I wouldn't set my hopes on a church wedding, if I were you."

"Why not?"

"The people in Whitehorn don't think much of the Cheyenne."

She studied his expression. "My father was respected in these parts. We'll go into town and make arrangements."

"Take heed and don't count on the church."

She ignored him. "How soon shall we set the date?"

"As soon as possible."

"Six months?"

"Tomorrow."

She stared in disbelief. "I can't plan a wedding overnight! There are things to do. I'll need a dress. I'll need at least—at least a month."

Hand on hip, she watched him stand and move to the coffeepot hung on a wire beside the fire.

"We don't have a month," he replied. "The sooner the better." He wasn't going to give her a chance to change her mind. His name was going on the land deed without delay.

"At least a week, then. I can't be ready by tomorrow."

"A week, then. No longer."

Her gray eyes looked a little wild, perhaps at the shocking reality of what she'd hastily committed herself to. "Excuse me, please. Good night."

She gave him a preoccupied nod and hurried away.

Escaping to her room, Isabelle tamped down the barrage of chaotic thoughts that questioned her decision. As soon as he'd spoken the words, she'd known marriage was the perfect solution. Combining their interests allowed her to make her home on the Big Sky. End of deliberation. It was all she'd ever wanted, and even though the price was high, her dream was becoming a reality.

But concern took over her confidence and nagged at her sanity until she stopped ignoring it and examined the issue.

Marriage meant more than saying vows and joint ownership in property. Marriage meant intimacy, shared lives and shared beds. A flutter started in her stomach and worked its way to her limbs and her chest. Would Kyle expect them to sleep together? Would he want to consummate this union?

She had vowed to do whatever it took. There was no looking back now. She would deal with the physical aspect when the time came. But wondering certainly cost her sleep.

The following day, their trip to town was as Kyle had predicted. The local minister, though claiming to be sympathetic to their plight, refused to perform the marriage ceremony because of the anticipated reaction of his congregation. He needed his job.

Pausing only briefly outside the church, Isabelle motioned to Kyle. "Take me to the telegraph office. I'll wire my father's friend, Judge Murphy."

She did so, and they waited on separate benches outside the telegraph office for forty-five minutes until the reply came. Judge Murphy would arrive the following Saturday to perform the marriage at the ranch.

That evening, she wrote invitations, and the following day Kyle sent Tott with her to post them.

Apparently now that she was going to be staying, Kyle lifted his order that Pelipa not assist her, because the girl suddenly became helpful, showing Isabelle how to prepare a chicken as well as beef and vegetables from the root cellar. Kyle didn't join them for meals the next few evenings, and Isabelle assumed he was busy.

One morning, she opened her armoire and trunks

and grew concerned over what she would wear for her hasty wedding. Time and again she came back to an elegant white dress she'd purchased in New York, and aside from wondering if one of the hands had been denied wages so that she could purchase it, she considered the possibility of making it presentable as a wedding dress.

Remembering trunks she'd discovered in the attic years ago, she climbed the stairs with Pelipa on her heels.

Isabelle removed protective sheets and opened three trunks that had been buried in the dusty storage space. A forgotten childhood memory sprang to life as she gazed upon the contents. Her father had once discovered her wearing a feathered hat she'd taken from the items and had forbidden her to open them again.

"These were my mother's things," she said to Pelipa. "Aren't they lovely?" She held a gown against her and looked down. "She wasn't as tall as I am. I'd never get into one of them now."

"We use Mother's dress and Isabelle's dress," Pelipa said, holding up one finger on each hand. "Make one dress." She brought the two fingers together.

"That's brilliant!" Isabelle gave her a quick hug. Pelipa had, amazingly, spoken better English since Kyle had given her permission to help. "Which one?"

They sorted through the gowns and shoes and

gloves and finally Isabelle drew out an exquisite lace-trimmed creation with pearl buttons. "If I was a good enough seamstress, I could even use this silk lining," she said wistfully.

Pelipa frowned.

"If I could sew better." She mimed using a needle and thread.

Pelipa held up a hand. "Isabelle walk dress down. Pelipa bring sew better."

Wearing a wide smile, the girl tore down the attic stairs.

Puzzled, Isabelle shrugged and gathered the gown and a few other items and carried them to her room.

Not quite an hour later, Pelipa returned with an older woman in tow. "Pelipa's mother," she said by way of introduction.

The woman knew how to undo the seams of the old garment and carefully press and reuse the material, taking Isabelle's dress apart and lining it, adding the lace trim and buttons and making the gown look as though a French designer had created it.

Isabelle laughed with delight the following day when the project was finished and pressed. She gave Pelipa and her mother each a gold locket for their generous help and time. The old woman proudly wore hers home.

The day of the wedding arrived and brought sunshine. Kyle performed all his normal chores that morning, thinking of the significance of what he was about to do. He didn't take this union lightly. When he pledged to wed himself to Isabelle, he would make the vow with respect and sincerity.

But he was honest with himself. She would never have considered him as a mate if she'd had a better choice in her financial situation. There was no denying his fiery attraction. But she was white and cultured and as citified as they came. He'd be a fool to allow himself any feelings for her or any hollow hopes for a grand love to develop.

Family alliances were common among the Cheyenne, so a marriage like this wasn't unthinkable in either culture. He would take his vows seriously, but he would not kid himself. She would eventually grow bored with the hard life and head out.

As the hour neared, he rode to his cabin, bathed in the creek and dressed in the finest clothing he owned, black trousers and a soft blue doeskin shirt his aunt had made him.

On his way to the ranch, he met Judge Murphy and rode beside the man's carriage until they reached the house.

"I still can't believe Sam's gone," the man said as he stepped to the ground. He had a mane of thick silver hair that hung to his shoulders and a pointed, close-cropped white beard. "Thank you for sending me the wire."

Kyle dismounted. "I tried to let his friends know soon as I could."

"And you're marryin' little Isabelle, eh? I wonder what Sam would have thought of that."

Kyle recognized the friendly grin. "I don't think even bringing him a traditional gift of horses would have won my favor where she was concerned."

"He sure kept her away from here, didn't he?"

Kyle agreed, released his horse into a corral and instructed Tott to see to the judge's horse and those of any other guests who arrived.

Ma'heona'e sat in the shade on the porch, dressed in traditional clothing for the celebration. From her position, she was directing the layout of tables being set up in the yard. His cousins carried out her bidding, and Kyle greeted them, accepting their good-natured ribbing and good wishes.

A handful of guests arrived from Whitehorn, a fraction of the number Isabelle had invited, and soon Pelipa came and gestured for him to enter the house.

The doors to the drawing room had been opened and the furniture moved against the walls, making space for guests to stand.

A fragrant pine-bough wreath adorned the fire-place mantel, a row of lit candles on either side. Judge Murphy stood, Bible in hand, awaiting the prospective couple. He gestured for Kyle to join him.

Kyle took his place.

The resonate notes of a flute floated from the back of the room—one of his aunt's enchanted flutes, he had no doubt. The plaintive notes wafted on the warm afternoon air, a distinctive touch to an already uncommon ceremony. He glanced to see which of his cousins played and caught sight of Isabelle.

She drifted toward him like an ethereal being in a cloud of white lace. Her long-sleeved, scoop-necked dress skimmed the carpeted floor, and her white satin slippers made no sound.

She had prepared her lustrous hair in soft curls and wore a wreath of delicate baby's breath like a crown. As she drew closer, he saw the flush of color on her cheeks and the shine in her lovely storm-cloud eyes. All his thoughts of practicality fled at the sight of his exquisite bride.

Chapter 6

The vows and the legal part of the wedding took only a matter of minutes—minutes Isabelle was later hard-pressed to recall. She didn't think she had drawn a breath the entire time.

She stood on the porch among an unusual assortment of guests and sipped lemonade. It astounded Isabelle that so many of Kyle's family had come, especially after he'd shared his resentment of whites. The Cheyenne women had prepared and arranged an enormous amount of food in wooden bowls and platters on makeshift tables in the yard, and Isabelle marveled over their thoughtfulness.

She walked among the people of all ages dressed in artistically feathered, quilled and fringed buckskin

tunics, shirts and dresses. Thinking of the hardships
they had endured, their admirable talents and pleasant natures impressed her all the more. Men and
women alike wore their hair long and flowing, with
feathers or beads worked into braids. Now she understood why they were referred to as the Beautiful
People.

Isabelle marveled over the soft-looking shirt Kyle
wore. The leather had been dyed a soft blue. Long
fringe hung from the shoulders. Quill and beadwork,
in a striking geometric pattern across the shoulders,
emphasized his height and breadth.

He introduced her to the members of his family.
She couldn't pronounce their names, so he told her
the English meaning of each to make remembering
easier.

A young woman whose name meant Red Star had
a baby in a decorative cradle board on her back.
Isabelle smiled at the baby and touched his shiny
black hair, hair as silky and dark as Kyle's. Her
heart fluttered.

Would she and Kyle have beautiful children like
this together? As much as she'd tried not to concern
herself over the details they had never discussed,
these were important matters, and ignoring them
wouldn't make the situation better.

Buffalo Rib played the lovely sounding flute, and
Isabelle relaxed and enjoyed the enchanting music.
The newlyweds accepted an assortment of gifts,

from shawls, leggings and moccasins to books and candlesticks.

"It was too short notice," she whispered to Kyle. "The others from town probably had plans already."

"I don't think so," he disagreed. "They didn't come because of me. Most in town won't talk to you now."

"Well, they're narrow-minded."

"Just as some on the reservations are narrow-minded. Most of them wouldn't keep company with whites. Twenty years of killing each other does that."

She didn't know what to say, but Judge Murphy approached, and she didn't have a chance to reply. "Best wishes, my dear," he said. "I wish your father could have seen this day."

Isabelle didn't think her father would have *allowed* this day, but she smiled.

He placed his hat over his silver hair and smoothed his pointy beard, a habit she remembered from his visits to her father. "I'll be heading back to Billings before it gets dark."

"I'll hitch your horse," Kyle said, accompanying the man from the porch. A few of the guests called goodbyes before they climbed into their wagons and headed for home.

Kyle's aunt Mae silently moved beside Isabelle. "The tea made muscles better?"

"Yes, it did. Thank you."

"The magical flute was played with song just for you. Now this." She bent her head next to Isabelle's. "You must wear this."

Isabelle opened her hand and accepted the oval-shaped silver locket that Mae pressed into her palm.

"Leaves from my garden will win your husband's heart."

Isabelle touched the hammered silver, her thumbnail tracing the two running horses etched into the metal. Win her husband's heart? What did that mean?

"Put amulet on now," Mae insisted. "Wear day and night."

Not wanting to offend her, Isabelle slipped the quill chain over her head and the amulet's weight lay against her breast.

"Good." Mae's toothy smile revealed her pleasure.

If this was part of their tradition, Isabelle would go along to please Mae. "Thank you."

Mae patted her arm affectionately.

Pelipa said something in Cheyenne. Mae nodded. "Now come," she said.

Mae led Isabelle to where Kyle stood after seeing the judge off. She gestured to Spotted Feathers, and Kyle's cousin handed him a fur robe.

Gently, Mae urged Isabelle forward.

Kyle met her gaze warily. "It's a custom she feels strongly about."

Isabelle glanced at his grinning family members, her curiosity piqued.

"If we had courted, I would have placed my robe around you and we'd have taken a walk."

Isabelle read the imploring look in Mae's shining dark eyes. "Sounds all right to me."

Kyle drew the fur robe around his shoulders and held one arm out in invitation.

Isabelle took her cue and stepped to his side. He drew her close with a rock-hard arm and closed the robe around her, cocooning them in its thickness and combining the warmth of their bodies.

His family members smiled and nodded. Mae said something that sounded like a direct order.

Isabelle was keenly aware of their touching bodies as Kyle led her toward the stable where his Appaloosa and a dozen unfamiliar mounts stood, tails flicking.

Kyle paused beside his horse.

"More of the custom?" she asked.

He nodded.

She accepted his assistance onto his unsaddled horse and experienced a little jolt of shock when he climbed on behind her and reached around her shoulders for the reins.

He tossed the buffalo robe to Spotted Feathers, who rolled it and mounted his speckled horse. His wife, Red Star, waited astride a horse beside him, the baby on her back, and the others were soon mounted, as well.

Kyle turned the Appaloosa's head and urged her into the throng of fancifully dressed riders.

"Were are we going?" Isabelle asked over her shoulder.

"I guess they'll show us. Today you make your formal departure from your family to mine. A Cheyenne woman moves to her husband's lodge."

"But we won't—"

"This is just part of the ceremony," he explained. "Thank you for going along with it."

"I know it's important to your aunt. Besides, it's rather enjoyable."

Her words pleased him immeasurably. But her nearness unsettled him. Beneath the delicate floral wreath, her hair smelled of spring violets. He allowed his cheek to brush the velvety softness. She had relaxed against his chest, and her feminine scent and warmth tormented him through layers of lace and deerskin.

She hadn't seemed ashamed of the presence of his mother's people at her Christian wedding. She'd eaten the traditional feast they'd supplied and had gone along with the robe without a qualm. Was she hiding her distaste for the sake of her good manners?

So far nothing had diminished her obvious pleasure over staying at the ranch...and she'd acknowledged enjoying the ride. Kyle wouldn't admit, even to himself, how much pleasure he took from this closeness.

Walks Last called to Kyle and pointed to a

wooded area on their left. Kyle moved ahead of the others. A primitive shelter made of pine branches and tanned hides came into view.

He led the Appaloosa close, then dismounted and helped Isabelle to the ground. Her lovely gray eyes were wide with questions, but he read no fear or distaste.

Spotted Feathers handed Kyle the robe. Once again Kyle wrapped it around both of them, then he led her toward the flower-festooned bower hidden among the lodgepole pines. The other riders remained on horseback, silent observers. Needles crushed beneath the horses' hooves sent their pungent fragrance into the early evening air.

He'd seen dozens of these honeymoon shelters. A bridegroom prepared it for his wife, provisioned it for their stay and brought flowers for her pleasure. His family had observed the custom for him—probably at Ma'heona'e's direction.

Pulling aside the flap, he guided Isabelle in. She bent to accommodate her height and entered ahead of him. He turned and gave a farewell gesture to the tribe. Returning the hand sign, they turned their mounts and rode away.

With a deep breath, he entered the shaded depths behind her and laid the robe out along one side. The scent of bitterroot blossoms filled the compact and intimate area. Neither of them could stand to their full height, so he sat cross-legged on the blankets that had been spread, and she followed his example.

His bride observed the pots and bundles lining the hide walls. "What is all this?"

"Food to last several days."

"Several days!" Her eyes widened.

"It's—"

"The custom," she finished for him, with a wry grin.

"We won't stay," he added quickly. "One night should be enough to satisfy Ma'heona'e."

This time her expression did look a little fearful. "Spend the night? But I don't have anything with me."

"I'm sure all you need is here. Pelipa must have been in on this plan."

"But there's no—" Two bright pink spots appeared on her fine, high cheeks. "No facility."

"There's the whole woods," he said with a sweep of his arm.

She refused to meet his eyes.

Mindful of her maidenly blush, Kyle's heart beat too rapidly. *His bride.* The crown of tiny white blooms lent her face a sweet and completely feminine softness. The dress bared her throat and delicate collarbones. The intriguing hollow at the base of her throat pulsed rapidly, and he imagined tasting her skin there, feeling the beat of her heart against his lips.

This was dangerous thinking, and he knew better than to allow it. She might be enjoying the uniqueness of the situation for the moment, but if her upbringing and the color of her skin, as well as the fact that she was a lady, had anything to do with it, she'd soon tire of the primitive life. Her worry over the natural functions of her body proved that.

She moved across the blankets to the stacks of baskets and began a search. Holding up a porcupine's tail sewn to a strong stick with ornamental beadwork over the seams, she asked, "What's this?"

"A hairbrush."

She studied it, her expression perplexed, then went back to her exploration. In a leather bag, she found several smooth, brightly colored stones.

"A game," he said, enlightening her, before she had a chance to ask.

"Will you show me how to play tonight?"

He nodded. She examined and tasted dried fruits and berries, asking about each one. Her fascination with the cooking equipment had him showing her how the pouches and bowls and bones were used.

"Well," she said after her study was complete and everything had been neatly returned to its place. "I guess it's time I..." She scooted toward the opening. "I'll just take a brief walk." She stopped. "You don't think anyone's out there watching us, do you?"

"There's probably a guard, but he wouldn't be near enough to see you...walk."

She nodded, gathered her lace hem and disappeared.

He would have to find out who to thank for the coffeepot, he thought as he exited the shelter and built a fire from the nearby stack of sticks and logs. He filled the pot with water and added grounds. The tribe hadn't forgotten anything. They believed newlyweds should have nothing to think about but each other.

Right now he'd be grateful for some distractions.

As a guilty afterthought, he placed a pan of water over the fire for Isabelle's tea. He was used to keeping company with cowhands and Ma'heona'e, not helpless city women. Maybe getting fired up over her muleheadedness would get him through the evening.

Twigs snapped and leaves crackled as she returned. "Something is out there!" she said, out of breath. She wore a becoming flush. "An enormous animal!"

He stood. "What kind of animal?"

"I'm not sure. Nearly as big as a horse! His eyes were so pretty and he looked right at me."

"Probably a moose."

"Yes, a moose! I saw a picture of one once. But this one was so big!"

"Might have been a bull. I have some water ready for your tea."

"That's very thoughtful of you. I'll get the tea." She started to turn, but stopped. Her gaze drifted to the fire, to his boots, then over his shoulder. "I'd like to change out of this dress and into something more comfortable. The doeskin dress I saw in one of those bundles looked so soft."

He settled beside the fire. "I'll wait right here."

"Well, I—um—I can't get out of this dress alone."

"What?"

"The entire back is buttons. I can't reach them."

"That's foolish. How did you get it on?"

She rolled her eyes. "With *help*."

Muttering under his breath about the vain stupidity of white women, he got up and stalked toward her. "Turn around."

"Here?" Her voice came out as a squeak.

"Where would you have me unbutton your dress, my lady?"

"Well, we're standing right out in the open!" She glanced around wildly, and her hands came up to her midriff defensively.

"Nobody's going to see except me, and I'll see whether we're out here or in there."

"Yes, but—"

"Get inside."

She ducked under the flap, and he followed.

The light had waned, and the interior had grown dim. The heavy floral scent and the extreme intimacy closed in around them.

Chapter 7

She presented her back.

Kyle raised his hand to the top of the row of buttons.

Even over the pervading bitterroot, he detected the stimulating scent of her hair, her skin—unfamiliar, exotic, arousing. For a spellbound moment, he imagined that this desirable woman loved him and that he would be making love to her this night. Here in this romantic bower, away from both their worlds, they would come together in a place with no boundaries or restrictions or prejudice.

His body reacted with a bold surge, and he had sudden difficulty breathing. The earthy vision lasted until he noted his dark hand against the snowy white lace and satin that enveloped her. A reminder that he was half Cheyenne and she was one hundred percent white. His clumsy fingers felt like tree stumps on the minute buttons. He had the dress unfastened to the middle of her back, and one side of the fabric slid to reveal her ivory skin and a lacy undergarment.

Kyle swallowed hard and continued his task. "Only a white would fashion a dress so utterly impractical."

"There's nothing practical about those beads across your shoulders, or the fringe. They're an expression of art."

"I can pull the shirt off over my head by myself."

He thought about doing just that. And pressing his heated bare skin against her revealed back, molding himself to her feminine contours, like when they'd been riding. He imagined how her body would feel and react and where he'd like to taste and touch her. Maybe she thought about it, too, because she shivered. Gooseflesh rose on her slender shoulders.

He applied himself to fumbling with the pearl buttons until the dress was completely open down the back, then with great control, he dropped his hands and ducked out of the shelter.

Isabelle clutched two fistfuls of Irish lace with trembling fingers. He was gone, but she could still feel his calluses brush her skin, his warm breath on her shoulder. If he'd been planning to consummate their marriage, it would have been right then, wouldn't it?

They'd never discussed the subject, but she'd assumed they would take on all the aspects of husband and wife. She hadn't known how she felt about that until this moment. Shamefully, she felt somewhat disappointed—and yet relieved. She barely knew the man.

But it would have to happen. Sometime. Someday.

She shrugged her arms from the sleeves, let the top of the dress fold over and stepped from the skirt. Stooping in her silk chemise and drawers, she looked for somewhere to hang the garment. Not wanting to snag it on the branches that formed the ceiling beams, she settled for spreading the dress out on one of the blankets.

Isabelle ran a palm over the lace, smoothing the silky fabric, feeling a tangible connection to her mother. She had come to Montana from Illinois, a woman out of her familiar environment among the rugged men and the extreme elements of this wild, unforgiving country.

Isabelle removed the baby's breath wreath, unpinned her hair and used the quill brush. It took some getting used to, to figure out how to hold it and run the quills through, but it did the job quite cleverly. She made a braid and tied the end with a strip of leather that had been fastening a bundle.

She removed the silver amulet, studied it curi-

ously in the dim light for a moment, then placed it
with her other things. Mae had said it would win
Kyle's heart. He had a heart; it was plain by the way
he interacted with his aunt and the rest of his family.
But she didn't think his heart could be softened toward her. He didn't bother to hide his obvious dis-
dain for her and her kind. And who could blame
him? With what little she knew, she believed the
Cheyenne had been treated abominably—and he
knew far better than she.

But his parents had defied convention and put
aside their differences to marry, hadn't they? She
wished she knew something about them.

And what of her own parents? Had they loved
each other? Her elusive memories of them as a family were of her mother laughing and her father lav-
ishing attention. When he'd sent Isabelle away after
her mother's death, she hadn't understood. Maybe
she reminded him of his wife, and the sight of her
had been too painful.

Maybe he'd been irrationally afraid for her well-
being and couldn't bear to lose her, too. However,
they could have comforted each other. She'd certainly needed comfort...and love.

Isabelle gave the dress a last fond look. Perhaps
someday a daughter of hers would wear it. But that
was far in the future, and she still had tonight to
worry about. Her stomach quivered with growing
concern. What was to happen between them this
night? Unfolding the doeskin dress, she slipped it on

over her head. Long fringe brushed her arms and her ankles.

He was still a stranger. But she didn't want to displease him. And neither did she want to deny herself anything good that might come of this marriage. Plenty of marriages got started this way. Her situation was not unique—except to her.

Her silk slippers looked foolish with the costume, she realized, gazing down, so she removed her stockings and garters and slipped her feet into the smaller of the two pairs of moccasins.

This marriage had never been in her plans, but then her plans had never been definite—except that she'd wanted to come back to Montana. But then Kyle's plans hadn't included her as a wife, either. Did he resent her?

A horrible thought struck her, and she stood glued to the blanket. What had this hasty arrangement done to Kyle's plans? Had there been a woman he'd wanted to marry? If so, he would resent Isabelle's interference.

When she stepped through the flap and straightened, Kyle stared from his seat beside the fire. Her cheeks flamed. "Do I look foolish?" she asked.

"Do you think Cheyenne clothing is foolish?"

"No, I—I just feel strange."

"Tomorrow you'll be home and you can wear your own clothes."

She took several hesitant steps closer to the fire.

"What kind of clothing did you picture your wife wearing on your wedding day?"

"I never thought about it."

She settled down a few feet from him. "Did you plan to marry a Cheyenne woman?"

His dark gaze studied her without expression. "Why would I?"

"Well, because you think white women are silly and useless and wear foolish clothing."

He picked up a stick and rearranged the burning embers. "Even if I had a mind to, I'm not exactly a sought-after brave."

The fact was hard to believe. He was hardworking...and handsome. She couldn't imagine the Cheyenne women not falling all over him. "Why not?"

"I'm not a brave warrior. I didn't count coup with the others. I traded with the Cheyenne and Blackfeet and Sioux, but I sold horses to the army. I wasn't sent to the reservation with them. I'm too white."

"But you saved some of their children from that awful experience. You did what you could. Surely they respect that."

"They tolerate me."

"Those there today do more than tolerate you, I believe."

He shrugged.

Isabelle could understand his refusal to participate in the wars. The blood of both nations ran in his veins, and choosing a side would be difficult—or impossible. "Tell me about your parents."

She wasn't sure if he'd answer, but he spoke almost immediately. "My mother was Ameohne'e, Walking Woman. My father was a trapper, sold beaver and wolf pelts to the whites, traded with the tribes. Hank Brennan was his name. My mother found a young raccoon caught in one of his traps. He ran across her nursing the trapped animal, crying over its suffering. He freed the raccoon and helped her care for its wounds.

"My mother sought Ma'heona'e's help," he continued. "Ma'heona'e says their father didn't want my mother to marry Hank, but it was what Ameohne'e wanted. Land was cheap back then, and Hank bought good sections and started a ranch so my mother would be close to her family."

"He loved her."

Kyle shrugged. "He had wandering feet. I was small, but I remember him being gone for long periods of time. I thought he was working. Talk later was that he had another wife in Colorado."

Isabelle's surprise must have shown on her face.

"That would have been acceptable if he'd brought her here to help my mother," he said. "Cheyenne women often suggest that their husband take another, younger wife to share the workload."

She stared at him. "I wouldn't share my husband even if I had to work like a stevedore! You don't plan to take another wife, do you?"

A grin inched up one side of his mouth, catching her by surprise.

"We had a Christian wedding," she told him firmly. Maybe he did have another woman! "Surely you don't think—"

He laughed out loud then, the outburst startling a small creature in the nearby brush that scampered across the clearing in the dusk.

Isabelle started and instinctively moved closer to Kyle, even though he was laughing at her.

"You don't want to share me?" he asked, his voice seductively low.

She looked away from the devastating smile that made her stomach flip-flop. She had no intentions of sharing him as a husband! That was—well, it was *unacceptable*. "It wouldn't be proper. Or legal."

"Depends on who you ask."

She met his unfathomable dark gaze. Once again he made her feel that everything she knew and believed in was questionable. "So where was this ranch of your father's?"

"Right here."

She glanced around the clearing. "Next to the Big Sky?"

"It *was* the Big Sky. This section is all that was left after my father sold out to yours. He left my mother and me enough land to live on and then he took off. Never saw him again after I was seven."

Finally Isabelle understood. No wonder he had

such possessive feelings. Just as she did, he felt a kinship with the land.

"I want to learn everything I can about the ranch," she said, pulling her knees up and wrapping her arms around them. She rested her chin on her forearm. "I want to learn about the horses and go over the ledgers. I'm going to be an active partner."

"As long as you don't get in the way of anyone's job."

She'd be working herself—how could that be interference? His insinuation was insulting.

"And don't place yourself in unnecessary danger. Always let me know where you'll be and I'll have someone with you."

"I don't need a nursemaid."

He leaned forward and poured himself a cup of coffee from the dented pot. "I can't spare a nursemaid."

"You find me the most trivial creature alive, don't you?" she asked, once again irked. "I'm not valuable because I don't know as much about life out here as you do. I'm in the way and I'm a nuisance. I know you'd rather I'd never come back. You've made that very plain. My father never wanted me here, either. I was never important to him, either."

She stopped when she realized the burn of tears was threatening to fracture her dignity. She blinked and looked into the darkening woods.

The fire crackled. An animal howled in the distance, and a shiver ran up her spine.

"Your father protected you like a she-bear with a cub," he said finally. "He'd already lost your mother."

The fire warmed her skin. "I might have believed that if he'd ever visited me. Or tolerated my visits. If he'd ever done anything but send money."

"Maybe that's how he showed…"

She turned to look at him. "His love?"

He nodded.

She shrugged. "I'd have rather had a home."

With those revealing words, Kyle's perception of this woman altered so dramatically that he almost reached over and touched her to offer comfort. Had his impression of her as spoiled and pampered and greedy been based on lack of knowledge? If so, he'd done her a great injustice.

But even if he'd known her true character, he'd still have wanted the ranch…and she still wouldn't have wanted to give it up. At least he understood her desperation in a clearer light. And he didn't hold her insistence against her.

And, strangely enough, he couldn't resent her any longer, either.

But she couldn't help who and what she was. She still couldn't be trusted to stay or to be responsible. Promises and treaties and vows were like dry leaves in a brisk wind to whites.

"What more do you expect of me, besides not getting in the way?" she asked.

He studied her haughty profile in the firelight. "What do you mean?"

"Will we be—" she swallowed "—intimate?"

The word, her voice, the *idea*—hit him like a punch in the chest. What was she willing to trade— no, *sacrifice*—to make herself a home? Did she think he would treat her so callously as to hold her at arm's length and yet take her body for his own selfish pleasure? Her opinion of his character angered him—and shamed him.

"It's too soon," he replied, hoping to relieve her worry and end the discussion. "That's not the purpose of our agreement."

She didn't look at him. "But it's part of marriage."

"When and if the time is right," he insisted.

She nodded. Agreement? Understanding? He wasn't sure which.

"You know either partner can annul a marriage if it's not consummated," she said.

"I don't know what that means."

"Cancel. Either of us could cancel our marriage if we haven't been…intimate."

"I'll never do that. That would have to be your choice."

"I never will, either."

He was sure she meant it *now*. But someday… "I'll sleep out here," he said. "You stay inside."

She glanced around their darkened campsite. "I guess you've slept outside before."

"Many times."

"Do you still want to show me the game with the rocks?"

"Another night."

She stood, unconsciously smoothing the doeskin across her thighs in a sensual manner that shouldn't have affected him, but did. Especially with the question—the suggestion of intimacy freshly painted in his mind and the woods hiding them from the world.

Had she felt his hunger inside? Had she sensed the fire that raced through his veins as he stood behind her and smelled her skin and hair and saw her sleek ivory flesh? Had she expected him to do something about it then? Had she prepared herself for the possibility?

He didn't want a woman who offered herself as a sacrifice—or a trade.

He watched her disappear inside the shelter. He'd been so single-mindedly focused on obtaining the ranch that he hadn't wasted time wishing or wanting things that were out of his grasp. Today he had married Isabelle Cooper, a beautiful, intelligent, willful and utterly charming woman, united in a marriage he would never have dreamed for himself.

The untouchable young girl Sam Cooper had protected so zealously was now Kyle's mature and incredibly desirable wife.

And now, he had to ask himself...what *did* he want?

Chapter 8

Each successive day proved that Isabelle was a quick and eager student, her bookkeeping and mathematical skills far surpassing Kyle's. Every evening he joined her for dinner, and afterward they retired to the study where she showed him what she'd gone over that day and made suggestions and recommendations.

Her grasp of the business end of ranching surprised him. He would have more time to devote to the horses if she could be trusted with this work, but undoubtedly it would all fall back on him eventually.

"I've spent enough days inside," she informed him one evening. "I've been arranging things to my liking and cleaning the attic and the corners, but I'll be out to join you tomorrow morning.''

He wanted to smile at the bossy way she pointed the ink pen at him, but he knew better than to let her see his amusement. If he didn't challenge her, she'd discover on her own the difficulty of the outdoor work and be able to save face.

She sat straighter, and one slim eyebrow rose, an expression he'd learned meant a defense was brewing.

He said nothing.

Isabelle rubbed at an inkstain on her finger and directed her gaze away from Kyle's. His dark, unreadable expressions wore on her nerves until she wanted to throw something at him. No one was always that stern and inscrutable. Annoying him pleased her, because then she at least got to see him react.

He'd been more distant than ever since the night of their wedding, when he'd assured her that a physical aspect to their marriage was something he was not considering. She'd felt almost foolish for being the one to voice it—to think it—to wonder in the first place.

And she'd wondered again…and again, numerous times in those days that followed. Perhaps there was something wrong with her to anticipate it. Perhaps he saw something wrong with her, and that's why he didn't initiate it.

Perhaps she'd better direct her thoughts else-where.

Remembering his criticism of her clothing, she dressed as sensibly as she could the following morn-ing, and after eating sausage and biscuits with Pe-lipa, she made her way to the barn, where the sounds of activity drew her.

As she entered the cool interior, the potent scent of horse and hay and grain met her nostrils. She walked the center aisle, glancing at the parallel rows of facing stalls to her right, and continued toward the sound of men's voices.

In an open room on the left, Kyle and several of the hands stood or sat on kegs and sawhorses. An enormous stone forge sat cold on this day. Kyle held several tools, which he'd just taken from a bench that ran along a wall opposite an exterior doorway.

The comfortable dialogue stopped abruptly as she stepped into view. There were six of them all to-gether, counting Kyle, Sidestep and Tott. The other three, whom she'd seen only from a distance, whipped their hats from their heads and straightened to attention as if she were a commanding officer.

''Miss Cooper,'' came the self-conscious mur-murs.

''Mr. Tott, Mr. Sidestep,'' she said cordially. Their faces reddened. ''I'm afraid I haven't had the pleasure of making the acquaintance of the rest of you gentlemen.''

Kyle introduced the others.

"I appreciate you men remaining in spite of the fact that your wages were in arrears. I find loyalty a commendable trait."

The men glanced uncertainly at Kyle.

"She thanks you for staying on without pay," he translated, with a droll cock of one eyebrow.

Isabelle nodded. "And I want you all to go about your work just as you normally would. Nothing should change just because I'm here to help."

The men glanced at one another, over at Kyle, and took their cue to get to work.

"What's on the agenda for today?" she asked Kyle after most of them had replaced their hats and exited.

"The hands are bringing a herd in from the south pasture to the corrals this morning. Tott and I are going to be checking the animals over. We're starting with feet out here." He led the way toward the stalls.

"Feet?" she asked, hurrying to keep up.

"Check for thrush and scratches and trim hooves."

"Oh, well, you show me what to do, and I'll do it."

Tott had moved down the corridor and led a horse into the center, where he bent over beside the animal, a hoof held firmly between his knees.

"Like that," Kyle said. "Approach the horse calmly and deliberately to gain his confidence. You don't want to spook 'im. Slip his halter on and lead him out here." He demonstrated with a spotted mare.

Isabelle slid the bolt on a stall gate and found a halter on a nail. "What's this one's name?"

"No name."

"Why not?"

"Too many horses pass through here to keep track of their names," he replied.

She slipped the halter on and adjusted it. "Then how do you know what to say to them?"

"It's not what you say, it's how you say it. Now lead her out here. There. Now stand facing her rear beside her front leg. They have to be trained to let you do this. You can't just try this on one of the broncs.

"Touch her shoulder and run your hand down so she knows you're going to handle her leg. Now move your hand down to grip her foot and press her shoulder with your other hand so she shifts her weight to her other leg."

She pressed, but the enormous animal didn't budge. "She's—uh—not going anywhere."

"Lean against her and put your weight into it. When her weight shifts, lift the foot up off the ground and place it between your legs, just above your knee. Flex your knees, turn your toes in—"

His instructions were lost as Isabelle fought with her skirts to get the hoof between her knees. Finally she had to reach between her spread feet, grasp the back hem of her skirt, pull it up and tuck in into her waistband. The remedy bared the tops of her shoes and her calves, but she had little choice if she planned to proceed with this task. Finally she got a hoof between her knees.

"What *is* this?" she asked, her nose crinkling at the foul smell and the ghastly smear on the freshly pressed fabric of her skirt.

"Manure."

"Oh, my—" She turned her face aside and tried not to gag.

"Here, clean it off with this so you can see the bottom of her foot." He handed her an iron tool. "Run the pick gently from heel to toe, and be careful not to poke or bruise the tender spot here. If she jerks away, don't accidentally poke her."

"Clean this stuff out?" she asked. He couldn't be serious!

"I'll take over if you'd rather find something else to do."

She looked up and caught the unguarded amusement in his expression. "This is truly an important job?" she asked, not trusting him.

"Not doing it can cause disease or leg problems, sometimes faulty gaits."

Isabelle glanced over her shoulder to see Tott diligently working at the same task. She ran the pick carefully across the horse's foot as Kyle had told her.

He'd given her the most docile animals in the barn, she realized sometime later, after she'd checked three horses and he'd inspected her work. He'd finished with six or seven in the same amount of time.

Though he gave a running verbal lesson while he worked, watching Kyle was the best teacher. The horses seemed to listen, too. With his voice and his gentle, confident movements, he had earned their trust. He ran his hands over their necks and shoulders, scratched their massive foreheads and made an odd clicking sound in his throat to which they responded with perked ears.

Isabelle could have watched him forever.

Her back ached from bending over in the unnatural position, and she arched it as she observed him leading a reddish mare into her stall. The bell clanged, and the sound of horses reining in outside caught her attention.

"Dinner," Kyle said with a gesture indicating she should follow.

She let her hem down, massaged the small of her back and trudged toward the bunkhouse beside him.

The interior of the men's quarters was amazingly clean and orderly, with a large open room for cooking and dining, scarred tables and assorted benches. A few rockers and footstools were set before the fireplace at the northeast end of the room. A checkerboard sat in wait on a small, sturdy table. Open stairs led to the sleeping area above.

"This is Harlan."

She glanced at the man who wore denims and a

faded flannel shirt just like everyone else. The only sign that he was the cook was the flour dusting his scraggly gray beard.

Isabelle accepted a tin plate of beans and a bent fork and seated herself on a bench. Tins of biscuits had been placed on the tables. The men kept their distance, taking places at the opposite end from their female newcomer.

Kyle sat across from her, and his presence made her feel less like an interloper. She offered him a grateful smile.

He spared her one acknowledging nod and dug into his food.

She ate a few bites and glanced around. "Are they usually this quiet?"

"They're hungry."

She'd washed at the pump, but the odious smell remained on her skirts or in her nose and killed her appetite. She forced herself to eat the pile of salty beans and bacon so as not to offend Harlan. Kyle had been right about the man's lack of imagination, however. And she was *paying* him to supply these meals. Perhaps they could go over some menus.

One or two at a time, the hands stood and stacked their plates in a bucket beside the door.

She met Kyle's obsidian gaze.

He expected her to beg off. The thought appealed. She could come up with an excuse to change out of her smelly clothes and bathe. "What now?" she asked instead.

"I'm going to cut a few horses to break. Watch and learn."

She fell into step behind the others. "All right."

Tott and Ward had mounted horses and worked to cut a horse from the big corral and urge him through a gate into the round corral on the north end of the barn. A gleaming black horse with a gray mane broke into the space and galloped in a circle.

Isabelle took a place along the fence with the others and watched all afternoon as Kyle worked.

She'd seen her father breaking horses once, and he'd been bucked clear over the beast's head. But he hadn't taken nearly the time or the patience that Kyle showed in getting the creatures used to being handled and touched.

A tender place warmed in Isabelle's chest at the gentleness and care Kyle afforded his animals—*their* animals, she reminded herself. All this was half hers. Watching him, doubt about her ability to contribute as much to the ranch as Kyle did awakened in her mind. She lulled the discomfiting thoughts back to sleep by telling herself that none of this would be his anyway if she hadn't agreed to his proposal.

Okay, except a good share of the horses.

Horse after horse fell under Kyle's gentle submission. The last, a nervous spotted gray, fought the ropes and shied from Kyle's hands until he and Sidestep tied his feet, laid him on his side and worked the halter over his head while he fought.

This one Kyle didn't try to saddle or mount. Once he was bound and haltered, they let him stand. His eyes rolled wildly, and Isabelle could sense his fear and distress. Kyle spoke to him, touched him, rubbed him with a blanket until he calmed. Then they let him out into the big corral, where he galloped to the far side.

"Why didn't you saddle him?" she asked when Kyle approached the fence where she stood.

Kyle noted the sunburn across her nose and wished he'd thought to find her a decent hat. "Someone has tried to break him before."

"How do you know?"

"Scrapes on his shins. That scared look."

"What will you do?"

"Let him get used to me slowly. Your nose is red."

Isabelle touched her nose with one finger. "Pelipa is fixing her fried bread and vegetables for supper."

"I think I'll eat with the men," he said. "I want to stay with the chestnut mare tonight."

"The one who's close to foaling?"

He nodded.

"Why don't you let me bring you supper? Then you won't have to eat stew."

Not even stew. He remembered the beans he'd seen soaking that noon, and he wasn't about to refuse her offer. "If you wouldn't mind."

"I don't." She glanced away nervously before she said, "What would you think of me making a shopping list and having one of the hands ride into Whitehorn with me?''

That wasn't out of the ordinary. Why would she ask?

''And then,'' she went on, ''I would like to go over a few menus with Harlan, make a few suggestions.'' She glanced up as though waiting for his response.

''You're asking my *opinion?*'' Now *that* was out of the ordinary.

''I need to know if you think he would be offended. I truly believe the men deserve variety and good nutrition.''

''You can ask the workers to do things the way you want them done,'' he said with a shrug. ''You're the boss, too.''

''And what about offending him?'' she asked.

''If you make him mad, you can hire a new cook, I guess. But remember, there are worse ones.'' He turned and strode toward the barn.

Later Isabelle dipped hot water and sponge bathed in her room. She carried her smelly skirts to the back porch, not looking forward to having to wash them—or any of her clothing, for that matter. Another task she had to learn.

While she and Pelipa ate, the girl hinted that she'd like to visit the reservation. ''You go see your friends,'' Isabelle encouraged her. ''I don't mind an evening alone. Is it safe for you to go by yourself?''

"Pelipa know the way. Not afraid. Long Knife ride back together with Pelipa."

"Long Knife?"

The girl nodded.

"Is Long Knife your beau?"

"What is beau?"

"Gentleman caller. Sweetheart." Isabelle didn't know words to convey the idea, so she pressed her hand over her heart, fluttered her eyelashes and sighed. "Are you fond of each other?"

Pelipa giggled. "Long Knife wear many years on his face. He not a beau."

Isabelle stacked the dishes. "Oh. Well, I thought perhaps you had someone special at the reservation. You're a lovely young woman."

"Someone special is rancher son," she confided. "But he white and Kyle say not for Pelipa."

Isabelle studied the lovely girl's disillusioned expression. "I'm sorry," she said simply, understanding Kyle's feelings and yet wishing things could be different. "What's his name?"

A shy smile crept across Pelipa's face, and her bright black eyes twinkled. "William."

How sad that Kyle had discouraged her from a relationship with a white. How sad that he saw the need. Would Isabelle ever find a way past his resentment?

Scraping soap into the heated water, she paused and reflected. How surprising that she suddenly re-

alized wanting to work her way into his trust wasn't
only for reasons of their working relationship.

She'd begun to care what he thought of her...and
she wanted him to care, too.

Chapter 9

The sun was setting when Isabelle carried a tray toward the barn. The long days and backbreaking work involved in keeping the ranch running had become real to her. Her contribution to the day's tasks gave her a new sense of accomplishment, and even though her body ached and her palms had blistered, she was happier than she'd ever been all those years studying and teaching in the city.

She found Kyle and the mare in one of the large stalls on the left side of the barn. He sat perched on a nail keg, a tangle of harnesses and bridles at his feet, oiling the leather with a rag, and glanced up at her arrival.

"How's she doing?" she asked.

"She's fine. I'm the nervous one."

She smiled and placed the tray on another keg. "I kept this hot for you."

"I'll wash off outside and be right back."

She offered the horse a few pieces of dried apple she'd brought and rubbed the animal's head.

"She likes you," Kyle said when he returned and sat to eat. He'd removed his hat and tied his black hair at the back of his neck. A damp lock fell across his forehead.

"I bribed her," she said.

Of course he didn't smile. He ate his meal in silence.

Isabelle rubbed the mare's shoulder and ran her palm over her distended side. "You touch them all over when you're working them. Why is that?"

He sipped coffee from the tin cup and studied her. "Getting them used to being handled."

"Her sides are sticking out so far. Does it hurt her?"

"I don't think so." He got up and came to stand beside her. "Reach under her belly. Sometimes you can feel the colt moving."

"Really?" She ran her hand along the animal's hide.

"Like this." He took her wrist firmly and stretched her left arm far beneath the horse, pressing her entire arm against the belly. "Now wait."

Kyle and Isabelle bent beneath the horse, their sides and hips touching, and after a moment, the animal's hide rippled and rolled, and she felt the muscular sensation along her limb. "I felt it! Oh, my goodness!"

She became aware of Kyle's solid, warm body where it touched hers through her clothing along her side. His strong rough hand was clamped over the back of hers, holding it to the mare's belly.

As though he, too, had become acutely aware of their closeness, Kyle's touch on her hand changed. No longer was he holding her hand in place, but he seemed to stroke her skin in nebulous discovery. Her hand trembled under the gentle caress.

As one, they straightened and stood facing each other. Kyle let her hand slide as their bodies straightened, but kept it firmly in his enormous palm. His dark gaze lowered to her fingers, pale in his dark-skinned grasp, and her attention followed. Her heart chugged like a train engine on an incline, and she experienced a quickening desire for their sweet, tentative connection to deepen.

While he studied their joined hands, she looked up and found his black lashes hiding those unreadable eyes. His features were an intriguing blend of stern angles and dramatic symmetry, his lips classically sculptured and full.

An emotion she couldn't name fluttered in her chest just looking at him, the same unidentifiable yearning she'd felt watching him with the horses, a longing utterly sweet and forlorn at the same time.

She raised her right hand and opened her palm

along the side of his face. His skin was warm and smooth, and touching him sent a tingle up her arm.

His dark gaze shot to hers, his eyes examining, weighing, boring into hers. His attention dropped to her mouth.

Isabelle's lips parted on a shaky breath.

She slid the hand against his jaw behind his neck, silky hair brushing her fingers, and raised her face expectantly.

He didn't disappoint her. Kyle lowered his head and touched those perfect lips to hers in a warm, ardent press of satiny flesh and a mingling of breaths.

He tasted like coffee…and energy. He released her hand and cupped her face, aligning, burning, drawing, tempting, until she lost herself in the feelings, wrapped her arms around his torso and pressed in closer for the deep-drawn pleasure.

One of his hands slid from her face down her neck, and his fingers brushed the sensitive skin, slid inside her collar and drew circles against her flesh.

Isabelle's weak knees left her pressed to his hard frame, her breasts crushed against his chest where his heart pounded.

He cupped her face again, more roughly this time, and held her head while he separated their mouths long enough to kiss her chin, her jaw, her neck, her ear. A shiver coursed through her body. She gripped his back less for support than to avail herself of the sensual onslaught.

His mouth returned to hers, pausing for a divine moment of expectancy as unsettling as the actual contact. Then he reclaimed her lips, and her world changed.

Tears smarted behind her eyelids; her throat constricted. She wanted to melt into him, against him, around him. She wanted to become him. She wanted...

Something subtle changed between them. Something powerful and frightening.

Almost as one they drew back, and their hooded gazes locked.

Kyle released her, then, when she swayed, had to steady her with a hand on her shoulder.

"Kyle, I—"

"Go back to the house." He withdrew his touch.

She tried to read emotion in his eyes, in his granite-hard expression, but he kept his reactions shuttered, as always.

"What's wrong?" she asked, the question burning from her aching heart. He seemed almost angry.

"Go back to the house, Isabelle." His voice was a deep rasp.

"Did I do something wrong?"

"No, I did something wrong. Now go." He picked up the tray and shoved it into her trembling hands.

Ashamed, she tore her gaze from his hard black eyes to the dirty dishes. She could still taste him, could still feel his touch on her neck, his body against hers. She still harbored the same disquieting yearning she had a minute ago.

In her mind, she went over that disorienting encounter and tried to understand what had gone wrong. Had it all been one-sided? Had she only dreamed he could feel the same way about her?

She turned her back. Rejection was something Isabelle was accustomed to. She'd been turned aside and sent away her whole life. She should have developed a thick skin for being shown she was unwanted. But this hurt as much as any of her father's rebuffs. Maybe more, because she had tried as hard as she knew how to be useful, to become the kind of wife a rancher needed.

She wanted to hold her back straight and her chin high, but her usual brave facade failed her, and she turned and exited the stall and the barn as fast as she could, striding into the darkening night before he saw the hurt. Damn him, anyway!

Why had she gone and done that? Why had she risked her heart when she knew better? Halfway to the house, the fresh injury turned to anger, and she flung the tray as hard as she could. It landed with an unsatisfactory thump in the dirt, and the tin plates clanked together. Isabelle ran forward and attacked them with the toe of her boot, sending plates and cup and silverware flying.

Kyle might not want her, damn his hide, but he couldn't send her away. The ranch was hers, and it was all she had. He might not need her, just as her father had never needed her, but there was still one thing that needed her—the ranch.

She would pour her soul into the ranch, and never again would her heart be lacerated. Isabelle ran into the house and up the stairs, not pausing for water or to say good-night to Pelipa. She closed herself in her room and nursed her humiliation and pride.

A long, sleepless time later, she pulled back a frilly curtain and gazed at the moonlit barn. Lighting a lamp, she changed her rumpled clothing, removed the pearl combs from her hair and placed them in her jewelry box.

The twinkle of silver caught her attention, and she picked up the chain and dangled the engraved amulet before the lamp.

Leaves from my garden will win your husband's heart. Mae had spoken cryptically on their wedding day. Isabelle scoffed again at the foolish hope of someone loving her. She was obviously unlovable, and a few weeds wouldn't change that.

But something bigger than her wounded self-esteem and her skeptical outlook wouldn't let her return the necklace to the velvet-lined box. She spread the quill chain wide and slipped it over her head. The amulet nestled between her breasts, almost warm against her skin.

She smiled at the fanciful girlish fantasy, and soon an indescribable peace settled over her. She was tired, and the day and her emotions had caught up with her.

She blew out the lantern, climbed into bed and fell into dream-filled slumber.

Kissing her had gone against every rational cell in his brain. He watched the light from her window disappear and admitted he could only take so much temptation.

For weeks he'd had to tamp down his reactions to her long-limbed form in her feminine clothing, ignore the sweep of her dark lashes against her pale skin and resist the enticement of the heart-kicking bow of her lips—those innocent yet seductive smiles and touches she couldn't know were eating his soul alive.

Once again entering the stall, he spread a wool blanket on a pile of straw in the corner and stretched out to chase some rest.

That kiss had sent him into a spiral of passion and confusion. She was so soft and her kiss so dizzying, it had taken an eternity for him to come to his senses. He wanted nothing more than to hold her, to enfold her and possess her.

But he couldn't allow himself to weaken. She didn't belong to him. She belonged to a glamorous life-style and a society of which he would never have any part—of which he never wanted any part. But she would. Once she came to reason and stopped playing games here, she would.

Kyle closed his eyes, though he didn't have much hope for rest. Her image had been branded on the inside of his eyelids. Her voice had become a melody that played inside his head. The smells of her skin and her hair were burned into his memory, and now that he'd tasted her, held her, he knew an aching hunger that had spread from his body to his head.

Why did it have to be her? Why did he have to want this woman when he'd never felt strongly about another in his life? Why had he fallen in love with one who wouldn't be staying? Because it would take a far stronger man than him to resist Isabelle Cooper, he admitted ruefully. And because life wasn't fair.

Chapter 10

At first he was dumbfounded by the realization that he loved a white woman. Against the mandates of his head and his beliefs, his heart had betrayed him.

At noon a couple of days later, Kyle entered the bunkhouse with the men, and his mouth watered at the savory aromas.

The table had been set properly with stoneware dishes and pitchers of milk. Two glazed hams had been sliced and placed on platters beside bowls of fluffy mashed potatoes and creamed vegetables. Loaves of crusty thick-sliced bread sat at either end of the feast.

"Whee doggie!" Tott shouted, and plunked himself down on a bench. The others quickly joined him, platters were passed and silverware clinked.

Kyle savored the delicious meal, listened to the men's profuse compliments.

Isabelle and Harlan accepted the praise, but Isabelle didn't appear as excited as Kyle had thought she should be over seeing her plans carried out. She sat in the corner chair that had become hers and ate her food without joining the men's banter.

The changes he'd seen in her these past days disturbed him. She put in as many hours as any of the hands—as Kyle himself—keeping occupied nearly round the clock. But the childlike joy he had once sensed had turned to grim determination. He felt responsible, as though he'd pulled her dreams out from under her. There hadn't been a choice, really. She would be better off once she admitted to herself that she couldn't be happy here.

He'd be better off, too. The longer she stayed, the more difficult her leaving would be. And he'd begun to dread that inevitable hour—and all the hours that would follow.

The men finished eating, noisily stacked their plates and lumbered out of the bunkhouse.

Kyle sipped his coffee. He missed her company these days—missed the optimistic twist she placed on everything. Glancing at her from the corner of his eye, he asked, "Did you go see the new foal?"

Shaking her head, she said, "I've been busy. Sidestep said he's a beauty."

"I thought you'd want to have a look at him."

"I'll look in on him when I'm over that way."

He'd been keeping an eye on her activities. She'd been clearing flower beds and the garden area all morning. The previous afternoon she'd scraped and painted the front and back doors. He'd set out to make her feel unwelcome, and he'd done his best to discourage her participation in all areas, so her sudden lack of enthusiasm about the horses shouldn't bother him. "Want to see him now?"

She got up and stacked her plate with the others at the end of the table. "Thank you, Harlan. You did an excellent job on the hams." Then to Kyle, she said, "I'd better help Harlan with the supper menu."

"You kin read me the chicken recipe later if'n you want to head out," the cook said.

"What about the dishes?"

"Washed 'em alone before you got here," he replied. "Reckon I kin still do it." He plucked stacked cups from her hand and waved her off.

She stepped outside behind Kyle. He settled his hat on his head, and they walked across the yard in uncomfortable silence.

The double-wide back doors of the barn stood open. Kyle headed in that direction. "Might as well come see him. They don't stay small long."

Obviously reluctant, she joined him in the shady barn.

Kyle opened the stall gate.

The spindly chestnut colt lay curled on the straw, the mare placidly munching oats beside him.

"You can touch him," Kyle said, noting her hesitation.

She touched the mare first, showing her hands and greeting her, then knelt close to the colt. "He's darling. He's not the same color as his mother."

She was a natural around the animals. He'd noticed from the first. "She and the sire are both quarter horses, just different coloring. I chose the sire for his muscled legs and thighs and wide hips. This year's foals will be good cow ponies."

The colt butted Isabelle's hand and nibbled at her fingers. She stroked his coat, and when he lurched to his feet, she stood back and laughed. He nuzzled his mother.

Kyle studied Isabelle's features as she watched the mother and baby. She glanced at him and dropped her gaze.

Was she remembering what had taken place here a few nights ago? Kyle had thought of little else. Or did she wonder what he'd do next to steal the smile from her lips? This one faded slowly, and it seemed as though a cloud had passed over.

Isabelle sensed the tension emanating from Kyle's body. The tangible disquiet was only tension and obviously not the attraction she'd once perceived this disquieting spark between them to mean. It was easier to stay away—easier to thwart her wild imagination when she kept her distance. She hadn't come to see the new horse until now because she was still reeling over being ordered from the barn.

She didn't want Kyle to think she would throw herself at him again. One rebuff had been enough. But neither did she want him to believe she was going to roll over and play dead. She had doubled her efforts to make herself useful. The ranch was showing improvement already.

Kyle picked up a pitchfork, scraped soiled straw to the side and spread fresh. She contemplated him while he was absorbed with the task. He didn't need the hat to mask his expressions—his granite-like facade was enough. But the hat did an even better job of preventing her from reading anything on his face. He set the fork outside the stall and rambled after a fresh bucket of water.

He'd rolled his sleeves to his elbows, and his corded arms flexed with each movement. She'd never taken so much interest in watching a man's every move, but when she was around this one she couldn't help herself. His masculine grace and efficiency appealed to her in a wholly disturbing manner.

The mare chose that moment to raise her head and press a nose against Kyle's shirtfront. Kyle paused to rake his knuckles over her forehead. Bobbing her head again, the horse knocked his hat into the straw.

One side of his mouth inched up. "Good thing for you I just cleaned that floor."

He glanced over and caught her watching him. His smile faded, and a heated awareness arced be-

tween them. Isabelle didn't understand him at all,
and she hated this weakness of character, but she
was drawn to him against all her self-preserving precautions.

He retrieved his hat.

Heart thudding, she rubbed her damp palms
against her skirt.

He settled the hat on his head and studied her
from beneath its brim.

She met his gaze, drawn to the stern but sensual
set of his mouth. She would give anything for him
to cross the few feet that separated them and gather
her in his arms again. She was weak and foolish and
would regret it later, but this artless need had a mind
of its own.

Never should she have come in here with him.
More than anything, she wanted him to feel something for her in return. She wanted him to accept
her. Once again, she was ready to forfeit pride for
a few scraps of affection and attention. Garnering
her purpose, she turned and hurried from the stall.

"Isabelle!" he called behind her.

Chest aching, she kept walking.

She didn't show up at the bunkhouse for supper.
But then she never used to, either. He'd assumed
one reason was the food, but Harlan had prepared a
savory chicken and stuffing dish that was obviously
her doing. Her lack of familiarity with the men
might have been a factor originally, but the hands

had begun to accept her, and she seemed comfortable around them.

"Miss Cooper'll be back in an hour or so," Harlan said.

Had Kyle's face given away his thoughts? "Where did she go?"

"Didn't say. Just said she'd be gone for supper."

"The brown bay and a saddle are gone," Tott added.

Concern destroyed Kyle's appetite. The western sky had been dark with storm clouds when he'd completed his chores. Hastily, he finished the meal and pushed away from the table. Stupid woman had no idea how to take care of herself. What did she think she was doing, riding out alone? She'd been a bother since the day she'd arrived.

He hurried to the barn and a sweet melody caught his attention. He paused. From the house floated the trill of a bird, a bright, energetic warbling that carried across the landscape. Giving the house a quick once-over, he noticed the open dining room window and the cage that sat inside. That such a tiny bird could sing so loudly was remarkable—that and the fact that it seemed perfectly content in its imprisonment.

Darting for the corral, he summoned the Appaloosa and saddled it. He grabbed his rifle and a slicker and mounted, studying the ground until he found Isabelle's tracks leading east. Following them, he imagined every danger that could arise. The bay could spook and throw her. Snakes and coyotes were common, and even if she'd thought to bring the Colt, she'd never hit one. Another hour and it would be dark, and it got cold at night. Thunder rolled overhead.

Almost a half hour later, he spotted the bay standing on a grassy slope that led down to Bear Tooth Creek. The Appaloosa hadn't stopped when Kyle's boots hit the ground. He ran toward the bank.

Isabelle, sitting on her shawl on the ground, turned and leveled the barrel of the Colt on him, her eyes as wide and gray and fierce as the Montana sky.

"Kyle!" she squawked, and her shoulders sagged with relief. She lowered the gun. "You nearly frightened me to death."

"What are you doing out here?" He strode over to where she sat and glared.

"Sitting. Thinking."

"It's getting late and it's going to rain."

"I was just getting ready to head back."

"Do you know how to get back?"

"I was hoping so."

"This wasn't very smart. Something could have happened to you. You could have been lost—or hurt."

"Well, it didn't and I'm not. You're not my father, and I won't be treated like you are. There's danger everywhere. I could have been struck by a carriage in the city, too, but I wasn't."

She got to her feet, and he stared at her, rolling that twisted logic around in his head. "You have to take precautions out here."

She raised the gun.

He glanced at it and back to her stubborn face. She was the loveliest thing he'd ever seen and the most irritating person he'd ever met, though he saw her differently than when she'd first arrived. Now he understood that she was the result of the life her father had forced on her. Once she'd seen the opportunity to change and to grow, she'd done so with a determination and a spirit that he'd had to admire.

She wanted to make a place for herself here and had done all she knew how to see it happen. After seeing the determination and hard work and loyalty she'd poured into the Big Sky, he couldn't help but wonder what she would give to a man who loved her.

Perhaps she'd been willing to do just that before he built a wall between them.

Now she didn't trust him. And he understood mistrust. He took the revolver from her and tucked it in his belt. Lightning streaked, and thunder split the air. Spattering raindrops sounded on his hat and glistened on Isabelle's nose and cheeks.

He grabbed the slicker from his saddle. "Get up," he said, pointing to his horse. Taking a step from his bent knee, she arranged herself on the horse with a flurry of skirts and white petticoats.

Kyle caught her horse's reins and mounted behind

her, wrapping the slicker around them both and leading the bay.

She was as soft and erotic-smelling as he remembered, the reality better than the memory. He nudged the Appaloosa into a gallop and headed for shelter.

Isabelle would have liked to lean back into the warmth and protection of his arms, but their pace didn't afford time to relax. Her hair grew wet, and her teeth chattered by the time he drew up in front of a cabin and leaped down.

"What's this place?" she asked.

"My home." He wrapped the slicker around her. "Go in while I put the horses in the lean-to."

Obediently, she ran through the deluge to the door and entered the dark cabin.

Shivering, she stood inside until he returned and found a lantern. A golden glow illuminated the sharp angles of his tight jaw and carved brow. His glistening ebony hair dripped on the wet shirt molded to his chest.

Isabelle removed the slicker and hung it on a peg inside the door. She turned back, and Kyle was coming toward her with a stack of folded burlap toweling. "Dry your hair," he said.

"Yours is wet, too."

"I'm used to the weather."

"You're dripping all over."

He kept a length for himself, dried his hair and slipped out of his shirt. He moved to the stone fireplace, and arranged a stack of wood and lit kindling beneath. Isabelle watched the play of muscle beneath his smooth bronze skin as he performed the chore.

She hung her shawl over a wooden chair back, then scampered near the fire and waited impatiently for the flames to engulf the sticks and send heat. Careful not to stare at him, she studied the room.

A sturdy, rough-hewn table and benches sat on one side, a small cupboard and a few crates the only storage space.

The other side held a bed, its low frame fashioned from joined logs. The furs and blankets covering the mattress looked warm and comfortable. Beside the bed, a shelf held an assortment of books. Other items were stored in stacked baskets.

Two furs covered the rough plank floor before the fireplace. Like the man himself, the room was an interesting and elementary blend of cultures.

Her gaze flitted to the cabin's owner. She found him watching her. "Want dry clothes?" he asked.

She·glanced at her sodden hem and spattered skirts. Her damp bodice clung uncomfortably to her skin. She raised a brow. "You have a spare gown lying about?"

"I have tunics and leggings. You can adjust them with a drawstring."

"Where would I change?"

"I'll be a gentleman and make coffee and keep my back turned." He rose, drew a bundle from beneath his bed and handed it to her. Opening the door, he darted out long enough to draw a bucket of water from the corner of the cabin.

Isabelle glanced from the clothing to his back and slowly unbuttoned her shirtwaist.

Chapter 11

Her skirt came off next, followed by her petticoats. Her chemise and drawers were dry, thank goodness, so she would leave them on beneath his soft clothing.

The leather smelled like him. She raised the tunic to her nose, and the scent created a nervous flutter in her belly.

"Let me brush your hair."

The nearness of his voice startled her. She turned her head and found him behind her. Surprisingly, she wasn't frightened or embarrassed. "You said you'd keep your back turned."

"I'm not a gentleman."

She let the clothing fall from her fingers, reached and pulled the combs and pins loose.

His palm appeared in her vision, and she placed the items within, her fingers grazing his calloused skin. He set the hair accessories on the table that held his books and picked up a quill brush, which he raised and drew through the ends of her hair. Of course, having long hair himself, he would know to start at the ends. She smiled.

He worked his way along the tresses to her scalp, and Isabelle let her head fall back in sensual pleasure.

"I remembered your hair," he said near her ear.

"What do you mean?" she asked through the seductive haze of indulgence.

"I remembered it from a time when you were here to visit your father. I saw you in the yard one afternoon, and I never forgot the way your hair shone like the fiery ball of the sun at sunset in midsummer."

That revelation took her aback. Poetic words. Revealing words. But the message behind them came into focus. He'd noticed and remembered her.

He buried his face in her hair and made a throaty sound. He lifted the tresses, and his warm breath caressed her neck as he nuzzled her skin around the quill chain. Shivers spread across her shoulders and tightened her breasts. He nipped her flesh, and her knees weakened.

As if sensing her loss of stability, he wrapped an arm across her chest and drew her against him where

he easily supported her weight with his arm and his
solid body.

With his other hand, he held her damp hair away
from her face so he could kiss her temple, her cheek,
her jaw.

"I remember you, too," she said on a shallow
breath. "You were so stern-looking, so unsmiling
and..." She turned in his embrace, and he didn't
loosen his hold, just pressed her ardently against his
body. She raised a hand to his cheek.

His black eyes smoldered. His lips parted. She'd
wanted to shake him up to see him react just once,
but she'd never thought to do it this way. His usually
severe mask had been fractured, and desire plainly
softened his features.

Isabelle smiled and drew her thumb across his
lower lip.

The heat from the fire spread though the room,
danced on their skin and delved through muscle and
tissue to create a tremulous heat that fused them.

The nagging memory of his hurtful reaction to the
kiss they'd shared in the barn stole into her thoughts,
but the desire to have more of him banished the
worry. Her heart and her body begged for his sweet
touch, and she wouldn't be ashamed of her need.
She loved him.

His fingers threaded into her hair, and her arm
stole around his neck. She was tall enough to meet
his kiss aggressively, and she did so with singular
determination.

He banded her with an arm across her back; his other hand gripped her bottom and pulled her hips against him.

White-hot fire licked through her veins at the rush of sensation and pleasure. His tongue sought entrance, and she tasted a new and immeasurably sweet passion. Her body trembled against his.

His touch on her bottom changed to a caress, and she held her breath. Their lips parted, and as one they sighed, a mingling of breath and wonderment.

Never had anything felt so right or so perfect before. Isabelle ran her palms over his smooth shoulders, across his chest, testing and discovering and delighting.

His black eyes raked her face and dropped to the thin cotton barrier that separated them. He brought his hands up her sides and drew his thumbs across the aching crests beneath the fabric. She let her eyes drift shut to savor the achingly sweet sensation.

"I don't want to do this," he said, his voice low and gruff.

She forced her eyes open.

"If you'll regret it afterward—if you'll be ashamed for wanting me."

She shook her head to clear it. Why would she be ashamed? Did he plan to humiliate her again?

"This is where I come from," he said, and one hand left her breast to indicate the cabin. "You've met my family, and I've never claimed to be anything except what I am."

Understanding dawned slowly. "What are you that would be shameful for me to want?" she asked.

He held her gaze. "A half-breed."

Was that hard for him to say? "Is that a slur?" She raised her palm to his face and cupped his jaw. "I know you as an honest, hardworking man. A man I want to know better. The man I married. Period. Don't let other people's attitudes affect the way you see me, and I'll do the same."

"I was wrong about you," he said. He let their bodies part in order to take her hand and lead her to his bed. She sat on the edge tentatively, but he wouldn't allow shyness.

He'd been wrong about so many things, and thankfully he'd straightened his thinking before it was too late. She wasn't like his father. She wasn't even like her father. He'd seen her with his family, with Pelipa, and her heart was genuine and good.

He had resented her, along with every other white, simply because of her birth and her upbringing—just as people judged him without knowing him. By her example, she'd shown him how to let the hurts of the past go and embrace the present.

He wasn't going to waste another minute that could be spent with her, loving her. Her silky, warm skin set him on fire. He stroked her arms and untied the flimsy garment that teased him by revealing the clear outline of her nipples.

He kissed her to keep the tension high, and her burning response assured him of her excitement.

He kissed the ivory skin that was revealed as together they peeled away the last of her clothing. The amulet hung between her breasts. He touched it once, leaned to place his nose in that valley and inhale her unique scent as well as the curious fragrance of the herbs.

He kissed her breast and straightened to fill his eyes. She was more beautiful than he'd ever dreamed. And she was his wife.

He kissed her lips, and she clung to him.

He touched her body, and she opened to him.

He loved her, heart and soul, and she responded with heat and sighs and silken tremors.

When at last they joined, she cried out, and he soothed her with kisses and tender words. She drew him closer then, and he made it up to her slowly, steadily, gently, until they lay boneless and sated, his fingers still whispering across her skin in lazy circles.

It took several minutes for the hiss of steam and the smell of coffee boiling over into the flames to get his attention. Kyle rose and used a towel to remove the pot.

He poured a mug and carried it to her, amused at the blush staining her cheeks. "Not much left."

She grinned and set the cup on the floor beside the bed. "We'll share."

He stretched out beside her, curling his body around hers and dangling the amulet over her chin playfully. "Now you can't have our marriage canceled," he teased.

She went still and silent, a terrible, deafening silence he could hear.

His heart forgot to beat, and he neglected to breathe. Had she forgotten her goal in a moment of passion? Had she been planning to leave, after all?

She sat up so suddenly, her shoulder connected with his jaw and slammed his teeth together. She scooted toward the end of the bed and pulled a blanket up to cover her breasts. "Is that what this was all about?"

Kyle leaned on one elbow, rubbed his jaw and tried to detect her meaning. "What *what* was about?"

Threading one side of her tousled hair back, she glared at him, a frightening mixture of hurt and betrayal on her gentle features. Her lips were red and puffy from their kisses; he still tasted her passion.

"This!" She jabbed a finger at the bed, at his nakedness, but her attention stayed riveted on his face, as if it hurt to read betrayal there, as if she strained to read truth, hope. "You just made certain that I couldn't go have our marriage annulled." Her voice trembled on the words. "The Big Sky is yours by all rights now."

Tears glimmered on her lashes.

He almost allowed anger to push rational thought away. So this was how she trusted him. This was what she thought of him. Her mistrust cut deep.

With his next heartbeat, he remembered how he hadn't trusted her until this very night. She had every reason to question his honor and intent, especially after the way he'd bullied and provoked her. Self-preservation was a strong instinct, and no one knew that better than he did.

Inside this beautiful woman, seeking acceptance, was the insecure child that her father had created.

"I can't say I'm sorry," he admitted. "We're legally bound now."

One silvery tear slid down her cheek and pierced his heart.

"I've made you my wife. For good."

Her transparent gray eyes revealed a touch of wonder and a cloud of disbelief. The fingers she brought to her lips trembled.

"I want you, Isabelle," he said, not remembering if he'd ever spoken her name aloud before and sorry if he hadn't. He loved the sound. If he lived to be an old man, he'd never tire of saying it. "I want you to stay with me. I need you to stay with me. I was afraid I'd lose you, so I tried not to love you."

"Kyle," she said with a shaky exhale.

"What's between us here is not about the ranch. It's about us." He leaned forward and took her hand away from her mouth. He looked at his big, rough hand holding her fragile one and felt something so pure and intense, it took a moment to form words. "*Nemehotatse*. I love you," he said at last.

Tears welled in her eyes, but a hopeful smile raised the corners of her lovely mouth. "Truly?"

How could he tell her so she would understand? So she would believe? So she would know in her heart? He brought her fingers to his lips and tasted the backs with a kiss. "I could live without the ranch," he said. "I could take the horses somewhere else and start over."

He took her other hand in his and caressed them both with his thumbs.

"But I couldn't go on without you. You are...like the rain that fills the rivers and the sun that makes things grow. That's what you are to me."

"Oh, Kyle!" She threw herself against him, and he caught her, rocked her as she sobbed against his neck. He let her cry out her relief and joy while newfound assurance blossomed in both their hearts. He understood her deep-seeded need for love and acceptance. He had lived too many years without. But no more.

The blanket had worked its way down until the only thing between them was the hard knot of the silver amulet. Isabelle had grown calm, and her fingers stroked the hair at his neck.

He cupped her shoulders and held her slightly away so he could see her. She gave him a watery smile.

They talked into the night, sharing their hopes and dreams, not only for the Big Sky, but dreams for them, and for a family. She restored his faith in people, in himself.

"I'd like you to take over the bookkeeping," he said at last.

She raised a brow.

"You're better at it than I am."

"All right, I'm convinced that you love me and trust me," she said.

The first real joy he could remember feeling welled in his chest.

"You're smiling!" She touched his cheek reverently. "I love you."

The words rang through him, filling him with emotion. This time, it was he who had tears in his eyes. Tears of happiness. Of love.

Epilogue

My Beloved Husband,

Each day grows longer and each night darker without you here to experience it with me.

This is not the way I wanted to tell you this, but I shall burst if I do not share this most blessed and joyful news. The gladness and fulfillment that our love yields is unceasing! Next spring, when the mountain streams flow and the countryside bursts with new life, we will bring a new life of our own into the world. We are going to have a baby.

I think of the day we were married, and how skeptical I was about how things would turn out, and it seems like a miracle that we've reached this beautiful turn of events. The only future I could see was to keep the ranch, and you were the answer to that. You turned out to be the answer to many things— things I knew deep inside I needed and wanted, but was too afraid to dream for. How grateful I am that your determination was as great as mine, how thankful that you suggested we combine resources to keep the ranch.

If someone had told me that day as I walked toward you, wearing my mother's Irish lace and quivering with trepidation, that I would love you as much as I do this day, I would have not believed it possible. Sometimes I wonder if Mae's amulet actually had anything to do with our love, but then I think that's foolish, too, so who can really know? All that matters is that our arrangement turned out to be so much more…and now we have made a child with whom to share our love.

I shall pray for your safe travel and expedient journey home so that we may cele-

brate this new and exciting chapter to our
lives in the proper manner.

I remain as always,

Your Devoted Wife, Isabelle

P.S. Your Aunt Mae says it's a son.

* * * * *

Look for THE MAGNIFICENT SEVEN,
Cheryl St.John's next book in the exciting
MONTANA MAVERICKS *series,*
in March 2001.

THE FORTUNES OF TEXAS

Membership in this family has its privileges…and its price. But what a fortune can't buy, a true-bred Texas love is sure to bring!

On sale in March…

The **Heiress** and the **Sheriff**

by STELLA BAGWELL

Sheriff Wyatt Grayhawk didn't trust strangers, especially the lovely damsel who claimed to have no memory yet sought a haven on the Fortunes' Texas ranch. But would Wyatt's mission to uncover Gabrielle's past be sidetracked by the allure of the mysterious beauty?

THE FORTUNES OF TEXAS continues with **LONE STAR WEDDING**

by Sandra Steffen, available in April from Silhouette Books.

Available at your favorite retail outlet.

Where love comes alive™

Visit us at www.romance.net   PSFOT8

Celebrate the joy of bringing a baby into the world—
and the power of passionate love—with

A BOUQUET OF BABIES

An anthology containing three delightful stories
from three beloved authors!

THE WAY HOME
The classic tale from *New York Times* bestselling author

LINDA HOWARD

FAMILY BY FATE
A brand-new Maternity Row story by
PAULA DETMER RIGGS

BABY ON HER DOORSTEP
A brand-new Twins on the Doorstep story by
STELLA BAGWELL

Available in April 2000, at your favorite retail outlet.

Silhouette®
™ *Where love comes alive*™

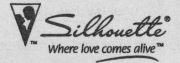